古代诗词典藏本

袁行霈题

主　编　袁行霈

副主编　刘跃进

辛弃疾词选

王兆鹏◆撰

商務印書館 The Commercial Press

创于1897

图书在版编目(CIP)数据

辛弃疾词选/王兆鹏撰. —北京:商务印书馆,2017(2022.4重印)
(古代诗词典藏本)
ISBN 978-7-100-14070-6

Ⅰ.①辛… Ⅱ.①王… Ⅲ.①宋词—选集
Ⅳ.①I222.844

中国版本图书馆CIP数据核字(2017)第132680号

辛弃疾词选
(古代诗词典藏本)
王兆鹏 撰

商务印书馆出版
(北京王府井大街36号 邮政编码100710)
商务印书馆发行
北京艺辉伊航图文有限公司印刷
ISBN 978-7-100-14070-6

2017年7月第1版 开本880×1230 1/32
2022年4月北京第3次印刷 印张10¾
定价:54.00元

古代诗词典藏本

走出学术象牙塔

刘跃进

改革开放三十多年来，中国古代文学研究取得了举世瞩目的成就。相比较而言，我们在普及工作方面做得还很不够。尽管各类选注本层出不穷，但精品甚少。很多学者不屑于做普及工作，认为体现不出研究水平；即便有水平的人去做，也很难得到同行认可。这样一种偏见，必须改变。

从学术发展的历史看，真正在学术史上确立地位的学者，都与其尽心致力于学术普及工作密切相关。汉代对于经典的注释、唐代对于古注的疏证以及清代乾嘉诸老对于历代经典的重新阐释，其出发点多是普及经典知识。现代学术研究又何尝不该如此？即以我供职的中国社会科学院文学研究所为例，六十多年前刚刚筹划建立文学所的时候，最初的工作主要就是选注历代文学经典作品。近来翻阅《王伯祥日记》，里面详细记载了郑振铎、何其芳等人如何精心策划《诗经选》《史记选》《汉魏六朝诗选》《三曹诗选》《唐诗选》《宋诗选注》的工作，印象深刻。每一部书的编纂，从篇目的确定，到注释的推敲，都经过反复打磨。然后内部油印，送到国内相关研究单位、高等院校，广泛征求学术界同行的意见。经过这样几个回合，才最后定稿，公开出版。这样的书，阐释经典，其本身也成为一种经典，多数印行在数十万册以上，在社会上产生了广泛影响。而这些作者的名字和声誉，也逐渐走出学术圈，为广大读者所熟知。前辈学者的工作给我们很多有益的启示。

启示之一，我们必须对文学研究的普及工作有一种正确的认识。处理好普及与提高的关系，说易行难。毛泽东《在延安文艺座谈会上的讲话》明确指出："人民要求普及，跟着也就要求提高，要求逐年逐月地提高。在这里，普及是人民的普及，提高也是人民的提高。而这种提高，不是从空中提高，不是关门提高，而是在普及基础上的提高。这种提高，为普及所决定，同时又给普及以指导。"学术研究真正服务于人民大众，首先就是要做好普及工作。没有普及，何来提高？但提高的最终目的仍然是为了更好地普及。现在，不少学者宁愿躲进象牙塔中做专精研究，也不愿意做点文化普及工作。这种观念值得商榷。毫无疑问，专精研究当然应当鼓励，给予尊重，这个社会也确实需要一批很专精的研究者，去做专业性很强的研究，尽管这种研究可能对社会现实没有直接作用，但是对我们整个文化发展来说又是必不可少的。这道理不言自明。但同时，我们更需要一批人出来宣讲传统文化，让专家的研究成果尽可能地为大众所认知。学术工作者来自人民群众，学术研究的本质也要求必须关注社会、依靠群众。如果我们的学术脱离人民群众，那就成了无根之木，难免凋零枯索的命运。这道理不言而喻。

启示之二，做好文学研究的普及工作，首先要求作者具有深厚的学术积累。康德《逻辑学讲义·导论》说过："学术的讲述是通俗讲述的基础。因为只有能够彻底讲述某物的人，才能以通俗的方式讲述它。”这段话把提高与普及的关系讲得非常明白。提高在前，普及在后。普及不是随意发挥，一定是在提高基础上的普及才有价值。真正的普及工作者或者说一个好的普及工作者，必须是在他这个领域掌握了丰富知识的研究者。没有深入的研究，哪来生动的普及？王伯祥、余冠英、钱锺书等人的学术普及工作就是成功的典范。对学者而言，深入易，浅出难。浅出所以难，是对作者要求高，他必须真正读懂经典作品，才不至于把经念歪。我们可能都有过这样的体验，专注于某一学术领域，遇到不懂的地方，偷懒的办法就是绕过去，而要讲给大众听，就无法藏拙。因此，做好普及工作，仅有良好的愿望是远远不够的，必须积学储宝、研阅穷照。只有这样，我们的普及工作才会更有实效，也才会更有意义。

启示之三，文学研究的普及工作，其意义还不仅仅是传播文化知识，更是传递一种理念，一种理想，甚至还可以说，是在从事一项民族文化集体认同的凝聚工作。大家都认同这样的观点，即传统文化是一个民族的命脉和灵魂。一个不知本来的民族，是绝对没有未来的希望的。在经济全球化的背景下，强调文化的多元性显得尤为重要。人类历史的发展告诉我们，物质文化可以全球化，而精神文化却有其强烈的向心力和凝聚力。文学研究工作者，有必要深入总结我们民族的传统特性和现实追求，并把这种特殊的文化基因固化为人民大众的行为准则和共同梦想。这样的民族是不可战胜的，将会永久地傲立于世界民族之林。

由上述几点启示来看，商务印书馆策划出版的这套

"古代诗词典藏本"，恰逢其时，其意义自不必多说。编者的态度是认真的，他们以"阐释经典本身也要成为经典"为追求，其选家皆术有专攻，在其所选评方面具有相当的专精研究与学术影响，从而保证了选本的专业性与权威性。

正是由于每位选注者的研究领域、研究特点不同，因此"古代诗词典藏本"最大的特点就是不强求整套丛书风格整齐划一，而允许一选本有一选本之个性特色。这里仅举数例：李山教授的《诗经选》，仿佛带领读者做了一次重回"诗经世界"的新旅——重新审读其字句、篇章，重新考订其创作年代，勾勒其礼乐背景，体味其文化意蕴，欣赏其风雅艺术，考察其歌唱方式……《王维诗选》的作者王志清教授认为，王维诗乃诗之哲学，亦可谓哲学之诗。故其选评，敏于感悟，精于赏玩；其评赏文字，巧于切入，工于辞采。《李清照诗词选》的作者陈祖美先生，在历代学术研究成果的基础上，更贴近窥见了李清照的种种内心隐秘，从而细绎出易安的十余种"心事"——幼年失恃、党争株连、婕妤之叹，以及终生无嗣的庄姜之悲等等，提出了许多新人耳目的独到见解。

无须赘言，只这几本书的简略介绍，即已充分显示出选注者的学术个性。在大的统一的原则下，保留各个选本自己独特的面孔，这一点，近于文学所编写经典读本的传统。钱锺书先生的《宋诗选注》，就特别强调自己"注"的特色，而与其他选本略有不同。希望这种不拘一格、力避匠气的文风与学风，贯彻丛书始终，从而涌现出更多的既拥有学术品位又文采斐然，既不乏前沿理论、自出己见又深入浅出的精品选本。

丛书付梓在即，编者希望我就上述特色发表感想，以便让更多的读者理解，这种信任让我感动。确实，好书好序，相得益彰。如果翻开一部新书，上来就是一篇乏味的序言，就好像刚出门，便遇上障碍物，诚可谓“出门即有碍，谁谓天地宽”，叫人眉蹙。顾炎武《日知录》早就告诫：“凡书有所发明，序可也；无所发明，但纪成书之岁可也。人之患在好为人序。”贸然作序，对读者可能会是一种冒犯。但我想，好书确实需要介绍，好意也要有所表达。我真诚地呼吁我们的同行，在努力攀登学术高峰的同时，不要忘记为社会尽些心力，为国家文化建设奉献我们的绵薄之力。

六十年前，文学研究所推出的经典读本，以著者自己研究为基础，广泛借鉴吸收前人成果，取得空前成就，影响至今。我们相信，商务印书馆推出的这套“古代诗词典藏本”，也一定能在学术普及工作方面推陈出新，为广大读者所认可。

2014年5月30日

草于京城爱吾庐

目　录

卷二

卷三

卷四

附录

导　言

诗词，是诗人从心底里流出的生命体验。每家的诗词，都有独特的生命内涵。要了解词作的独特性，先须了解词人的独特性。想要深入领会辛弃疾的词，必须先了解辛弃疾其人。

一、英雄人

辛弃疾为人最突出的特点，是具有英雄气质。他不止一次地自称为英雄、自诩为英雄。他狂放的时候，感“叹少年胸襟，忒煞英雄。把黄英红萼，甚物堪同。除非腰佩黄金印，座中拥、红粉娇容”（《金菊对芙蓉》）。失意的时候，想“唤取红巾翠袖，揾英雄泪”（《水龙吟》）。老了，自伤“不念英雄江左老，用之可以尊中国”（《满江红》），“谁念英雄老矣，不道功名蕞尔，决策尚悠悠”（《水调歌头》）。

辛弃疾天生一副英雄模样，身材肥胖魁梧，壮健如虎，红颊青眼，目光有棱，眼睛一瞪，就光芒直射，威严冷峻。挚友陈亮题赞他的画像时，说他“眼光有棱，足以映照一世之豪”（《辛稼轩画像赞》）。词友刘过写诗赞扬辛弃疾，说“精神此老健如虎，红颊白须双眼青”（《呈稼轩》）。

辛弃疾究竟算不算英雄？我们先看古人心目中英雄的标准。三国时代刘劭《人物志》卷八《英雄》是这样定义英雄的：

> 夫草之精秀者为英，兽之特群者为雄。故人之文武茂异，取名于此。是故聪明秀出谓之英，胆力过人谓之雄。……夫聪明者，英之分也，不得雄之胆，则说不行。胆力者，雄之分也，不得英之智，则事不立。是故英以其聪谋始，以其明见机，待雄之胆行之。雄以其力服众，以其勇排难，待英之智成之，然后乃能各济其所长也。若聪能谋始，而明不见机，乃可以坐论而不可以处事。聪能谋始，明能见机，而勇不能行，可以循常而不可以虑变。若力能过人，而勇不能行，可以为力人，未可以为先登。力能过人，勇能行之，而智不能断事，可以为先登，未足以为将帅。必聪能谋始，明能见机，胆能决之，然后可以为英。张良是也。气力过人，勇能行之，智足断事，乃可以为雄。韩信是也。

这段话的大意是说，草中精秀出众的叫英，兽中特别超群的叫雄。所以人们把文武出众的人与之类比，将智慧超群的称为英，胆力过人的称为雄。英有聪明智慧，但如果没有雄的胆量，他的理想就没法实现。雄有胆略武力，但如果没有英的智慧，也难以成就事业。所以，英以他的智慧做出战略部署、并能把握战略机遇，还需要雄的胆量来付诸行动。雄有过人的力量来服众，超常的勇气排除困难，但需要英的智慧来成就事业。英和雄各济所长，才能成就伟业。如果只有远见谋略，而不善于把握战机，这种人只能坐而论道，而不能实战。有远见谋略，又能把握战略机遇，但如果没有勇气付出行动，这种人只能守常规而不能随机应变，不能解决突发的危机。如果力量过人，但没有勇气行动，只能做力士，而不能冲锋陷阵。力量过人，勇于冲锋陷阵，但如果智慧不足以临机断事，这种人可以为先锋，而难以做将帅。称得上是英的人，一定是有远见谋略，善于掌控战机，而且有胆量做出决断，并能付诸行动。张良就是这样的人。称得上是雄的，必定是武力过人，勇敢无畏，有行动力，而且临事机智果断。韩信就是典范。

综合来看，英雄的特点是聪能谋始，明能见机，胆能决之，勇能行之，气力过人，智足断事。辛弃疾就是这样的英雄。且看他青壮年时代的几件壮举：

1. 年少从军

人们都知道，二十二岁时，辛弃疾曾聚众二千，起兵抗金，后投奔耿京部下，为掌书记。他在《美芹十论》中说："辛巳岁，金亮南下。中原之民屯聚蜂起，臣尝鸠众二千，隶耿京为掌书记。"辛巳岁，即绍兴三十一年（1161）。我们要追问的是，他为什么要起兵抗金，起兵的动机目的是什么？为什么要率两千人投奔耿京部下，而不是只身前往？或者说他为什么要隶属于耿京部下，而不是自立山头，独立抗战？为什么偏偏是在绍兴三十一年辛巳

（1161）起兵，而不是在此前或此后起兵？

辛弃疾起兵是为民族大义，而不是做绿林好汉。辛弃疾的家乡在济南，他自幼生长在金人占领区，饱受民族压迫与欺凌。《美芹十论·观衅篇》说：当时胡人“分朋植党，仇灭中华。民有不平，讼之于官，则胡人胜，而华民则饮气以茹屈；田畴相邻，胡人则强而夺之；孳畜相杂，胡人则盗而有之”。所以，他从小就立志要为民族报仇雪耻，所谓“虏人凭陵中夏，臣子思酬国耻，普天率土，此心未尝一日忘”（《美芹十论》）。

他起兵抗战的动机是雪洗国耻，收复中原。既然起兵抗战是为收复中原，如果孤军奋战，自不可能成功，必须壮大力量，团结义士，共图大业。对此，他在《美芹十论》中说得很明白：“隶耿京为掌书记，与图恢复，共籍兵二十五万。”辛弃疾不自立山头单干，而要投奔耿京的队伍，目的是共“图恢复”大计。

辛弃疾率众两千投奔耿京，而不是只身前往，这体现出辛弃疾的“聪能谋始”。试想，当时辛弃疾年方二十出头，一个毛头小伙，如果只身前往，短期内必然难以获得耿京的信任重用。带上两千人的队伍投奔，陡然间就壮大了耿京队伍的实力，耿京自然会对辛弃疾刮目相看，而委以重任。

且看耿京是如何逐步壮大的。据徐梦莘《三朝北盟会编》卷二百四十九记载：济南人耿京怨恨金人的横征暴敛，民不聊生，才揭竿而起。先是结集李铁枪等六人入东山，逐渐发展到数十人，攻取莱芜、泰安后，队伍扩展到百余人。莱州贾瑞带领数十人归耿京，耿京大喜。耿京听从贾瑞的建议，将百余名部下分为诸军，各令招人，不久，就招募到了数十万人。辛弃疾带领两千人归隶耿京，耿京自然是大喜过望。率众两千入伙，等于是“投名状”，有了这个资本，辛弃疾在耿京的队伍中就能迅速受到重视，得到重用，才有可能“与图恢复”，实现他远大的战略意图。所以，辛弃疾率众两千投奔耿京，是深思熟虑的战略考量，是他实现“恢复”大业的第一步。

辛弃疾之所以在绍兴三十一年冬天起兵，而不是在这之前或之后，是因为其时金主完颜亮率领百万大军南下侵宋，北方兵力空虚。加之完颜亮南侵前，向中原民众预征五年的租税，致使民怨沸腾，民不聊生，中原豪杰，如河北大名的王友直、山东济南的耿京、太行山的陈俊，倡义集众，并起反抗。辛弃疾敏锐地抓住这个难得的战略机遇，趁机而起，聚兵反抗。辛弃疾曾说“思投衅而起，以纾君父所不共戴天之愤”（《美芹十论》），所谓“投衅而起”，就是寻找机会起兵反抗。

辛弃疾在《美芹十论·观衅》中曾分析过北方民众适时群起反金的原因：深受民族压迫的中原之民，此前不敢贸然起兵抗金，主要是习惯了苟且偷安，又惧怕金人的诛杀之威。之所以到绍兴三十一年辛巳纷纷揭竿而起，是因为“怨已深，痛已巨，而怒已盈”。只可惜当时南宋朝廷没有抓住这难得的机遇。如果南宋朝廷当年能把握这个机遇，与北方义兵相互声援，南北呼应，或者可一举而定中原。

很显然，辛弃疾在绍兴三十一年起兵，正是看到了中原的人心对金人已怨恨至极，此时举义旗，聚义兵，容易得到民众的响应。趁金兵主力南下时举兵，金朝也无力顾及，义兵容易立足生存，也容易发展壮大。辛弃疾的“明能见机”，“勇能行之”，于斯可见。

2. 追杀义端

辛弃疾任耿京的掌书记后，遇到一突发事件，差点丢掉性命，但他以雷霆手段处置，转危为安。《宋史·辛弃疾传》记载这件事的原委是：辛弃疾归耿京之后，曾劝说一位义兵头领义端和尚带领千余人归顺耿京部下。不想这义端为人不义，行为不端，是个投机分子。参与耿京的队伍不久，他就盗窃辛弃疾掌管的军印潜逃。耿京大怒，要杀辛弃疾。辛弃疾说：“请给我三天期限，抓不到义端，再来就死不迟。”辛弃疾料定义端是叛逃至金兵军营，把掌握的军事情报献给金帅，以博取个人利益。果然不出所料，辛弃疾很快就追上了义端，义端见辛弃疾追来，求饶说：“我识君真相，乃青兕也，力能杀人，幸勿杀我。”辛弃疾毫不手软，果断地斩其首级，夺回军印。耿京自此更加信任辛弃疾。

辛弃疾能料定义端是叛投金军，表明辛弃疾判断力强，料事如神。义端逃跑之后，他能追上义端并活捉生擒，表明辛弃疾“气力过人”且“勇能行之”。义端喜谈兵，又能聚众千余人，自非等闲之辈。而他见辛弃疾追来就恐惧不已，说辛弃疾的前身是犀牛，足见辛弃疾力大无比，他毫不留情地杀死叛徒义端，足见他行事果敢。

3. 决策南向

辛弃疾任耿京掌书记数月之后，就向耿京献策，把队伍拉到南宋，图谋发展。这就是《宋史 · 辛弃疾传》里说的“劝京决策南向”。《美芹十论》里也说：“隶耿京为掌书记，与图恢复，共籍兵二十五万，纳款于朝。”所谓“决策南向”，“纳款于朝”，是说要带领二十五万兵马，投诚南宋王朝。

为什么辛弃疾要劝耿京“决策南向”？他是基于怎样的战略考量？

原来，绍兴三十一年冬天完颜亮南侵渡淮不久，就被部下杀死。金兵主力部队全部撤回北方，这对义军的生存构成严重威胁。更为严峻的，金世宗继位后，对北方义军采取了攻心瓦解的策略，下令“在山者为盗贼，下山者为良民”，“放罪”赦免抗金义军。于是北方义军人心涣散，大多解甲归田，不少义军队伍随即土崩瓦解。如王友直部，原有众数十万，自从金世宗下达归农为民的赦令后，只剩下三十多人。因无法生存，王友直只好率三十多名部下南奔投诚南宋。

王友直部队瓦解之后，耿京部队自然是独木难支。如果不及时另寻出路，也很快会像王友直部队一样溃散，或被金兵消灭。所以，辛弃疾劝耿京“决策南向”，而耿京也言听计从，采纳了辛弃疾的建议。一个二十三岁的少年，敏锐地察觉到部队的生存危机，为二十五万的军队寻找出路，辛弃疾的“聪能谋始，明能见机”，再一次得到充分的展现。

4. 生擒叛将

耿京听从辛弃疾南下投诚的计策后，即委派贾瑞和辛弃疾等十一人前往南宋接洽。贾瑞、辛弃疾一行从山东东平出发，于绍兴三十二年（1162）正月到达楚州（今江苏淮阴），在淮南转运副使杨抗的安排下，前往建康（今南京）。正月十八日，宋高宗赵构巡幸至建康，闻辛弃疾一行南来，大喜，随即召见，并分别授予官职，耿京部下有二百多人被授官。贾瑞、辛弃疾一行接受任命之后，即返回山东。枢密院委派使臣吴革、李彪二人携带官诰文书随贾瑞、辛弃疾等一同前往，准备到山东当面宣布朝廷的任命。到达海州（今江苏连云港）后，京东招讨使李宝又派部将王世隆率十数名骑兵护送贾瑞、辛弃疾一行。

就在辛弃疾等人准备离开海州前往山东时，原来的部下马全福前来报讯，说耿京被叛将张安国杀害，义兵队伍已经溃散，张安国率部投降了金人。辛弃疾闻讯大惊，当机立断，与王世隆及马全福等相约潜回山东，生擒张安国。将张安国活捉生擒之后，送往临安正法。史载：

> 绍兴三十二年，京令弃疾奉表归宋，高宗劳师建康，召见，嘉纳之，授承务郎、天平节度掌书记，并以节使印告召京。会张安国、邵进已杀京降金，弃疾还至海州，与众谋曰：“我缘主帅来归朝，不期事变，何以复命？”乃约统制王世隆及忠义人马全福等径趋金营，安国方与金将酣饮，即众中缚之以归，金将

追之不及。献俘行在，斩安国于市。仍授前官。(《宋史·辛弃疾传》)

赤手领五十骑，缚取于五万众中，如挟毚兔，束马衔枚，间关西奏淮，至通昼夜不粒食。(洪迈《稼轩记》)

挟安国马上，还朝以正典刑。(《朱子语类》卷一三三)

即帐中缚之，献于临安斩之。(陈泾《通鉴续编》卷十七)

这几条记载，详略虽然不同，但我们从中可以得到如下几点信息：一、辛弃疾率领的是五十骑兵，而金兵营中有五万之众，敌我力量悬殊一千倍；二、辛弃疾是在金兵营帐中活捉生擒张安国的；三、辛弃疾是将张安国绑缚于马上，昼夜不停，越过淮河，将张安国送至临安问斩。

这在常人看来，简直是不可能完成的作战任务，辛弃疾却完成了。这充分体现出辛弃疾超常的智慧、超常的胆略和超常的勇力。

辛弃疾是怎样以少胜多，从五万之众中生擒叛将的？惊心动魄的具体过程已无法复原，但我们可以从辛弃疾一贯的战略战术推测个大概。辛弃疾的《美芹十论》，有《察情》《观衅》两篇。观衅，就是洞察敌人的失误、过失、软肋、薄弱环节，伺机击之。“察情”，就是掌握敌人的动向，了解对手的情报。辛弃疾在《察情》中说：“两敌相持，无以得其情则疑，疑故易骇，骇而应之必不能详。

有以得其情则定，定故不可惑，不可惑而听彼之自扰，则权常在我。而敌实受其弊矣。古之善用兵者，非能务为必胜，而能谋为不可胜，盖不可胜者，乃所以徐图必胜之功也。”辛弃疾强调，两军对垒，必须了解对手，不了解对手就会怀疑，怀疑就会恐惧，在恐惧之中应战，肯定考虑不周详。能充分了解对手，心情就安定，安定就不会被表象所迷惑，不迷惑就能掌握主动权。古代善用兵的，并非能每战必胜，而是能做到不被敌人战胜，立于不败之地，不被敌人战胜，就可以寻找破敌之机，最终获得胜利。

辛弃疾非常重视情报的搜集，常常派间谍前往敌占区搜集情报。他曾对友人程珌说：“弃疾之遣谍也，必钩之以旁证，使不得而欺。如已至幽燕矣，又令至中山，至济南。中山之为州也，或背水，或负山，官寺帑廪，位置之方，左右之所归，当悉数之。其往济南也亦然。又曰北方之地，皆弃疾少年所经行者，彼皆不得而欺也。”（《洺水集》卷二《丙子轮对札子》）辛弃疾在《美芹十论》和《九议》中也一再强调：“知敌之情而为之处者，绰绰乎其有余矣。”“事有操纵在我，而谋之已审，则一举而可以遂成。”“攻其不备，出其不意，是谓至计。”可想而知，辛弃疾到山东后，绝对不会是大张旗鼓地强攻进入金人营地活捉张安国，必定是先派人去侦察敌情，了解金兵防守的薄弱环节和松懈时机，对金兵的活动规律和地形地貌了然于心后，再制定出万无一失的突击方案，然后一举而成。

我们要问，辛弃疾为什么要冒着生命危险活捉生擒张安国，而不是像擒杀义端那样就地杀掉？暗杀张安国比生擒张安国要容易得多。他为什么要大费周章地把张安国送回临安正法？他是出于什么样的战略考虑？

辛弃疾回归南宋，是想担当大任，成就恢复大业。而要担当大任，就要有政治资本进入仕途，要表现出超常的才干、智慧、胆略为上峰所知。说服耿京把二十五万军队拉到南宋，原本是回归南宋的重要资本和投名状，随着耿京被杀，义军解体，这个投名状立即化为乌有。《美芹十论》说："共籍兵二十五万，纳款于朝。不幸变生肘腋，事乃大谬。"所谓"事乃大谬"，不仅是说原本想带回南宋献给朝廷的二十五万兵马已然溃散，自己个人的"事"业前途也将遭受重创！他必须策划新的方案，重新设计投名状。辛弃疾一直重视战略规划，他的《美芹十论》开篇就说："事未至而预图，则处之常有余；事既至而计，则应之常不足。"国家层面是这样，个人层面也是这样。在事情未发生之前，就做好规划安排，一旦事情发生，就可以绰有余裕地应对。事情发生后再考虑处置的方案，应对总会有疏漏不足。八百多年前，辛弃疾就有这样的战略规划意识，实在是非常的超前，他超越的不止一个时代。

耿京被杀，原来承诺带回南宋的二十五万军队全部瓦解之后，辛弃疾回南宋朝廷后怎样解释？谁能相信他所说的二十五万军队是真实的？辛弃疾想到，如果把叛徒张安国活捉到南宋，既能做"人证"，也能在南宋君臣面前展现他非凡的智慧、非凡的胆略和非凡的勇气。于是，他经过精心策划，精心部署，活捉生擒了张安国，完成了一件惊天动地的壮举！洪迈是这样描述辛弃疾活捉张安国事件的社会影响的：“壮声英概，懦士为之兴起，圣天子一见三叹息，用是简深知。”（《稼轩记》）孝宗皇帝闻知辛弃疾的壮举，感叹不已，赞赏有加，从此深加信任器重。可以说，活捉张安国，为辛弃疾打响了回归南宋的声名，打拼出了未来仕途的政治资本，达到了辛弃疾展示自我的预期目的。

5. 预言金亡

辛弃疾是有远见卓识的战略家。33岁时（1172）就预言金朝六十年后必亡，金亡而中国之忧更大，后来果然应验。金亡之后，南宋连半壁江山也逐渐不保，最终为元蒙所覆灭。辛弃疾的预言，宋末周密《浩然斋意抄》有记载：“乾道壬辰，辛幼安告君相曰：‘仇虏六十年必亡，虏亡而中国之忧方大！’绍定足验矣。惜乎斯人之不用于乱世也。”乾道壬辰，即乾道八年（1172）。六十年后的宋理宗绍定五年壬辰（1232），金都城汴京被元兵攻陷，金哀宗逃离汴京，太后、皇后、皇妃、公主等降元。周密所谓“绍定足验”，即指此事。虽然金朝的末代皇帝到1234年才在蔡州自缢身亡，但1232年金朝实际上已亡国。辛弃疾预言金朝六十年后必亡，真是神机妙算，准确得很。

辛弃疾预言金亡而中国之忧更大，指的是北方蒙古对南宋的潜在威胁，可当时南宋朝廷浑然不觉。别说是辛弃疾在世时，就是金朝灭亡前夕，南宋朝廷也没有意识到元蒙威胁的逼近。且看金哀宗亡国前夕、逃到蔡州（今河南汝南）时派人去南宋借粮，行前对使者说的一段话：“（南宋）今乘我疲敝，据我寿州，诱我邓州，又攻我唐州，彼为谋亦浅矣。大元灭国四十，以及西夏，夏亡及于我，我亡必及于宋。唇亡齿寒，自然之理。若与我连和，所以为我者亦为彼也。卿其以此晓之。”使者到南宋，宋廷不仅没有答应金哀宗的请求，而且落井下石，与元兵联手，最终攻下金哀宗所在的蔡州，而导致金朝彻底灭亡。六十年前辛弃疾已预料到的元兵威胁，六十年之后南宋朝廷当局仍未觉察，实在让人叹息！

辛弃疾的预言，是有历史和现实依据的战略分析与政治预判。他在《美芹十论》的《审势》篇和《观衅》篇对金朝必然亡国有过细致的分析：“金国今用事之人，杂以契丹、中原、江南之士，上下猜防，议论龃龉，非如前日尼雅满、乌珠辈之叶，且骨肉间僭弑成风。如闻伪许王以庶长出守于汴，私收民心，而嫡少尝暴之于父。此岂能终以无事者哉！我有三不足虑，彼有三无能为，而重之以有腹心之疾，是殆自保之不暇，何以谋人！臣抑闻古之善觇人国者，如良医之切脉，知其受病之处，而逆其必殒之期。初不为肥瘠而易其智。官渡之师，袁绍未遽弱也，曹操见之，以为终且自毙者，以嫡庶不定而知之；咸阳之都，会稽之游，秦尚自强也，高祖见之，以为‘当如是’矣，项籍见之，以为‘可取而代之’者，以民怨已深而知之。盖国之亡，未有如民怨、嫡庶不定之为酷。虏今并有之，欲不亡何待！”“又况今日中原之民，非昔日中原之民。曩者民习于治而不知兵。不意之祸如蜂虿作于怀袖。知者不暇，谋勇者不及怒。自乱离以来，心安于斩伐，而力闲于攻守，敌人虽暴，有王师为之援，民心坚矣。冯妇虽攘臂，其为士笑之。孟子曰：'为汤武驱民者，桀与纣也。'臣亦谓：今之中原离合之衅已开，敌人不动则已，诚动焉，是特为陛下驱民而已。惟静以待之，彼不亡何待！"辛弃疾从人心向背与皇位继承权争夺不定两个方面来分析判断金朝必然灭亡。金朝内部民怨深重而不可疏解，皇位继承的嫡庶不定也埋下永久的祸根。这两重矛盾如果不断激化，加之外部势力的攻击，金朝非亡不可。辛弃疾如良医切脉，切中金朝的脉理，故能料定其六十年后必亡。

嘉泰四年（1204）正月，辛弃疾入朝面见宋宁宗皇帝时又明确提出金朝必乱必亡，请朝廷早为之预备。李心传《建炎以来朝野杂记》乙集卷十八载："会辛殿撰弃疾除绍兴府，过阙入见，言金必乱必亡，愿付之元老大臣，务为仓猝可以应变之计。"《宋史·韩侂胄传》也记载："会辛弃疾入见，言敌国必乱必亡，愿属元老大臣，预为应变计。"

辛弃疾作为卓越的战略家，不仅成功预言金朝必亡，而且也预言过南宋开禧北伐必败。程珌《丙子轮对札子二》载："甲子之夏，辛弃疾尝为臣言：'中国之人，不战自溃者，盖自李显忠符离之役始……'盖方是时，朝廷有其意而未有其事也。明年乙丑，弃疾免归。又明年丙寅始出师，一出涂地不可收拾。百年教养之兵一日而溃，百年葺治之器一日而散，百年公私之盖藏一日而空，百年中原之人心一日而失。邓友龙败，朝廷以丘崈代之，臣从丘崈至于淮甸，目击横溃，为之推寻其由，无一而非弃疾预言于二年之先者。”嘉泰四年甲子（1204），南宋朝廷在韩侂胄的主导下准备北伐，辛弃疾时知镇江府，为之做开战的准备，多次派遣间谍至金，侦察金人兵骑之数，屯戍之地，将帅的姓名，帑廪的位置等，并拟招募沿边士丁以应敌。后来深度了解了韩侂胄的所作所为后，辛弃疾又深为失望，预言北伐必然失败，曾为程珌分析过北伐必然失败的原因和地点。两年后，即开禧二年丙寅（1206）五月，南宋下诏伐金，出师即败，结果完全如辛弃疾所预言。辛弃疾的远见谋略，足以称“神”！

6. 平定茶商之乱

辛弃疾不仅神机妙算，还善于实战，能打硬仗。淳熙二年（1175）平定茶商赖文政之乱，就充分展现出他过人的指挥才能和作战方略。

南宋的茶商之乱，时有发生，一般规模比较小，时间比较短，很快就被平息。只有赖文政之乱，延续时间长，影响地域广。南宋之所以频繁发生茶商之乱，根源在于南宋的“榷茶”制度。南宋延续北宋茶叶专卖制度，商人要卖茶叶，必须向官府购买“茶引”，即茶叶特许经营凭证。商人凭“茶引”，到茶园、茶户购买额定数量的茶叶，然后去贩卖。南宋的“茶引”，不是购买一次就可以获得长期的售卖权，而是一道道地购买，买一道茶引，只能售卖额定数量的茶叶。据淳熙年间左司郎中李椿奏疏所言，茶商每卖一百二十斤茶叶，支付的税费高达四五十贯，这还不包括官吏的违法克扣等隐性支出。连李椿都感叹茶引费实在太高。由于茶引的价格昂贵，自愿购买的很少，于是茶商就私下贩卖。官府严查禁止，茶贩就结伙抱团武装对抗。官府查禁极严，茶贩无利可图，难以生存，就变为盗匪，从事抢劫等违法活动。为了争夺地盘，他们有时互相火拼仇杀，有时肆无忌惮地抢劫居民，有时抢夺客人买下的茶货，有时强掠妇女，以致民不安居。过去有人认为，茶商之乱是农民起义，完全是误解。那些叛乱之徒，根本不是农民，而是以失业的茶商为主体，加上刺配逃军、恶少无赖之徒等等。以前学界把茶商叛乱者称为“茶商军”，也是误解。南宋的茶商军，其实是专门应对茶商叛乱的官军。《宋史·郑清之传》记载：“湖北茶商，群聚暴横。清之白总领何炳曰：‘此辈精悍，宜籍为兵，缓急可用。’炳亟下召募之令，趋者云集，号曰‘茶商军’。后多赖其用。”意思很清楚：时任江西总领所准备差遣的郑清之，见湖北茶商常常群聚暴乱，于是向总领何炳建议，组建专门的军队来应付精悍的茶商团伙。何炳言听计从，立马下令召募士兵，响应者云集，于是将这支军队称为“茶商军”。魏了翁《直焕章阁淮西安抚赵君墓志铭》也提到“置制使留茶商、忠效一军补兵籍”之事，意思是置制使留下茶商军、忠效军以补兵籍。由此可见，茶商军是兵籍之外的预备军队。

以赖文政为首的湖北茶商之乱，始于淳熙二年（1175）四月，先在湖北、湖南交界的常德、益阳一带为盗，不久，就向湖南、江西进攻。朝廷调派宋金前线的正规军——鄂州军前往镇压，居然无济于事。赖文政的队伍，只有四百来人，而鄂州军有三千人，“最号精锐有纪律者”，双方交手的结果是“一胜一负”，官军没打败茶商，自身却“十百为群，逃窜而归”（周必大《文忠集》卷一三八《论军士纪律》）。六月，赖文政等攻入江西吉州永新县，占禾山险要之地为据点。江西安抚使汪大猷派副总管贾和仲率数路之兵前往讨捕，因为不熟悉地形，反而被茶商武装打得落花流水。贾和仲又用招安之策，茶商诈降，虚立旗帜为疑兵，由小路遁去，过了两天才被发现（楼钥《攻媿集》卷八十八《汪公行状》）。

朝廷先后调换三任提刑、动用上万兵力围剿，也没能控制局势。据权兵部侍郎周必大说：当时参加围剿的有“江鄂之师，益以赣、吉将兵，又会合诸邑土军弓手，几至万人，犹未有胜之之策”（《文忠集》卷一三七《论任官理财训兵三事》）。彭龟年也说：“茶寇方盛时，江鄂大军、诸路禁军、土军、弓手、百姓保甲，动以万计。”（《止堂集》卷十一《上漕司论州县应副军粮支除书》）江鄂大军、诸路禁军、地方土军等多兵种联合作战，也没打垮这支茶商武装。

宋孝宗见事态难以控制，由宰相叶衡推荐，委派仓部郎中辛弃疾任江西提刑，“节制诸军，讨捕茶寇”（《宋史》卷三四《孝宗本纪》）。辛弃疾于六月十二日受命，七月初离开临安，赶赴江西提刑司治所赣州，专力督捕茶商武装。

辛弃疾到达赣州后，经过缜密侦察，了解战况后，实施了三大战略战术。

第一步，重兵转困。茶商武装利用山深险阻，打游击战。辛弃疾吸取正规军背负铠甲不利于山中作战的教训，用正规军扼守要道，而用弓兵土军及大量民兵将茶商武装围困山中，以消耗断绝其给养，迫使出山。果然，茶商武装无法在吉州山中久呆，被迫向岭南逃窜。

第二步，多路伏击。茶商武装向南窜入广东、江西交界处后，被广东提刑林光朝率领的精锐之师摧锋军迎头痛击，其势始衰，只好折回江西。八月底，赖文政等从安福逃到萍乡，辛弃疾派鄂州军统制解彦祥率部围剿，茶商武装死伤甚多，又折回逃至安福高峰寺，辛弃疾又派遣土豪彭道到高峰寺合力搜捕。从此，茶商武装大势已去，遂逃至赣州兴国县作最后挣扎。

第三步，招安诱降。赖文政等逃到兴国后，只剩百余人苟延残喘，随时准备投降。辛弃疾就派兴国县尉黄倬前往招安，茶商武装全部投降，历时半年的茶商赖文政之乱，在闰九月，终于被辛弃疾平息。据罗大经《鹤林玉露》记载，投降之前，赖文政先带几名首领来见辛弃疾，“约日束兵。既退，谓其徒曰：‘辛提刑瞻视不常，必将杀我。’”茶商武装投降后，辛弃疾果然杀了赖文政。

边防作战的三千正规军打不败茶商四百人，后来又加上诸路禁军、土兵上万人，依然不能阻扼其气焰。可见赖文政确实是足智多谋、难以对付的高手。而辛弃疾坐镇指挥后，迅速扭转局势，不到三个月就平定叛乱。这次成功平叛，再次彰显辛弃疾聪能谋始，明能见机，智足断事，胆能决之，勇能行之的英雄气质。

7. 建立飞虎军

淳熙七年八月（1180），辛弃疾在长沙任潭州知州兼湖南安抚使时创建飞虎军一事，也能见出他的胆略、勇气和智慧。

辛弃疾鉴于湖南控带两广的特殊地理位置，又盗患严重，武备空虚，于是向朝廷提出，依广东摧锋军、湖北神劲军、福建左翼军之例，别创一军，号称飞虎军。获得朝廷许可之后，辛弃疾雷厉风行，在长沙马殷营垒故址建立兵营，招步军两千人，马军五百人，并在广西买马五百匹，战马铁甲皆备。

辛弃疾建飞虎军，并非一帆风顺。先是组建期间，枢密院就有人反对，数次阻挠，而辛弃疾不为所动，加速进行。后来因花费巨大，动以万计，辛弃疾亲自协调斡旋，“事皆立办”（《宋史》本传）。可朝中又有人弹劾辛弃疾聚敛民财，以至于降下御前金字牌，勒令即日停建。辛弃疾受而藏之，不动声色，继续督责监办者，令一月之内建成飞虎营栅，违者军法从事。最终如期落成。军营建成后，辛弃疾向朝廷陈述始末，并绘图缴进，孝宗皇帝才释然。由此可见辛弃疾临事果断，有胆有识，决策力、行动力超强。

两日内置瓦二十万，更见辛弃疾的超群智慧，如同诸葛亮草船借箭般的传奇。飞虎军营寨将成，适逢秋雨连月，负责施工者向辛弃疾报告，造瓦不易。辛弃疾问需瓦多少？回答说二十万。辛弃疾说不用担心，不日可办。僚属不信。他随即命令厢官除官舍、神祠外，号召每户居民取沟瓦二片，结果不到两天，二十万片瓦就全部备齐。僚属为之叹服不已。这是《宋史·辛弃疾传》记载的故事。罗大经《鹤林玉露》所载情节略有不同：属吏报告辛弃疾“唯瓦难办”，辛弃疾即“命于市上每家以钱一百赁檐前瓦二十片，限两月，以瓦收钱。于是瓦不可胜用”。一说是每家取瓦二片，一说是用一百钱向每家住户买瓦二十片，传闻虽有差异，但都体现出辛弃疾随机应变的智慧和解决困难的能力。罗大经对此评论说：“大凡临事，无大小，皆贵乎智。智者何？随机应变，足以弭患济事者是也。”

飞虎军建成之后，辛弃疾又加强训练，使之“雄镇一方，为江上诸军之冠”（《宋史》本传）。后来任湖南安抚使的朱熹也说：“飞虎军，元系帅臣辛弃疾创置，所费财力以巨万计，选募既精，器械亦备，经营葺理，用力至多。数年以来，盗贼不起，蛮徭帖息，一路赖之以安。”（《晦庵集》卷二一《乞拨飞虎军隶湖南安抚司札子》）飞虎军的意义和作用，越到后来越显著。辛弃疾作为飞虎军的创始人，功不可没。

由上述诸事可以看出，辛弃疾不仅有张良那样的智慧谋略，又有韩信一般的勇气胆力。依刘劭《英雄论》的标准，辛弃疾可谓是兼张良之英、韩信之雄的真英雄、大英雄。

辛弃疾同代人早就持有这样的看法，把他誉为张良、诸葛亮。刘宰在《贺辛待制弃疾知镇江》中就赞美辛弃疾是“卷怀盖世之气，如圯下子房，剂量济时之策，若隆中诸葛”。子房，即张良。黄榦致书辛弃疾，称其“果毅之姿，刚大之气，真一世之雄也”（《与辛稼轩侍郎书》）。卫泾在辛弃疾除知绍兴府兼两浙东路安抚使制词中以宁宗皇帝的口吻，称扬辛弃疾是“谋猷经远，智略无前”（《后乐集》卷一）。刘宰《上安抚辛待制》又说辛弃疾“命世大才，济时远略，挺特中流之砥柱”，“雅有誓清中原之志，乾旋坤转，虎啸风生”。可以说。辛弃疾的英雄气质、宏大志向、远见卓识、谋略智慧，为当时的君臣所共知，并得到广泛的认可。

只可惜辛弃疾生不逢时，不能像岳飞那样建立盖世功勋。洪迈在《稼轩记》中曾感叹：“使遭事会之来，挈中原还职方氏，彼周公瑾、安石事业，侯盖饶为之。”意思是如果有机会，辛弃疾完全可以收复中原，建立周瑜、谢安那样的勋业。宋末刘克庄《辛稼轩集序》也说：“以孝皇之神武，及公盛壮之时，行其说而尽其才，纵未封狼居胥，岂遂置中原于度外哉！”然而辛弃疾终其一生，没有等到大显身手的机会，一辈子只牛刀小试了几回。时代注定了辛弃疾只能是一个悲剧英雄。

二、英雄词

英雄人写英雄词。辛弃疾的词作，是其英雄人格、英雄心态、英雄命运的真实写照。他写词，有着明确而自觉的创作目的，《鹧鸪天·不寐》词说："人无同处面如心。不妨旧事从头记，要写行藏入笑林。"他写词，是要写自己的人生行藏出处，写自己的人生经历境遇，写自己的心态情感和世态人情。所以，无论是缘于外在的应酬唱和，还是缘于内心的创作冲动，辛弃疾都用词来写人生理想、人生思考、人生体验、人生感悟、人生苦闷、人生乐趣。辛弃疾的词，是他独特个性的影像记录、生命历程的艺术呈现。

为便于集中了解辛词人格个性、心态情感的不同侧面，本书打破按作品创作年代顺序排列的惯例，而按题材、内容分类排列。编年排列，有点像史书的编年体，便于了解作者的创作历程；分类编排，有点像史书的纪事本末体，便于完整了解事件的来龙去脉。

本书按词作内容的不同，分为四卷，每卷展示辛弃疾英雄词世界的不同侧面。大体而言，卷一是豪情词，卷二是闲情词，卷三是友情亲情词，卷四是山水乡村词。

卷一诸词，展现的是英雄辛弃疾的豪情、理想、追求、失落、苦闷、怨愤。在这里，可以看到稼轩"壮岁旌旗拥万夫"（《鹧鸪天》）的威武，"沙场秋点兵"（《破阵子》）的帅气，"千丈擎天手，万卷悬河口"（《一枝花·醉中戏作》）的豪迈，也可以了解他"把吴钩看了，栏干拍遍，无人会、登临意"（《水龙吟·登建康赏心亭》）的孤独，可以领略他"斫去桂婆娑。人道是、清光更多"（《太常引·建康中秋为吕叔潜赋》）的人间情怀，"布被秋宵梦觉"时眷恋"万里江山”(《清平乐·独宿博山王氏庵》)的社会担当。他有“青山遮不住，毕竟东流去”(《菩萨蛮·书江西造口壁》)的时不我待的焦虑，更有像张良那样为帝王师，能够“万里勒燕然”(《菩萨蛮》)的理想。

英雄有苦闷，有怨愤。他有时“半夜一声长啸，悲天地、为予窄”(《霜天晓角·赤壁》)；有时像冯谖一样弹铗悲歌：“腰间剑，聊弹铗”(《满江红》“汉水东流”)；有时像“落魄”的“故将军”李广，醉饮在“岁晚田间”(《八声甘州》)；有时悲愤难平，派遣“酒兵压愁城”，用词“写尽胸中，块磊未全平”(《江神子·和人韵》)。

行伍出身、经过战火洗礼的英雄辛弃疾，善于在词中再现战争场景，《水调歌头》中的“落日塞尘起，胡骑猎清秋。汉家组练十万，列舰耸层楼”，写绍兴三十一年的宋金大战，如同战争大片，惊心动魄;《满江红·贺王宣子平湖南寇》写湖南安抚使王佐平定陈峒之乱：“笳鼓归来，举鞭问、何如诸葛。人道是、匆匆五月，渡泸深入。白羽风生貔虎噪，青溪路断鼪鼯泣。早红尘、一骑落平冈，捷书急。”也是虎啸风生，气势磅礴。

英雄以天下为己任，有崇高的理想，执着的信念，深沉的家国情怀。故而给友人祝寿，辛弃疾激励友人“要挽银河仙浪，西北洗胡沙”(《水调歌头·寿赵漕介庵》)，自许“待他年，整顿乾坤事了，为先生寿”(《水龙吟·甲辰岁寿韩南涧尚书》)。送友人时，难忘“落日胡尘未断，西风塞马空肥”(《木兰花慢·席上呈张仲固帅兴元》)，他鼓励友人“待十分做了，诗书勋业”（《满江红·送汤朝美自便归金坛》）。与朋友唱和，相互勉励“男儿到死心如铁。看试手，补天裂”（《贺新郎·同父见和再用前韵》），忧虑着山河破碎，“南共北，正分裂”（《贺新郎·用前韵送杜叔高》），念念不忘“中州遗恨”（《水调歌头·和马叔度游月波楼》）。登南剑州双溪楼时，憧憬着“倚天万里须长剑”（《水龙吟》），一匡天下；登京口北固亭时，希望像古代的英雄一样能“金戈铁马，气吞万里如虎”（《永遇乐》）。从卷一所选词什，可以领略辛弃疾英雄人格、英雄心态的不同侧面。

卷二诸词，展现的是辛弃疾的闲情逸趣、性情嗜好。辛弃疾23岁南归之后，在仕途上打拼了二十年，43岁（1182）被罢职闲居，除了53—55岁（1192—1194）、63—65岁（1203—1205）两度短暂的东山再起之外，直到68岁去世，在江西上饶、铅山乡间闲居了二十年。英雄辛弃疾被迫做了隐士。闲居期间，他有闲适的快意，更多的是闲而无用的苦闷忧郁。

在这卷词作中，我们可以看到，他的生活有时随性轻松，“欲行且起行，欲坐重来坐。坐坐行行有倦时，更枕闲书卧”（《卜算子》）。读书、饮酒、闲游，是他中晚年隐居生活的主要内容。他时常坐着竹轿，带着钓车茶具、圆桌坐垫，在溪头村畔闲游，所谓“行李溪头，有钓车茶具，曲几团蒲”（《汉宫春·即事》）是也。

他常常生病：“病是近来身，懒是从前我。”（《卜算子》)“剩欲读书已懒，只因多病长闲。”(《西江月》)“病中留客饮，醉里和人诗。”(《临江仙》)病虽愈，但筋力衰退，“不知筋力衰多少，但觉新来懒上楼”(《鹧鸪天·鹅湖归病起作》)。壮健如虎的英雄，到了老年，却是“头白齿牙缺”：“已阙两边厢，又豁中间个”(《卜算子》)；老态龙钟：“坐堆𡯖，行答飒，立龙钟”(《水调歌头》)。

闲居期间，更多的是愁肠百结，愁思难解，他常常在词中倾诉：“欲上高楼去避愁。愁还随我上高楼。”(《鹧鸪天》)“有甚闲愁可皱眉。老怀无绪自伤悲。”(《鹧鸪天·重九席上再赋》)“而今识尽愁滋味，欲说还休。”(《丑奴儿》)“近来愁似天来大，谁解相怜。谁解相怜。又把愁来做个天。”(《丑奴儿》)

在这卷词作中，还可以看出辛弃疾对官场生活的厌倦。他53岁时重新出山，任福建路提点刑狱，后转任安抚使。到福建不久，他就怀念“瓢泉快活时。长年耽酒更吟诗”(《添字浣溪沙·三山戏作》)。因与上司同僚不睦，他预感到官场危机：“新剑戟，旧风波”(《鹧鸪天·三山道中》)，因此准备退隐归山，可儿子以“田产未置”劝阻，辛弃疾作《最高楼》“骂之”。写词骂子，前无古人。他在词中说：“吾衰矣，须富贵何时。富贵是危机。”不如像陶渊明那样，早些辞官归隐，葺个园儿名佚老，作个亭儿名亦好，“闲饮酒，醉吟诗”，何等自在逍遥。从官场退隐，他有词；从家事抽身，他也有词。《西江月·以家事付儿曹，示之》就是宣布从此不再管家事，只“管竹管山管水”。他吩咐接管家政的儿曹，要依法纳税，要收支平衡："早趁催科了纳，更量出入收支。"辛弃疾是超人，同时也是懂得生活、很会生活的平凡人。

辛弃疾好酒，嗜酒，几乎无日不饮,《浪淘沙》宣称"身世酒杯中。万事皆空"；《浣溪沙》自言"总把平生入醉乡，大都三万六千场"；《临江仙》自悟"少是多非惟有酒，何须过后方知"。他嫌独饮不过瘾，就写词请朋友来共饮："掀老瓮，拨新醅。客来且尽两三杯。"（《鹧鸪天·寄叶仲洽》）

他每饮必醉，常常在词中自写醉态："一饮动连宵，一醉长三日。"（《卜算子》）"昨夜山公倒载归。儿童应笑醉如泥。"（《定风波》）"昨夜松边醉倒，问松我醉何如。只疑松动要来扶。以手推松曰去。"（《西江月》）常常狂饮烂醉，不免伤及健康。于是朋友劝他戒酒，可他回应说："记从来、人生行乐，休更问、日饮亡何。快斟呵。裁诗未稳，得酒良佳。"（《玉蝴蝶》）等到身体实在吃不消了，他只好听从友人和家人的劝告而戒酒。可理智上想戒，生理上却十分依赖，那份纠结，全表现在《沁园春·将止酒戒酒杯使勿近》词中。他跟酒杯订立盟约，约好从此不再亲近酒杯，并命令酒杯："勿留亟退，吾力犹能肆汝杯。"狡黠的酒杯"再拜，道麾之即去，招则须来"。酒杯深知稼轩翁难以真正止酒，于是诙谐地答应：麾之即去，哪天想俺了，一招就来。果不其然，止酒不几天，酒友载酒入山相邀，稼轩翁自感不便以止酒为托辞，于是破戒一醉，并用韵再赋一首《沁园春》以自我解嘲。

每个人都有自己心中的偶像，辛弃疾也不例外。退隐后，他特别崇拜陶渊明。他爱读陶诗，有《鹧鸪天·读渊明诗不能去手，戏作小词以送之》词纪事，他赞美陶诗“更无一字不清真”，评价陶渊明的人品，更是常人难以企及。在稼轩心目中，那些豪门望族的王、谢诸郎，连陶渊明脚下的尘土都比不上。前人早就指出，辛弃疾最爱说陶渊明。确实，辛弃疾在词中一再提及陶渊明，时而梦中相见:“老来曾识渊明，梦中一见参差是。”(《水龙吟》)时而“想渊明、停云诗就，此时风味”(《贺新郎》)，时而“笑渊明、瓶中储粟，有无能几”(《贺新郎》)。陶渊明真正是辛弃疾的异代知音。

无情未必真豪杰。英雄辛弃疾，也多情深情。卷三诸词，是表现友情、爱情、亲情和幽默的佳作。

友情和亲情，集中体现在赠别词中。赠别，有送别与留别之分。送别，是居人送行人；留别，是行人留赠给居人。卷三所录赠别词，有的是送门下士，如《定风波》送范开。有的是送同僚，如《木兰花慢》是在滁州送通判范昂,《鹧鸪天》是离开南昌时留别司马汉章,《摸鱼儿》是离开武汉前往长沙之前留别同官王正之,《水调歌头》同是在武汉留别湖广总领周武、湖北转运司判官王正之、鄂州知州赵善括。有的是送同宗兄弟，如《菩萨蛮》和《临江仙》送族弟辛祐之,《贺新郎》和《永遇乐》别族弟辛茂嘉。有的是送别女侍者，如《临江仙》和《鹊桥仙》分别送侍者阿钱和粉卿。送别、留别的对象不同，写法也各不相同，但都情深情真。如送门下士范开，安慰他说："但使情亲千里近，须信。无情对面是山河。"（《定风波》）送同僚范昂说："无情水、都不管，共西风、只等送归船。"（《木兰花慢》）送族弟祐之说："记取小窗风雨夜，对床灯火多情。"（《临江仙》）其中有两篇最脍炙人口。一是《摸鱼儿》，借送别写人生感慨，借伤春而伤人生，满心的追求、期待与失望、怨愤，表面不着一字，却隐含在字里行间，千回百折，寄慨遥深。二是《贺新郎》送茂嘉弟，精选五个经典的离别故事来编织离别的痛楚，笔法变化多姿，构思新奇，笔法灵活，结构缜密，技巧高超，堪称稼轩"第一离别词"。

辛弃疾也有爱情词。比如在江西赣州平定茶商之乱后写的《菩萨蛮》（西风都是行人恨），就表达了对夫人的深深怀念，想象夫人"试上小红楼，飞鸿字字愁"。《浣溪沙·寿内子》虽是寿词，却也表达了夫妻相濡以沫的真爱和欣慰："寿酒同斟喜有余。朱颜却对白髭须。两人百岁恰乘除。"古代诗人的爱情诗、爱情词，书写表现的对象大多是婚外的女子，只有少数篇章是为婚内妻室而作。像辛弃疾这样，戎马倥偬之余还能想到给夫人写首词以寄相思，很是不容易呢。写词给夫人祝寿，共享天伦之乐，在词世界里也不多见。还有些词作，也疑似为夫人而作，如《武陵春》写逾约未及时归家，而"鞭个马儿归去也，心急马行迟。不免相烦喜鹊儿。先报那人知"，"那人"，显然是夫人。只是难以肯定这是为自己的夫人所写，还是像《生查子·有觅词者赋》《鹧鸪天·代人赋》那样为代他人所作。但《念奴娇·书东流村壁》肯定是写辛弃疾本人一段刻骨铭心的艳遇，词中“旧恨春江流不断，新恨云山千叠”的名句，足以体现词人对这段爱情的留恋与遗憾。

沙场秋点兵的英雄硬汉辛弃疾，写起柔情温情爱情，一点也不让小晏、秦郎。如《一剪梅》《恋绣衾》《一络索》诸词，都是用平常语写深情，语浅情深。至于《南歌子》下片：“今夜江头树，船儿系那边。知他热后甚时眠。万万不成眠后、有谁扇。”写一位妻子对远行在外的丈夫的关心体贴，如此温柔贤惠有爱，在两宋词史上很是罕见。

辛弃疾还擅长给女性歌手素描画像，几笔勾勒，就生动传神。如《如梦令·赠歌者》写歌者的气质风韵轻盈曼妙，眼波流转，甚是迷人：“韵胜仙风缥缈。的皪娇波宜笑。”《菩萨蛮》写舞者的舞姿舞态：“淡黄弓样鞋儿小。腰肢只怕风吹倒。蓦地管弦催。一团红雪飞。”富于动态美和现场感。

有智慧的人通常都很幽默，苏轼和辛弃疾就很幽默。他俩都写了幽默词。不过，苏轼的幽默词，大多是朋友间的戏谑调笑。到了辛弃疾，幽默词则具有了特殊的思想含量和艺术品位。幽默词，是辛词中一个特别值得注意的类型。

辛弃疾的幽默词，虽然也有玩笑打趣之作，如《寻芳草》调侃友人陈莘叟想老婆，晚上无法成眠，就好玩有趣。但更多的是借友人间的调侃打趣来抒发人生的愤懑，如

《行香子·博山戏简昌父仲止》表面上说“由来至乐，总属闲人”，好像很享受这种悠闲。词末说要“把相牛经、种鱼法，教儿孙”，堂堂大英雄，晚年只落得在家中教儿孙如何养牛养鱼，万字平戎策，换来的是东家种树书。内心深处的不平与无奈，人生社会的颠倒错位，自在言外。《卜算子》将“千古李将军”与“为人在下中”的李蔡对比，进而与自己“万一朝家举力田，舍我其谁也”的现实处境进行类比，不同命运的对比与相同命运的类比之中，见出古往今来的贤愚错位。《踏莎行·赋稼轩集经句》和《水调歌头》（我亦卜居者）自我调侃，自我开解，用幽默的态度化解人生的挫折与苦闷，是一种人生智慧。《夜游宫·苦俗客》和《千年调》讽刺追名逐利的俗客和阿谀奉承、圆滑世故的官场风气，颇能见出辛弃疾嫉恶如仇、刚正不阿的人格个性。

辛弃疾一生热爱山水、流连山水，写了大量的山水词。他又长期住在乡村，熟悉乡村，写了许多描绘乡村生活、乡村人物的词作。参照唐代山水田园诗人的称呼，辛弃疾可称为山水词人、乡村词人。卷四选录的就是他的山水词、乡村词。

辛弃疾爱写山。江西上饶一带的山，诸如灵山、南岩、积翠岩、雨岩、西岩等等，他都为之传神写照。辛弃疾写山，常常充满了神奇的想象，有的山，像战马奔腾：“青山欲共高人语。联翩万马来无数。”（《菩萨蛮》）“叠嶂西驰，万马回旋，众山欲东。”（《沁园春》）有的山，则似神仙化出，积翠岩是共工怒触天柱而成："我笑共工缘底怒。触断峨峨天一柱。补天又笑女娲忙，却将此石投闲处。"（《归朝欢》）南岩则是仙人洪崖削出："笑拍洪崖，问千丈、翠岩谁削。"（《满江红》）他欣赏山的雄奇气势，而不爱山的精致玲珑，《临江仙》词就说："莫笑吾家苍壁小，稜层势欲摩空。相知惟有主人翁。有心雄泰华，无意巧玲珑。"

他写水，很少写静态的水，而喜欢写动态的水，奔流的水，如《摸鱼儿》写钱塘江潮："望飞来、半空鸥鹭。须臾动地鼙鼓。截江组练驱山去，鏖战未收貔虎。"《沁园春》写瀑布："惊湍直下，跳珠倒溅。"《清平乐》写"清溪奔快。不管青山碍。千里盘盘平世界。更著溪山襟带"，都充满了跳荡的生命力和飞动感。辛弃疾的幽默感，也体现在对山水的描绘中，如《玉楼春》："何人半夜推山去。四面浮云猜是汝。常时相对两三峰，走遍溪头无觅处。西风瞥起云横度。忽见东南天一柱。老僧拍手笑相夸，且喜青山依旧住。"仿佛是天真的儿童看云山，充满了喜剧性。

辛弃疾笔下的乡村，充溢着浓郁的泥土气息、生活气息，这里有"东家娶妇。西家归女。灯火门前笑语"（《鹊桥仙》）的热闹，有"大儿锄豆溪东。中儿正织鸡笼。最喜小儿亡赖，溪头卧剥莲蓬"（《清平乐》）的和谐。其间可以听到"平冈细草鸣黄犊"（《鹧鸪天》），"蛙声一片"在"稻花香里说丰年"（《西江月》）；可以望见"北陇田高踏水频。西溪禾早已尝新"（《浣溪沙》）；可以看到"牛栏西畔有桑麻"，"鸡鸭成群晚不收"，"荒犬还迎野妇回"（《鹧鸪天》)。

乡村词中，活跃着各式各样的乡村人物："笑背行人归去，门前稚子啼声。"(《清平乐》)"青裙缟袂谁家女，去趁蚕生看外家。"(《鹧鸪天》)"谁家寒食归宁女，笑语柔桑陌上来。"(《鹧鸪天》)"西风梨枣山园。儿童偷把长竿。莫遣旁人惊去，老夫静处闲看。"(《清平乐》)"父老争言雨水匀。眉头不似去年颦。殷勤谢却甑中尘"(《浣溪沙》)这些村姑村妇、儿童父老，让我们感到亲切而陌生。亲切，是这些人物如同我们在日常生活中常见的人物，如此平凡，又那么生动；陌生，是词史上从未有人关注过这些乡村人物。

卷四所选，还有节令词和咏物词。元宵，是宋人的狂欢节。辛弃疾为我们实况报道了当年临安元宵节的盛况："东风夜放花千树。更吹落、星如雨。宝马雕车香满路。凤箫声动，玉壶光转，一夜鱼龙舞。"(《青玉案》)也留下了一幅信州城中元宵夜的活动彩照："彩胜斗华灯，平地东风吹却。"(《好事近》梅雨，是古往今来的江南人年年都要经历的天气，辛弃疾为我们描绘了当年江西上饶梅雨天气的真实场景与亲切感受："漠漠轻阴拨不开。江南细雨熟黄梅。有情无意东边日，已怒重惊忽地雷。云柱础，水楼台。罗衣费尽博山灰。"(《鹧鸪天》)

咏物，是宋词中的一大主题。辛弃疾的咏物词，也独具特色，特别是《念奴娇》咏白牡丹，把牡丹比作孙武当年在吴宫训练的女兵，想象新奇，只有像他这样行伍出身的军人才有这样的联想。而《鹊桥仙·赠鹭鸶》则是宋代一首罕见的生态词，词中表达了辛弃疾自觉而明确的生态平衡意识，即不同物种之间应和谐生存相处。他告诉鹭鸶，不能把溪中的鱼儿全都吃光，而要维护溪中的生态平衡，只有这样，才能“物我欣然一处”，才能和谐永续地发展。八百年前辛弃疾就有这样超前的生态观念，不能不令人惊叹敬佩！所以，本书特地以此词压轴。

三、本书说明

最后说说本书的选、注和评。

本书选词160首，是在通读辛弃疾全部词作之后选定的。选录的基本原则是，能表现辛弃疾人格个性、心态情感、人生态度、日常生活及描写自然山水、乡村风物而有特色的词作。所选篇什，与时下的一些辛词选本略有不同。选目未必精当，只代表我个人对辛弃疾其人其词的好尚与理解。

词作文本，主要依据邓广铭先生《稼轩词编年笺注》修订本（上海古籍出版社1993年版。下简称“邓注本”）录入。

注释，亦主要取资邓注本，同时参考了徐汉明先生《辛弃疾全集校注》（华中科技大学出版社2012年版）、林玫仪先生整理的郑骞先生《稼轩词校注》（台湾大学出版中心2013年版）、辛更儒先生《辛弃疾集编年笺注》（中华书局

2015年版）以及朱德才先生《辛弃疾词选》（人民文学出版社1988年版）、佟培基、朱保书先生《辛弃疾选集》（河南大学出版社1996年版）、刘扬忠先生《辛弃疾词》（人民文学出版社2005年版）等。

典故、语辞的注释，我主要做了两个方面的工作：一是校核，凡邓注本已注的事典、语典，一一检核原始文献后再征引。二是补注。凡诸家所注未详或失注、漏注的典故语辞，尽其所能，予以补注。如《满江红·贺王宣子平湖南寇》“白羽风生貔虎噪，青溪路断鼪鼯泣”两句，上句写官军之勇猛，下句写乱寇之被平。然“青溪”一词，诸家注本多不明所指，其实，青溪并非僻典，乃指北宋末青溪人方腊，词人借方腊最终被平喻宜章陈峒之乱被平定，用典十分贴切。青溪方腊之事，人皆熟知，诸家注本之所以没有想到此事，是因为注释时总是考虑辛弃疾用的是什么古“典”，而没想到辛词此处用的是今典。《柳梢青·三山归途代白鸥见嘲》末句“好把移文，从今日日，读取千回”之“移文”，指孔稚圭《北山移文》，这是文学史常识。可日日诵读《移文》的典故，诸家注本都没有出注。其实这是用真宗朝翰林学士杜镐诵《北山移文》讽刺隐士种明逸故事。辛弃疾用此典，是自嘲苦笑。他自笑自己无端应诏出山，到福建为官，结果不到三年就被罢官免职，自讨没趣，重新归山，致使鹤怨猿惊、山灵震怒。弄清此典，就可以更深入地理解辛弃疾福建罢官时内心的矛盾纠结和遗憾、悔恨等心境。《临江仙·再用前韵送祐之弟归浮梁》之“人间宠辱休惊”句，其中所含事典，诸家均未注明，实际上“宠辱休惊”是用唐人卢承庆的“宠辱不惊”典，明乎此，更可见辛词用典之妙。《江神子·和人韵》的“却与平章珠玉价”的“珠玉价”，各家都未注，仿佛“珠玉价”是指珠玉的行情价格，不言自明。其实此处“珠玉价”是指文章的价值，典出苏轼《与谢民师推官书》的“文章如精金美玉，市有定价，非人所能以口舌定贵贱也”。正因为文章的“定价”不是由某个人所能定，所以需要“平章”讨论。《鹧鸪天·元溪不见梅》的元溪，其地多不详，今检明薛瑄《敬轩文集》卷十三《周氏族谱序》，知元溪在上饶。

句式句法，一般的笺注本都不作解释说明。辛词中不少特殊的句式，即使疏通了语辞典故的含义，也不太好理解，如果不解释，一般读者还是读不懂。比如，与陈亮唱和的《贺新郎》词“看渊明、风流酷似，卧龙诸葛”，我初读此句，就颇费解：陶渊明的“风流”怎么会“酷似卧龙”诸葛亮？反复研读，才领悟到此句是赞美友人陈亮的风流标格，酷似陶渊明和诸葛亮，意思是说陈亮既有陶渊明的隐逸情怀，又有诸葛亮的谋略智慧。原来此句是倒装句，为合平仄，改变了正常的语序，我们只要把此句换成“看（君）风流酷似渊明、卧龙诸葛”，就好理解了。

辛弃疾词中，这类句式比较多，有时是为平仄协律的需要，有时则是追求句法的挺异。阅读时，我们只要把它换成常规语序、常规句式，意思就变得显豁明朗，容易理解了。凡遇到这类句式，我都做了解读说明。试举几例：

《踏莎行》的“小人请学樊须稼”，按字面理解，很难明白是哪位“小人”要学樊须的稼穑。把它换成日常语序“小人樊须请学稼”，就很好理解了。“小人”不是“请学”的主语，而是“樊须”的定语。原句是《论语》“樊迟请学稼”和“小人哉！樊须也”两句的整合与变形。

《水龙吟》的“倚天万里须长剑”，乍读也不甚明白，换成常规句式“须倚天万里长剑”就好懂了。“倚天万里”是“长剑”的定语，即需要一把立天万里的长剑来一匡天下。

《归朝欢》的“补天又笑女娲忙，却将此石投闲处”，也有些费解，“补天”的人怎么会笑“女娲忙”？不是女娲补天么？其实“补天又笑女娲忙”说的是“又笑女娲忙补天”，因为女娲忙着补天，不小心把这块石头遗落在此处了。

《破阵子》中“八百里分麾下炙，五十弦翻塞外声”的“八百里”，是牛的名字。牛怎么会分吃它的肉？若把此句换成“麾下分八百里炙，塞外翻五十弦声”，意思就豁然明白了。“八百里”“五十弦”，都不是主语，分别是“炙”和“声”的定语。这两句是把宾语的定语提到谓语之前了。

《水调歌头·盟鸥》的“窥鱼笑汝痴计”，按字面理解，“笑”的主语难道是鱼？那“窥鱼”的主语又是谁？不好理解。把此句换成“笑汝痴计窥鱼”，意思就明白了。原来是词人在笑白鸥痴痴地站在苍苔上窥视着水里的小鱼。“汝”，指白鸥。

辛词这类句式所在多有，我在注释时只要觉得按字面不好题解的句子，都做了解释说明，以期读者能够更好地理解原作意蕴。这种解读方法，是我近来读辛词的一个小小发现。

本书对词作的评析，不依傍古人，只写自我的阅读感受。常常一首词的几百字评析，要费半天的功夫。沉吟把玩，读懂并体悟出词作的妙处之后方才下笔。所言或有不当，也未必精彩，但都是自己的心得、自己的审美体验。

其中有点小得意的，是古“典”与今“事”相印证的解读方法。读辛词，如果只弄懂所用之古“典”，而不明白所写之今事时事，还是不可能读懂。比如淳熙五年（1178）写的《水调歌头》，题作《舟次扬州，和杨济翁、周显先韵》，词的上片写道：“落日塞尘起，胡骑猎清秋。汉家组练十万，列舰耸层楼。谁道投鞭飞渡，忆昔鸣髇血污，风雨佛狸愁。季子正年少，匹马黑貂裘。”淳熙五年，辛弃疾乘船过扬州，怎么会见“塞尘起”？哪来的“胡骑”？汉家“列舰”又是怎么回事？为何突然想起匈奴太子冒顿及其随从用响箭射杀其父的故事（“忆昔鸣髇”）？为什么提及因风雨而“愁”的北魏太武帝佛狸？初读时，如坠五里雾中，根本不知道词人在说什么。后来琢磨词题中的扬州，联想绍兴三十一年（1161）金主完颜亮南侵攻陷扬州之事，方才明白，原来辛弃疾是回忆（“忆昔”）十七年前发生在扬州一带的宋金大战。开篇“落日塞尘起，胡骑猎清秋”，是写完颜亮渡淮南侵的嚣张气焰；“汉家组练十万，列舰耸层楼”，则是写南宋虞允文在采石矶指挥战船击退金兵的壮烈场景；“鸣髇血污，风雨佛狸愁”，写完颜亮被部下用箭射杀；“季子正年少，匹马黑貂裘”，是说当年自己风华正茂，匹马渡江南来。联系史事解读，词意才豁然贯通，也能体会词中用“鸣髇”典故之贴切精妙。“鸣髇”故事中的人物是匈奴人，故事的性质是子弑父，主要情节是用箭射杀。这与金主完颜亮被部下用箭射杀高度吻合，一是人物的身份吻合，都是胡人；二是事件的性质吻合，都是敌国臣子弑君父；三是故事的主要情节吻合，都是用箭射杀君父。辛弃疾用典之出神入化，真是罕有其匹。

又如《满江红·贺王宣子平湖南寇》开篇写道：“笳鼓归来，举鞭问、何如诸葛。人道是、匆匆五月，渡泸深入。”词是祝贺湖南安抚使王佐（宣子）平定郴州寇陈峒的叛乱，为何用诸葛亮《出师表》“五月渡泸，深入不毛”的故事？读了陆游《尚书王公墓志铭》，弄明王佐出师平定陈峒，是在五月初一，就更能体会辛词写事用典之高明。颂扬王佐平叛大捷，不直言其事，而用诸葛亮五月渡泸故事来曲写，赞扬王佐的谋略好似诸葛亮，避免了直接颂扬的尴尬。

《贺新郎·用前韵送杜叔高》中的“看乘空、鱼龙惨淡，风云开合”一句，字面似不难理解，但只有联系当年的时事，才能确解此句的真实含意。原来此句是写淳熙十六年（1189）正、二月间朝廷政局的变化。这年正月，周必大为左丞相，留正为右丞相，礼部尚书王蔺为参知政事。周必大与辛弃疾一直不睦，而王蔺更是辛弃疾的政敌，淳熙八年就是他上章弹劾辛弃疾“用钱如泥沙，杀人如草芥”而导致辛弃疾落职闲居。如今两位政敌执掌朝政，辛弃疾对朝廷自然会深为失望。号称中兴之主的孝宗，又在这年二月内禅，传位给皇太子。新皇帝光宗即位后，实行何种国策，尚无法预料。故“看乘空、鱼龙惨淡，风云开合”，实际上是隐喻对朝廷政局变化的担忧与失望。

《贺新郎·再用前韵》末三句“顾青山、与我何如耳。歌且和，楚狂子”，用了两个典故。“顾青山与我何如”，是用《史记》吕嬃谗害陈平的典故；“歌且和，楚狂子”，是用《论语》“楚狂接舆歌而过孔子”的典故。然而，用此二典有何深意？时贤都未深究。我们从楚狂接舆歌的末句“已而已而，今之从政者殆而”入手，看看辛弃疾写此词的嘉泰元年（1201）之“从政者”（执政者）是谁？查《宋史·宰辅表》，知道嘉泰元年执政的宰相是谢深甫。而谢氏在绍熙五年（1194）任御史中丞时弹劾辛弃疾“交结时相，敢为贪酷”，使辛弃疾被免福建安抚使之职而闲居。当年谗害过辛弃疾的谢深甫，如今独掌朝纲，辛弃疾对朝廷岂不更加失望？“今之从政者殆而”，表面上是用古“典”，深层里却是隐指时事。只有联系时事，才能弄清辛弃疾所用典故的真实用意。如果仅仅只是笺释典故本身的内涵，而不联系时事来解读，就无法读懂辛词的深层意蕴。这种古“典”与今事互证、以史证词的解读方法，还有待深化与完善。

本书的词作以类编次，没有按编年排列，但这不等于说本书不重视词作的系年。凡作品的创作年代可考的，都尽可能依据邓注本做了说明；凡是觉得邓注本系年不确切的，就另作考订。如《满江红·江行简杨济翁、周显先》，邓注本等都认为是淳熙五年（1178）作，因为词中有“笑尘埃、三十九年非”句，似乎是三十九岁时作。殊不知此句是活用“蘧伯玉年五十，而知四十九年非”的典故，时年四十，而知三十九年非，此词应为四十岁、即淳熙六年（1179）所作。《水调歌头·和马叔度游月波楼》，诸家注本都系于淳熙四年（1177）辛弃疾任湖北安抚使时。时年辛弃疾38岁，与词中“谁念英雄老矣，不道功名蕞尔”的年龄、心境显然不符。经考订，词中的月波楼，不是黄州的月波楼，而是嘉兴的月波楼；创作的时间、地点，则是在嘉泰四年（1204）辛弃疾知镇江府时。虽然这是一本普及性读物，但我是把它当作学术著作来做的，希望普及性的读物，也有学术含量。

书末附录“辛弃疾年表”，以便了解辛弃疾生平简历。

卷一

鹧鸪天

不寐

老病那堪岁月侵[1]。霎时光景值千金[2]。一生不负溪山债，百药难治书史淫[3]。　随巧拙，任浮沉。人无同处面如心[4]。不妨旧事从头记，要写行藏入笑林[5]。

1　岁月侵：语出王安石《答陈宣叔》："忽惊岁月侵双鬓。"

2　"霎时"句：化用苏轼《春宵》诗句："春宵一刻值千金。"

3　治：读平声zhī。书史淫：谓痴迷书史。典出《晋书》卷五一《皇甫谧传》："（谧）耽玩典籍，忘寝与食。人谓之'书淫'。"

4　"人无"句：语本《左传》襄公三十一年："子产曰：人心之不同，如其面焉。"意思是人心之不同，就跟人的面貌一样各不相同。

5　行藏：出处。《论语·述而》："用之则行，舍之则藏。"此指经历。入笑林：被人当作笑话传。唐赵璘《因话录》卷五："王并州璠自河南尹拜右丞相，除目才到，少尹侯继有宴，以书邀之。王判书后云：'新命虽闻，旧衔尚在。遽为招命，堪入《笑林》。'洛中以为话柄。故事：少尹与大尹游宴，礼隔，虽除官亦须候正敕也。"笑林：书名，后汉邯郸淳撰。

之所以选此词为压卷，是因为这首词，可视为辛弃疾的创作宣言。他要把人生"旧事"、一生的行为出处，写入词中。"入笑林"，是自嘲，也是无奈，更有几分愤激。他一生的理想是做英雄，成就英雄的伟业，让"功名饱听儿童说"，岂料最终一生只与溪山为伴，只能写写词，供人传诵。他心中老大的不爽！早年他"求田问舍，怕应羞见，刘郎才气"，到晚年只能与溪山为伍，与世俗浮沉。表面旷达，随缘自适，实深含幽愤。

人心之不同，有如人面之相异。要写人，就要写出人的个性、写出人的独特性灵，独特的生命情怀。“人无同处面如心”，从创作的角度来说，与苏轼的词“自是一家”、李清照的词“别是一家”的创作主张一脉相承。如果说苏轼强调的是词作风格的独特性、李清照强调的是词体不同于诗体的文体独特性，那么，辛弃疾强调的是创作主体心灵的独特性、生命的独特性。辛弃疾不仅强调词体呈现心灵的独特性，也强调词作的纪实性、传记性。所以他写词是“记”平生经历的“旧事”，写在时代风云变化中的“行藏”出处。

这首词也可以看出英雄辛弃疾晚年生活的一个侧面，爱游溪山，爱读书史，所谓“一生不负溪山债，百药难医书史淫”。爱游溪山，爱读书史，本是平常事儿，可词人偏偏把这平常表现得不平常。他不说一生最爱游逛溪山，却说“一生不负溪山债”，让你觉得好新奇！仿佛人不游溪山，是欠溪山的债，有愧于溪山，游了溪山，就不欠溪山的人情了。这让人想起稼轩的前辈朱敦儒“曾批给雨支风券，屡上留云借月章”的词句，寻常的吟风弄月，被朱老爷子写得那么潇洒豪迈，天帝曾“批发”给他游赏风雨的免费券，他也多次向天帝上奏章留云借月。把平常的东西变得不平常，是诗人词家的伎俩。既让你觉得意外，又在情理之中。会心一笑当中，得到审美的享受、智慧的启迪。爱书，被称为“书淫”，这本是熟典，说“百药难治”之书史淫，就特别新鲜，未经人道。

金菊对芙蓉

重　阳

远水生光，遥山耸翠[1]，霁烟深锁梧桐[2]。正零瀼玉露[3]，淡荡金风[4]。东篱菊有黄花吐，对映水、几簇芙蓉[5]。重阳佳致，可堪此景，酒酽花浓[6]。　　追念景物无穷。叹少年胸襟，忒煞英雄[7]。把黄英红萼[8]，甚物堪同。除非腰佩黄金印[9]，座中拥、红粉娇容[10]。此时方称情怀，尽拚一饮千钟[11]。

---

1 “远水”二句：语出柳永《诉衷情近》：“澄明远水生光，重叠暮山耸翠。”

2 锁梧桐：化用李煜《乌夜啼》“寂寞梧桐深院锁清秋”句意。

3 零瀼（ráng）玉露：《诗经·郑风·野有蔓草》：“野有蔓草，零露瀼瀼。”秦观《满庭芳》：“夜深玉露初零。”零，滴落。瀼，露浓的样子。

4 金风：秋风。

5 菊有黄花：语本《礼记·月令》“季秋之月”，“鞠有黄华”。鞠，通“菊”。芙蓉：此指荷花。

6 酽（yàn）：酒味醇厚。

7 忒煞：十分，非常。

8 黄英红萼：菊花、荷花。

9 黄金印：宰相之印。《史记》卷五一《五宗世家》：“汉独为置丞相，黄金印。”李白《别内赴征》：“归时倘佩黄金印，莫见苏秦不下机。”

10 红粉娇容：指美女。

11 一饮千钟：欧阳修《朝中措》：“文章太守，挥毫万字，一饮千钟。”

如果硬生生地说辛弃疾学柳永作词，打死你也不信。大英雄如何能学柳七郎作词？当年秦少游学柳七作词，被他的老师东坡居士好好地教训过一顿。大声鞺鞳、小声铿鎗的辛稼轩词会跟“晓风残月柳三变”扯上关系？其实，伟大的作家从来都是兼收并蓄，转益多师，不排斥一切可以借鉴学习的资源。这不，这首词的首二句“远水生光，遥山耸翠”，就是从柳永《诉衷情近》的“澄明远水生光，重叠暮山耸翠”中脱胎出来的。你能说稼轩没学过柳七郎？

唐五代人写词，词的内容往往与词调名有一定关联，后人称为“赋调名本意”。比如《临江仙》多咏江畔女神,《更漏子》多写夜半情事。北宋以后，词的内容跟调名本身就没有关系了,《贺新郎》这喜庆的词调写的可能是愤激的情怀。不过，用心的词人有时选调作词还是注意词的内容与调名的关联性，以满足读者的阅读预期，丰富词的情感含量。比如苏轼初到黄州时写的那首《卜算子》(缺月挂疏桐)，词调名就颇具暗示性。词中所表达的孤独无助的茫然心态与《卜算子》调名就有一定的关联。稼轩咏重阳、写菊花，选用《金菊对芙蓉》的词调，也满具意味的。上片基本上是赋调名本意,“东篱菊有黄花吐，对映水、几簇芙蓉”，描写的就是金菊对芙蓉的美景。

上片写景，摹重阳佳致，下片抒情，言少年胸襟。年少时英雄豪迈，压根就不把那花儿朵儿放在心里，一心只想着建立功名事业，功成名就后，腰佩黄金印，威风凛凛，佳人陪侍，情意绵绵，来个事业爱情双丰收。那才叫爽！“少年胸襟，忒煞英雄”，确是年少英雄的口吻，虽然轻狂，却符合他的个性。谁没有年少轻狂的时候！诗圣老杜当年不也曾“放荡齐赵间，裘马颇清狂”么！

此词宋本《稼轩词》未收，始见于《草堂诗余》后集卷上，署“辛幼安”作。郑骞《稼轩词校注》以为“气格卑劣，恐非辛词”，然无确据。此词气格虽然不高，但类稼轩口吻。人在不同环境、不同心境的创作，气格自有差别。再高大上的人，也有平凡普通的想法。不能仅以“气格”高下论真伪。

鹧鸪天

有客慨然谈功名，因追念少年时事，戏作

壮岁旌旗拥万夫[1]。锦襜突骑渡江初[2]。燕兵夜娖银胡䩮，汉箭朝飞金仆姑[3]。　　追往事，叹今吾[4]。春风不染白髭须[5]。都将万字平戎策，换得东家种树书[6]。

1　壮岁：指高宗绍兴三十一年（1161），时年辛弃疾22岁。这年秋天，金主完颜亮大举侵宋，以借民间五年税钱的名义搜刮民脂民膏作军费，进一步激起民间怨愤，于是中原豪杰义士纷纷举兵反抗，其中河北大名的王友直、山东济南的耿京和太行山的陈俊，人马最强盛。辛弃疾也率众二千投奔耿京部下，任掌书记。耿京部队很快就发展壮大到二十五万人（辛弃疾《美芹十论》)。所谓“壮岁”“拥万夫”，是写实，一点都不夸张。

2　锦襜（chān）突骑：穿锦衣的精锐骑兵。渡江：绍兴三十二年（1162）正月，因金主完颜亮被杀、金世宗继位后，金廷对山东义军采取怀柔政策，义军多解甲归田而溃散，耿京所部陷入生存困境，于是辛弃疾献策耿京率部南下归宋。耿京遂派辛弃疾和贾瑞等十一人渡江到建康与南宋朝廷接洽，巡幸至此的宋高宗接见了辛弃疾一行，并任命了耿京、贾瑞和辛弃疾等人的官职。待辛弃疾回到海州（今江苏连云港）时，忽闻耿京被部将张安国杀害。辛弃疾当即与贾瑞相商，率领五十骑兵北上去金兵军营中捉拿已降金的张安国。辛弃疾南下时只十一人，何来五十骑兵？其来源有三：一是与辛弃疾同行南下的十一人（徐梦莘《三朝北盟会编》卷二载有这十一位勇士的姓名：“总辖贾瑞、统制官刘震、右军副总管刘弁、游奕军统制孙肇、左军统领官刘伯达、左军第二副将刘德、左军正将梁宏、右军正将刘威、策应右军副将邢弁、踏白第三副将刘聚、总辖司提辖董昭、贾思成、天平军掌书记辛弃疾”)，二是辛弃疾一行从建康北返时，南宋曾委派王世隆等十数位骑兵护送随行，三是从山东来报信的义军将领马全福等忠义人马。“锦襜突骑”，就是指由这三股人马组成的五十位精骑突击队。辛弃疾率此“突骑”生擒张安国后，再次渡过长江，将张安国送至临安正法。“渡江”指此。

3　燕兵：指北方义军。娖（chuò）：整理。胡䩮：箭袋。汉：借汉指宋。金仆姑：箭名。燕兵、汉将，互文见义，指辛弃疾所率骑兵用箭攻击敌军。

4　追：追忆。今吾：今天的我。

5 髭（zī）须：嘴边上的胡子。欧阳修《圣无忧》："好景能消光景，春风不染髭须。"

6 万字平戎策：辛弃疾南归后，曾向朝廷献上《美芹十论》和《九议》等，分析敌我双方形势，极有针对性地提出抗金方略，可惜朝廷不用。东家：泛指邻家。种树书：有关栽培树木技术的书。《史记·秦始皇本纪》载始皇焚书，"所不去者，医药卜筮种树之书"。此处代指无可奈何当种树的农民、隐士。语本韩愈《送石洪处士赴河阳幕得起字》："长把种树书，人云避世士。"

辛弃疾23岁时，率领五十骑兵深入到五万之众的金兵军营中生擒叛徒张安国，是他一生最辉煌的壮举，也是令他一生深感自豪自信的心理资本。这件事儿，辛弃疾自己在诗词文中谈及不多，只有友人朱熹和洪迈分别说过此事。《朱子语类》卷一三二载朱熹说："耿京起义兵，为天平军节度使。有张安国者，亦起兵，与京为两军。辛幼安时在京幕下为记室，方衔命来此，致归朝之义，则京已为安国所杀。幼安后归，挟安国马上，还朝以正典刑。"洪迈《稼轩记》说："赤手领五十骑，缚取于五万众中，如挟毚兔，束马衔枚，间关西奏淮，至通昼夜不粒食。"朱、洪二位的说法，应该是当事人辛弃疾所告知。其说可信。

有人觉得这件事儿太夸张，不可信。在当时的历史条件下，没有现代化的通信、侦察、运输等装备，辛弃疾等五十骑兵怎么可能冲进五万之众的金兵营垒中生擒张安国？除非是金兵全都吃了《水浒传》中吴用麻醉杨志等人的蒙汗药。的确，在常人看来，这事儿简直不可思议。可对英雄辛弃疾来说，世界上没有什么事是不可能做成的。他回南宋后曾对皇上说过："臣闻天下无难能不可为之事，而有能为必可成之人。"（《美芹十论》）辛弃疾能说出这种牛气冲天的话，他的底气是什么？依据是什么？底气就是他自己把生擒张安国这种"难能不可为之事"变成了"能为必可成"之事！英雄就是善于将不可能变成可能。辛弃疾曾在《美芹十论》中夫子自道式地说过:“古之善用兵者，非能务为必胜，而能谋为不可胜，盖不可胜者，乃所以徐图必胜之功也。”在辛弃疾看来，打优势明显的必胜之仗，算不上是会用兵，真正“善用兵”的，是能打赢“不可胜”之仗，把“不可胜”变为“必胜”。无疑，辛弃疾本人就是这种“善用兵”的军事天才!

辛弃疾究竟用的是什么战术把“不可胜”变成了“必胜”，历史载籍没有留存下具体的细节满足我们的好奇心。但如果读读辛弃疾《美芹十论》和《九议》中提及的这些战略战术:“知敌之情而为之处者，绰绰乎其有余矣。”“事有操纵在我，而谋之已审，则一举而可以遂成。”“攻其不备，出其不意，是谓至计。”“今之论兵者，不知虚实之势、缓急之序，乃欲以力搏力，以首争首，寸攘尺取以觊下，譬之驱羊以当饿虎之冲，其败可立待也。”我们或者可以有些领悟：辛弃疾一定会经过侦察，对金兵营帐内的虚实和张安国的活动规律了如指掌，然后谋划制订出缜密的智取方案（绝不会“搏力”强攻），化装潜入金兵营帐中。当时张安国正与金兵将领得意忘形地畅饮，辛弃疾以迅雷不及掩耳之势，突然出现在酒席前，将张安国捆缚起来，如挟狡兔，拎上马背，然后飞奔出营。同行的骑兵在外接应，一同绝尘而去。金兵追之不及，辛弃疾束马衔枚，昼夜不停，越过淮河，渡过长江，将张安国送至临安，交给南宋朝廷正法。

年方23岁的辛弃疾，就导演并主演了这幕绝世传奇惊险剧，那是何等的壮伟！这事，一直深藏在英雄辛弃疾的心中，自我品味，自然陶醉，自我追忆！当英雄进入垂暮之年时，一位客人在他面前大谈功名之事，遂激发起他的豪气，一时兴起，便把埋藏在心中的那段“少年时事”挥笔告诉了客人：想当年，协助耿京指挥着千军万马，旌旗指处，所向披靡，那是何等快意！最难忘的是，率领五十骑兵潜入五万之众的金兵营垒，生擒绑缚叛徒张安国，然后飞身上马风驰电掣而去，敌兵追赶时，同行骑兵用密集的箭雨掩护。经过艰苦卓绝的奋战，终于安全渡过长江。

词人快意的神情刚刚浮上脸颊，一会儿就变得面色凝重，陷入沉思。回到南宋，本想大展身手，实现恢复中原、统一天下的抱负，谁料想，年华徒然流逝，胡须斑白，而一事无成。一生心血凝结而成的"万字平戎策"，换来的不是"腰佩黄金印"，不是"沙场秋点兵"，而是"东家种树书"，成了山园种树的闲人。是造化弄人，还是朝廷当局、唯求苟安的社会造成了英雄的失路悲剧？令人深思。

词的上片场面热烈雄壮，与下片的悲凉冷清形成鲜明对照，正映衬出英雄壮年和暮年两种不同的命运、不同的心态。壮年的自豪与自信，晚年的失望与苦涩，全在场面的对比中透出。题目中的"戏作"之"戏"，透露出几许无奈，也流露出一种乐观和坦然，更含有一种期待和希望。如果完全失望，泯灭了那份"功名心"，他就不会对"壮年"往事那样热烈地留恋和追忆了。辛弃疾是执着的，也是超然的，更是智慧的。他的内心有深深的伤痛，但不沉沦，不绝望，以幽默的态度来面对人生的挫折、化解人生的烦恼。读这首词，我们既为英雄的豪情而感动，为英雄的失落而感慨，更为英雄的善待人生而感悟。

破阵子

为陈同甫赋壮词以寄之[1]

醉里挑灯看剑[2]，梦回吹角连营。八百里分麾下炙，五十弦翻塞外声[3]。沙场秋点兵。　　马作的卢飞快[4]，弓如霹雳弦惊[5]。了却君王天下事，赢得生前身后名[6]。可怜白发生。

1　陈同甫：陈亮，字同甫，号龙川，永康（今属浙江）人。辛弃疾挚友。为人才气超迈，喜谈兵，下笔数千言立就。屡向孝宗上书言时政，不获用，一生潦倒失意，五十一岁状元及第，未至官而卒。《宋史》有传。

2　挑灯看剑：刘斧《青琐高议》载高言诗："男儿慷慨平生事，时复挑灯把剑看。"

3　"八百里"二句：为"麾下分八百里炙，塞外翻五十弦声"的倒装。八百里炙，牛肉。典出《世说新语·汰侈》。王君夫有牛名八百里驳，王武子对君夫说：我箭术不如你，今天比试，以你的牛为赌注。君夫自恃手快，便爽快答应，并让武子先射，武子一箭中的，叱左右"速探牛心来，须臾炙至，一脔便去"。五十弦，指瑟，《史记·孝武本纪》："泰帝使素女鼓五十弦瑟。"李商隐《锦瑟》："锦瑟无端五十弦。"此泛指军乐器。

4　的卢：良马名。《三国志·蜀书·先主传》注引《世语》载，刘备所乘马名的卢，骑的卢逃走时堕襄阳城西檀溪水中，刘备急曰："的卢，今日厄矣，可努力。"的卢一跃三丈，遂得脱。

5　弓如霹雳：典出《梁书》卷九《曹景宗传》："景宗谓所亲曰：我昔乡里，骑快马如龙，与年少辈数十骑，拓弓弦作霹雳声，箭如饿鸱叫。平泽中逐獐，数肋射之，渴饮其血，饥食其肉，甜如甘露浆，觉耳后风生，鼻头出火。此乐使人忘死，不知老之将至。"岳飞《满江红》的名句"壮志饥餐胡虏肉，笑谈渴饮匈奴血"也是从此典化出。

6　身后名：《晋书·张翰传》："（翰）任心自适，不求当世。或谓之曰：'卿乃可纵适一时，独不为身后名邪？'答曰：'使我有身后名，不如即时一杯酒。'时人贵其旷达。"

此词的作年，有的说是作于淳熙十五年（1188）辛弃疾与陈亮鹅湖之会以后，有的说是作于绍熙四年（1193），都是猜度之辞，没有确切的依据。其实此词应是淳熙十年（1183）秋天所作。陈亮有《与辛幼安殿撰书》，书末说："闻往往寄词与钱仲耕，岂不能以一纸见分乎？"意思是，听说你常常寄词给钱仲耕（淳熙八年岁暮辛弃疾有《西河·送钱仲耕自江西漕赴婺州》），难道不能分寄我一纸吗？辛弃疾当时在上饶家居，接信后，即赋此词。根据邓广铭先生《辛稼轩年谱》的考证，陈亮《与辛幼安殿撰书》作于淳熙十年（1183）春天。辛弃疾接到此信后赋词，自当在此后不久。

辛弃疾与陈亮，是志同道合、惺惺相惜的词友。友人来函索词，他便特地赋壮词一首，以写胸中块垒。这首"壮词"，是典型的英雄人写英雄词。当年秋日沙场点兵的情景和惊心动魄的战斗场面是如此清晰地留存在记忆里：出师之前，将军挑灯看剑，战士摩拳擦掌，连营吹角，曲奏凯歌，将士们大块吃牛肉，大碗喝美酒，豪气干云；出师后，马似的卢飞快，弓如霹雳轰鸣。有此军队，何坚不克！可惜，这样的场景，如今只能在醉里回味，在梦里怀想。当年沙场点兵的少年将军，如今困守乡间坐看白发横生！"赢得生前身后名"的理想也成为泡影！

这首壮词，可谓情壮、景壮、事壮、语壮、声壮、人壮、马壮。作者不仅写出战斗场面，更传达出战场上各种声响：号角声、军乐声、拉弦开弓之"霹雳"声，马蹄得得声，轰轰烈烈的气氛正烘托出壮志凌云、勇猛无前的壮士形象。全词结构打破上下片分段的通常格局，前九句一意，后一句陡转。结构的倾斜正是胸中不平之气的表现。而前九句记忆中的壮烈场面又反衬出眼前的寂寞与冷清！

此词气势豪壮，句法精壮。特别是"八百里"二句，句法挺异。一般七言诗句词句，都是二二三式，而此两句则作三一三式，应读作：八百里——分——麾下炙，五十弦——翻——塞外声，句式的挺异与特异的战争场面相得益彰。此词读起来一气贯注，一气直下，似是一气呵成，但实经千锤百炼而成。十句之中镕铸了六个典故，而浑然天成。八百里，既是用《世说新语》中八百里驳的典故，字面上也让人联想到"连营"八百里的壮观。作者把前人的语典、事典融化成自己独具个性的语汇系统，彰显出他高超的驾驭文字的能力，既显学问才情，又使词作具有深厚的历史感。每个语典、事典，都沉淀着特定的历史记忆，能唤起读者对特定历史场景的记忆和联想。"马作的卢飞快"，如换成"马似旋风飞快"，只是一个普通的比喻，没有特定的历史记忆，无法唤起读者更多的联想。而用"的卢飞快"，则让人联想到刘备乘的卢飞越檀溪的传奇故事。在实写战场的情景之外，就多了一层历史的记忆与想象。所以，用典并不只是语言表现的一种技巧，还是丰富诗词情感内涵的有效方法。典故在现实与历史、表层与深层之间建立起一种特殊的联系。

一枝花

醉中戏作

千丈擎天手[1]。万卷悬河口[2]。黄金腰下印，大如斗[3]。更千骑弓刀[4]，挥霍遮前后[5]。百计千方久。似斗草儿童[6]，赢个他家偏有。　　算枉了、双眉长恁皱[7]。白发空回首。那时闲说向，山中友[8]。看丘陇牛羊[9]，更辨贤愚否。且自栽花柳。怕有人来，但只道、今朝中酒[10]。

1　擎天手：举手托起天，喻支撑国家大局，担当大任。

2 万卷悬河口：指极有学问和口才。万卷，语本杜甫《奉赠韦左丞丈二十二韵》："读书破万卷。"悬河口，典出《晋书·郭象传》："王衍每云：听象语，如悬河泻水，注而不竭。"

3 黄金印：杀敌立功后做高官，腰佩斗大的黄金印。《世说新语·尤悔》："今年杀诸贼奴，当取金印如斗大，系肘后。"

4 千骑弓刀：千名全副武装的骑兵。晁补之《摸鱼儿》："弓刀千骑成何事，荒了邵平瓜圃。"

5 挥霍：此指张扬，耀武扬威。

6 斗草：《荆楚岁时记》："五月五日，四民并踏百草，又有斗百草之戏。"《中吴纪闻》卷一："吴王与西施尝作斗百草之戏，故刘禹锡诗云：'若共吴王斗百草，不如应是欠西施。'"可见斗百草之戏由来已久。晏殊《破阵子》："疑怪昨宵春梦好，元是今朝斗草赢。笑从双脸生。"

7 恁：如此，这样。

8 山中友：隐居的朋友。苏轼《满庭芳》："山中友，鸡豚社酒，相劝老东坡。"

9 丘陇牛羊：《古乐府》："今日牛羊上丘垄，当时近前面发红。"黄庭坚《出城送客过故人东平侯赵景珍墓》："今日牛羊上丘垄，当时近前左右瞋。"

10 中（zhòng）酒：醉酒。

此词写理想与现实的矛盾冲突。虽是醉中戏作，吐露的却是真实的心声。自己本是国家栋梁、擎天巨手，有万卷诗书、满腹韬略、雄辩口才，期待着完成祖国统一大业，建立赫赫功勋，然后腰佩斗大黄金帅印，出门有成千骑兵护侍左右，那是何等威风！多年来也为此千方百计地努力着、奋斗着，像跟儿童玩斗草游戏似的，赢他个大满贯。可是，所有的努力都付诸东流。上片写理想、愿景，下片写现实、失望。如今两鬓斑白、双眉长皱都是枉然，只能去山中隐居，放放牛羊，种种花柳。如有人来问讯，就说是今朝饮酒过量，不便接待。此词既表现出英雄稼轩的狂放豪气，又体现出英雄失路后的无奈失望。

水龙吟

登建康赏心亭[1]

楚天千里清秋，水随天去秋无际。遥岑远目[2]，献愁供恨，玉簪螺髻[3]。落日楼头[4]，断鸿声里[5]，江南游子。把吴钩看了[6]，栏干拍遍[7]，无人会、登临意[8]。　休说鲈鱼堪鲙。尽西风、季鹰归未[9]。求田问舍，怕应羞见，刘郎才气[10]。可惜流年[11]，忧愁风雨[12]，树犹如此[13]。倩何人，唤取红巾翠袖，揾英雄泪[14]。

1　建康：今江苏南京。赏心亭：在西南城上。《景定建康志》卷二二："赏心亭，在下水门之城上，下临秦淮，尽观览之胜。丁晋公谓建。景定元年亭毁，马公光祖重建。"《方舆胜览》卷十四："赏心亭，下临秦淮，尽观览之盛。丁晋公谓建。尝以周昉所画《袁安卧雪图》张于屏，后太守易去。《续志》又云：丁始典金陵，陛辞之日，真宗出八幅《袁安卧雪图》付丁谓，曰：'卿到金陵，可选一绝景处张此图。'谓遂张于赏心亭柱上。"

2　遥岑远目：极目眺望远山。语本韩愈、孟郊《城南联句》："遥岑出寸碧，远目增双明。"

3　玉簪螺髻：形容远山如美女头上的玉簪和螺形发髻。韩愈《送桂州严大夫》："江作青罗带，山如碧玉簪。"皮日休《缥缈峰》："似将青螺髻，撒在明月中。"广西桂林一带，往往平畴旷野中突兀地耸立起一座座小山，青螺、碧玉簪就是形容这些山。

4　落日楼头：语出杜甫《越王楼歌》："楼下长江百丈清，山头落日半轮明。"

5　断鸿：语本柳永《玉蝴蝶》："断鸿声里，立尽斜阳。"断鸿，离群的孤雁。

6　吴钩：弯形宝刀。典出《吴越春秋》卷二："阖闾既宝莫耶，复命于国中作金钩，令曰：'能为善钩者，赏之百金。'吴作钩者甚众，而有贪王之重赏也，杀其二子以血衅金，遂成二钩。献于阖闾，诣宫门而求赏。王曰：'为钩者众，而子独求赏，何以异于众夫子之钩乎？'作钩者曰：'吾之作钩也，贪而杀二子，衅成二钩。'王乃举众钩以示之，何者是也？王钩甚多，形体相类，不知其所在。于是钩师向钩而呼二子之名：'吴鸿、扈稽，我在于此。王不知汝之神也！'声绝于口，两钩俱飞，着父之胸。吴王大惊曰：'嗟乎！寡人诚负于子！'乃赏百金，遂服而不离身。"语本杜甫《后出塞》："含笑看吴钩。"

7　栏干拍：司马光《司马温公诗话》："刘概，字孟节，青州人。喜为诗，慷慨有气节，举进士及第，为幕僚一任，不得志。弃官隐居野原山。"有诗云："读书误人四十年，有时醉把栏干拍。"

8　会：理解，懂得。登临意：语出王琪诗。释文莹《湘山野录》卷上："金陵赏心亭，丁晋公出镇日重建也。秦淮绝致，清在轩槛。取家箧所宝《袁安卧雪图》张于亭之屏，乃唐周昉绝笔。凡经十四守，虽极爱而不敢辄觊，偶一帅遂窃去，以市画芦雁掩之。后君玉王公琪复守是郡，登亭留诗曰：'千里秦淮在玉壶，江山清丽壮吴都。昔人已化辽天鹤，旧画难寻卧雪图。冉冉流年去京国，萧萧华发老江湖。残蝉不会登临意，又噪西风入座隅。'此诗与江山相表里，为贸画者之萧斧也。"

9　"休说鲈鱼"二句：用张翰典。《晋书·张翰传》：张翰，字季鹰，吴郡人。赴命入洛，因见秋风起，乃思吴中菰菜莼羹鲈鱼脍，曰："人生贵得适志，何能羁宦数千里以要名爵乎？"遂命驾而归。

10　求田问舍：用三国陈登、许汜典。刘郎，指刘备。《三国志·魏书·陈登传》：陈登，字元龙，在广陵，有威名。许汜与刘备并在荆州牧刘表坐，表与备共论天下人，汜曰："陈元龙湖海之士，豪气不除。""昔遭乱过下邳，见元龙，元龙无客主之意，久不相与语，自上大床卧，使客卧下床。"备曰："君有国士之名，今天下大乱，帝主失所，望君忧国忘家，有救世之意。而君求田问舍，言无可采，是元龙所讳也。何当与君语？如小人，欲卧百尺楼上，卧君于地，何但上下床之间邪？"表大笑。

11　惜流年：语本寇准《甘草子》词："堪惜流年谢芳草，任玉壶倾倒。”流年，如水一样流逝的年华。

12　忧愁风雨：苏轼《满庭芳》：“百年里，浑教是醉，三万六千场。思量。能几许，忧愁风雨，一半相妨。”

13　树犹如此：典出《世说新语·言语》：“桓公（温）北征，经金城，见前为琅邪时种柳皆已十围，慨然曰：‘木犹如此，人何以堪。’攀枝执条，泫然流泪。”

14　倩：请。红巾翠袖：指美女佳人。杜甫《丽人行》：“青鸟飞去衔红巾。”杜甫《佳人》：“天寒翠袖薄。”英雄泪：杜甫《蜀相》：“出师未捷身先死，长使英雄泪满襟。”

此词当作于第二次在建康为官时，即淳熙元年（1174）任江东安抚司参议官时。这年辛弃疾在江东安抚使兼行宫留守叶衡幕下为官，深得叶衡的赏识，然而初夏四月叶衡就离开建康回朝廷任职。辛弃疾好不容易遇到一位知己的上司，可不久就离他而去，仕途上失去了依靠，心中不免怅然。这首词，就是抒发英雄失路的感慨。

读此词上片，我们仿佛看到一位青年英雄（时年35岁）站在赏心亭的楼头，面对西沉的落日，听着飞过天空的孤雁，摩挲着蒙尘的宝剑，拍击着栏杆，发出阵阵怒吼。这傲然而又孤独的英雄形象，多么像《满江红》里“怒发冲冠”“仰天长啸，壮怀激烈”的英雄岳飞！然岳飞是建有盖世功勋的英雄，而辛弃疾则是尚无成就的悲剧英雄。英雄总是孤独的，岳飞曾感叹“知音少，弦断有谁听”（《小重山》），辛弃疾也一再叹息“朱丝弦断知音少”（《蝶恋花》），感慨“无人会，登临意”！我们试着理解他的登临意：“落日”西下，象征着时光流逝，此时他有生命时光徒然流逝的紧迫感；离开故土，只身来到江南，作为失去故土的游子，他就像空中那离群的孤雁，有挥之不去的漂泊感；有宝剑蒙尘、请缨无路的失落感；满腔热血、报国宏愿无人理解，有沉重的孤独感！这种种情感纠结于胸，怎能不叫呼怒号，拍打栏杆！路在何方？是进是退？他深感茫然。是像张翰那样退隐归去，像许汜那样求田问舍做个生活安逸的“土豪”，置天下事于不闻不问？天下英雄岂不耻笑！不归去，等待时机？可来到江南已十有余年，何时才有请缨杀敌的机会！真是进亦难，退亦难。英雄不禁潸然泪下了！

“英雄泪”，跟小儿女的相思泪可是大不相同。儿女情长的相思泪，是独自流淌，君不闻柳永《满江红》的“惟有枕前相思泪，背灯弹了依前满”，又不闻苏轼《雨中花慢》的“枕前珠泪，万点千行”，且再听聂胜琼《鹧鸪天》的“枕前泪共帘前雨，隔个窗儿滴到明”。辛弃疾的英雄泪，则是让佳人靓女来替他擦拭揩干。“倩何人，唤取红巾翠袖，揾英雄泪”，让无比高大上的英雄也有了人间烟火的气息，也有普通人七情六俗的愿想。哪个男人郁闷痛苦时不想让体贴的佳人来安慰一番？龚自珍老先生不也说过“设想英雄垂暮日，温柔不住住何乡”（《己亥杂诗》）吗？青年英雄辛弃疾，敢于大胆说出天下男人敢想而不敢说的话，本身就体现出一股英雄豪气！

此词内外兼写，“外”塑形象，“内”写心灵。怒拍栏杆的形象跃然纸上，而多重情感纠结于心。宋词以写心擅长，但一般的写心，只写一种情感，像这样写多重情感纠结变奏的煞是少见！俺曾有一个比喻，说那种一词写一种情感的像泡泡糖，从不同角度放大一种情感，如周邦彦的《六丑》只写一种惜春情怀，但层层推进，逐步放大；而一词写多种情感的好似压缩饼干，把多种情思熔铸一炉，英雄辛弃疾此词就是一块精制的压缩饼干。俺曾把这一比喻写进博士论文初稿中，俺老师阅后旁批了四个字：“比喻蹩脚！”当时忍痛割爱，听从师命删去这蹩脚比喻。现在而今眼目下，读稼轩此词，又想起了二十多年前那个比喻，姑且写在这里，聊供读者一笑。

太常引

建康中秋为吕叔潜赋[1]

一轮秋影转金波[2]。飞镜又重磨[3]。把酒问姮娥[4]。被白发、欺人奈何[5]。　　乘风好去，长空万里，直下看山河。斫去桂婆娑。人道是、清光更多[6]。

1　建康：今江苏南京。吕叔潜：名大虬，吕本中诸侄，吕祖谦诸父。

2　金波：指月亮。语出《汉书·礼乐志》：“月穆穆以金波，日华燿以宣明。”

3　飞镜：语出李白《把酒问月》：“皎如飞镜临丹阙，绿烟灭尽清辉发。”

4　姮娥：即嫦娥。

5　白发欺人：语出唐薛能《春日使府寓怀》：“青春背我堂堂去，白发欺人故故生。”

6　“斫去”三句：化用杜甫《一百五日夜对月》“斫却月中桂，清光应更多”句意。

中秋词，以苏轼《水调歌头》（明月几时有）最著名。胡仔《苕溪渔隐丛话》曾说：“中秋词，自东坡《水调歌头》一出，余词尽废。”意思是有了苏轼那首《水调歌头》，其他的中秋词都可以不读不听了。胡仔为赞美东坡词，话说得不免绝对。辛弃疾这首中秋词，在常见的中秋词之外，就别开新境，足称名篇。

上片用对话体，词人把月亮当作飞镜，磨了又磨，拿镜一照，发现头生白发。于是举酒问嫦娥：俺年岁不大，白发却来欺人，有啥好法子躲避白发不？把月亮想象为镜子，不奇，奇的是他拿来磨了又磨，以便月亮镜子更亮更好照人。对镜见白发，也很平常，他却问嫦娥有没有法子让人年轻不生白发。传说中嫦娥有长生不死药，所以，稼轩巧妙地设想问嫦娥有了白发咋办？淳熙元年（1174）在建康写这首词时，辛弃疾才35岁，风华正茂，他追求的当然不是长生不老，不是要嫦娥给他不死不老药，而是借此表明时光易逝，转眼之间白发生头，英雄的使命尚未完成。故下片想象乘风穿越万里长空，登上月球，俯看人间，要砍去月亮上的桂影，让人间看到更多月亮的清光！这是何等豪气，又是何等胸怀！他追求的是人间的正义，人间的光明！苏轼在《水调歌头》中秋词中要乘风归去登月，是想逃避人间的磨难痛苦，而英雄辛弃疾乘风登月，是要为人间清除黑暗，送去更多的光明。一个是逃避苦难，一个是进取拼搏，文士苏轼与英雄辛弃疾的区别，于此判然分明。

此词想象奇特，境界高远。境界高远，首先是源于人格境界的高尚、人生理想的远大。有如许高尚的人格、高尚的理想，才能创造如此高远的艺术境界！

清平乐

独宿博山王氏庵[1]

绕床饥鼠。蝙蝠翻灯舞。屋上松风吹急雨。破纸窗间自语。　　平生塞北江南。归来华发苍颜。布被秋宵梦觉，眼前万里江山。

1　博山：在今上饶广丰县。

达则兼济天下，穷则独善其身，是中国古代士大夫的处世准则。

对于辛弃疾这样的英雄来说，达，固然要兼济天下，穷，也不忘兼济天下，不忘天下苍生。他曾在《新居上梁文》中说："直使便为江海客，也应忧国愿年丰。"这首在秋风秋雨中独宿山间王氏庵所作的《清平乐》，也生动诠释了稼轩身为江海客仍然忧国愿年丰的情怀。

上片写王氏庵的环境。王氏庵似乎久无人居，夜里饥饿的老鼠在床前乱窜，蝙蝠在空中乱舞。老鼠和蝙蝠的折腾，让人无法入睡。而屋外的大风伴着急雨吹打着屋顶，吹打着松树，吹打着窗间的破纸。由松风，可想象王氏庵是在一片松树林里，松风呼啸，在寂静的夜晚也挺恐怖的。不说窗间破纸被风吹得乱响，而说"破纸窗间自语"，就特别有韵味。破纸似乎在诉说着寒冷，似乎在为屋内客人的寒冷失眠而担忧，又似乎是祈求主人早点糊上好纸挡些风寒。上片简直是交响曲，屋内老鼠声、蝙蝠声，屋外松风声、大雨声，窗间破纸声，连成一片，组合成一部秋夜山居寂寞凄凉的交响曲。在这自然交响曲的伴奏之下，词人自然无法成眠，难以入睡。平生走遍塞北江南的坎坷经历一幕幕地呈现在眼前，而最让他魂梦绕的是"眼前万里江山"。江山尚破碎，国土尚分裂，自己年华老大，颜苍发白，何时能够沙场秋点兵，试手补天裂？写作此词时，辛弃疾是闲居江西上饶，在这饥鼠出没、蝙蝠乱舞的破屋里投宿，词人不是埋怨居住环境的简陋，而是忧念万里江山，词人的英雄情怀，让人感动！诗圣杜甫曾在"床头屋漏无干处"的茅屋里憧憬着"安得广厦千万间，大庇天下寒士俱欢颜"，稼轩在风雨之夜念及的是在风雨飘摇中的祖国江山，所念所想虽然不同，但家国情怀却是一脉相承。

菩萨蛮

书江西造口壁[1]

郁孤台下清江水[2]。中间多少行人泪。西北望长安。可怜无数山[3]。 青山遮不住。毕竟东流去[4]。江晚正愁余。山深闻鹧鸪[5]。

---

1 造口：位于江西万安县西南的赣江边上。又称皂口。宋代此处是渡口，建有驿站。与辛弃疾同时的杨万里曾经过此地，写有《宿造口驿》诗。淳熙二年（1175）四月，茶商赖文政在湖北起兵反抗朝廷，不久即攻入湖南、江西，一度攻入广东，屡败官军。六月，朝廷调仓部郎中辛弃疾任江西提刑节制诸军前往讨捕，辛弃疾七月抵达赣州，九月即平定叛乱，诱杀赖文政。淳熙三年（1176），辛弃疾调任京西转运判官。自赣州北上赴襄阳任京西转运判官途经造口驿时，辛弃疾写下此词题于驿壁。

2 郁孤台：在今赣州市区西北的贺兰山顶，是城区的制高点，下瞰赣江。清江：即指赣江。章水和贡水至郁孤台前面的龟角尾汇合成为赣江。

3 长安：代指帝都，实指朝廷。帝都，既可理解为北宋故都汴京，更可以理解为南宋都城临安。郁孤台，曾改名为望阙台。祝穆《方舆胜览》卷二十载："郁孤台，在丽谯坤维。隆阜郁然，孤起平地数丈，冠冕一郡之形势，而襟带千里之江山。唐李勉为虔州（至南宋改名为赣州）刺史，登临北望，慨然曰：余虽不及子牟，而心在魏阙一也。郁孤岂令名乎？改为望阙。"身在江湖，心存魏阙，是唐宋人经常使用的典故。语出《庄子》："中山公子牟谓瞻子曰：身在江海之上，心居乎魏阙之下。"范仲淹《岳阳楼记》所说"居庙堂之高则忧其民，处江湖之远则忧其君"，就是从这个典故变化而来。辛弃疾登临郁孤台，自会想起子牟的心存魏阙和李勉的望阙台。故"西北望长安"，除了思念故都汴京之意外，还应有像子牟那样身在江湖心存朝廷之意，也就是像范仲淹那样"处江湖之远则忧其君"。此句一本作"东北是长安"，临安在造口的东北方向，亦可通。可怜：可惜。

4 东流去：化用唐崔湜《襄城即事》诗："子牟怀魏阙，元凯滞襄城。……为问东流水，何时到玉京？"杜预字元凯，西晋时著名的政治家、军事家，灭吴战争的统帅之一。羊祜保举他为镇南大将军，都督荆州诸军事，长期驻守襄阳。缮甲兵，耀威武，大破东吴。辛弃疾从赣州去襄阳任职，故会联想起崔湜这首诗。崔诗中的"何时到玉京"非常切合辛弃疾此时的心情。

5 鹧鸪：鹧鸪的叫声类似“行不得也哥哥”。辛弃疾绍熙三年（1192）所作《添字浣溪沙·三山戏作》曾把鹧鸪和杜鹃两种鸟的叫声谐音说得很清楚：“绕屋人扶行不得，闲窗学得鹧鸪啼。却有杜鹃能劝道：不如归。”鹧鸪叫声像“行不得”，杜鹃叫声似“不如归”。“山深闻鹧鸪”句，是写深山中听到的都是鹧鸪“行不得也哥哥”的啼叫，好像鹧鸪在挽留他别走，请求他不要离开江西。辛弃疾解任离开赣州时，赣州军民曾经拥满道路，争相前来为他送行。当时赣州通判罗愿写了一首五古长诗《送辛殿撰自江西提刑移京西漕》为他壮行色，长诗开篇即说：“峨峨郁孤台，下有十万家。喧呼隘城阙，恋此明使车。”说赣州城十万人家，许多百姓都跑来大街上，为辛弃疾的车马送行，以至把城门道路都堵塞了。这个动人的场景，大概又一次浮现在词人的脑海中。站在造口驿上，他是多么留恋这个地方。鹧鸪的叫声，传到他耳里，听上去就像是满城百姓的挽留呼声。其实他自己大概也不想走，因为在江西，他是节制兵马的剿匪指挥官。离开江西去襄阳，他将失去兵权，变成一个掌管粮草的文官。

淳熙二年（1175），因宰相叶衡的推荐，辛弃疾被孝宗召见，提拔为仓部郎中。正在此时，湖南、湖北、江西爆发的茶商武装叛乱形势失控。朝廷几度派兵前去围剿，都先后失败。茶商武装在赖文政的率领下，四处流窜，“覆军杀将，盗据县邑，略无忌惮”（周必大《论军政》），地方官府奈何不得。辛弃疾闻讯，主动请命去指挥围剿，节制地方军马。这年六月，辛弃疾被任命为江西提点刑狱，节制地方军马讨伐茶商武装。七月，辛弃疾到任后，大举发动地方武装，四处布阵围堵，痛下狠手追剿茶商武装。只用了不到两个月的时间，便将茶商武装残部围困在江西瑞金县山中。辛弃疾派人进山诱骗招安，劝茶商武装出山投降。首领赖文政投降后，立即被押解到赣州就地处死。经此一役，辛弃疾名声大振。宋孝宗得报后，下诏推赏。辛弃疾被授予秘阁修撰。秘阁修撰是优宠贴职，为从六品。有了这个头衔，他距离真正的安抚使帅臣的实职就近在咫尺了。

淳熙三年（1176），他被朝廷调任为京西转运判官。然后在这一年的秋天离开江西赣州，前往襄阳府。

平灭茶商叛乱后，词人的心情充满了狂喜和骄傲，心理期望值很高，对未来充满了梦想。但新任命下来之后，心头又不免交织着失落和不满，表现出怅惘、忧愁、焦虑种种情绪，心态很复杂。他告别了赣州父老同僚，离开赣州城沿赣江北上，路过赣江边的造口，凭吊当年隆祐太后的踪迹往事。举目眺望西北方向的中原，却被重重叠叠的青山遮住了视线。他站在江边，久久望着江水滔滔流去。最后黄昏降临，暮色四合，深山中传来鹧鸪的叫声。感慨万千之时，写下了这首《菩萨蛮》，并题写在造口驿壁上。

“郁孤台下清江水，中间多少行人泪。”辛弃疾站在造口驿江边，望着横在眼前的大江，很自然从来处落笔。清江，就是赣江。赣江最上游的起点，就在郁孤台下。郁孤台在赣州旧城西北，辛弃疾的江西提刑司就设在赣州城内。他刚刚离开赣州，不久前还登临过郁孤台。对郁孤台的历史、掌故、地理、风景非常熟悉。

为什么不从造口写起，却从郁孤台写起呢？郁孤台是赣州最著名的名胜，是当时的地标。从郁孤台落笔，很自然地交代了他此行路过造口的出发地点。辛弃疾南归后无一日忘怀中原故土，总是渴望在有生之年，能够看到中原收复，祖国统一。他经常眺望北方，思念故土。这种情绪有时候非常强烈。郁孤台的子牟望阙典故，正好契合了他此时的处境和心情。所以接下来，他像当年的子牟一样，引颈翘首，“西北望长安”，目光久久注视着看不见的北方故都。

“西北望长安”，当然是思念中原沦陷的故都汴京，思念北方的祖国。但还有更深一层意思，就是子牟身在江湖之远，心存朝廷之上，也就是范仲淹所说的“处江湖之远则忧其君”。有的辛词版本，“西北望长安”这句别作“东北是长安”。有人对此大惑不解，长安怎么会在造口的东北呢？汴京明明是在造口的正北面。其实辛弃疾满心想的尽是朝廷，是君王。所以，他念念不忘的长安不是汴京，而孝宗皇帝所在的临安，正是在造口的东北方向。词人心存朝廷，可惜被无数重深山遮住视线，无法看到。主观愿望与客观现实之间存着矛盾和遗憾。群山遮目，望帝都而不见，既是写眼前的实有风景，也委婉表达了词人内心的某种抱怨。李白《登金陵凤凰台》不是有"总为浮云能蔽日，长安不见使人愁"的诗句吗？辛弃疾此词，即隐含太白之意。辛弃疾绝顶聪明，把一首小词写得如此沉郁顿挫，如此怨而不怒，什么难听话都没有说，什么牢骚也没有发，但失望的意思都在里面了。

"青山遮不住，毕竟东流去。"赣江滔滔而去的江水，让词人联想到了光阴易逝。自己的大好年华，就像江水一样永远流走了，再也回不来了。张九龄有诗说："仲尼在川上，子牟存阙下。"词人想到了魏公子牟，当然也会想到孔夫子，想到古人站在江边，感叹时光如水的那份焦虑。毕竟，是终将、终究的意思。词人先说青山重重，遮住了他北望的视线；可是青山再多，再深，再高，终究遮拦不住奔流的江水。不该遮拦的偏偏遮拦，该遮拦的却反而遮拦不住。怨而不怒的骚人情怀，借此轻轻托出，却又收笔藏锋，表现得非常含蓄。

仔细体味，不难察觉到，词人对时间如此敏感，如此充满了焦虑情绪。望帝都，叹流水，伤心泪，黄昏愁，纷至沓来的复杂情感，都是纠结于路漫漫而修远，老冉冉其将至。看不到希望，不知道何时才能受到朝廷重用，才能让他统帅千军万马，杀向北方，收复中原失地，最终实现统一祖国的梦想。

"江晚正愁余，山深闻鹧鸪。"天色已经很晚了。造口处在大山深处，太阳落山早，更容易天黑。这个时候，词人望着滔滔江水，一时间愁思纷繁。深山里又传来鹧鸪的叫声。整个山谷间回荡着"行不得也，哥哥！"的叫声，词人恍然觉得那是江西的父老在声声挽留他，遮道而哭，劝他不要远去。愁余，就是愁予，让我生愁的意思。语出屈原《九歌·湘夫人》："帝子降兮北渚，目眇眇兮愁予。袅袅兮秋风，洞庭波兮木叶下。"屈原这样描写湘夫人：秋天的洞庭湖上落叶纷纷，我望眼欲穿充满了忧愁，美丽的公主啊快降临吧。黄昏的赣江上没有美丽的湘夫人，但一样有纷纷的落叶，一样有望眼欲穿的忧愁。借用了一下《九歌》的语典，辛弃疾内心的自我定位不经意也就告诉了读者：他是把自己看作是屈原的化身，至少，也是引屈原为异代知音。他就像屈原一样，徘徊在水边，充满了忧伤。

这是一首抒发作者个人勃郁不平之气的作品，主要表现了岁月蹉跎、功名未就的焦虑情感，是他离开赣州之际的一段告别词，一段欲言又止的低回自语。它并不像过去认为的那样，是一曲爱国主义精神的悲壮歌唱，并不是歌颂祖国统一的不可抗拒的历史潮流，也不是批判苟且偷安的朝廷投降派和各种反动势力。那样拔高，不符合历史，也不符合辛弃疾的个性。

《菩萨蛮》的不朽，在于它真实地展现了一个爱国者的内心世界。他对自己民族的那份热爱、对祖国统一的那份渴望、对朝廷的忠贞、对报答天下苍生的强烈冲动、对国耻的耿耿于怀，都在他的眼泪和焦虑中流露出来。他那么强的个性，却没有在词中抱怨一句朝廷不公，大臣不济，也没有夸耀一句自己剿匪的功劳，奔波的辛苦。他只说青山和江水，只说那里有自己的眼泪，只说光阴如水一样流走了。如此拳拳之心，如此含蓄克制的骚人遗唱，千载之下，仍然让我们悄然动容。

菩萨蛮

功名饱听儿童说[1]。看公两眼明如月[2]。万里勒燕然[3]。

老人书一编[4]。　　玉阶方寸地[5]。好趁风云会[6]。他日赤松游[7]。依然万户侯。

1　功名：指平灭茶商叛乱之功。赣州城内城外、老老少少都在传说他平灭茶商叛乱的功勋。

2　"看公"句：化用苏轼《台头寺雨中送李邦直赴史馆》"看君两眼明如镜"诗句。

3　万里勒燕然：用东汉窦宪故事。《后汉书·和帝纪》载永元元年六月，车骑将军窦宪出鸡鹿塞，大破匈奴于稽落山，追至私渠北鞮海，窦宪遂登燕然山，刻石勒功。《后汉书·窦宪传》谓窦宪大破匈奴，"虏众崩溃，单于遁走，追击诸部，遂临私渠北鞮海，斩名王已下万三千级，获生口马牛羊橐驼百余万头。于是温犊须、日逐、温吾、夫渠王柳鞮等八十一部率众降者，前后二十余万人。宪、秉遂登燕然山，去塞三千余里，刻石勒功，纪汉威德，令班固作铭"。

4　老人书一编：用张良故事。《史记·留侯世家》载张良未遇时在下邳圯上，有老人"出一编书，曰：读此，则为王者师矣！"

5　玉阶：同"玉陛"，指朝廷。唐员半千《陈情表》："陛下何惜玉陛方寸地，不使臣披露肝胆乎？"

6　风云会：喻君臣相得，多用于贤臣得明君的信任和重用。《魏书·张衮传》："遭风云之会，不建腾跃之功者，非人豪也。"

7　"他日"二句：语出《史记·留侯世家》："家世相韩，及韩灭，不爱万金之资，为韩报仇强秦，天下振动。今以三寸舌为帝者师，封万户，位列侯，此布衣之极，于良足矣。愿弃人间事，欲从赤松子游耳。"注："赤松子，神农时雨师，能入火自烧，昆仑山上随风雨上下也。"

这首词应该是《菩萨蛮·书江西造口壁》的姊妹篇，大约作于同时而略早。此词写到已经剿灭了茶商武装，城里城外，人们都在传说着他的剿匪故事。他已经可以奢谈"万里勒燕然"了，已经开始梦想"好趁风云会"了。对于未来封万户侯充满了自信。"老人书一编”，说的是汉代张良在下邳时，曾经遇到一位神秘的老父，送给他一部《太公兵法》，告诉他：“熟读此书，可以为帝王师矣。”后来张良果然辅佐刘邦打江山，成了帝王之师。晚年又飘然而去，从赤松子云游。可见词人在剿灭了茶商武装后，一度喜出望外，自信心极度膨胀，以为茶商武装剿灭之后，自己就可以风云际会，挥师北伐，建立不世之功，官封万户侯，然后功成身退，像张良那样跟随赤松子去云游四方了。功成身退，是古人的理想，李白就一再说“功成名遂身自退”“吾观自古贤达人，功成不退皆殒身”。

霜天晓角
赤　壁[1]

雪堂迁客[2]。不得文章力[3]。赋写曹刘兴废[4]，千古事、泯陈迹。　　望中矶岸赤。直下江涛白。半夜一声长啸[5]，悲天地、为予窄。

1　赤壁：此指黄州赤壁。淳熙四年（1177），辛弃疾知江陵府兼湖北安抚使，途经赤壁时赋此词。

2　雪堂迁客：指苏轼。苏轼贬谪黄州时，曾筑室，名雪堂。

3　不得文章力：语本刘禹锡《郡斋书怀寄江南白尹兼简分司崔宾客》：“谩读图书三十车，年年为郡老天涯。一生不得文章力，百口空为饱暖家。”

4　赋：指苏轼《前赤壁赋》。曹刘：曹操和刘备。苏轼《前赤壁赋》：“西望夏口，东望武昌，山川相缪，郁乎苍苍。此非孟德之困于周郎者乎！方其破荆州，下江陵，顺流而东也，舳舻千里，旌旗蔽空，酾酒临江，横槊赋诗，固一世之雄也。而今安在哉？”

5　长啸：语本苏轼《后赤壁赋》：“划然长啸，草木震动，山鸣谷应，风起云涌。”

6　“悲天地”二句：语出杜甫《送李校书》：“每愁悔吝作，如觉天地窄。”

在万籁俱寂的半夜，忽闻“一声长啸”，那是一种什么感受！是英雄的怒吼，还是为苏轼鸣不平？苏轼文名震耀一世，他一生不但没托文章之福，反受其累。造化何其弄人！辛弃疾一向以英雄自许，却英雄无用武之地，南归后一直无法沙场点兵杀敌立功，天地虽宽阔，却没有自我的出路！“悲天地，为予窄”，正与陈子昂“念天地之悠悠，独怆然而涕下”同一感慨，显出稼轩的英雄本色。

吴处厚《青箱杂记》卷七说：“白居易赋性旷远，其诗曰‘无事日月长，不羁天地阔’，此旷达者之词也。孟郊赋性褊隘，其诗曰‘出门即有碍，谁谓天地宽’，此褊隘者之词也。然则天地又何尝碍郊，孟郊自碍耳！”如果说孟郊的“出门即有碍，谁谓天地宽”是性格狭隘的牢骚人语，那么，辛弃疾的“悲天地，为予窄”，则是锐意进取而无路请缨的英雄感怆！

满 江 红

汉水东流[1]，都洗尽、髭胡膏血[2]。人尽说、君家飞将[3]，旧时英烈。破敌金城雷过耳[4]，谈兵玉帐冰生颊[5]。想王郎、结发赋从戎[6]，传遗业。　　腰间剑，聊弹铗[7]。尊中酒，堪为别。况故人新拥，汉坛旌节[8]。马革裹尸当自誓[9]，蛾眉伐性休重说[10]。但从今、记取楚楼风，裴台月[11]。

1　汉水：发源于陕西汉中，流经湖北襄阳等地，至武汉入长江。

2　髭胡：指金兵。女真人多胡须，故称。

3　飞将。指汉代李广。《史记·李将军列传》载李广"居右北平，匈奴闻之，号曰：汉之飞将军"。

4　金城：城坚固如金。贾谊《过秦论》："自以为关中之固，金城千里，子孙帝王万世之业也。"

5　玉帐：主将的营帐。张淏《云谷杂记》："玉帐，乃兵家厌胜之方位。谓主将于其方置军帐，则坚不可犯，犹玉帐然。其法出于遁甲，以月建前三位取之，如正月建寅，则巳为玉帐，主将宜居。李太白《司马将军歌》云：'身居玉帐临河魁。'戌为河魁，谓主将之帐在戌也。非深识其法者，不能为此语。"冰生颊：谓谈论兵事，严肃冷峻，脸颊如生冰霜。苏轼《浣溪沙》："论兵齿颊带风霜。"

6　王郎：指三国时期的王粲。王粲曾赋《从军诗》五首。用以指投笔从戎的王姓友人。结发：古代男子二十岁束发，表示成年。语本《史记·李将军列传》："广结发与匈奴大小七十余战。"

7　"腰间剑"二句：用冯谖典。《战国策·齐策》载，冯谖初为孟尝君门客，遭歧视，于是弹剑而歌曰："长铗归来乎，食无鱼。"

8　汉坛旌节：指登坛拜将。《汉书·高帝纪》载"汉王斋戒设坛场，拜（韩）信为大将军"。旌节：以竹为之的信符。岳珂《愧郯录》："旌节之制，命大将及遣使于四方，则请而假之。旌以专赏，节以专杀。"

9　马革裹尸：《汉书·马援传》："男儿要当死于边野，以马革裹尸还葬耳，何能卧床上在儿女子手中耶！"

10　蛾眉伐性：亲近美女过多会伤损男子汉的雄风。枚乘《七发》："皓齿蛾眉，命曰伐性之斧。"

11　楚楼：在长沙城上。祝穆《方舆胜览》卷二三《潭州》："楚楼，在郡城上。"裴台：在长沙城南。张栻《南轩集》卷一《和吴伯承》："一苇湘可航，风涛逮春深。裴台咫尺地，勇往复雨淫。"《南轩集》卷四有《二月十日野步城南，晚与吴伯承诸友饮裴台，分韵得江字》和《二月二十五日登裴台坐上口占》等诗。旧注谓楚楼、裴台都在湖北沙市，不确，沙市仅有楚楼而无裴台。

这首词，大多认为是淳熙四年（1177）辛弃疾在江陵任江陵知府兼湖北安抚使时所作。依据是词末的“楚楼”指江陵沙市的楚楼，而裴台则怀疑是唐裴胄在江陵所建台榭。既然楚楼和裴台是在江陵，那此词就应该是淳熙四年在江陵任安抚使时所作。其实，词中的楚楼是指长沙城的楚楼，裴台也是在长沙城南（江陵并无裴台，至少没有任何典籍记载江陵有裴台），因而此词应是淳熙六年（1179）辛弃疾知潭州兼湖南安抚使时在长沙所作。

这是一首典型的英雄词。飞将、英烈、破敌、谈兵玉帐、从戎、马革裹尸等密集的军事意象群，构成了词史上罕见的别样风景。这类军事意象，是行伍出身的英雄辛弃疾词特有的风格标识。在唐宋词史上，似乎没有第二人像辛弃疾这样爱用军事意象、战争意象来镕铸词境，书写英雄气概。

此词是送李姓友人从军而作。先写友人家族本有从戎杀敌的传统，祖上有英烈飞将，他投笔从戎是承续家风，传承遗业。后写送别，勉励友人“马革裹尸当自誓”。这是励人，也是自勉。历来送别的诗词，多以感伤为基调。而这首送别词，却是豪迈慷慨，激情洋溢，体现出辛弃疾的英雄本色！跟柳永式送别“执手相看泪眼，竟无语凝噎”之悲悲切切大是不同！世人都道从军苦，唯有稼轩高唱从军乐！

满 江 红

倦客新丰[1]，貂裘敝[2]、征尘满目。弹短铗、青蛇三尺[3]，浩歌谁续。不念英雄江左老，用之可以尊中国[4]。叹诗书、万卷致君人[5]，番沈陆[6]。　　休感慨，浇醽醁[7]。人易老，欢难足。有玉人怜我，为簪黄菊[8]。且置请缨封万户[9]，竟须卖剑酬黄犊[10]。甚当年、寂寞贾长沙，伤时哭[11]。

1　倦客新丰：犹言“新丰倦客”，指初唐马周。词人借以自指。典出《旧唐书·马周传》。马周不得意时，曾宿新丰客店，店主只顾其他客人而不理他，马周命酒一斗八升，悠然独酌，众异之。后官监察御史，名震朝野。

2　貂裘敝：用苏秦典。典出《战国策·秦策》。苏秦游说秦王而策不行，“黑貂之裘敝，黄金百斤尽”。

3　弹短铗：用冯谖典。《战国策·齐策》载，冯谖初为孟尝君门客，遭歧视，于是弹剑而歌曰：“长铗归来乎，食无鱼。”青蛇三尺：指宝剑。白居易《鸦九剑》：“谁知闭匣长思用，三尺青蛇不肯蟠。”

4　江左：江东，长江下游以东。尊中国：使中国受到尊敬。尊，使动用法。中国，此指南宋朝廷。其时南宋皇帝向金朝屈膝称侄，让南宋臣民倍感屈辱。

5　“叹诗书”句：苏轼《沁园春·徐州重阳作》：“胸中万卷，致君尧舜，此事何难。”

6　番：反而。沈陆：即沉陆，就是陆沉，陆地无水而沉。喻失意隐居。语本《庄子》：“方且与世违而心不屑与之俱，是陆沉者也。”郭象注：“人中隐者，譬无水而沉也”。

7　醽醁（líng lù）：美酒名。

8　“有玉人”句：语本苏轼《千秋岁》：“美人怜我老，玉手簪黄菊。”玉人：佳人，美人。

9　置：搁置；放弃。请缨：《汉书·终军传》：武帝令终军使南越，军自请命：“愿受长缨，必羁南越王而致之阙下。”封万户：封万户侯。

10　卖剑酬黄犊：《汉书·龚遂传》载，龚遂为渤海太守，见齐俗尚奢侈，不田作，乃劝民务农，“民有带持刀剑者，使卖剑买牛，卖刀买犊”。

11　贾长沙：贾谊。《汉书·贾谊传》载贾谊贬为长沙王太傅，后曾上书说：“臣窃惟事势，可痛哭者一，可为流涕者二，可为长叹息者六。”

这首词的写作年代不详，大约是中晚年失意时作。开篇连用三个典故，写自己的失意无成。说自己像落魄新丰的唐代马周那样无人理睬，又像是治国方略理念无法推行无功而返的苏秦，四处奔波，满身尘土，一事无成，落得个像不得志的冯谖那样手持三尺宝剑终日悲歌。英雄辛弃疾从北方投奔南宋，理想是让“中国”雄起，一洗向金人称臣称侄的屈辱，而让堂堂中国直起腰杆，受到周边民族政权的尊重，而不是受人蔑视欺凌。他有“尊中国”的理想和信念，更有“尊中国”的智慧和方略。读读辛弃疾的《美芹十论》和《九议》，就可以知道辛弃疾绝非大言欺人，他有切实可行的治国方略，他有过人的智慧勇气胆识，更有超人的行动力！可惜，无人信用！英雄只能流落江湖。诗书万卷，满腹经纶，本欲致君尧舜，却穷困潦倒。“不念英雄江左老，用之可以尊中国”，不只是辛弃疾个人的悲剧，也是时代的悲剧。他的境遇，不仅关乎个人仕途的得意与失意，更关乎民族的兴亡与荣辱。所以“不念英雄江左老”的怒吼与叹息，特别深沉有感染力。下片自我开解，自叹自伤还自怜。本应请缨杀敌封侯万户，却只得卖剑买犊，让经天纬地的英雄去耕田种地。时代的颠倒错乱有如此者！结句说为何当年贾谊也曾伤时痛哭？难道仁人志士都要经历磨难忧患？难道这是每个时代逃不出的魔咒？英雄的追问，让人反思！期盼每个时代都能让每个人自我实现，像盛唐李白高唱的那样“天生我才必有用”！

八声甘州

夜读《李广传》，不能寐，因念晁楚老、杨民瞻约同居山间，戏用李广事赋以寄之[1]

故将军、饮罢夜归来，长亭解雕鞍。恨灞陵醉尉，匆匆未识，桃李无言[2]。射虎山横一骑，裂石响惊弦[3]。落魄封侯事[4]，岁晚田间。　　谁向桑麻杜曲，要短衣匹马，移住南山[5]。看风流慷慨，谈笑过残年。汉开边、功名万里[6]，甚当时、健者也曾闲[7]。纱窗外、斜风细雨，一阵轻寒[8]。

1　李广传：指《史记·李将军列传》。晁楚老，杨民瞻，辛弃疾的友人。事迹不详。其时二人与稼轩当同在信州。

2　“故将军”五句：事本《史记·李将军列传》：“广家与故颍阴侯孙屏野居蓝田南山中，射猎。尝夜从一骑出，从人田间饮，还至霸陵亭。霸陵尉醉，呵止广，广骑曰：‘故李将军！’尉曰：‘今将军尚不得夜行，何乃故也！’止广宿亭下。”“谚曰：桃李不言，下自成蹊。”

3　“射虎”二句：《史记·李将军列传》载：“广出猎，见草中石，以为虎，而射之，中石没镞，视之，石也。因复更射之，终不能复入石矣。广所居郡闻有虎，尝自射之。及居右北平，射虎，虎腾伤广，广亦竟射杀之。”

4　封侯事：李广身经百战而未封侯。《史记·李将军列传》谓李广不得爵邑，官不过九卿。“诸广之军吏及士卒，或取封侯。广尝与望气王朔燕语曰：‘自汉击匈奴，而广未尝不在其中，而诸部校尉以下才能不及中人，然以击胡军功取侯者数十人，而广不为后人，然无尺寸之功以得封邑者，何也？岂吾相不当侯邪？且固命也？’朔曰：‘将军自念，岂尝有所恨乎？广曰：吾尝为陇西守，羌尝反，吾诱而降，降者八百余人。吾诈而同日杀之，至今大恨独此耳。’朔曰：‘祸莫大于杀已降。此乃将军所以不得侯者也！’”

5　“桑麻杜曲”三句：化用杜甫《曲江三章》：“自断此生休问天，杜曲幸有桑麻田，故将移住南山边。短衣匹马随李广，看射猛虎终残年。”杜曲：地名，在长安城南。

6　“汉开边”句：指李广开疆拓土，在万里之外的疆场建功立名。

7　甚：为什么。健者：强健英武的英雄人物，指李广。典出《后汉书·袁绍传》：“天下健者，岂惟董公。”

8　“纱窗外”三句：用苏轼《和刘道原咏史》“独掩陈编吊兴废，

窗前山雨夜浪浪”句意。

此词是咏史，咏叹汉代名将李广。李广一生极富传奇色彩，武功超群，身经百战，但始终难以封侯，是典型的悲剧英雄。他可歌可泣的事迹很多，从哪个角度、怎样选材来写李广，取决于词人的创作用意。诗人词家咏史，并不是客观的地叙述史事，而是借史事来曲折表达自己主观的某种人生感受。稼轩此词，是借落魄失意时的李广来隐喻自己的英雄失路。故开篇重笔写落职闲居的“故将军”受灞陵尉欺辱之事。此词叙事，有场景，有动作。短短五句，写了两个人物——故将军与灞陵尉，交代了时间地点——夜里长亭，交代了故事的起因与过程——李将军夜饮归来，灞陵尉不识故将军，呵责李将军解鞍下马，露宿长亭。殊不知这位夜饮乡间的醉酒者，曾是叱咤风云的英雄，当年在山中射虎，曾一箭射入石中，那可是威震天下。“裂石响惊弦”一句，在射矢入石的史实基础上加以想象，写李广箭头射处，岩石轰然开裂，弦声震天响，极富动作感、画面感和音响感。这未曾封侯而落魄田间的李广，其实就是词人的自我写照，自我影子的投射。辛弃疾与李广，经历虽不同，但英雄落魄失路的命运却极相似。

过片三句，明写李广罢职后移居南山，暗中回应友人晁楚老、杨民瞻相约同往山中居住。李广不也住过南山吗，咱们学学他，短衣匹马，移住南山。题序所谓“戏用李广事赋以寄之”，这几句即点题。稼轩其时尚未应约前往山中居住，为何没践约去山中，是由于像李广那样喝醉了，被人拦阻。所以“戏用李广事”以借口说明。稼轩虽闲居上饶，但心气挺高，依然是风流慷慨，谈笑面对人生的挫折。李广曾开疆拓土，扬名塞外，不也曾闲居南山吗？古往今来的英雄豪杰，哪个没经历过磨难挫折。他相信，人生终有机会实现自己的理想。

江神子

和人韵

梨花著雨晚来晴[1]。月胧明。泪纵横。绣阁香浓，深锁凤箫声。未必人知春意思，还独自，绕花行。　　酒兵昨夜压愁城[2]。太狂生[3]。转关情。写尽胸中，块磊未全平[4]。却与平章珠玉价[5]，看醉里，锦囊倾[6]。

1　梨花著雨：犹言梨花带雨。白居易《长恨歌》："玉容寂寞泪阑干，梨花一枝春带雨。"

2　酒兵：典出《南史·陈暄传》："酒犹兵也。兵可千日而不用，不可一日而不备；酒可千日而不饮，不可一饮而不醉。"

3　太狂生：太轻狂。生，语助词。张泌《浣溪沙》："依稀闻道太狂生。"

4　胸中块垒：胸中郁积不平之气。典出《世说新语·任诞》："阮籍胸中块垒，故须酒浇之。"

5　平章：品评，讨论。珠玉价：指文章的价值。苏轼《与谢民师推官书》："欧阳文忠公言，文章如精金美玉，市有定价，非人所能以口舌定贵贱也。"

6　锦囊倾：用李贺故事。《新唐书·李贺传》："每旦日出，骑弱马，从小奚奴，背古锦囊。遇所得，书投囊中。未始先立题，然后为诗，如它人牵合程课者，及暮归，足成之。"

刚柔相济，是辛弃疾词的典型风格。这首词即是刚柔相并。读上片的"梨花著雨""绣阁香浓""独自绕花行"，香软之极，俨然是深闺女子的口吻。下片陡转，"酒兵昨夜压愁城，太狂生"，显然不是月下泪纵横的女孩儿的心态，而是军人出身的英雄辛弃疾的作派。昨夜愁城突起，他派酒兵去镇压，是否摧坚陷阵，打垮了愁城，他没明确交代。看来愁城难攻，酒兵不行，他又用笔将军来抒写胸中块磊。胸中不平的块磊，最终也难平伏。这首词题作《和人韵》，上片可能是就原唱的柔软之调来吟唱，下片露出英雄的本色，转而高歌人生人世的不平了。结拍仿佛对“人”说，瞧瞧，咱醉里倾倒出的锦囊妙句，写得如何？俏皮中有得意和自信。

水调歌头

舟次扬州，和杨济翁、周显先韵[1]

落日塞尘起[2]，胡骑猎清秋[3]。汉家组练十万，列舰耸层楼[4]。谁道投鞭飞渡[5]，忆昔鸣髇血污，风雨佛狸愁[6]。季子正年少，匹马黑貂裘[7]。　今老矣，搔白首，过扬州。倦游欲去江上，手种橘千头[8]。二客东南名胜，万卷诗书事业[9]，尝试与君谋。莫射南山虎[10]，直觅富民侯[11]。

1　舟次扬州：淳熙五年（1178），辛弃疾自临安赴任湖北转运副使，走水路先由运河到扬州然后入长江西上。词为次扬州时作。杨济翁：杨炎正，字济翁，庐陵人，著名诗人杨万里族弟。有词集《西樵语业》传世。周显先，其人未详。辛弃疾有《周显先韵》二首，是亦能诗者。梁启超说杨炎正和周显先似是辛弃疾幕僚，故相随同行。

2　塞尘：边塞扬起烟尘，喻发生战争。此指绍兴三十一年（1161）秋，金主完颜亮率四路大军南下侵宋。所率兵力六十万，号称百万。

3　胡骑：指金朝骑兵。猎：打猎。实指侵略。古代西北游牧民族常在秋天马壮膘肥之时以打猎之名南下侵扰。

4　组练：即组甲披练。《左传·襄公三年》："邓廖帅组甲三百、被练三千以侵吴。"注："组甲、披练皆战备也。组甲，漆甲成组文，被练，练袍。"苏轼《催试官考校戏作》："鲲鹏水击三千里，组练长驱十万夫。"列舰耸层楼，指大船高舰像几层高的大楼在江边排列迎敌。

5　投鞭飞渡：《晋书·苻坚载记》："以吾之众，投鞭于江，足断其流。"《晋书·杜预传》载杜预遣部将率奇兵八百泛舟夜渡以袭乐乡，吴都督孙歆震恐，说："北来诸军乃飞渡江也。"

6　"忆昔"二句：用典隐写绍兴三十一年十一月，完颜亮南侵至扬州，兵败采石矶后，在瓜洲渡被部属乱箭射杀。典出《史记·匈奴传》载匈奴太子冒顿作鸣镝，曾令左右："鸣镝所射而不悉射者斩之。"后从其父猎，以鸣镝射其父，左右皆随鸣镝而射杀之。鸣髇（xiāo）：响箭。佛（bì）狸：北魏太武帝小字，曾率师南侵至长江北岸。此借指金主完颜亮。

7　"季子"二句：用苏秦典。《战国策·秦策》载苏秦游说秦王而策不行，"黑貂之裘敝，黄金百斤尽"。季子，苏秦字。此辛弃疾借以指当年南渡的自己。

8　手种橘千头：《襄阳耆旧传》载，李衡每欲治家，妻辄不听。后密遣客十人于武陵龙阳洲上作宅，种橘千树。临死，敕儿曰："汝母每恶吾治家，故穷如是。吾州里有千头木奴，不用汝衣食。岁上一匹绢，亦当足用。"

9　名胜：名贤胜士。万卷诗书事业：指以胸中万卷书而致君为尧舜。语出杜甫《奉赠韦左丞丈》："读书破万卷，下笔如有神。""致君尧舜上，再使风俗淳。"

10　南山虎：《史记·李将军列传》载李广曾在蓝田南山中射猎，见草中石以为虎而射之，中石没镞，视之，石也。广所居郡，闻有虎，尝自射之。及居右北平，射虎，虎腾伤广，广亦竟射杀之。

11　富民侯：《汉书·西域传》载，汉武帝初通西域，因连年征战，海内虚耗，颇悔远征，于是不复出军，"封丞相车千秋为富民侯"，以休养生息。

要读懂此词，必须注意此词特定的创作现场和创作缘起。创作现场是在扬州，淳熙五年（1178），辛弃疾39岁时舟行过扬州而作此词。来到扬州，他想起发生在17年前在扬州一带发生的宋金大战。词的上片即是追怀这场战事。此词又是与友人杨炎正唱和之作，欲知辛弃疾和作的主旨，又需了解杨炎正的原唱《水调歌头·登多景楼》："寒眼乱空阔，客意不胜秋。强呼斗酒发兴，特上最高楼。舒卷江山图画，应答龙鱼悲啸，不暇顾诗愁。风露巧欺客，分冷入衣裘。　　忽醒然，成感慨，望神州。可怜报国无路，空白一分头。都把平生意气，只做如今憔悴，岁晚若为谋。此意仗江月，分付与沙鸥。"杨词充满了不平之气，其中"可怜报国无路，空白一分头"是其立意所在。故辛词的下片针对此意而发，既有开解，又有鼓励。

上片如战争大片，再现绍兴三十一年（1161）秋冬间南宋军队在采石矶抗击金兵南侵取得大胜的壮烈场面。开篇两句用形象的画面描写金兵南侵：数十万"胡骑"金兵趁着清秋的落日黄昏南下侵宋，铁骑过去，飞尘滚滚。史载，金主完颜亮经过多年的精心策划，于绍兴三十一年九月亲率六十万号称百万大军南下侵宋，十月就渡过淮河，攻陷扬州。宋将刘锜、李显忠、杨存忠等率兵抗击。《宋史纪事本末》卷七十四《金亮南侵》载十一月"乙亥，金主亮临江筑台，自被金甲登台，杀黑马以祭天，以一羊一豕投于江中，召瓆都等谓之曰：'舟楫已具，可以济江矣。'富勒珲曰：'臣观宋舟甚大，我舟小而行迟，恐不可济。'亮怒曰：'尔昔从梁王追赵构入海岛，岂皆大舟耶！'誓明日渡江。晨炊玉麟堂，先济者与黄金一两。亮置黄旗、红旗于岸上，以号令进止"。"忆昔投鞭飞渡"，即指此事。

而"汉家祖练十万，列舰耸层楼"，是写虞允文在采石矶指挥南宋战船在江中迎敌击退金兵大获胜利的场面。当时朝廷调集的军队有二十万——《宋史纪事本末·金亮南侵》载当时"杨存中、成闵、邵宏渊诸军皆集京口，凡二十余万"。所谓"汉家组练十万"，一点都不夸张。金主完颜亮指挥金兵渡江之时，南宋大臣虞允文至采石矶犒师，由于主将王权被调换，继任大将李显忠未及到任，南宋官军无人统一指挥。于是允文“召诸将，勉以忠义”，“命诸将列大阵不动，分戈船为五，其二并东西岸，其一驻中流，藏精兵待战，其二藏小港，备不测”。部署完毕，“敌已大呼，亮操小红旗麾数百船绝江而来，瞬息之间抵南岸者七十艘，直薄官军，军小却，允文入阵中，抚统制魏俊之背曰：‘汝胆略闻四方，立阵后，则儿女子尔！’俊即挥双刀出，士殊死战，中流官军以海鳅船冲敌舟，皆平沉，敌半死半战，日暮未退。会有溃卒，自光州至，允文授以金鼓，从山后转出，敌疑援兵至，始遁。允文又命劲弩尾击追射，大败之。金兵还和州，凡不死于江者，亮悉敲杀之”。“允文知亮败，明当复来，夜半部分诸将分海舟缒上流，别遣盛新以舟师截金人于杨林河口，明旦，敌果至。因夹击之，复大败。焚其舟三百。”（《宋史纪事本末》卷七十四《金亮南侵》）我们可以从虞允文分战船为五个战队击敌、后又伏击焚敌舟的过程想象“列舰耸层楼”的情景。

“鸣髇血污”，原指西汉时匈奴太子用箭弑父故事。辛弃疾用此典来写完颜亮被部下用箭射杀，实在是太贴切、太绝妙了。《宋史纪事本末》卷七十四《金亮南侵》载，十一月乙未，金主完颜亮至瓜洲，居龟山寺。召诸将，约以三日渡过长江，否则尽杀之。军士危惧。亮又令军中运鸦鹘船于瓜洲，期以明日渡江，敢后者死。众欲亡归，乃决计于浙西都统制耶律元宜及明安唐古乌叶。黎明，元宜等帅诸将以众围攻亮营，亮闻乱，以为宋兵奄至，“揽衣遽起，箭入帐中，亮取视之，愕然曰：‘乃我兵也。’近侍大庆山曰：‘事急矣，当出避之。’亮曰：‘走将安往？’方取弓，已中箭仆地，延安少尹纳哈塔斡里雅布先刃之，手足犹动，遂缢死之。军士攘取行营服用皆尽，乃取骁骑指挥使大盘衣巾裹其尸而焚之”。

宋金大战、采石矶大捷时，辛弃疾正青春年少，在山东率部起义，次年即生擒叛徒张安国渡江南归。当年是何等威武英雄！“季子正年少，匹马黑貂裘”，即写此事。如今重过扬州，已是白发生两鬓，大有英雄迟暮之感。下片针对杨炎正原唱的“报国无路”而勉励杨炎正和周显先要致君尧舜，安邦富民。

满 江 红

江行简杨济翁、周显先[1]

过眼溪山，怪都似、旧时曾识[2]。是梦里、寻常行遍，江南江北[3]。佳处径须携杖去，能消几两平生屐[4]。笑尘埃、三十九年非，长为客。　　吴楚地，东南坼[5]。英雄事，曹刘敌[6]。被西风吹尽，了无陈迹。楼观才成人已去[7]，旌旗未卷头先白。叹人间、哀乐转相寻，今犹昔。

1　江行：淳熙六年（1179），辛弃疾自湖北转运副使调任湖南转运副使，走水路由长江船行自武汉至长沙任职。词当作于此次江行途中。杨济翁：即杨炎正。周显先，其人未详。两人都是辛弃疾友人。

2　旧时曾识：李清照《声声慢》：“雁过也，正伤心，却是旧时相识。”

3　江南江北：岑参《春梦》：“枕上片时春梦中，行尽江南数千里。”王维《送沈子福归江东》：“唯有相思似春色，江南江北送君归。”

4　几两平生屐：《世说新语·雅量》载阮遥集好屐，有客见阮“自吹火蜡屐，因叹曰：未知一生当着几量屐”。量，通“两”，犹今所言“双”。

5　“吴楚地”二句：化用杜甫《登岳阳楼》“吴楚东南坼，乾坤日夜浮”诗句，写洞庭湖之寥阔。其时辛弃疾当入洞庭湖，故化用杜甫写洞庭湖诗句。

6　“英雄事”二句：典出《三国志·蜀先主传》，曹操曾对刘备说：“今天下英雄，惟使君与操耳。”曹刘，即曹操和刘备。

7 “楼观”句：苏轼《送郑户曹》：“楼成君已去，人事固多乖。”

或认为此词作于淳熙五年（1178）稼轩三十九岁时，因词有“三十九年非”之句。实际上应作于淳熙六年（1179）四十岁时。这年辛弃疾自湖北转运副使移官湖南转运副使，从武汉乘船至长沙任职，江行途中作此词寄杨炎正和周显先。词中“三十九年非”，是活用《淮南子·原道训》所谓“蘧伯玉年五十，而知四十九年非”的典故。稼轩时年四十，故说“三十九年非”。辛弃疾《临江仙·壬戌岁生日书怀》“六十三年无限事，从头悔恨难追。已知六十二年非”可证。六十三岁而知六十二年非，四十岁而知三十九年非，亦如蘧伯玉年五十而知四十九年非。王安石《省中二首》所言“身世自知还自笑，悠悠三十九年非”也可为证。王安石年四十时说知“三十九年非”。故辛弃疾此词是四十岁时作，而不是三十九岁时作。

辛弃疾自绍兴三十二年（1162）回南宋入仕后，官职虽不断升迁，但每任都不长。仅淳熙元年（1174）至淳熙六年（1179），六年之间就调动了十任官职。淳熙元年，在建康任江东安抚司参议官，同年，至临安任仓部郎官。淳熙二年，任江西提刑，平定茶商叛乱。淳熙三年，调京西转运判官。淳熙四年（1177），差知江陵府兼湖北安抚使，同年冬，迁知隆兴府兼江西安抚使。淳熙五年，回朝任大理少卿，同年六月，出为湖北转运副使。淳熙六年三月，改任湖南转运副使，同年又改知潭州兼湖南安抚使。如此频繁的调任，体现出朝廷对他的不信任，也使他在任无所建树，因而他感叹“楼观才成人已去，旌旗未卷头先白”。如此频繁的调任，也使他经常奔波于旅途，“行遍”了“江南江北”，连溪山都觉得他是“旧时曾识”。

虽然“长为客”让他感到无奈，但还是忘不了英雄事业。像曹操、刘备那样的英雄，都被秋风吹尽，难见陈迹，何况一事无成的我辈！苏轼当年游赤壁，也想到过“破荆州，下江陵，顺流而东也，舳舻千里，旌旗蔽空，酾酒临江，横槊赋诗，固一世之雄也，而今安在哉”的曹操，感叹“况吾与子渔樵于江渚之上，侣鱼虾而友麋鹿，驾一叶之扁舟，举匏尊以相属，寄蜉蝣于天地，渺沧海之一粟。哀吾生之须臾，羡长江之无穷”。此时的辛弃疾，与当年苏轼有同样的感叹。人生短暂，而功业无成，英雄越发感到焦虑。

满江红

贺王宣子平湖南寇[1]

笳鼓归来[2]，举鞭问、何如诸葛[3]。人道是、匆匆五月，渡泸深入[4]。白羽风生貔虎噪[5]，青溪路断鼪鼯泣[6]。早红尘、一骑落平冈，捷书急[7]。　　三万卷，龙头客[8]。浑未得，文章力[9]。把诗书马上，笑驱锋镝[10]。金印明年如斗大[11]，貂蝉却自兜鍪出[12]。待刻公、勋业到云霄，浯溪石[13]。

1　此词作于淳熙六年（1179）。辛弃疾时在长沙任湖南路转运副使。王宣子：即王佐，字宣子，会稽山阴（今浙江绍兴）人。绍兴十八年（1148）状元及第，淳熙六年知潭州兼湖南路安抚使。是年正月，郴州宜章县民陈峒窃发，旬日有众数千，连攻破江华、蓝山、阳山县。王佐起用流人冯湛为权湖南路兵马钤辖，五月初一分五路进兵，王佐亲自督战，陈峒兵败被诛。“平湖南寇”，即指此事。《渭南文集》卷三四《尚书王公墓志铭》载：“淳熙六年正月，郴州宜章县民陈峒窃发，俄破道州之江华、桂阳军之蓝山、临武，连州之阳山县。旬日有众数千。郴、道、连、永、桂阳军皆警。公奏乞荆鄂精兵三千，未报。公度不可待，而见将校无可用者，流人冯湛适在州，公召与语曰：‘君能有功，不特雪前罪，且遂为朝廷用。北向恢复，自此始矣。’湛请行。公

曰：'请行易耳。今当不俟奏报以兵相付，既受此命，即以群盗授首为期。一有弗任，军法非某敢贷也。'遂檄湛带元管权湖南路兵马钤辖统制军马，即日令湛自选潭州厢禁军及忠义寨凡八百人，即教场誓师。遣行，仍命凡兵之分屯诸州县者，皆听湛调发，违慢皆立诛。又出军令牌付湛，军士所过，秋毫扰民及临敌不用命，或既胜而攘贼金帛使得窜逸者，皆必行军法。上奏以擅遣湛待罪，且请亟发荆鄂军。""公躬至军前节制"，"五月朔日诘旦，分五路进兵。贼初诈降，实欲缮治寨栅阻险以抗官军。公得其情，督兵甚峻，及驰入隘口，贼果立寨栅，未及成，闻官军至，狼狈出战。既败，又退失所凭，乃皆溃走。是日，夺空冈寨，驻兵十二渡。贼之起也，假唐源淫祠以诳其下，日杀所虏一人祭神，至是斩像焚其祠。湛遂诛陈峒，函首来献。"当年王佐因平寇有功调任升迁，辛弃疾代之而任湖南安抚使。

2　笳鼓归来：指王佐平叛凯旋。辛弃疾时与王佐同官长沙，故说"归来"。《南史·曹景宗传》载，景宗奉命兵援徐州，凯旋之后，以竞、病二字为韵赋诗曰："去时儿女悲，归来笳鼓竞。借问行路人，何如霍去病？"

3　举鞭：典出《晋书·山简传》：山简镇襄阳，每出嬉游，儿童歌曰："举鞭问葛强，何如并州儿。"诸葛：诸葛亮。借指王佐。

4　渡泸深入：诸葛亮《出师表》："五月渡泸，深入不毛。"泸，指泸水。王佐平郴寇陈峒，亦在五月。时令相同，用典极切。

5　"白羽"句：亦用诸葛亮事。裴启《语林》载"诸葛武侯乘素舆，葛巾白羽扇，指麾三军"。苏轼《与欧育等六人饮酒》："苦战知君便白羽，……引杯看剑坐生风。"貔虎：泛指猛兽，喻将士。噪：高呼。

6　青溪路断：指北宋末方腊叛乱被平，借指陈峒被平。方勺《泊宅编》卷下："宣和二年十月，睦州青溪县堨村居人方腊托左道以惑众，知县事承议郎陈光不即锄治。腊自号圣公，改元永乐，置偏裨将，以巾饰为别，自红巾而上凡六等，无甲胄，惟以鬼神诡秘事相扇摇，数日聚恶少千余，焚民居，掠金帛子女"，"旬日有众数万"。次年正月，方腊被生擒。鼪鼯（shēng wú）：两种鼠名，对寇盗的蔑称。鼪，俗称黄鼠狼。

7　"早红尘"二句：谓捷报迅速传至朝廷。语本杜牧《过华清宫》："一骑红尘妃子笑。"平冈：平野。

8　龙头：借指状元。《三国志·魏书·华歆传》注引《魏略》："歆与北海邴原、管宁俱游学，三人相善，时人号三人为一龙。歆为龙头，原为龙腹，宁为龙尾。”《氏族大全》卷九载，雍熙二年（985）梁颢状元及第，时年八十二，有诗曰：“天福三年来应举，雍熙二载始成名。从教白发巾中满，且喜青云足下生。观榜更无朋辈在，归家但有子孙迎。也知年少登科好，争奈龙头属老成。”王佐是状元，故称其“龙头客”。

9 “浑未得”二句：刘禹锡《郡斋书怀寄江南白尹兼简分司崔宾客》：“一生不得文章力，百口空为饱暖家。”浑，几乎。

10 诗书马上：《史记·陆贾传》：“陆生时时前说称诗书，高帝骂之曰：‘乃公居马上而得之，安事诗书！’陆生曰：‘居马上得之，宁可以马上治之乎？’”镝：箭头。

11 金印如斗大：《晋书·刘隗传》载周𫖮曰：“今年杀诸贼奴，取金印如斗大系肘。”指封侯拜相。

12 “貂蝉”句：指因军功而升官。《南齐书·周盘龙传》载，盘龙表年老才弱，不可镇边，求解职，见许，还为散骑常侍、光禄大夫。世祖戏之曰：“卿着貂蝉，何如兜鍪？”盘龙曰：“此貂蝉从兜鍪中出耳。”貂蝉，即貂蝉冠，皇帝近侍与高官所戴。兜鍪，头盔。

13 浯溪石：指浯溪《大唐中兴颂》摩崖石刻，唐元结撰，颜真卿书，大历六年刻。欧阳修《集古录跋尾》卷七《唐中兴颂（大历六年）》：“右《大唐中兴颂》，元结撰，颜真卿书。书字尤奇伟，而文辞古雅，世多模以黄绢，为图障。碑在永州，摩崖石而刻之，模打既多，石亦残缺。今世人所传字画完好者，多是传模补足，非其真者。”吴曾《能改斋漫录》卷十四亦曰：“湖南浯溪在永州北一百余里，流入湘江。其溪水石奇绝。唐上元中，邕管经略使元结罢任居焉，以其所著《中兴颂》刻之崖石。抚州刺史颜真卿书。本朝乾德中，左补阙王伸来知永州，维舟于此，留诗云：‘湘州佳致有浯溪，元结雄文向此题。想得后人难以继，高名长与白云齐。’”石刻至今犹存。

此词贺湖南安抚使王佐平寇之功。辛弃疾是军人武将出身，熟谙战事，写战事战功，可谓拿手好戏，故此词写来虎啸生风，气势磅礴。上片写战事，下片贺战功。开篇写军队在笳鼓声中凯旋，浩浩荡荡。人们纷纷点赞主帅王佐简直如卧龙诸葛亮再生，用兵如神，马到成功。五月初一率兵“深入”暴徒巢穴，不日就取得大捷。“白羽风生貔虎噪，青溪路断鼪鼯泣”，用对比手法，写主帅指挥从容淡定，平叛的官军勇猛无畏，而叛军则抱头鼠窜，最终像北宋末年的方腊一样被剿灭。歇拍写送捷报的一匹战马在平野上飞驰，扬起阵阵尘土，极富画面感和动态美。过片写王佐本是饱读诗书的状元，此前没有因“文章”文才而升迁。今日却“诗书马上”，谈笑击贼，大获全胜，有此军功，来年一定会拜相封侯。结拍说王佐的功勋比天高，一定会像《大唐中兴颂》一样，被铭刻在浯溪的崖石上，定格成永远的荣耀与记忆。

“貂蝉却自兜鍪”，本是用典，祝贺王佐必因军功而飞黄腾达。传说王佐见此词后，对辛弃疾用此典颇为不满，以为是嘲讽自己。周密《齐东野语》卷七载：“宣子得之，疑为讽己，意颇衔之。殊不知陈后山亦常用此词，《送苏尚书知定州》云：‘枉读平生三万卷，貂蝉却自兜鍪出。’幼安正用此。”宋人重文轻武，辛弃疾说王佐没有因文治而是因军功将获进用，故王佐感到不爽。其实王佐误解了辛弃疾的用意，辛弃疾原是化用陈师道送苏轼诗意而赞美之。看来王佐读书不及辛弃疾，不知陈师道早有“貂蝉却自兜鍪出”的诗句。王佐平定宜章寇后即迁知扬州，后又知临安府、权工部尚书、户部尚书，确实不出辛弃疾所料所贺。

水调歌头

寿赵漕介庵[1]

千里渥洼种[2]，名动帝王家[3]。金銮当日奏草，落笔万龙蛇[4]。带得无边春下，等待江山都老，教看鬓方鸦[5]。莫管钱流地[6]，且拟醉黄花。　唤双成[7]，歌弄玉[8]，舞绿华[9]。

一觞为饮千岁，江海吸流霞[10]。闻道清都帝所[11]，要挽银河仙浪，西北洗胡沙[12]。回首日边去[13]，云里认飞车[14]。

---

1 寿：祝寿，庆贺生日。赵漕介庵：即赵彦端，字德庄，号介庵。宋宗室。乾道四年（1168），赵彦端在建康任江南东路转运副使。转运司，俗称漕司；转运使，简称漕。辛弃疾时任建康府通判。二人同在建康，词即作于此年。

2 渥洼种：神马。《史记·乐书》载汉武帝“尝得神马渥洼水中”。杜甫《遣兴》：“君看渥洼种。”

3 名动帝王家：指名声为皇上知晓。韩元吉《赵公墓志铭》载：“隆兴改元，召对，上迎谓曰：‘闻卿俊才久矣。’”张端义《贵耳集》卷上载：“赵介庵名彦端，字德庄，宗室之秀。能作文，赋西湖《谒金门》：‘波底夕阳红绉。’阜陵（孝宗）问谁词，答云：‘彦端所作。’‘我家里人也会作此等语。’喜甚。”

4 “金銮”二句：意为金銮殿起草奏章，字如龙蛇飞舞。温庭筠《秘书省有贺监知章草题诗，笔力遒健，风尚高远，拂尘寻玩，因此有作》：“落笔龙蛇满坏墙。”

5 鸦：黑。

6 钱流地：《新唐书·刘宴传》说刘晏善理财政，“能权万货重轻，使天下无甚贵贱而物常平，自言如见钱流地上”。

7 双成：仙女名。《汉武帝内传》载王母命“董双成吹云和之笙，许飞琼鼓震灵之簧，法婴歌玄灵之曲”。

8 歌弄玉：意为弄玉在歌唱。弄玉，仙女名。《列仙传》：箫史者，秦穆公时人，善吹箫，能致孔雀白鹤。穆公女弄玉好之，公妻焉。遂教弄玉作凤鸣，后夫妇随凤飞去。

9 舞绿华：意为绿华在跳舞。绿华，仙女名。《真诰》：“萼绿华者，女仙也。上下青衣，颜色绝整。”双成、弄玉、绿华，代指宴席上能歌善舞的歌妓。

10 流霞：仙酒。王充《论衡·道虚》载曼都被仙人带上天，居月之旁，其寒凄怆，口饥欲食，“仙人辄饮我以流霞一杯，每饮一杯，数月不饥”。

11　清都帝所：天帝所居之所。《列子》："王实以为清都紫微，钧天广乐，帝之所居。"

12　"要挽"二句：语出杜甫《洗兵马》："安得壮士挽天河，净洗甲兵长不用。"李白《永王东巡歌》："但用东山谢安石，为君谈笑静胡沙。"

13　日边：喻朝廷。李白《永王东巡歌》："南风一扫胡尘静，西入长安到日边。"

14　云里认飞车：喻青云直上。

这首词是辛弃疾29岁时的作品。虽是祝寿的应酬词，写来却是气势雄放，特别是下片的"要挽银河仙浪，西北洗胡沙"，更显出英雄本色。即使是在祝寿的酒宴上，他也放不下家国情怀，期待着友人能凭借其特殊的身世地位，鼓励当今圣上，挽来银河雪浪，一洗西北尘沙，让中原再现天日，实现南北统一。

作为祝寿词，此词写得十分得体。开篇写寿主赵彦端身世之非凡，声名之非凡，次写才华文笔之非凡，续写其身体强健之非凡。即使江山已老，他的头发依然乌黑。歇拍写暂时放下公事，姑且共享寿宴之乐。过片写寿宴歌舞之热闹与酒宴之热烈，宾客饮酒如"江海吸流霞"，场面壮观，想象丰富，令人称奇。结拍是祝福寿主今后回到朝廷，直上青云，大展身手。此词将对个人的祝福与对民族大业的期待结合着写，立意高远，文采飞扬，气势飞动。

水龙吟

甲辰岁寿韩南涧尚书[1]

渡江天马南来[2]，几人真是经纶手[3]。长安父老[4]，新亭风景，可怜依旧[5]。夷甫诸人，神州沉陆[6]，几曾回首。算平戎万里，功名本是，真儒事[7]、君知否。　　况有文章山斗[8]。对桐阴、满庭清昼[9]。当年堕地[10]，而今试看，风云奔走[11]。绿野风烟[12]，平泉草木[13]，东山歌酒[14]。待他年，整顿乾坤事了[15]，为先生寿。

1　甲辰岁：淳熙十一年（1184），时年辛弃疾居上饶。韩南涧：韩元吉（1118—1187），字无咎，号南涧，开封雍丘人，徙居信州上饶。寿：祝寿。祝贺韩元吉67岁寿辰。淳熙三年（1176）韩元吉曾任吏部尚书，故称其“尚书”。

2　“渡江”句：指宋室南渡以来。典出《晋书·元帝纪》：“太安之际，童谣曰：‘五马渡江，一马化龙。’”及永嘉中，“王室沦覆，帝与西阳、汝南、南顿、彭城五主获济，而帝竟登大位焉”。

3　经纶手：治国的雄才高手。杜甫《述古》：“经纶中兴业，何代无长才。”

4　长安：代指汴京。韩元吉故家在汴京。语出《旧唐书·太宗本纪》：太宗至长安，“长安父老，赍牛酒诣旌门者不可胜纪”。

5　新亭风景：典出《世说新语·言语》：“过江诸人，每至美日，辄相邀新亭，藉卉饮宴。周侯（顗）中坐而叹曰：‘风景不殊，正自有山河之异。’皆相视流泪。唯王丞相（导）愀然变色曰：‘当共戮力王室，克复神州。何至作楚囚相对！’”可怜：可叹，可惜。

6　夷甫诸人：借指尸位素餐、空谈误国之人。典出《世说新语·轻诋》：“桓公入洛，过淮泗，践北境，与诸僚属登平乘楼，眺瞩中原，慨然曰：‘遂使神州陆沉，百年丘墟，王夷甫（衍）诸人，不得不任其责！’”注引《八王故事》曰：“夷甫虽居台司，不以事物自婴，当世化之，羞言名教。自台郎以下，皆雅崇拱默，以遗事为高。四海尚宁，而识者知其将乱。”沉陆：指国土沦陷。

7　“功名”二句：《荀子·儒效篇》：“彼大儒者，虽隐于穷阎漏屋，无置锥之地，而王公不能与之争名。”“用百里之地，而千里之国莫能与之争胜，笞棰暴国，齐一天下，而莫能倾也，是大儒之征。”

8　文章山斗：文坛的泰山北斗。《新唐书·韩愈传》：“自愈没，其言大行，学者仰之如泰山、北斗云。”《两宋名贤小集》卷一百六十《韩元吉传》载韩元吉“尝师尹焞，与朱熹友善，又得吕祖谦为壻。师傅渊源，儒林推重”。

9　桐阴：韩元吉祖上在汴京的宅第门前有桐树，遂以桐木代指韩家。韩元吉有《桐阴旧话》，记其家世旧事。以京师第门有桐木故云（参陈振孙《直斋书录解题》卷七）。

10　当年堕地：语本黄庭坚《次韵答邢惇夫》：“渥洼骐驎儿，堕地志千里。”

11　风云奔走：意指风云际会，大展身手。语出苏轼《和张昌言喜雨诗》：“百神奔走会风云。”

12　绿野：唐代宰相裴度在洛阳的别墅。《旧唐书·裴度传》：裴度在“东都立第于集贤里，筑山穿池，竹木丛萃，有风亭水榭，梯桥架阁，岛屿回环，极都城之胜概。又于午桥创别墅，花木万株，中起凉台暑馆，名曰绿野堂”。

13　平泉：唐代宰相李德裕在洛阳的庄园。《唐语林》卷七：“平泉庄，在洛城三十里，卉木榭台甚佳。”“四方奇花异草与松石，靡不置其后。”李德裕有《平泉草木记》。

14　东山：指谢安。《世说新语·识鉴》：“谢公在东山畜妓。简文曰：‘安石必出，既与人同乐，亦不得不与人同忧。’”

15　整顿乾坤：治理国家。杜甫《洗兵马》：“二三豪俊为时出，整顿乾坤济时了。”

这是一首祝寿词。祝寿词本是日常的应酬，只要恭维祝贺，哄得寿星高兴就行。可稼轩写寿词，还是不失其英雄本色。英雄是以天下为己任，即使是在应酬祝寿时，也难忘“平戎万里”“整顿乾坤”的豪情壮志！这首祝寿词，先不写祝寿，而是从国事入手，把寿词的境界提升到新的思想高度，让日常性的应酬词具有了崇高感和思想含量。

词开篇谓自高宗建炎南渡以来，没有几个人称得上是治国的能手，半个多世纪过去了，南宋偏安江南一隅，国势之不振，国土之分裂，中原之沦陷，没有丝毫的改观。之所以如此，全是一班尸位素餐、只知清谈而不务实际的执政者所造成，把沉陆的神州置于脑后，不闻不顾。词人不好明说国是之非，不好直斥当局，而用“新亭风景，可怜依旧”的典故和“夷甫诸人”来隐喻，既避免刺激当局，也具有艺术性。毕竟词不是政论文，不能说得过于直白。国是如此，国势如此，有谁能出来力挽颓波、扭转乾坤呢？自然非你韩公莫属了。下片是赞美韩元吉，但不动声色。过片紧接上文，儒者本可以“平戎万里”，决胜于千里之外，更何况你韩公是士林领袖，文章山斗呢！你是天生的将种，总有一天，风云际会，成就伟业！如今虽闲居，当年大唐宰相裴度、李德裕和东晋谢安，不都有赋闲之时吗，他年定会东山再起，整顿乾坤！稼轩把寿词中对个人的恭维，变成了对改变国家命运的企盼、对完成民族大业的激励。

木兰花慢

席上送张仲固帅兴元[1]

汉中开汉业[2]，问此地、是耶非。想剑指三秦[3]，君王得意，一战东归[4]。追亡事[5]、今不见，但山川满目泪沾衣[6]。落日胡尘未断，西风塞马空肥。　一编书是帝王师[7]。小试去征西。更草草离筵，匆匆去路，愁满旌旗。君思我、回首处，正江涵秋影雁初飞[8]。安得车轮四角[9]，不堪带减腰围[10]。

1　张仲固：名坚，张纲子，润州丹阳（今属江苏）人。绍兴二十四年（1154）进士及第，淳熙六年（1179）任江南西路转运判官，淳熙七年除知兴元府（事迹参《京口耆旧传》卷九）。时辛弃疾知隆兴府，在饯别张仲固席上赋此词。兴元府，南宋属利州东路，治今陕西汉中市。兴元府为利州东路治所，兴元知府兼利州东路安抚使，故辛弃疾称张仲固

是“帅兴元”。如果知府、知州不兼领本路安抚使，则不能称“帅”。

2 “汉中”句：汉高祖刘邦以汉中为基地开创出汉朝基业。《史记·高祖本纪》载，项羽自立为西楚霸王，“更立沛公为汉王，王巴、蜀、汉中，都南郑”。

3 剑指三秦：《史记·高祖本纪》载，项羽“三分关中，立秦三将：章邯为雍王，都废丘；司马欣为塞王，都栎阳；董翳为翟王，都高奴”。

4 一战东归：《史记·高祖本纪》载，高祖用韩信策，从故道袭雍王，定雍地。三个月后，塞王、翟王皆降汉。

5 追亡事：指萧何追韩信事。《史记·淮阴侯列传》载，韩信先不受高祖重用，“信数与萧何语，何奇之，至南郑，诸将行道亡者数十人，信度何等已数言上，上不我用，即亡。何闻信亡，不及以闻，自追之”。“何曰：诸将易得耳，至如信者，国士无双。王必欲长王汉中，无所事信；必欲争天下，非信无所与计事者。”

6 “但山川”句：语出唐李峤《汾阴行》：“山川满目泪沾衣，富贵荣华能几时。”

7 “一编书”句：用张良故事。《史记·留侯世家》载张良游下邳圯（桥）上，有一老父，衣褐，至良所，直堕其履圯下。顾谓良曰：“孺子，下取履！”良鄂然，欲殴之。为其老，强忍下取履。父曰：“履我！”良业为取履，因长跪履之。父以足受，笑而去。良殊大惊，随目之。父去里所，复还，曰：“孺子可教矣！后五日平明与我会此。”良因怪之，跪曰：“诺。”五日平明，良往。父已先在，怒曰：“与老人期，后，何也？”去，曰：“后五日早会。”五日鸡鸣，良往。父又先在，复怒曰：“后，何也？”去，曰：“后五日复早来。”五日，良夜未半往。有顷，父亦来，喜曰：“当如是。”出一编书，曰：“读此，则为王者师矣。”

8 “正江涵”句：杜牧《九日齐山登高》：“江涵秋影雁初飞。”

9 “安得”句：车轮生四角，无法转动，人就会迟些远行。语本陆龟蒙《古意》：“愿得双车轮，一夜生四角。”

10 带减腰围：典出沈约《与徐勉书》：“老病，百日数旬，革带尝应移孔。以手握臂，率计月小半分。”欧阳修《岁暮书事》：“跨鞍惊髀骨，数带减腰围。”

张仲固赴任之地兴元府，唐代称汉中郡，南宋时与金人统治下的凤翔府和京兆府接壤，属抗金前线。故稼轩此词从汉中特殊的地理环境和相关史事着笔，表达无限感慨。汉中是汉高祖刘邦的龙兴之地，所以开篇即写汉朝在汉中开创基业，阁下去赴任的兴元府，莫非就是当年开创“汉业”的地方？词人明知故问，一是让行文跌宕，避免平铺直叙的呆板，二是在问句中表达对历史的感慨，当年的汉皇雄风如今安在？当年汉高祖能“剑指三秦”，“一战东归”，所向披靡，原因在于爱惜人才、重用人才，网罗了萧何、张良、韩信等一代英才。可叹如今皇上既非刘邦的雄才大略，当朝宰相们也没有萧何那样的知人之明，月下追韩信的动人故事，已难再上演。辛弃疾此时虽身为江南西路安抚使，也是一方帅臣，但毕竟英雄无用武之地，无法到前线边塞施展身手，故不免悲从中来。胡尘未断，大敌当头，而塞马空肥，宝剑蒙尘，请缨无路。需要英雄而英雄却不被需要的时代，令人扼腕！“落日胡尘未断，西风塞马空肥”，对偶工整，高度概括了英雄的错位和时代的悲哀。过片以张良比张仲固，既是期待，也是勉励。期待张仲固能像张良那样建功立业。用张姓的故事喻张姓友人，用典极工切。结末表达难舍难分之意。

“黯然神伤者，唯别而已矣！”然而最让辛弃疾感慨的是英雄无用武之地，由此也可见英雄辛弃疾，无时不惦念着他的英雄事业。友人赴边，也让他生发无尽的怅惘。英雄强烈的使命感，尽显词中。

满江红

送汤朝美自便归金坛[1]

瘴雨蛮烟[2]，十年梦、尊前休说。春正好、故园桃李，待君花发[3]。儿女灯前和泪拜[4]，鸡豚社里归时节[5]。看依然、舌在齿牙牢，心如铁[6]。　　活国手[7]，封侯骨[8]。腾汗漫，排阊阖[9]。待十分做了，诗书勋业[10]。常日念君归去好，而今却恨中年别[11]。笑江头、明月更多情，今宵缺。

1　汤朝美：名邦彦，金坛（今属江苏）人。中乾道八年（1172）博学宏词科。宰相虞允文一见如故，除枢密院编修官。允文宣抚四川，汤邦彦充大使司干办公事。历官起居舍人、中书舍人。淳熙三年坐事编管新州。刘时举《续宋编年资治通鉴》卷九载淳熙二年“八月，汤邦彦使金，请河南陵寝地。明年夏四月，邦彦使金至燕，金人拒不纳，旬余乃命引见，夹道皆控弦露刃之士，邦彦怖，不能措一词而出。上大怒，诏流新州”。后遇赦量移信州（今江西上饶）。淳熙十年（1183），再遇赦得“自便”归故乡金坛。故辛弃疾得以在信州为之饯行。宋时官吏得罪贬谪偏远州郡，由当地官员管束，称编管，又称安置。数年后遇赦恢复自由，称任便居住，简称“自便”。自便，是自行选择居住地。编管、安置或某处居住，是到指定的地方居住。

2　瘴雨蛮烟：指汤邦彦当年贬居之地新州（今广东新兴）。宋人常用“蛮烟瘴雨”来描写岭南的环境气候。

3　“故园桃李”二句：表面写故园桃李等待主人回后才开花，隐写汤邦彦家中美人一直在家等待他的归来。典出《唐语林》卷六：韩愈有二妾，一曰绛桃，一曰柳枝，皆能歌舞。韩愈使边，柳枝遁去，回后韩愈赋《镇州初归》诗曰：“别来杨柳街头树，摆弄春风只欲飞。还有小园桃李在，留花不发待郎归。”自是专宠绛桃。辛弃疾用此典，既贴切，又有开玩笑之意。

4　“儿女灯前”句：化用谢景初诗意。《后山诗话》载，谢景初（字师厚）废居于邓州，其妹婿王存时任左丞，奉使荆湖，枉道过访，夜至其家，师厚有诗云：“倒着衣裳迎户外，尽呼儿女拜灯前。”

5　鸡豚社里：化用韩愈《南溪始泛》诗句：“愿为同社人，鸡豚燕春秋。”社，指春社，古时春耕前祭祀土神以祈丰收。

6　舌在齿牙牢：《史记·张仪列传》载战国时张仪学成后游说诸侯，尝从楚相饮，已而楚相亡璧，门下以为张仪贫而无行必盗此璧，共执张仪掠笞数百。其妻曰：“嘻，子毋读书游说，安得此辱乎！”张仪谓其妻曰："视吾舌尚在不？"其妻笑曰："舌在也。"仪曰："足矣！"韩愈《赠刘师服》："羡君齿牙牢且洁，大肉硬饼如刀截。"苏轼《送刘攽倅海陵》："君不见阮嗣宗，臧否不挂口，莫夸舌在齿牙牢。"

7 活国手：治国能手。《南史·王广之传》载广之子珍国，仕齐为南谯太守，"时郡境苦饥，乃发米散财以赈穷乏，高帝手敕云：'卿爱人活国，甚副吾意。'"汤邦彦也乐善好施，《京口耆旧传》载"邦彦性开爽，善谈论，乐施与。少时颇有积谷，尽散以拯乡党之饥。平时周人之急，惟力是视。南归，坐贫，自譬干义井云"。可见稼轩用典之切。

8 封侯骨：封侯的骨相。《汉书·翟方进传》载方进家世微贱，为小史时，处事迟钝，数为掾史所詈辱。方进自伤，乃从汝南蔡父相问，蔡父大奇其形貌，谓曰："小史有封侯骨。"后为丞相，封高陵侯。

9 腾汗漫：谓仕途腾达。《淮南子·道应训》："吾与汗漫期于九垓之外，吾不可以久驻。若士举臂而竦身，遂入云中。"汗漫，渺茫不可知，借指仙人或仙界，此指帝王所居。九垓，指天。阊阖：天门。《淮南子·原道训》："蹈腾昆仑，排阊阖，沦天门。"

10 诗书勋业：指以胸中诗书成就致君尧舜的功业。

11 中年别：典出《世说新语·言语篇》："谢太傅语王右军曰：'中年伤于哀乐，与亲友别，辄作数日恶。'"

友人汤朝美贬谪"瘴雨蛮烟"之地新州，几年后量移信州居住。淳熙十年（1183）遇赦得自便后回到其故乡金坛，稼轩在信州作此词送行。词有同情，有安慰，有鼓励，有调侃。苏轼说"人生如梦"，稼轩安慰他说贬谪南荒"十年"（举成数而言），已成往事，过去的不愉快"休说"，能够活着回到故乡与家人团聚，让儿女在灯前罗拜，应该感到荣幸开心才是。不说痛苦的往事而说今后的乐事，是怕引起对伤心往事的回忆和感伤。辛弃疾甚是善解人意。"故园桃李，待君花发"，是调侃。表面上说家中的桃花李花等你回家后才开花，实际上是用韩愈的故事，跟老友开玩笑，说他家中的佳人一直在等候他归来，"守节情不移"呢。歇拍既是赞赏也是鼓励，说他虽经磨难，但心如铁坚，壮志不移，日后还有东山再起的机会，完成致君尧舜的勋业。“待十分做了，诗书勋业”，与其说是勉励友人，不如说是稼轩的自我期待。因为他自己即使是在失意之日，也想着总有一天能成就勋业。所以他鼓励友人对未来要有信心，对建立功业要有信念。是英雄，才能在人生失意之时保持执着的信念。

水调歌头

汤朝美司谏见和，用韵为谢[1]

白日射金阙[2]，虎豹九关开[3]。见君谏疏频上，高论挽天回[4]。千古忠肝义胆，万里蛮烟瘴雨[5]，往事莫惊猜。政恐不免耳，消息日边来[6]。　　笑吾庐，门掩草，径封苔[7]。未应两手无用，要把蟹螯杯[8]。说剑论诗余事[9]，醉舞狂歌欲倒，老子颇堪哀[10]。白发宁有种，一一醒时栽[11]。

1　汤朝美：即汤邦彦。淳熙元年（1174）曾任左司谏，故称“司谏”。先是辛弃疾作《水调歌头·盟鸥》（带湖吾甚爱），汤朝美见而和作一首，辛弃疾再作此词以答谢。

2　“白日”句：白日照耀着金阙。金阙，仙人或天帝所居之黄金阙。这里代指皇宫。

3　“虎豹”句：虎豹闯开九关。语出屈原《招魂》：“魂兮归来，君无上天些。虎豹九关，啄害下人些。”

4　挽天回：挽回天意，即劝谏皇上改变旨意。

5　“万里”句：指汤邦彦被贬南荒。淳熙三年四月，汤邦彦因出使金国时，“于虏庭辄有所受，且不能坚守己见，惟从谢良弼之谋”（《宋会要辑稿》职官五一之二六），而被编管新州（今广东新兴）。淳熙末，复故官，归乡里（《京口耆旧传》卷八）。

6　政恐不免：只怕难免还要做官。典出《世说新语·排调》："初，谢安在东山居布衣时，兄弟已有富贵者，翕集家门，倾动人物。刘夫人戏谓安曰：'大丈夫不当如此乎？'谢乃捉鼻曰：'但恐不免耳。'"消息日边来：起复为官的消息会从京城传来。

7　"门掩草"二句：门被荒草所掩盖，门前的道路也长满了青苔。喻罢官闲居后没有人来探望。

8　"未应"二句：典出《世说新语·任诞》："毕茂世云：一手持蟹螯，一手持酒杯，拍浮酒池中，便足了一生。"

9　说剑论诗：语本苏轼《与梁左藏会饮傅国博家》："将军破贼自草檄，论诗说剑俱第一。"

10　"老子"句：语本《后汉书·马援传》："宾客故人，日满其门。诸曹时白外事，援辄曰：'此丞掾之任，何足相烦！颇哀老子，使得遨游。'"

11　"白发"句：反用黄庭坚《次韵裴仲谋同年》"白发齐生如有种，青山好去坐无钱"诗意。

此词与前一首《满江红》都是淳熙十年（1183）前后所作，是失意之人激励贬谪之人。英雄失意不失志。其时辛弃疾刚罢官闲居上饶不久，而友人汤朝美也是刚从贬谪之地新州量移至上饶。词的开篇用神话传说，来赞美当年汤朝美任谏官时不畏权势的处境和频频向皇帝上书挽回天意的勇气。"白日射金阙"，写皇宫的壮丽；"虎豹九关开"，喻在朝为谏官时的艰难险阻。"千古忠肝义胆"，是对友人的赞誉，也是对他的激励，因忠义而贬谪蛮烟瘴雨之地，虽贬犹荣。"往事莫惊猜"是劝慰汤朝美，过去了的"往事"，不必再提，终有一天"日边"会传来好消息，重新起用。用谢安"政恐不免"的典故，意味深长，意谓友人汤朝美本无意于做官，是他的德行才能深孚朝野之望而不得不入世兼济天下。过片回到自身，说我现在闲居村野，孤独冷清。言下之意，我也比你好不到哪儿去。这也是对友人的劝慰，不用太在意眼前的境遇。词人的情绪刚开始还是强颜欢“笑”，说虽然闲居无所事事，但双手还是有“用”的，至少可以一手拿螃蟹，一手拿酒杯痛饮。不一会那压抑的失意情绪就喷薄而出，“说剑论诗”了无用处，不觉“醉舞狂歌”。“醉舞狂歌”，体现的是英雄心中的愤懑不平。英雄失意的情绪表现，与常人自是不同。因愁而生白发，李白是说“白发三千丈，缘愁似个长”，杜甫是说“白头搔更短，浑欲不胜簪”，或夸张白发之长，或极言白发之短。而辛弃疾写来又别开生面：白发像是有种子似的，待人酒醒之后，一根根地栽在头上。本是人愁而白发生，而辛弃疾却说是白发故意栽在头上，将一种自然的静态转化成一种主观的动态过程，读来妙趣无穷。

贺新郎

陈同父自东阳来过余，留十日，与之同游鹅湖，且会朱晦庵于紫溪，不至，飘然东归。既别之明日，余意中殊恋恋，复欲追路。至鹭鹚林，则雪深泥滑，不得前矣。独饮方村，怅然久之，颇恨挽留之不遂也。夜半，投宿泉湖吴氏四望楼，闻邻笛悲甚，为赋《乳燕飞》以见意。又五日，同父书来索词。心所同然者如此，可发千里一笑[1]。

把酒长亭说。看渊明、风流酷似，卧龙诸葛。何处飞来林间鹊，蹙踏松梢微雪。要破帽、多添华发。剩水残山无态度[2]，被疏梅、料理成风月。两三雁，也萧瑟。　佳人重约还轻别。怅清江、天寒不渡，水深冰合。路断车轮生四角[3]，此地行人销骨[4]。问谁使、君来愁绝。铸就而今相思错，料当初、费尽人间铁[5]。长夜笛，莫吹裂。

---

1 陈同父：即陈亮。东阳：今浙江东阳市。鹅湖：在江西铅山县北。淳熙十五年（1188）辛弃疾与陈亮在鹅湖相聚，极论世事，史称“鹅湖之会”。辛弃疾《祭陈同父文》有曰：“而今而后，欲与同父憩鹅湖之清阴，酌瓢泉而共饮，长歌相答，极论世事，可复得耶！”朱晦庵：朱熹，号晦庵。陈亮写信约朱熹至紫溪相会，朱熹未到，朱熹有《戊申与陈同甫》二书回应。紫溪，在铅山县南四十里，路通福建崇安（今武夷山市），时朱熹住崇安，故陈亮请朱至紫溪相会。鹭鹚林、泉湖，其地不详。邻笛悲甚：向秀《思旧赋序》谓经嵇康旧居时，“邻人有吹笛者，发声寥亮，追思曩昔游宴之好，感音而叹，故作赋云”。乳燕飞：即《贺新郎》词调的别名。

2 剩水残山：语出杜甫《陪郑广文游何将军山林》：“剩水沧江破，残山碣石开。”原指园林中的人工山水，此指冬日雪后枯寂冷清没有朝气的山水。

3 车轮生四角：指路难行如车轮长了四角。陆龟蒙《古意》：“愿得双车轮，一夜生四角。”

4 销骨：指极度忧愁伤心。孟郊《答韩愈李观因献张徐州》：“富别愁在颜，贫别愁销骨。”

5 “铸就”二句：典出《资治通鉴》卷二六五：朱全忠留魏半岁，罗绍威供所杀牛羊豕近七十万，资粮称是，所赂遗又近百万。比去，蓄积为之一空。绍威虽去其逼，而魏兵自是衰弱。绍威悔之，谓人曰：“合六州四十三县铁，不能为此错也。”

淳熙十五年（1188）深冬，陈亮从浙江东阳到江西上饶的鹅湖拜访辛弃疾，两人相聚十日，极论世事，痛快无比，又一同到紫溪欲与朱熹相会，结果朱熹没有应约前来，陈亮只好别去。陈亮走后，辛弃疾恋恋不舍，第二天又上路追赶，想再重聚，追至鹭鹚林，因雪深路滑，无法前行，只好半路打住。辛弃疾当夜投宿泉湖吴氏四望楼，听到附近有笛声甚悲，愈发怀念故人，于是赋词一首，以表达对陈亮的思念。恰好五天后，陈亮写信来索要新词，可谓心有灵犀，于是辛弃疾将此词寄给陈亮。

这年辛弃疾49岁，陈亮46岁，两个老男人见面又离别之后，为何如此恋恋不舍，像初恋情人似的，相聚了十天还觉不够，离别之后还要趋车去追赶？原来辛弃疾与陈亮是志同道合的朋友，更主要的是，辛弃疾在上饶闲居八年，像他这样胸怀天下、观念超前的英雄，很难找到志同道合的对手来无拘无束地谈论天下大事，推心置腹地探讨人生，话话家常。而陈亮是一位极好的商讨天下事的对象。《宋史·陈亮传》说陈亮“生而目光有芒，为人才气超迈，喜谈兵，论议风生，下笔数千言立就。尝考古人用兵成败之迹，著《酌古论》”。他曾自负地说过：“至于堂堂之阵，正正之旗，风雨云雷交发而并至，龙蛇虎豹变现而出没，推倒一世之智勇，开拓万古之心胸，自谓差有一日之长。”喜谈兵、善议论，这两点与辛弃疾就高度默契，陈亮后来在和词中也说“只使君、从来与我，话头多合”，也表明两人心灵最为契合，说话最为投机。两位寂寞得太久的喜谈兵的高手，两位主张抗战收复中原的思想巨人，一旦相逢，畅谈十日，那必定如长河悬瀑，一泻千里，是何等的快意人生！离别之后，也就难怪辛弃疾意犹未尽、依依不舍了。

词的开篇写两人会面后“把酒长亭”的痛快，接写对陈亮风流气度的欣赏。“看渊明、风流酷似，卧龙诸葛”，不是说“渊明风流酷似卧龙诸葛”，而是说“看（你陈亮的）风流酷似渊明、卧龙诸葛”，因平仄要求而倒置了日常语序，意指陈亮的气度潇洒有如陶渊明，胸怀抱负、策略智慧好似诸葛亮。陶渊明是辛弃疾一生的最爱，而诸葛亮则是英雄辛弃疾的榜样。当时有人把辛弃疾比作“隆中之诸葛”（刘宰《漫塘集》十五《贺辛待制弃疾知镇江》）。辛弃疾以陶渊明、诸葛亮比拟陈亮，无异于夫子自道，也足见两人情趣相投。正因为是如此欣赏、怀恋陈亮，所以下文写离别之后上路追赶。又因为词序中已说明“追路”，故词中不写“追路”之事而只写“追路”途中所见之景，鹊踏松雪，疏梅点缀，以两幅一动一静的画面素描深冬路途之“萧瑟”。下片写别后“相思”和未能挽留久居的遗憾。结句暗用向秀吹笛怀嵇康的典故，极富声响效果。“长夜笛，莫吹裂”，其实是长笛声快要吹裂了，因为过于悲凉，故说“莫吹裂”。《霜天晓角》中的“半夜一声长啸”，与此词的“长夜笛，莫吹裂”都是写静夜中的声响，读来有响遏行云和余音袅袅之感。

贺新郎

同父见和[1]，再用前韵

老大犹堪说。似而今、元龙臭味，孟公瓜葛[2]。我病君来高歌饮，惊散楼头飞雪。笑富贵、千钧如发[3]。硬语盘空谁来听[4]，记当时、只有西窗月。重进酒，唤鸣瑟。　　事无两样人心别。问渠侬、神州毕竟，几番离合[5]。汗血盐车无人顾[6]，千里空收骏骨[7]。正目断、关河路绝。我最怜君中宵舞[8]，道男儿、到死心如铁。看试手，补天裂[9]。

1　同父见和：陈亮接辛弃疾原唱后，即和作一首，题为《寄辛幼安和见怀韵》：“老去凭谁说。看几番、神奇臭腐，夏裘冬葛。父老长安今余几，后死无仇可雪。犹未燥、当时生发。二十五弦多少恨，算世间、那有平分月。胡妇弄，汉宫瑟。　　树犹如此堪重别。只使君、从来与我，话头多合。行矣置之无足问，谁换妍皮痴骨。但莫使、伯牙弦

绝。九转丹砂牢拾取，管精金、只是寻常铁。龙共虎，应声裂。”辛弃疾再和之后，陈亮又和一首，题为《酬辛幼安再用韵见寄》：“离乱从头说。爱吾民、金缯不爱，蔓藤累葛。壮气尽消人脆好，冠盖阴山观雪。亏杀我、一星星发。涕出女吴成倒转，问鲁为齐弱、何年月。丘也幸，由之瑟。　　斩新换出旗麾别。把当时、一椿大义，拆开收合。据地一呼吾往矣，万里摇肢动骨。这话霸、又成痴绝。天地洪炉谁扇鞴，算于中、安得长坚铁。淝水破，关东裂。”

2　“似而今”二句：用陈登和陈遵事切指陈亮，谓二人志趣相投有如陈登之与刘备。元龙，即三国时的陈登。陈登是名士，忧国忘家，心存救世之志。参前《水龙吟·登建康赏心亭》注9。臭（xiù）味，此指志趣相投。孟公，汉侠客陈遵字孟公。瓜葛，交游。《汉书·游侠列传》谓陈遵，杜陵人，“居长安中，列侯、近臣、贵戚，皆贵重之。牧守当之官，及郡国豪杰至京师者，莫不相因到遵门。遵嗜酒，每大饮，宾客满堂，辄关门取客车辖投井中，虽有急，终不得去”。

3　富贵千钧如发：意思是别人视富贵有千钧之重，我们却视富贵如毛发之轻。

4　硬语盘空：语本韩愈《荐士》：“横空盘硬语，妥帖力排奡。”此指两人说的英雄语。

5　渠侬：他们。指朝中当权者。神州：中原大地。离合：偏义复词，偏指分离，意谓国土分裂。所以末句说要“补天裂”。

6　汗血盐车：指用骏马拉盐车，喻大材小用，人才埋没。汗血，即汗血马，一种千里马。《汉书·武帝纪》应劭注：“大宛旧有天马种，蹋石汗血，汗从前肩髆出，如血，号一日千里。”盐车，典出《战国策·楚策四》：“夫骥之齿至矣，服盐车而上太行，蹄申膝折，尾湛胕溃，漉汁洒地，白汗交流。中阪迁延，负辕不能上。伯乐遭之，下车攀而哭之，解纻衣以幂之，骥于是俯而喷，仰而鸣，声达于天，若出金石声者，何也？彼见伯乐之知己也。”

7　“千里”句：此句连上句的意思是，如今朝廷不爱惜人才，让千里马老死民间，空剩白骨。也可以理解为，朝廷表面上号称爱惜人才，实际上让贤才埋没，如同拉盐车的千里马，被等闲视之。《战国策·燕策》：“古之君人有以千金求千里马者，三年不能得。涓人言于君曰：请求之。君遣之，三月得千里马。马已死，买其首，五百金反以报君。君大怒曰：‘所求者生马，安事死马！而捐五百金。’涓人对曰：‘死马且买之五百金，况生马乎！天下必以王为能市马。马今至矣。’于是不能期年，千里之马至者三。”

8　怜：爱惜，爱重。中宵舞：用祖逖中夜闻鸡起舞故事。《晋书·祖逖传》载祖逖与刘琨“情好绸缪，共被同寝，中夜，闻荒鸡鸣，蹴琨觉曰：‘此非恶声也。’因起舞。逖、琨并有英气，每语世事，或中宵起坐”。此次辛、陈鹅湖之会，二人也是极论世事，一如祖逖、刘琨，用事极切。

9　补天裂：意指收复中原，统一中国。补天，用女娲补天故事。《淮南子·览冥训》：“往古之时，四极废，九州裂，天不兼覆，地不周载。火爁炎而不灭，水浩洋而不息，猛兽食颛民，鸷鸟攫老弱。于是女娲炼五色石以补苍天。”

这首和词比上篇首唱思想含量更高，感情基调更激越高昂。前一首重在写离别的相思，此首则着重写两人的胸怀志趣和英雄失路的悲愤。上片追念鹅湖之会时相聚的痛快。两人“臭味”相投，一边痛饮，一边高歌，歌声之宏亮，使楼头积雪为之惊散飞舞，正可谓声震屋瓦。由此不难想见两位英雄侠客当时是何等激昂欢快！两人诉说着彼此的人生志向，都视富贵如浮云，不合时宜的盘空硬语彼此心领神会。白日痛饮之后，犹未尽兴，晚上又举杯回灯“重进酒”，呼唤弹瑟弹筝的歌妓前来侑觞助兴。上阕写“当时”相聚之痛快，下阕写对国土分裂之悲慨。过片由友人之间的离合，而念及神州的“离合”。其实这也是两人相聚时谈论的话题。可悲的是，朝廷当局执政者视神州分裂于不顾，心安理得地守着江南半壁河山，一般的民众，也安于现状，早已忘记国土分裂的民族恨。说恢复，谈抗战，往往被目为异类，视为“硬语盘空”，不被人理解，社会时势如此，空让骐骥老死枥下，英雄闲置田间。但英雄壮心不已，信念之坚定有如钢铁。他们相信，总会有一天，能“试手补天裂”。结句的补天裂，是他们向社会发出的英雄宣言，是自信、也是互相勉励。笔力千钧，气势如虹。非英雄人，安得道出如许英雄语！

贺新郎

用前韵送杜叔高[1]

细把君诗说。怳余音、钧天浩荡，洞庭胶葛[2]。千尺阴崖尘不到[3]，惟有层冰积雪。乍一见、寒生毛发。自昔佳人多薄命[4]，对古来、一片伤心月。金屋冷，夜调瑟[5]。　去天尺五君家别[6]。看乘空、鱼龙惨淡，风云开合[7]。起望衣冠神州路[8]，白日销残战骨[9]。叹夷甫、诸人清绝[10]。夜半狂歌悲风起，听铮铮、阵马檐间铁[11]。南共北，正分裂。

1　前韵：指前面与陈亮唱和的《贺新郎》词韵。杜叔高，名斿，金华兰溪（今属浙江）人。兄弟五人俱有诗名，人称“金华五高”。元吴师道《杜端父墨迹》谓杜汝霖之孙“陵有五子：旃伯高、旟仲高、斿叔高、旞季高、旝幼高”。淳熙十六年（1189）春，杜叔高来上饶拜访辛弃疾，临别之际，辛弃疾用怀陈亮词韵赋此送叔高。

2　钧天浩荡：赞美杜叔高的诗如神话中的钧天广乐，气势雄伟，气象万千。钧天，典出《史记·赵世家》：“我之帝所，甚乐，与百神游于钧天，广乐九奏万舞，不类三代之乐。其声动人心。”洞庭胶葛：意谓叔高之诗，如黄帝《咸池》之乐，变幻莫测。典出《庄子·天运篇》：“黄帝张《咸池》之乐于洞庭之野”，“其声能短能长，能柔能刚，变化齐一，不主故常。”胶葛，形容乐曲幽深旷远。司马相如《上林赋》：“张乐乎胶葛之寓。”

3　阴崖：朝北背阴的悬崖。阴，山之北。

4　“自惜”句：语出苏轼《薄命佳人》诗：“自古佳人多薄命，闭门春尽杨花落。”

5　金屋冷：指受冷落冷遇。《汉武故事》载汉武帝曾说“若得阿娇作妇，当作金屋贮之”。汉武即位后立陈阿娇为皇后，后来阿娇失宠，被打入冷宫。

6　去天尺五：离宫廷只有一尺五寸的距离，指杜家门庭显赫，出身高贵。杜甫《赠韦七赞善》诗：“乡里衣冠不乏贤，杜陵韦曲未央前。尔家最近魁三象，时论同归尺五天。”自注：“俚语曰：城南韦杜，去天尺五。”君家别：你家与众不同。

7　“看乘空”二句：指时局变幻不定。苏辙《黄州快哉亭记》：“涛澜汹涌，风云开阖。昼则舟楫出没于其前，夜则鱼龙悲啸于其下，变化倏忽，动心骇目。”

8　衣冠：礼仪之邦，代指故国。语出《论语·尧曰》：“君子正其衣冠，尊其瞻视。”

9　销残战骨：指主战的杰出人物徒然消耗生命。

10　夷甫诸人：指空谈误国、不重实际的官僚。《晋书·王衍传》载衍字夷甫，神情明秀，风姿详雅。总角时曾访山涛，涛嗟叹良久，既去，目而送之曰：“何物老妪，生宁馨儿。然误天下苍生者，未必非此人也。”衍既有盛才美貌，明悟若神，兼声名籍甚，倾动当世，妙善玄言，唯谈老庄，朝野翕然，谓之一世龙门。后石勒兵围京师，王衍为元帅，兵败被杀。衍将死，顾而言曰：“呜呼！吾曹虽不如古人，向若不祖尚浮虚，戮力以匡天下，犹可不至今日！”清绝：反语。原意是清新至极，此是讽刺夷甫诸人的清谈。

11　铮铮：金属撞击之声。檐间铁：屋檐下的风铃。《芸窗私志》：“元帝时临池观竹，既枯后每思其响，夜不能寝。帝为作薄玉龙数十枚，以缕线悬于檐外，夜中因风相击，听之与竹无异。民间效之，不敢用龙，以什骏代。今之铁马，是其遗制。”

此词的创作时间紧承与陈亮唱和词之后，情感基调也相似。杜叔高是晚辈，面见辛弃疾时，呈上自己的诗集，让词坛大腕辛弃疾印可。词的开篇，极力赞美杜叔高诗歌的不同凡响，读来如听仙界钧天广乐，浩浩荡荡，又如见千尺阴崖下的层冰积雪，气象雄奇，纤尘不染，立意高远，迥出时辈。接着为其鸣不平，如此诗才，却命运不偶，一如佳人薄命。愤懑之中也有安慰，自古以来佳人薄命，贵如皇后之陈阿娇，都有打入冷宫之时，何况一般才人呢！怀才不遇，自古而然，也不必太过伤怀了。过片说杜叔高不仅个人才华出众，家庭背景也非常显赫，本应乘势而起，飞黄腾达。只是如今风云变幻，朝政更迭，世事难料。要读懂“看乘空、鱼龙惨淡，风云开合”的真实用意，需了解淳熙十六年（1189）正、二月间的政局变化。这年正月，周必大为左丞相，留正为右丞相，礼部尚书王蔺为参知政事（参《宋史》卷三五《孝宗本纪》）。周必大与辛弃疾一直不睦，而王蔺更是辛弃疾的政敌，淳熙八年就是他上章弹劾辛弃疾“用钱如泥沙，杀人如草芥”（《宋史·辛弃疾传》），而使其落职闲居至今。如今两位政敌执掌朝政，辛弃疾对朝廷自然会深为失望。更为严重的是，号称中兴之主的孝宗，在这年二月内禅，传位给皇太子。光宗即位后，实行何种国策，无法预料。故“看乘空、鱼龙惨淡，风云开合”实是隐喻对政局变化的担忧与失望。当时清谈不问国事之风盛行，宋孝宗曾慨乎言之：“今世士大夫微有西晋风，作王衍阿堵等语，士大夫讳言恢复，不知其家有田百亩，内五十亩为人所强占，亦投牒理索否？士大夫于家事则人人甚理会得，国事则讳言之。”（刘时举《续宋编年资治通鉴》卷九）李心传《建炎以来朝野杂记·孝宗论士大夫微有西晋风》也说：“近世士大夫多耻言农事。夫农事，乃国之根本，士大夫好为高论，而不务实。”辛弃疾词中的“夷甫诸人清绝”，与“士大夫好为高论，而不务实”正是同一感慨。英雄辛弃疾对此不问国事、不务实事的世风、士风深为焦虑。“夜半狂歌”，是对国事的愤慨，是英雄失路苦闷的宣泄！“南共北，正分裂”，是说给杜叔高听，也是说给世人听。提醒杜叔高比个人怀才不遇更不幸的是国家“正分裂”，“靖康耻，犹未雪，臣子恨，何时灭”！期待年轻的杜叔高今后能以国事为念，肩负起时代的使命！

水调歌头

和马叔度游月波楼[1]

客子久不到[2]，好景为君留。西楼着意吟赏[3]，何必问更筹[4]。唤起一天明月，照我满怀冰雪，浩荡百川流。鲸饮未吞海，剑气已横秋[5]。　野光浮，天宇迥[6]，物华幽。中州遗恨，不知今夜几人愁。谁念英雄老矣，不道功名蕞尔[7]，决策尚悠悠[8]。此事费分说，来日且扶头[9]。

1　马叔度：辛弃疾友人，事迹不详。喻良能《香山集》卷九《贤良马叔度和周内翰送予倅越诗见贻，次韵奉酬》曾提及其人。月波楼：黄州有月波楼，祝穆《方舆胜览》卷五十："在（黄州）郡后厅。"北宋王禹偁《黄冈竹楼记》亦提及："因作小楼二间，与月波楼通。"此当指嘉兴（今属浙江）月波楼。《方舆胜览》卷三："月波楼，在嘉兴州西北城上，下瞰金鱼池。"《至元嘉禾志》卷九亦载："月波楼，在郡治西北二里城上，下瞰金鱼池。考证：宋元祐甲午知州令狐挺立，又一甲午，知州毛滂修。楼成，置酒其上，乃为之记云：望而见月，其大不过如盘盂，然无有远近，容光必照。而秀，泽国也，水滨之人，起居饮食与水波接。令狐君乃为此楼之名月波，意将揽取二者于一楼之上也。建炎兵火废圮，乾道己丑知州李孟坚重修，未及落成，李解绶去。知州徐葳踵成之。规模湫隘，不及旧日。"

2　客子：离乡在外漂泊之人。作者自指。

3　西楼：指月波楼。楼在嘉兴府城西北，故称西楼。

4　更筹：古代计时工具。此指时间。

5　鲸饮：豪饮，如鲸鱼一样饮。杜甫《饮中八仙歌》："饮如长鲸吸百川。"横秋：充满秋日的天空。极言有气势。

6 “野光”二句：化用北宋郑獬《月波楼》诗：“野色更无山隔断，天光直与水相通。”（见《郧溪集》卷二七。周紫芝《竹坡诗话》引作滕元发诗，误）按，郑诗所写月波楼，为秀州月波楼。盖其诗末联云：“谁把金鱼破清暑，晚云深处待归风。”金鱼，即月波楼下金鱼池。此亦证稼轩所咏为秀州之月波楼。

7 蕞尔：微小。

8 决策：指朝廷的北伐大计。悠悠：遥远，飘忽不定。

9 扶头：酒名。指醉酒。

一般认为此词作于淳熙四年（1177）辛弃疾任湖北安抚使时。依据是词中所写月波楼指黄州月波楼，而辛弃疾任湖北安抚使时往来黄州甚便，故定此词作于淳熙四年。然则淳熙四年辛弃疾只有三十八岁，与词中“谁念英雄老矣”的年龄身份和心境显然不符。词中的月波楼实应指嘉兴的月波楼。过片化用北宋郑獬咏月波楼诗句，而郑诗正是写嘉兴月波楼。辛词是歌咏嘉兴月波楼，故自然联想到咏叹此楼的郑诗。至于创作时间，当是嘉泰四年（1204）辛弃疾在京口知镇江府时作，理由有二：一是“谁念英雄老矣”，与《永遇乐·京口北固亭怀古》的“凭谁问，廉颇老矣，尚能饭否”，是同一口吻，同一心境，应是同时所作；二是“决策尚悠悠”，当指韩侂胄决策北伐之事。而韩侂胄定议北伐，时在嘉泰四年春。故我们认为此词应是嘉泰四年在京口与《永遇乐·京口北固亭怀古》约略同时作。又，词的歇拍谓“剑气横秋”，或当作于秋天。辛弃疾是嘉泰四年春天到京口任镇江知府，次年六月即遭言者弹劾落职而离开镇江。故此词只能作于嘉泰四年秋天，而不可能作于开禧元年（1205）的秋天。

此词是和友人马叔度游月波楼而作。故开篇表达自己未能重游月波楼的遗憾和对友人独游月波楼好景的羡慕。次写虽未亲游月波楼，但读罢友人的词作，唤起自己对月波楼美景的记忆，“唤起一天明月，照我满怀冰雪，浩荡百川流”，境界宏阔，气势宏大，也显出词人胸襟的不凡。此句既写风景，又写心境。“满怀冰雪”喻自己胸怀磊落，心地光明，一如王昌龄《芙蓉楼送辛渐》的“洛阳亲友如相问，一片冰心在玉壶”。有意思的是，芙蓉楼，也在镇江。这也许又可旁证此词作于镇江。辛弃疾身在芙蓉楼所在的镇江作此词，故创作时自然联想到王昌龄的名作名句。过片之后情绪陡转，由对月波的欣赏转而想到沦陷的中原大地，“不知今夜几人愁”。英雄的家国情怀是如此之深沉，即使是良辰美景与友人唱和，也难忘“中原遗恨”。辛弃疾自知“英雄老矣”，时日无多，多么期望在有生之年能率兵横扫中原，雪洗中原“遗恨”，可不被朝廷重用。英雄是以天下为己任的，哪里是考虑个人的功名呢！英雄之心永远无人能理解，也无法向人诉说。于是只能用酒来麻醉以求一时的超然了。

浩荡百川、鲸饮吞海、剑气横秋、天宇迥、英雄老等，富有英雄色彩的意象，最能体现英雄辛弃疾雄奇的风格。词情跌宕起伏，意象雄浑，词境阔大，是“稼轩风”的典型体现。

水龙吟

过南剑双溪楼[1]

举头西北浮云[2]，倚天万里须长剑[3]。人言此地，夜深长见，斗牛光焰[4]。我觉山高，潭空水冷[5]，月明星淡[6]。待燃犀下看[7]，凭栏却怕，风雷怒，鱼龙惨。　　峡束苍江对起[8]，过危楼、欲飞还敛[9]。元龙老矣[10]，不妨高卧，冰壶凉簟[11]。千古兴亡，百年悲笑，一时登览。问何人又卸，片帆沙岸，系斜阳缆。

1　南剑：即南剑州，旧称延平郡，今福建南平市。双溪楼：《乾隆福建通志》卷六十三："南平县双溪楼，在府城东。"今福建南平市区内仍有双溪楼。双溪，指剑溪和樵川。《方舆胜览》卷十二引余良弼《双溪楼记》云："剑溪环其左，樵川带其右，二水交流。"

2　西北浮云：形容楼高与云齐。语出《古诗十九首》："西北有高楼，上与浮云齐。"

3　"倚天"句：语本宋玉《大言赋》："长剑耿耿倚天外。"《庄子·说剑》："上决浮云，下绝地纪。此剑一用，匡诸侯，天下服矣。此天子之剑也。"倚，立。倚天，即立天。

4　"人言"三句：典出《晋书·张华传》。雷焕谓张华：斗牛之间，颇有异气，是宝剑之精，上彻于天，其地在豫章丰城。华补焕为丰城令，焕到县，掘狱屋基，入地四丈余，得一石函，光气非常，中有双剑，并刻题，一曰龙泉，一曰太阿，其夕斗牛间气不复见焉。焕以南昌西山北岩下土以拭剑，光芒艳发，大盆盛水，置剑其上。视之者，精芒炫目。遣使送一剑并土与华，留一自佩。后张华被诛，失剑所在。焕卒，子华为州从事，持剑行经延平津，剑忽于腰间跃出堕水，使人没水取之，不见剑，但见两龙，各长数丈，蟠萦有文章，没者惧而反。须臾，光彩照水，波浪惊沸，于是失剑。斗牛，星宿名，即牛宿和斗宿。

5　潭：指剑溪、樵川交汇处。《舆地纪胜》谓南剑州之"二水交流，汇为龙潭，是为宝剑为龙之津"。今日南平市区内仍可见"二水交流，汇为龙潭"的实景。

6　月明星淡：化用曹操《短歌行》"月明星稀"句意。

7　燃犀下看：典出《晋书·温峤传》："至牛渚矶，水深不可测。世云其下多怪物，峤遂毁犀角而照之。须臾，见水族覆火，奇形异状，或乘马车，着赤衣者。"

8　峡束苍江对起：语本杜甫《秋日夔府咏怀》："峡束苍江起。"

9　欲飞还敛：想飞又收敛起翅膀。语本唐张众甫《寄兴国池鹤上刘相公》："欲飞还敛翼，讵敢望乘轩。"

10　元龙：即三国时的陈登。《三国志·魏书·陈登传》：陈登，字元龙，在广陵，有威名。其友许汜说："昔遭乱过下邳，见元龙，元龙无客主之意，久不相与语，自上大床卧，使客卧下床。"此借元龙自指。稼轩时年有五十三、四，故有"元龙老矣"之叹。

11　冰壶凉簟：黄庭坚《避暑李氏园》诗："荷气竹风宜永日，冰壶凉簟不能回。"

绍熙三年春（1192），在上饶闲居十年的辛弃疾，起复为福建路提点刑狱公事；四年（1193），升知福州兼福建路安抚使。五年（1194）九月，罢职闲居。此词即作于任职福建期间按部南剑时，具体的创作年份不可确考。

这首词是英雄人写的英雄词。试比较大约八十年前徽宗政和年间（1111—1117）张元干写的《风流子·政和间过延平双溪阁落成席上赋》："飞观插雕梁。凭虚起、缥缈五云乡。对山滴翠岚，两眉浓黛，水分双派，满眼波光。曲栏干外，汀烟轻冉冉，莎草细茫茫。无数钓舟，最宜烟雨，有如图画，浑似潇湘。　　使君行乐处，秦筝弄哀怨，云鬟分行。心醉一缸春色，满座凝香。有天涯倦客，尊前回首，听彻伊川，恼损柔肠。不似碧潭双剑，犹解相将。"张元干所咏的双溪阁，就是辛弃疾所经过的双溪楼。张词上片写双溪阁的形胜和楼前风光，过片写使君的宴乐，词末写自己的天涯飘零之感。全词写景如画，重在写实。而稼轩此词，从南剑州名的"剑"字落笔，写来豪情万丈，奇幻浪漫。倚天的万里长剑，是何等雄奇！他当时的愿想，也许是像《庄子·说剑》里所说的那样用倚天万里长剑来一统中原，匡复天下。这是何等的气概！不是英雄，不是剑客，哪能登楼由一个普通的南剑州地名而联想到异乎寻常的超出常人想象力的倚天长剑来呢！

双溪楼下是剑溪和樵溪，于是词人由剑溪又联想到西晋张华和雷焕的宝剑失于延平津（即剑溪）的故事。倚天长剑是"须"，是想象，是虚写，而剑溪此地上冲牛斗之间的双剑“光焰”，则是人们“夜深”经常见到的实况。其实，双剑跃入剑溪只是个江湖上的传说，而稼轩化虚为实，把传说变成真事。这好比黄州赤壁是周瑜赤壁大战的赤壁，原本只是个传说一样，可东坡用一个“人道是”生生地把黄州赤壁跟“周郎赤壁”给粘贴连接上了，从此黄州赤壁就成了“周郎赤壁”，并定格为永恒的历史记忆。稼轩学东坡，用一个“人言”，也巧妙地让传说中的“斗牛光焰”实景化、可视化！深夜从天空的牛斗星宿之间看见上冲于天的双剑光芒，这已够神奇了，可词人进而准备潜入水底“燃犀下看”当年跃入剑溪的龙泉、太阿宝剑是否还在，就更加想象新奇。想象和用典是如此的贴切，紧扣此地的地名和传说来写，让人既感意外新奇，又合乎情理。

“我觉山高，潭空水冷”，明写实景，暗写心情。山高，意味着路险，有李白《行路难》“欲登太行雪满山”之意。水冷，象征着心凉，意味着心灰意冷。

下片“欲飞还敛”，体现出词人忧谗畏讥的矛盾心态。刚想飞翔，又收敛起双翼；想进取，又准备退缩，这是饱经宦海风波后词人心态的自然流露。“元龙老矣，不妨高卧”，他对官场有些厌倦了，这与当年“求田问舍，怕应羞见刘郎才气”的犹豫不决大不相同。当年心高气盛，志在进取，如今则是英雄老矣，常想闲居“高卧”。为官时就想到退避，与周遭的环境和他的为人作派不无关系。据邓广铭先生《辛稼轩年谱》的考证，他任福建提刑时，与福州安抚使林枅关系不睦，龃龉甚多。他任安抚使时，“厉威严”，“官吏惴栗”，不少得罪人，常常被弹劾。在闽为官前后仅三年，就被臣僚弹劾落职。辛弃疾对官场处境的险恶了然于心，所以随时准备赋闲“高卧”。

南乡子
登京口北固亭有怀[1]

何处望神州。满眼风光北固楼[2]。千古兴亡多少事，悠悠。不尽长江滚滚流[3]。　　年少万兜鍪[4]。坐断东南战未休[5]。天下英雄谁敌手。曹刘[6]。生子当如孙仲谋[7]。

1　京口：今江苏镇江。嘉泰四年（1204）辛弃疾知镇江府。北固亭：在城北北固山上，下临长江。

2　北固楼：即北固亭。此句正常语序应是“北固楼（上）满眼风光”。

3　“不尽”句：语出杜甫《登高》“不尽长江滚滚来”。

4　年少：指孙权。兜鍪：头盔。喻士兵。

5　坐断：坐拥，占据。

6　“天下英雄”二句：典出《三国志·蜀先主传》，曹操曾对刘备说：“今天下英雄，惟使君与操耳。”曹刘，即曹操和刘备。此处为偏义复词，着重指曹操。

7　“生子”句：典出《三国志·吴主传》引《吴历》。曹操在濡须见孙权的“舟船、器仗、军伍整肃，喟然叹曰：‘生子当如孙仲谋。刘景升儿子，若豚犬耳。’”孙权字仲谋。曹操（155—220）年长于孙权（182—252）二十七岁，故说“生子当如孙仲谋”。

嘉泰四年（1204）辛弃疾知镇江府。登上北固亭，遥望长江北岸的北方中原大地，感慨万千，遂写下这首怀古词。惺惺惜惺惺，英雄爱英雄。65岁的老英雄，登上北固亭，不禁追念怀想起三国时代东吴“思平世难，救济黎庶”，“勤求俊杰，将与戮力，共定海内”

的“雄略之主”(《三国志·孙权传》)孙权。

上片从时间(“千古”)、空间(“长江”)两个角度抒发对历史、社会、“神州”的无限感慨,包容着丰富的现实与历史的内涵。下片从两个层面着力刻画孙权不畏强敌、奋发有为的“英雄”形象。先从正面着笔,写其年少即挥拥数万雄兵,“坐断东南战未休”。《三国志·孙权传》载,魏文帝曹丕向东吴来使赵咨询问吴王孙权是何等之主,赵咨对曰:“聪明仁智,雄略之主也。”文帝问具体表现,赵咨回答说:“纳鲁肃于凡品,是其聪也。拔吕蒙于行阵,是其明也。获于禁而不害,是其仁也。取荆州而兵不血刃,是其智也。据三州,虎视于天下,是其雄也。屈身于陛下,是其略也。”“坐断东南”而“虎视天下”,正是稼轩钦仰心仪孙权之处。次从侧面烘托反衬。曹操是天下无敌手的英雄,对年少于自己二十七岁的年轻“敌手”孙权却欣赏赞佩有加,称“生子当如孙仲谋”。能得到英雄“敌手”的尊敬和赞美,则孙权之英雄,不言自明。下片虽然写到天下英雄谁敌手的曹、刘,但这里的曹刘只是为反衬孙权英雄形象而设的配角。词人之用心,须细心体会。对前代英雄的向往与追思,体现出对当下怯懦苟安的朝廷当局的不满。全词三次设问,使文情流动自如。表面是怀古,实为伤今,对历史的思考与对民族现实命运的沉思,天衣无缝地融合在一起。

永遇乐

京口北固亭怀古

千古江山,英雄无觅,孙仲谋处[1]。舞榭歌台[2],风流总被[3],雨打风吹去[4]。斜阳草树,寻常巷陌[5],人道寄奴曾住[6]。想当年，金戈铁马，气吞万里如虎[7]。　元嘉草草[8]，封狼居胥[9]，赢得仓皇北顾[10]。四十三年[11]，望中犹记，烽火扬州路[12]。可堪回首，佛狸祠下[13]，一片神鸦社鼓[14]。凭谁问，廉颇老矣[15]，尚能饭否。

1　孙仲谋：指孙权。孙权先治京口，建安十六年，迁治秣陵（今南京）。

2　舞榭：歌舞游乐之所。榭，建在高台上的木屋。

3　风流：遗风，流风余韵。

4　雨打风吹：语出杜甫《三绝句》："不如醉里风吹尽，可忍醒时雨打稀。"

5　"斜阳"二句：语出刘禹锡《乌衣巷》："朱雀桥边野草花，乌衣巷口夕阳斜。旧时王谢堂前燕，飞入寻常百姓家。"周邦彦《西河·金陵怀古》："燕子不知何世，向寻常巷陌，人家相对，如说兴亡斜阳里。"

6　寄奴：南朝宋武帝刘裕小字寄奴。《宋书·武帝本纪》谓刘裕曾祖"始过江，居晋陵郡丹徒县之京口里"。

7　"想当年"三句：写刘裕当年率师北伐收复山东、河南、关中失地的气势。《宋书·武帝本纪》说刘裕"龙行虎步，视瞻不凡"。

8　元嘉：南朝宋文帝刘义隆的年号，时在公元424—453年。草草：谓草率从事。

9　封狼居胥：典出《南史·王玄谟传》。玄谟"每陈北侵之谋，上谓殷景仁曰：'闻王玄谟陈说，使人有封狼居胥意。'"按，《史记》和《汉书》都载，汉大将霍去病曾击败匈奴，封狼居胥山（在今内蒙古河套北）。故宋文帝听到王玄谟北伐的谋划后，便飘飘然，以为可以像霍去病那样到狼居胥山筑坛祭天庆功了。

10　仓皇北顾：《宋书·索虏传》载，元嘉八年（1141）滑台战守弥时，遂至陷没，文帝作诗曰："惆怅惧迁逝，北顾涕交流。"

11　四十三年：辛弃疾于绍兴三十二年（1162）奉表南归，至开禧元年（1205）作此词时，整整四十三年。

12　扬州路：指当年奉表南归时从北方过淮河，经扬州到达建康之路。《三朝北盟会编》卷二四九载，绍兴三十二年正月，贾瑞、辛弃疾等“十一人同行到楚州，见淮南转运副使杨抗，发赴行在。是时，上巡幸在建康。乙酉，瑞等入门，即日引见，上大喜，皆命以官”。按，楚州当时属扬州路。自楚州（今江苏淮安）到建康（今江苏南京），途中须经扬州。

13　佛（bì）狸：北魏太武帝拓跋焘字佛狸。其庙在瓜步山顶。陆游《入蜀记》卷一：“过瓜步山，山蜿蜒蟠伏，临江起小峰，颇巉峻。绝顶有元魏太武庙。庙前大木，可三百年。”“宋文帝元嘉二十七年，太武帝南侵至瓜步，建康戒严，太武凿瓜步山为蟠道，于其上设毡庐，大会群臣，疑即此地。王文公诗所谓‘丛祠瓜步认前朝’是也。”

14　神鸦社鼓：谓佛狸祠香火很旺，成群的乌鸦常来争抢祭品。意谓时人忘了当年北人南侵的耻辱，不时前来祭祀烧香。社鼓：祭祀时鸣奏的鼓乐。后来刘克庄有《魏太武庙》诗：“荒凉瓜步市，尚有佛狸祠。俚俗传来久，行人信复疑。乱鸦争祭处，万马饮江时。意气今安在，城笳暮更悲。”可参。

15　廉颇老矣：典出《史记·廉颇蔺相如列传》。廉颇为赵上将，以谗奔魏，赵王思复用之，派使者探视廉颇尚可用否，廉颇为之一饭斗米、肉十斤，被甲上马，以示可用。使者被仇家收买，还报赵王曰：“廉将军虽老，尚善饭，然与臣坐顷之，三遗矢（屎）矣。”赵王以为老，遂不召用。韩愈《秋怀》诗：“犀首空好饮，廉颇尚能饭。”

嘉泰四年（1204），辛弃疾知镇江府，时韩侂胄准备北伐。作者深忧于朝廷轻敌冒进，写下这首怀古词。此首怀古词跟前一首《南乡子》不同，前词单怀孙权一人，而此词中却写了五个“古”人、五件“古”事。五人五事，用意各有不同。写孙权的“英雄”，刘裕的“气吞万里如虎”，是对前代英雄之主的追慕和对本朝无此“英雄”之主的含蓄讽刺。写“草草”北伐而招致大败的刘义隆，是影射、激于韩侂胄的“草草”出兵，流露出对现实、对北伐的忧虑。写北魏太武帝佛狸，是写南北分裂已久，南宋民众似乎忘了国耻，令人痛惜。结句回到自身，以廉颇自况，抒发英雄已老，不得重用的忧愤。全词怀古，实处处针对现实，极富历史感和时代感。

面对京口这“千古江山”，本有无数文士武将、风流人物可供怀想，但英雄辛弃疾此时此际最怀念的是英雄孙仲谋。“英雄无觅孙仲谋处”，按常规句式是“无觅英雄孙仲谋处”，词人将“英雄”提到句首，是用以突出对“英雄”的敬意。唐宋词史上，没有第二人像英雄辛弃疾这样爱英雄、想英雄、唱英雄。成就英雄事业是辛弃疾一辈子的追求与念想。所以来到这英雄辈出的江山，他要寻觅英雄的踪迹，追念英雄的霸业。“金戈铁马，气吞万里如虎”，是赞美刘裕，也是此时辛弃疾心境与愿想的写照。用以移评稼轩词的风格，似乎也很贴切。金戈铁马，是辛词中富有典型意义的意象；而“气吞万里如虎”，则是辛词气势的写照。

当年的英雄怀揣着一腔热血来到南宋，寻觅实现救国的理想。四十三年过去，英雄已老，一事无成，怎不叫英雄黯然神伤！结拍自比廉颇，既体现出一种英雄的自信，又有英雄老去的感伤。廉颇老矣，尚能得到赵王的顾念而派人来看望，而辛老英雄，却未能得到当今圣上的关怀与顾念，年华老大的感伤之外又多了一层失落、失望。“凭谁问”的追问，道出了英雄世无知音的沉痛！当然也包含在有生之年能得到重用的企盼。结拍十个字可谓千回百折，饱含英雄自信、英雄垂暮、失落失望、世无知音的孤独和获得重用的期待等五层复杂的心理。

卷二

卜算子

闻李正之茶马讣音[1]

欲行且起行，欲坐重来坐。坐坐行行有倦时，更枕闲书卧。　　病是近来身，懒是从前我。静扫瓢泉竹树阴，且恁随缘过[2]。

1　李正之：名大正。淳熙十四年由利州路提点刑狱改任茶马提举。约卒于绍熙元年（1190）。王明清《挥麈录余话》卷一载其轶事曰："辛巳岁，颜亮寇淮，江浙震动。有处州遂昌县道流张思廉者，人称为有道之士。言事多验，时李正之大正为邑尉，从而问之。思廉以片纸书云：'脊乃在位。'初得之，殊不可晓。次年，阜陵改名，正储登极。李正之云。"韩淲有《李正之丈提刑挽词》："犹记登龙日，分明捉月仙。精神超物表，才术本天然。符节多遗爱，玺书行九迁。岂期归蜀道，乃尔閟重泉。""耆旧今零落，风流近所无。歌诗到元白，字画逼欧虞。为约言犹在，收书德不孤。阶庭知有子，庆泽自相符（原注：公作坟约，先公跋之。公在蜀，收书，将为义学）。"由韩诗可略见其为人。

2　恁：如此，这样。

想行就行，想坐就坐，坐多了，行累了，就枕着闲书躺卧。辛弃疾中晚年闲居瓢泉的生活状态，由此可见一斑。枕书而卧，足见稼轩爱读书。英雄终年无所事事，就难免生点小病，变得有些慵懒，随意打发着时光。此词题目是说接到友人李正之亡故的噩耗后所作，但词中似无哀悼之意，所以有学者认为此题可能原属另一首词而误植于此。不过，如果词题不误而强为之解，也许这个时候辛弃疾有些心如枯井了，听到友人仙逝的消息，觉得人生总会走到尽头，自己来日也无多，还不如随缘适意地过一生。

汉宫春
即　事

行李溪头，有钓车茶具，曲几团蒲[1]。儿童认得，前度过者篮舆[2]。时时照影，甚此身、遍满江湖。怅野老，行歌不住，定堪与语难呼[3]。　　一自东篱摇落[4]，问渊明岁晚，心赏何如。梅花政自不恶[5]，曾有诗无。知翁止酒[6]，待重教、莲社人沽[7]。空怅望，风流已矣，江山特地愁予。

1　行李溪头：即带着行李到溪头。此以晚唐陆龟蒙自况。《新唐书·陆龟蒙传》谓陆龟蒙“不喜与流俗交，虽造门不肯见，不乘马，升舟设蓬席，赍束书、茶灶、笔床、钓具往来。时谓江湖散人，或号天随子”。曲几：曲形小桌。团蒲：蒲草编织的圆形坐垫。

2　篮舆：竹轿。

3　“怅野老”三句：指忘怀世事，任性逍遥。用林类故事。《列子·天瑞》：“林类年且百岁，底春被裘，拾遗穗于故畦，并歌并进。孔子适卫，望之于野，顾谓弟子曰：‘彼叟可与言者，试往讯之。’子贡请行，逆之垄端，面之而叹曰：‘先生曾不悔乎？而行歌拾穗。’林类行不留，歌不辍。子贡叩之不已，乃仰而应曰：‘吾何悔邪？’子贡曰：‘先生少不勤行，长不竞时。老无妻子，死期将至，亦有何乐而拾穗行歌乎？’林类笑曰：‘吾之所以为乐，人皆有之，而反以为忧。少不勤行，长不竞时，故能寿若此。老无妻子，死期将至，故乐若此。’”

4　东篱摇落：指菊花凋零。语本陶渊明《饮酒》“采菊东篱下”。

5　政自不恶：犹言“真不赖”。政，同“正”。

6　止酒：戒酒。辛弃疾晚年曾因病戒酒。陶渊明有《止酒》诗。

7　莲社：指慧远法师结莲社。《东林十八莲社高贤传》：“时远法师与诸贤结莲社，以书招渊明。渊明曰：‘若许饮，则往。’许之，遂造焉。”

词写罢职闲居时的生活。稼轩翁乘着竹轿，带着钓车茶具、圆桌坐垫，往来溪头村畔，累了坐下喝茶赏景，秋天赏菊，冬天观梅，俨然是江湖散人陆龟蒙再世。天天到此，连附近的儿童都认识面熟了，辛老爷子竹轿一到，儿童就指指点点，说那身材魁梧的红脸爷爷又来玩了。这日子看似逍遥自得，实则词人很是郁闷，为何英雄之身，如今落得这般清闲无事，只能在溪边日日照影，像野老林类，天天行歌？不止词人自愁，连江山也为之愁呀。

浣溪沙

瓢泉偶作[1]

新葺茅檐次第成[2]。青山恰对小窗横。去年曾共燕经营。　　病怯杯盘甘止酒[3]，老依香火苦翻经[4]。夜来依旧管弦声。

1　瓢泉：辛弃疾在铅山的居所。

2　茅檐：即茅屋，简陋的房屋。次第成：依次建成。

3　“病怯”句：语本苏轼《次韵乐著作送酒》诗：“少年多病怯杯觞，老去方知此味长。”

4　依香火：语出秦观《题法海平阇黎》：“因循移病依香火，写得弥陀七万言。”

因上饶带湖居所失火被焚，辛弃疾到铅山瓢泉建新居。庆元二年（1196），新居逐步建好，他很是开心惬意。这里跟上饶带湖居所相似，坐在小窗前，就可以面朝青山，看爽气东来。但词人不说自己面对青山，而说青山像有意似的正横对着小窗，就别是一番情趣。去年曾与燕子一道经营，燕子在家中经营小窝，自己则经营自己的新居。一个“共”字，将本不相关的人做屋与燕做窝关联，妙趣横生。上片写新所环境，下片写近来生活。因病而心甘情愿地止酒，老来无所事事只得依香火读经书，夜里还是照旧听听音乐。倒也悠闲。

朝中措

夜深残月过山房。睡觉北窗凉。起绕中庭独步[1]，一天星斗文章[2]。　朝来客话：“山林钟鼎[3]，那处难忘？”“君向沙头细问，白鸥知我行藏[4]。”

1　中庭独步：苏轼《记承天寺夜游》：“元丰六年十月十二日夜，解衣欲睡，月色入户，欣然起行，念无与乐者，遂至承天寺寻张怀民，亦未寝，相与步于中庭。庭下如积水空明，水中藻荇交横，盖竹柏影也。”

2　星斗文章：指天空星斗排列有序，像精心布局的文章。杜牧《华清宫三十韵》：“雷霆驰号令，星斗焕文章。”

3　山林钟鼎：指闲居与做官两种生活。语本杜甫《清明》诗：“钟鼎山林各天性，浊醪粗饭任吾年。”钟鼎，指击钟而食，列鼎而烹，这是富贵人的生活。山林，则是隐逸之人所居。

4 行藏：出处。此指心意。

词写两个生活片段。上阕写头天深夜，无法成眠，只有残月来山房相伴，于是起床独自在中庭散步，看着满天星斗，焕然成章。“中庭”是用苏轼承天寺夜游典，读者由辛弃疾的中庭独步可进而联想到当年苏轼漫步的悠闲自在。如果用“院中”或“园中”，就只是表明独步的地点，而不能让人联想到苏轼在承天寺独步“中庭”的意趣。即是说，用“中庭”，就多了一层历史感，语义有双层指向，一层指现实之我的独步地点，一层指历史上苏轼夜步中庭的历史故事。用典与不用典，有时意蕴有深浅厚薄之别。词人之用心，当细细体会。下阕写次日清晨有客来访，问词人山林的清闲与钟鼎的华贵，哪个更留恋难忘。词人没有正面回答，而是巧妙地让他去问沙头的白鸥，因为白鸥终日陪词人流连山水，最了解其行藏出处。成天与白鸥为伴，自然是难忘山林，而不留恋钟鼎。下阕用主客问答的形式来写自我的生活态度，灵动多姿，趣味盎然。如果直陈，容易呆板。

西 江 月

春 晚

剩欲读书已懒[1]，只因多病长闲。听风听雨小窗眠。过了春光太半[2]。　往事如寻去鸟，清愁难解连环[3]。流莺不肯入西园。唤起画梁飞燕。

1 剩欲：很想。

2 太半：大半。

3 “清愁”句：谓愁闷像连环一样难解。典出《战国策·齐策》：“秦昭王尝遣使者遗君王后玉连环，曰：‘齐多智，而解此环不？’君王后以示群臣，群臣不知解。君王后引锥椎破之，谢秦使曰：‘谨以解矣。’”

因病而闲，多病而长闲。怎样让这平淡而无聊的时光变得有诗意、有美感？稼轩翁的做法是读书。“读书已懒”，不是说懒得读书，而是说读书读多了，疲倦了，偶尔发发懒。其次是听风听雨，风声雨声伴着读书声，闲静的时光变得充实而有生气。再次是听流莺啼啭，看飞燕成双。只要有审美的眼光、快乐的心情，总能发现日常生活中的诗情画意。虽然往事难寻，清愁难解，但风声雨声、莺声燕声和读书声，能把清愁冲淡。流莺在园外穿飞，本不干人之事，词人却说它“不肯入西园”，好像是故意逗人玩儿似的，平凡之景变得不平凡。

南歌子

世事从头减，秋怀彻底清。夜深犹道枕边声。试问清溪底事、不能平[1]。　　月到愁边白[2]，鸡先远处鸣。是中无有利和名。因甚山前未晓、有人行。

1 “试问”句：化用韩愈《送孟东野序》句意：“大凡物不得其平则鸣。草木之无声，风挠之鸣；水之无声，风荡之鸣。”

2 月到愁边：语出黄庭坚《减字木兰花·丙子仲秋黔首席上戏作》：“月到愁边总未知。”

秋夜里，更深人静，枕头边传来阵阵哗哗啦啦的溪流之声，于是稼轩起而试问：清溪呀，难道你心中也有不平之事？稼轩夜住山中，空山雨后，秋气清新，原以为忘怀了世事，可至深夜，依然难以入睡。不直说自我心中有不平，而说清溪有不平，借景寓情，自然而巧妙。因愁而发白，月照方见发白，词人不说自己愁，自己头发已白，而说月到愁边也变白了。无情无思之月到愁边都白了，有情有思之我在愁边还能不发白吗？于此可领会词人构思之新巧。“夜深”听溪声，凌晨听鸡鸣，拂晓前闻路上有人行，词人一夜未睡，心中不平之气、难解之愁，不言自明。

鹧鸪天

鹅湖归病起作

枕簟溪堂冷欲秋。断云依水晚来收[1]。红莲相倚浑如醉，白鸟无言定自愁。　　书咄咄[2]，且休休[3]。一丘一壑也风流[4]。不知筋力衰多少，但觉新来懒上楼。

1　“枕簟”二句：写溪边晚云渐收，人卧溪堂，已觉秋天的凉意。簟，竹席。

2　书咄咄：《世说新语·黜免》载殷浩被废，在信安，终日恒空书作字，人窃视之，唯作“咄咄怪事”四字而已。

3　休休：《旧唐书·司空图传》谓司空图居中条山，作亭曰“休休”。又作《耐辱居士歌》曰：“咄咄！休休休！莫莫莫！伎俩虽多性情恶。赖是长教闲处着。”

4　一丘一壑：《世说新语·品藻》：明帝问谢鲲比庾亮何如，谢鲲答曰：“端委朝堂，便百僚准则，臣不如亮。一丘一壑，自谓过之。”

词写病后感受，十分真切。身体健壮，对气候的冷暖变化不会有太强烈的感受，而身体衰弱之人，对气候的小小变化就特别敏感。夏末秋初，病后稼轩已感到溪边屋里的凉簟有些寒冷之意了。结拍二句，更是写出了人人心中曾有而口中所无的感受：病后体弱无力，腿脚不便，懒得上楼。三言二语，就让你感同身受，词人表现力之高超，令人惊叹。而“红莲”二句写楼前池中之景，特有情味。红莲相倚，如醉后美人相倚相拥；白鸟独栖，如愁肠百结无语无言。红莲如醉美人，一般人还能想象得到，而白鸟无言是自愁，则难以想象得出，非愁苦人想不到此点。过片连用三个典故，写闲居的寂寞与无奈，表面旷达超然，占得一丘一壑，看起来风流自在，悠闲自得，但英雄的生命时光，如此等闲流逝，真乃咄咄怪事！笔端表面平和，笔底流出的还是不平之气。岁月不饶人啦，健壮如虎的辛大帅如今变得如此慵懒衰弱，心情能好受吗？

水调歌头

元日投宿博山寺[1]，见者惊叹其老

头白齿牙缺，君勿笑衰翁。无穷天地今古，人在四之中[2]。臭腐神奇俱尽[3]，贵贱贤愚等耳[4]，造物也儿童[5]。老佛更堪笑，谈妙说虚空。　　坐堆豗[6]，行答飒[7]，立龙钟[8]。有时三盏两盏，淡酒醉蒙鸿[9]。四十九年前事[10]，一百八盘狭路[11]，拄杖倚墙东。老境何所似，只与少年同。

1　元日：大年初一。此为淳熙十六年（1189）初一。博山寺：在广丰县。《江西通志》卷一一二：“博山寺，在广丰县崇善乡。本名能仁寺，五代时天台韶国师开山，宋绍兴中悟本禅师奉诏开堂。辛弃疾为记。”

2　四之中：即上句所说的天、地、今、古四者之中。

3　臭腐神奇：《庄子·知北游》："故万物一也。是其所美者为神奇，其所恶者为臭腐，臭腐复化为神奇，神奇复化为臭腐。"

4　"贵贱"句：白居易《浩歌行》："贤愚贵贱同归尽。"

5　"造物"句：造物主也是捣蛋的儿童。《新唐书·杜审言传》："审言病甚，宋之问、武平一等省候何如，答曰：甚为造化小儿所苦，尚何言。"

6　堆豗（huī）：困顿的样子。

7　答飒：懒散不振。《南史·郑鲜之传》："时傅亮、谢晦位遇日隆，范泰尝众中让诮鲜之曰：'卿与傅、谢俱从圣主有功关洛，卿乃居僚首。今日答飒，去人辽远，何不肖之甚！'鲜之熟视不对。"

8　龙钟：衰老的样子。

9　三盏两盏：李清照《声声慢》："三杯两盏淡酒，怎敌他晚来风急。"蒙鸿：即鸿蒙，蒙昽混沌。

10　四十九年前事：时年五十，故说四十九年事。活用《淮南子·原道训》中"蘧伯玉年五十，而知四十九年非"典。

11　一百八盘峡路：黄庭坚《竹枝词》："浮云一百八盘萦。"陆游《入蜀记》说巫山县"山极高大，有路如线，盘屈至绝顶，谓之一百八盘"。此指人生的曲折坎坷。

以词作自画像，词史上挺少见，稼轩应该是第一人。淳熙十六年（1189）正月初一，稼轩时年五十。大年初一他不在家与亲人团聚，而投宿博山寺，去找老僧谈禅，想是心中有解不开的结，要让老僧开解开解。不承想见到他的人都感叹他怎么突然会老成这个样子。他究竟老成啥样子了，稼轩以自嘲的口吻告诉你：头发白了，牙齿缺了，身体衰了，坐着显得困顿，走起路来慢吞吞地没气力，站着尽显龙钟老态，喝起酒来远不如当年神勇，三杯两盏过后就醉眼蒙昽。为何如此？皆因"四十九年前"经历的都是"一百八盘狭路"。世路坎坷，身心俱受折磨，能不衰老吗？

卜算子
齿　落

刚者不坚牢，柔底难摧挫[1]。不信张开口角看，舌在牙先堕。　　已阙两边厢，又豁中间个[2]。说与儿曹莫笑翁，狗窦从君过[3]。

1 “刚者”二句：刘向《说苑·敬慎》载常枞“张其口而示老子，曰：‘吾舌存乎？’老子曰：‘然。’‘吾齿存乎？’老子曰：‘亡。’常枞曰：‘子知之乎？’老子曰：‘夫舌之存也，岂非以其柔耶？齿之亡也，岂非以其刚耶？’常枞曰：‘嘻，是已。天下之事已尽矣。无以复语子哉。”底：的。一本作“的”。

2 豁：空。

3 狗窦：狗洞。典出《世说新语·排调》：“张吴兴年八岁，亏齿，先达知其不常，故戏之曰：‘君口中何为开狗窦？’张应声答曰：‘正使君辈从此中出入。’”

前首《水调歌头》说到自己“头白齿牙缺”，此首《卜算子》专写齿落牙缺，应是差不多同时所作。戏谑调侃中蕴含着深刻的人生感悟和不平之气。刚硬的牙齿不坚硬牢固，反倒是柔软的舌头难以摧挫，你要是不信啊，张开嘴给你看看，舌头依旧在，牙齿已先落。这说明啥道理？做人不可太刚，过于刚直就容易遭遇挫折；做人需柔软，柔软的身段好转身，好调整，好适应。这可是老子的智慧。这层意思，字面上稼轩没有说明，没有点破，但他用刘向《说苑》典故，其实已包含这层意思了。稼轩不是说自己从此要学乖，变得柔软圆滑，而是平和中含愤激，为什么刚直者总容易受伤，而身段圆滑柔软者却能得志得意？他想不开！

上片感叹牙齿易落，下片写牙齿如何落。先是两边的大牙掉了，然后是中间的门牙也落了，形成了一个狗洞。结拍自嘲说：小子们别笑俺老头子，这狗洞大的可以随你进出呢。这是玩笑，也是用典。《世说新语》里载张玄之八岁时换牙，牙齿掉了好几个，年长者知道他天资不凡，故意逗他说："你嘴里为何开了个狗洞？"张应声回答说："好让你们从这里出入呀。"瞧，这小孩太敏捷，太有才了。稼轩用此典，真是恰到好处。不知道此典，只知稼轩翁在开玩笑，明白了这个典故，更觉妙趣横生，又贴切，又幽默。稼轩翁也是太有才了，信手拈来的一个典故，既让我辈领略了历史上那个叫张玄之的小孩的聪明智慧，也让我们享受了稼轩翁的诙谐幽默。英气逼人的英雄稼轩，原来骨子里透着一股幽默。幽默，是中国文学里的稀有元素。读稼轩词，常常能领略他的幽默。

鹧鸪天

欲上高楼去避愁。愁还随我上高楼。经行几处江山改[1]，多少亲朋尽白头。　　归休去，去归休。不成人总要封侯[2]。浮云出处元无定，得似浮云也自由。

1　江山改：陶渊明《拟古》："枝条始欲茂，忽值山河改。"

2　不成：难道。

唐宋诗人词客写愁的名句，实在不胜枚举。如李白的"抽刀断水水更流，举杯消愁愁更愁”，写出愁思的顽强。稼轩此词的“欲上高楼去避愁，愁还随我上高楼”，写出了愁苦的执着，纠缠难休，想躲避都逃不开。经行之处，江山改了面貌，亲朋白了头发，岁月真个不饶人啦。人生短暂而有限，是要过得有意义有成就，还是要过得快乐自由？稼轩在纠结着这古往今来难以抉择的人生难题。他成天想着封侯，想着生前身后名，可功不成名不就，难道要这样烦恼的过一生？常言道：人过留名，雁过留声。转念又一想，难道人一定要立功封侯吗？一定要像大雁一样留下点声音吗？像浮云一样来无踪去无影，自由自在，不也是一种生命的过程？

鹧鸪天
重九席上再赋

有甚闲愁可皱眉。老怀无绪自伤悲。百年旋逐花阴转[1]，万事长看鬓发知。　　溪上枕[2]，竹间棋[3]。怕寻酒伴懒吟诗。十分筋力夸强健，只比年时病起时[4]。

1　旋：逐渐。

2　溪上枕：活用枕石漱流典。《世说新语·排调》：“孙子荆年少时欲隐，语王武子，当枕石漱流，误曰漱石枕流。王曰：‘流可枕，石可漱乎？’孙曰：‘所以枕流，欲洗其耳；所以漱石，欲砺其齿。’”

3　竹间棋：李商隐《即日》：“小鼎煎茶面曲池，白须道士竹间棋。”

4　年时：指去年或前年。

重阳节，故人老友聚餐，自然少不了人生感慨。席上稼轩赋词一首，觉得还没尽意，于是再赋此词。劝慰在座诸君：有啥闲愁让咱们皱眉不开心，哪些心事让咱们伤悲不已？枕石漱流，竹间下棋，没事自寻快乐吧。比起年前病起的时候，俺身体可是强健多了。珍惜眼前，珍惜现在吧！

丑 奴 儿

书博山道中壁[1]

少年不识愁滋味，爱上层楼。爱上层楼。为赋新词强说愁。　　而今识尽愁滋味，欲说还休。欲说还休[2]。却道天凉好个秋。

1　博山：在今上饶广丰县。《大清一统志》卷二四二："博山，在广丰县西南三十余里，南临溪流，远望如庐山之香炉峰。"

2　欲说还休：李清照《凤凰台上忆吹箫》："生怕闲愁暗恨，多少事欲说还休。"

此词写出了两种人生状态。年少时没有经历过多少人生的挫折与坎坷，对人生社会的复杂况味没有深切的体验与感受，对未来充满着乐观自信，所以有时为写一首能感动人的词而装愁苦，装烦闷，无病而呻吟。到了中老年，久历宦海风波，切身感受了人世社会的艰难与忧患之后，满腹愁苦，却无从说起，也无法说清，只好王顾左右而言他了。"欲说还休"，是因种种人事纠葛、政治纷争，而不能直说，不能明说。全词语言明白如话，内蕴却丰富深沉。对比手法的运用，加之词调本身所具有的独特的复沓句式，读来韵味悠长。情深情真，是此词独特的艺术魅力所在。它不靠华丽的语言、新巧的手法、生动的画面取胜，而是把自己真切感受到的一种人生况味很精炼地提纯出来，以打动人心。把人人都能感受到但又不知如何表达的一种普遍的人生况味能简洁而形象地表达出来，往往具有打动人心的艺术力量。

丑奴儿

此生自断天休问[1]，独倚危楼。独倚危楼。不信人间别有愁。　　君来正是眠时节，君且归休[2]。君且归休。说与西风一任秋。

---

1 “此生”句：语出杜甫《曲江》：“自断此生休问天，杜曲幸有桑麻田。”断，了结，了却。

2 “君来”句：化用萧统《陶渊明传》所载陶渊明“我醉欲眠，卿可去”故事。

此词跟前一首同调同韵，当是同时作。辛弃疾42岁被罢官，闲居江西上饶二十余年，他有时能自我安慰，所谓“一丘一壑也风流”；有时又极不甘心，这一辈子，就这么在悠闲中无所事事地了结了？这一腔热血，一腔愁闷，向何处诉说，向何人诉说？独倚高楼，眺望远方，前路茫茫，问天无用，报国无门。人间还有比这种英雄被抛弃更深更广更沉重的愁苦吗？愁苦是如此之深之广之沉，都懒得对人说了，也无法对人言说了，只能对着西风一敞胸襟。结句看似洒脱，实则浸着透骨的凄凉和失望。

丑奴儿

近来愁似天来大，谁解相怜。谁解相怜。又把愁来做个天。　　都将今古无穷事，放在愁边。放在愁边。却自移家向酒泉[1]。

1　酒泉：杜甫《饮中八仙歌》“恨不移封向酒泉”。酒泉郡，武帝太初元年开，城下有泉，味如酒（见《汉书·地理志》）。

长歌当哭。长期闲置在家的稼轩，无法施展其雄才大略，被朝廷、被社会遗弃的失落感、孤独感越来越沉重，几乎让他支撑不住了。坚强的英雄稼轩，此时不禁从心底高呼：谁能理解我呀！有才如此，天地之大，却找不到一条人生的出路！这是什么样的世道、什么样的社会！愁像天那么大，倒也罢了，愁还要做个天，把自己压抑着、笼罩着，简直没活路了。英雄之愁，不是因为个人的得失，而是因为“古今无穷事”，因为国家的统一大业未完成，报国的理想未实现。愁思难解，愁海难逃，愁天难扛，只能搬家到酒泉郡，泡在酒中，麻醉自己了。辛弃疾中晚年那么爱酒、依赖酒，与他的这种心理状态分不开。

添字浣溪沙

三山戏作[1]

记得瓢泉快活时[2]。长年耽酒更吟诗。蓦地捉将来断送，老头皮[3]。　　绕屋人扶行不得[4]，闲窗学得鹧鸪啼[5]。却有杜鹃能劝道[6]，不如归。

1　三山：福州。绍熙三年（1192）春辛弃疾到福州任福建路提点刑狱公事。到任后不久作此词。

2　瓢泉：辛弃疾在江西铅山的居所。

3　“蓦地”句：用杨朴故事。《东坡志林》卷六：“真宗既东封，访天下隐者，得杞人杨朴，能为诗。召对，自言不能。上问，‘临行，有人作诗送卿否？’朴曰：‘唯臣妻有一首云：“更休落魄耽杯酒，且莫猖狂爱咏诗。今日捉将官里去，这回断送老头皮。”’上大笑，放还山。余在湖州，坐作诗，追赴诏狱。妻子送余出门，皆哭，无以语之。顾谓妻曰：‘独不能如杨处士妻，作一诗送我乎！’妻子不觉失笑，余乃出。”

4　绕屋人扶：身体衰弱，在屋里走动都要人扶。语出杜甫《呈苏涣侍御》：“此身已愧须人扶。”

5　鹧鸪啼：鹧鸪的叫声如“行不得”。

6　杜鹃：杜鹃的叫声如“不如归”。

稼轩在江西瓢泉闲居十年后，于绍熙三年（1192）又起复为福建路提刑。长期的蛰伏，并没有等来能大展雄才的职位，这让他有些失望，没有了往日从政的热情。于是戏作此词，说在瓢泉家居，那是多么快活，天天有酒，酒后吟诗，自由自在。突然被官家捉来做事，一时真不习惯。这用的是北宋杨朴的典故，隐士杨朴被召入朝，真宗问他行前有人送诗赠别没有？他说山妻写了一首送行，末两句是“今日捉将官里去，这回断送老头皮”，真宗听后大笑。稼轩用此典，是调侃自己。上片说抛下瓢泉的快活日子不过，被捉到官场。下片说人老了，在屋内行走都得要人扶，走路都困难，怎能做官呢，还不如回家去饮酒吟诗的好。如果这样直说，就没有词味、没有诗意了。鹧鸪的叫声好像“行不得”，杜鹃的叫声像是“不如归”。所以，他借这两种鸟的叫声来曲折而形象地呈现“行不得”的身体状况和“不如归”的心声。窗前正学鹧鸪啼“行不得”“行不得”，杜鹃鸟就飞来劝道，既然“行不得”，还“不如归”“不如归”。普通的想法被词人巧妙地借两种鸟的叫声来表现，生动贴切而又趣味盎然。

鹧鸪天

三山道中[1]

抛却山中诗酒窠。却来官府听笙歌[2]。闲愁做弄天来大，白发栽埋日许多[3]。　　新剑戟，旧风波[4]。天生予懒奈予何[5]。此身已觉浑无事[6]，却教儿童莫恁么[7]。

1　三山：指福州。绍熙四年（1193），辛弃疾奉诏离福州赴临安，途中作此词。

2　听笙歌：语出苏轼《浣溪沙》：“光阴须得酒消磨，且来花里听笙歌。”

3　“白发”句：语本王安石《偶成》：“年光断送朱颜去，世事栽培白发生。”

4　“新剑戟”二句：过去的风波，今后的道路，都充满着剑戟危险。

5　“天生”句：我天生懒散，怎奈我何？天生，用《论语·述而》：“天生德于予，桓魋其如予何！”

6　“此身”句：语出苏轼《归宜兴留题竹西寺》：“此身已觉都无事，今岁仍逢大有年。”

7　莫恁么：不要这样。

人愁生白发，本是自然现象。但词人不说因愁生白发，因为李白有“白发三千丈，缘愁似个长”的名句，再说就没新意、没创意了。稼轩此词说闲愁弄得像天一样大，白发也天天栽种许许多多。把白发生长写得有动作感、行为感，就让人感觉新奇。虽然“白发栽埋日许多”是从王安石的诗句“世事栽培白发生”点化而来，但稼轩的词句还是自饶新意。王安石诗说的是“世事栽培白发”，而稼轩词说的是“白发”自己“栽埋”在头上，更有主动性和动作感。下片“新剑戟，旧风波”，是预感到这次重新出山不会顺利，人事上的老矛盾，官场上的新争斗，只会比以前更激烈更复杂。但他有些心灰意懒，对进退已无所谓，“儿童”——官场上的小人们想怎么捉弄算计，稼轩翁已不在乎了。

柳梢青

三山归途代白鸥见嘲[1]

白鸟相迎，相怜相笑[2]，满面尘埃。华发苍颜[3]，去时曾劝，闻早归来[4]。　而今岂是高怀[5]。为千里、莼羹计哉[6]。好把移文[7]，从今日日，读取千回。

1　三山归途：绍熙五年（1194）辛弃疾被劾罢知福州兼福建安抚使任，回江西上饶途中作此词。

2　白鸟：即白鸥。

3　“满面”二句：苏轼《江城子》：“尘满面，鬓如霜。”

4　去时曾劝：绍熙三年（1192）辛弃疾赴闽任职时曾作《浣溪沙》词曰：“细听春山杜宇啼，一声声是送行诗。朝来白鸥背人飞。”故词中旧事重提。闻早：尽早，趁早。

5　“而今”句：意谓如今归来不是因为高情想隐居，而是被劾罢官。

6　莼羹计：用《晋书·张翰传》故事：吴郡张翰在洛阳为官，见秋风起，乃思吴中菰菜莼羹鲈鱼脍，曰："人生贵得适志，何能羁宦数千里以要名爵乎？"遂命驾而归。

7　"好把移文"三句：用种明逸故事。王明清《玉照新志》卷一："章圣（真宗）朝种明逸抗疏辞归终南旧隐，上命设燕禁中，令廷臣赋诗，以宠其行。独翰林学士杜镐辞以素不习诗，诵《北山移文》一遍。"杜镐颂《北山移文》，有讥讽种氏之意。移文：指孔稚圭《北山移文》。周颙，字彦伦，隐北山，后应诏出为海盐令。欲过此山，孔稚圭假山灵作文以却之讥之。

绍熙三年（1192），辛稼轩起复任福建提刑时，就兴味索然，刚出山就想归山。绍熙四年（1193），自福建应诏入朝的途中，已预感到"新剑戟，旧风波"。绍熙五年（1194），稼轩果然被朝臣弹劾，落职罢归江西。途中写此词以自嘲。词人不说自嘲苦笑，却说"代白鸥见嘲"，就别有情趣。原来，淳熙九年（1182）稼轩第一次刚罢官居带湖时，曾作《水调歌头·盟鸥》，与白鸥结盟："凡我同盟鸥鸟，今日既盟之后，来往莫相猜。"此次离开带湖出山赴福建任职，等于是与白鸥失约，故福建罢官之后，想起当日与白鸥的盟约，不禁苦笑。词以白鸥口吻来写，见面时觉得稼轩翁又可怜又好笑，于是一顿数落：瞧瞧你，当日出山时曾劝你早早归来，你却贪恋官场，如今弄得灰头土脸，苍颜白发。早点辞职归来，人家还会说你高风亮节，不恋红尘，如今回来，可不像张季鹰那样是为了享受家乡的莼羹鲈鱼脍，而是被罢官灰溜溜的不得不回。从今罚你：天天好好诵读千回《北山移文》，长长记性！结句用典，贴切巧妙。《北山移文》，本来是讽刺假隐士出山做官的，读《北山移文》，能增自愧感。罚读《北山移文》，像私塾童子做错了事挨老师罚，令人忍俊不禁。稼轩贬官后，本来心情就不好，却以此幽默的态度来应对，调节自己的心绪，足见智慧，也见出稼轩心境的成熟与老到。人遇到挫折，如能像稼轩这样自我幽默，自己调侃，就能从郁闷紧张的心理状态中摆脱出来。稼轩的自我心理疗法，值得借鉴。

最高楼

吾拟乞归，犬子以田产未置止我，赋此骂之

吾衰矣[1]，须富贵何时[2]。富贵是危机[3]。暂忘设醴抽身去[4]，未曾得米弃官归[5]。穆先生，陶县令，是吾师[6]。

待葺个、园儿名佚老[7]。更作个、亭儿名亦好[8]。闲饮酒[9]，醉吟诗[10]。千年田换八百主[11]，一人口插几张匙[12]。休休休[13]，更说甚，是和非。

---

1 吾衰矣：语出《论语・述而》："子曰：甚矣吾衰矣！久矣不复见周公。"

2 "须富贵"句：意思是等到何时才享有富贵，不如及时行乐，享受自由安闲。《汉书・杨恽传》："人生行乐耳，须富贵何时。"

3 富贵是危机：《晋书・诸葛长民传》："贫贱常思富贵，富贵必履危机。今日欲为丹徒布衣，岂可得也！"

4 "暂忘"句：即下句所言穆先生的故事。《汉书・楚元王传》："元王敬礼申公等，穆生不嗜酒。元王每置酒，常为穆生设醴（师古注：甘酒也。少曲多米，一宿而熟。）及王戊即位，常设，后忘设焉。穆生退曰：可以逝矣。醴酒不设，王之意怠。不去，楚人将钳我于市。称疾卧。"

5 "未曾"句：即下句"陶县令"陶渊明的故事。《晋书・陶潜传》："为彭泽令，在县，公田悉令种秫谷。曰：'令吾常醉于酒，足矣。'妻子固请种秔，乃使一顷五十亩种秫，五十亩种秔。素简贵，不私事上官。郡遣督邮至，县吏白，应束带见之。潜叹曰：'吾不能为五斗米折腰，拳拳事乡里小人邪！'义熙二年，解印去县，乃赋《归去来》。"

6　是吾师：《左传》载子产曰："人朝夕退而游焉，以议执政之善否，其所善者，吾则行之；其所恶者，吾则改之。是吾师也。"

7　佚老：《庄子·大宗师》："夫大块载我以形，劳我以生，佚我以老，息我以死。"刘攽《中山诗话》载北宋陈尧佐年八十致仕后，构"佚老"亭。

8　亦好：即"在家贫亦好"，宋时流行熟语。出自戎昱《中秋感怀》："远各归去来，在家贫亦好。"陆游《老学庵笔记》卷四："今世所道俗语，多唐以来人诗。'何人更向死前休'，韩退之诗也。'林下何曾见一人'，灵澈诗也。'长安有贫者，为瑞不宜多'，罗隐诗也。'世乱奴欺主，年衰鬼弄人。''海枯终见底，人死不知心'，杜荀鹤诗也。'事向无心得'，章碣诗也。'但有路可上，更高人也行'，龚霖诗也。'忍事敌灾星'，司空图诗也。'一朝权入手，看取令行时'，朱湾诗也。'自己情虽切，他人未肯忙'，裴说诗也。'但知行好事，莫要问前程'，冯道诗也。'在家贫亦好'，戎昱诗也。"

9　闲饮酒：白居易《同微之赠别郭虚舟炼师五十韵》："闲饮酒一卮。"

10　醉吟诗：《太平广记·李白》载李白"有《醉吟诗》曰：'天若不爱酒，酒星不在天。地若不爱酒，地应无酒泉。天地既爱酒，爱酒胡愧焉。'"

11　"千年"句：《五灯会元》卷四载韶州灵树如敏禅师曰："'千年田，八百主。'曰：'如何是千年田，八百主？'师曰：'郎当屋舍没人修。'"

12　"一人"句：林希逸《庄子口议》卷四："生之所无以为者，言身外之物也。如人生几两屐，一口几张匙是也。"范成大《丙午新正书怀》："口不两匙休足谷，身能几屐莫言钱。"自注："吴谚云：一口不能着两匙。"

13　休休休：语出《旧唐书·司空图传》。司空图居中条山，作亭曰"休休"。又作《耐辱居士歌》曰："咄咄！休休休！莫莫莫！伎俩虽多性情恶。赖是长教闲处着。"

这首词读来，好像稼轩不仅仅是教训他儿子，也是教训当今的官二代，挺有现实感的。绍熙五年（1194），稼轩任福州知州兼福建路安抚使（相当于当今福州市委书记兼福建军区司令员）不久，因无所作为，心中不快，准备辞职归家。儿子知道后极力劝阻说，老爸呀，田产还没买好呢，不如趁在台上捞他一笔，有权不用过期作废呀。稼轩听后，很生气，写下此词，把儿子骂一顿。写诗词歌颂人的常见，骂人的少见，骂儿子的更罕见。没准稼轩此词是“天下骂子第一词”。陶渊明有《责子诗》一首：“白发被两鬓，肌肤不复实。虽有五男儿，总不好纸笔。阿舒已二八，懒惰故无匹。阿宣行志学，而不好文术。雍端年十三，不识六与七。通子垂九龄，但觅梨与栗。天运苟如此。且进杯中物。”稼轩平生爱陶渊明，写词骂子，或者潜意识里受到陶渊明《责子诗》的影响，但内容不同。陶渊明是责怪诸子没有出息，五个儿子，居然没有一个喜欢文学能接他的班的。稼轩此词，是教训儿子不要贪图富贵。词的开篇说，我老了，要富贵还要等到何时！你知不知道，“富贵是危机”！八百多年前，辛弃疾发出的警示，至今好多人还执迷不悟。稼轩对儿子说，见微知著、抽身而退的西汉穆先生，未曾得米就弃官而归的陶渊明，都为俺做出了榜样。俺要回江西上饶，葺个佚老园，修个亦好亭，闲来饮酒，醉来吟诗，多么自在！千年田换八百主，一张口只插一张匙，一人只睡一张床，买那么多田有什么用？囤积那么多财富有什么用？罢了罢了，我主意已定，扔下乌纱帽，回家快活去！不论儿子乐意不乐意，稼轩是下决心辞职不干了。不幸的是，还没等稼轩提出辞呈，就被臣僚弹劾，罢免了官职，待遇还降一级，从正六品的集英殿修撰降为从六品的秘阁修撰。好在稼轩早有心理准备，不然更是心中郁闷！这次稼轩贬官的原因是什么？是“臣僚言其残酷贪饕，奸赃狼藉”（《宋会要辑稿》）。简单说来，是涉嫌贪财。宋代有谏官风闻言事的制度，不管是否属实，只要听说过就可以检举揭发。稼轩被检举“贪酷”是否属实，现如今无从查证。但稼轩说“富贵是危机”，确乎是应验了的。这首词读来明白如话，其实是句句用典。稼轩词的书卷气和口语化，融合得天衣无缝。

西江月

以家事付儿曹，示之

万事云烟忽过[1]，一身蒲柳先衰[2]。而今何事最相宜。宜醉宜游宜睡[3]。　早趁催科了纳[4]，更量出入收支。乃翁依旧管些儿[5]。管竹管山管水。

1　“万事”句：苏轼《宝绘堂记》：“譬之烟云之过眼，百鸟之感耳。岂不欣然接之，去而不复念也。”

2　蒲柳先衰：指身体衰老。《世说新语·言语》：“顾悦与简文同年而发早白，简文曰：‘卿何以先白？’对曰：‘蒲柳之姿，望秋而落；松柏之质，经霜弥茂。’”此词作于嘉泰元年（1201），时年稼轩六十二，因长年多病，又过量饮酒，故身体衰弱。

3　“宜醉”句：此句句法出自秦观《菩萨蛮·荷花》：“南轩面对芙蓉浦，宜风宜月宜雨。”

4　催科：催收租税。租税有科条法规，故称。了纳：完纳赋税。

5　乃翁：你们的父亲。词人自指。乃翁，也称“乃父”。

稼轩词真是无意不可入，无事不可写。连管家的事儿也写进词里。此前，家事由他本人管理做主，而今62岁了，身体衰弱，精神不济，不想管了，就想把家事交给儿子来管。于是写下此词，当作告示。把词当作“管家告示”来写，这绝对是词史上第一回。稼轩说：世间万事，如云烟飘过，一晃之间，身板就衰老了，如今我最适宜做啥？醉酒，游玩，睡觉。言下之意，管家这类烦心事儿就不适宜俺了。从今后，管家的事就交给你们了，特地叮嘱儿子：每年要趁早交纳租税，做个守法的良民；月月要量入为出，做到收支平衡。瞧瞧，稼轩挺有经济头脑的，精于算计。他可不是只会舞文弄墨的书呆子。不管家事了，管啥呢，稼轩也不忘公示自己的打算：管看竹，管游山，管玩水。一代老英雄，如今只落得“宜醉宜游宜睡”“管竹管山管水”，令人悲怆。

浪淘沙

山寺夜半闻钟

身世酒杯中。万事皆空。古来三五个英雄。雨打风吹何处是，汉殿秦宫。　　梦入少年丛。歌舞匆匆。老僧夜半误鸣钟[1]。惊起西窗眠不得，卷地西风[2]。

1　“老僧”句:《王直方诗话》:“欧公言：唐人有‘姑苏城外寒山寺，夜半钟声到客船’之句，说者云:‘句则佳也，其如三更不是撞钟时。’”

2　卷地西风：苏轼《六月二十七日望湖楼醉书》:“卷地风来忽吹散，望湖楼下水如天。”

山寺里半夜闻钟，唤起的应是平和与宁静，可稼轩此时却是满腹的愤激。人世万事皆空，自古以来那些英雄人物，如今安在？汉殿秦宫，不也同样被雨打风吹去，了无陈迹。青少年时代歌舞丛中的欢乐，再也不能享有，只好在酒杯中讨欢乐。这是愤激人的愤世语。老僧夜半鸣钟，把词人从睡梦中惊醒，“惊起”一词，极具动作感。词末二句的构思颇近元稹《闻乐天授江州司马》“垂死病中惊坐起，暗风吹雨入寒窗”诗句。惊起后无法成眠，显示出心事的沉重与心境的不平；西风卷地入西窗，也是透心凉啊！

临江仙

壬戌岁生日书怀[1]

六十三年无限事，从头悔恨难追。已知六十二年非[2]。只应今日是，后日又寻思。　　少是多非惟有酒[3]，何须过后方知。从今休似去年时。病中留客饮，醉里和人诗。

1　壬戌岁：宁宗开泰二年（1202）。辛弃疾时年六十三，在铅山家居。

2　六十二年非：活用《淮南子·原道训》之"蘧伯玉年五十，而知四十九年非"典。

3　"少是"句：化用韩愈《游城南十六首·遣兴》"断送一生惟有酒，寻思百计不如闲"句意。

辛弃疾晚年闲居江西铅山，生活闲适安逸。不是留人饮酒，就是与人唱和诗词，风雅得很。可心中还是有遗憾。六十二年光阴匆匆而过，已悔恨没有抓住时间，来日还可能一样后悔，不如抓住眼前，珍惜现在每一寸光阴。

浣溪沙

总把平生入醉乡。大都三万六千场。今古悠悠多少事，莫思量。　　微有寒些春雨好[1]，更无寻处野花香。年去年来还又笑，燕飞忙。

1 些：语气词。读suō。

春雨微寒，野花未发，词人在野外闲游。笑那燕子年年飞来飞去，忙得不亦乐乎，何如我这闲云野鹤，想醉就醉，想醒就醒，想行就行，想坐就坐。古今万事，何必思量。表面看来，辛老爷子真够潇洒的。实际上内心深处，无时不想着悠悠今古兴亡事。“莫思量”，是越思量越烦恼，才自我提醒说不要思量，何必思量。除却醉乡不思量，醒来还是要思量。

临江仙

醉帽吟鞭花不住[1]，却招花共商量。人生何必醉为乡[2]。从教斟酒浅，休更和诗忙[3]。　　一斗百篇风月地[4]，饶他老子当行[5]。从今三万六千场[6]。青青头上发，还作柳丝长。

1 醉帽：指醉中帽子歪着戴。语出司马光《和明叔九日》诗：“雨冷敝裘薄，风高醉帽倾。”

2 醉为乡：即醉乡。王绩《醉乡记》：“醉之乡，去中国不知其几千里也。其土旷然无涯，无丘陵阪险。其气和平一揆，无晦明寒暑。其俗大同，无邑居聚落。其人甚精，无爱憎喜怒，吸风饮露，不食五谷。”

3 从教：任凭，随便。

4 一斗百篇：杜甫《饮中八仙歌》：“李白一斗诗百篇，长安市上酒家眠。”

5 饶他：让他，任他。老子：老头子。此指李白。当行：内行。

6　三万六千场：一年三百六十日天天醉酒，百年就醉三万六千场。李白《襄阳歌》："百年三万六千日，一日须倾三百杯。"苏轼《满庭芳》词："百年里浑教是醉，三万六千场。"

诗人都爱酒，辛弃疾尤其爱酒。上首词说"病中留客饮，醉里和人诗"，这首词先是说不必多饮酒，不必沉醉酒乡，别人把酒杯斟浅点没有关系，也不必忙着和人诗，任性就好。李白斗酒诗百篇，何必羡慕，随他去当诗坛老大好了。乍看上去，辛弃疾老子是不喝酒了。其实这是辛弃疾逗你玩呢。他的本意是说，诗可以不和，酒不能不喝，酒杯深浅无所谓，只要天天能醉就行，喝醉了，头上的青青黑发就比柳丝还长了。问题是，醒来后咋办？青青头上发，只是酒醉时的幻象。白头依旧在，酒醉难消愁。此词苦涩中有幽默，俏皮中含无奈。

卜算子

饮酒不写书[1]

一饮动连宵[2]，一醉长三日。废尽寒温不写书，富贵何由得[3]。　　请看冢中人，冢似当时笔[4]。万札千书只恁休，且进杯中物[5]。

1　写书：练字。写书信也叫写书。

2　"一饮"句：白居易《和祝苍华》："痛饮困连宵，悲吟饥过午。"

3　"富贵"句：杜甫《题柏学士茅屋》："富贵必从勤苦得，男儿须读五车书。"

4　"请看"二句：《唐国史补》载长沙僧怀素好草书，自言得草圣三昧，弃笔堆积，埋于山下，号曰"笔冢"。《尚书故实》载王羲之孙僧智永积年学书，秃笔头十瓮，每瓮皆数石。后取笔头瘗之，号为“退笔冢”。

5 “且进”句：陶潜《责子》诗：“天运苟如此，且进杯中物。”

辛稼轩闲居时的生活中有两样宝贝不能少，一是酒，二是书。俺怀疑辛老夫子是不是患了酒精依赖症，他一日不能不饮酒，经常是一喝就白日黑夜连着饮；一醉，要睡三天才清醒起来。这么个喝法，多伤身体呀。真想劝劝老夫子，要以健康为重，统一大业还没完成呢，没了身体，哪能挂帅点兵沙场啊？老夫子把双眼一瞪：拿酒来！家人谁敢拦他？只能任凭他“一饮动连宵，一醉长三日”了。稼轩爱读书，还爱写字儿，天天像大书法家王羲之和僧怀素那样练字儿，写秃了的毛笔堆得像坟冢那么高。可书儿字儿抵不上酒儿的魅力，酒瘾一来，老夫子把笔一扔，说：拿酒来。万札千书稍待写，且进眼前杯中物。若问辛夫子字儿写得如何？正好有一幅他的书札真迹传世，请诸君试看：

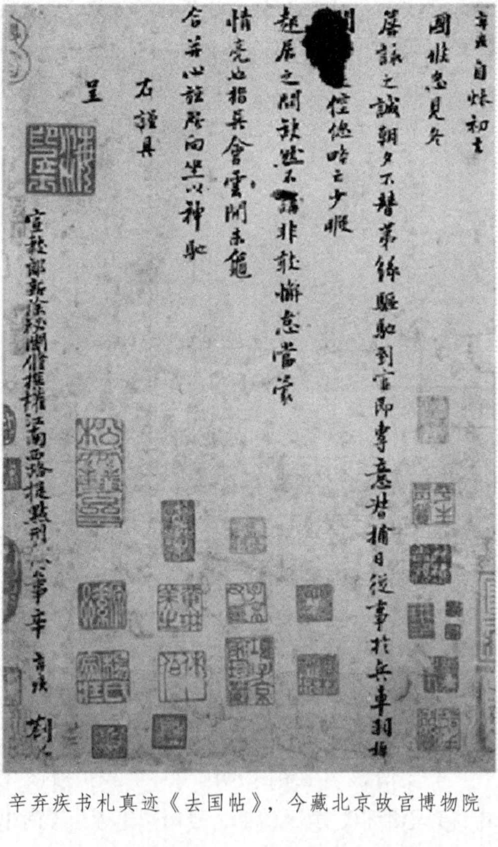

辛弃疾书札真迹《去国帖》，今藏北京故宫博物院

鹧鸪天

寄叶仲洽[1]

是处移花是处开[2]。古今兴废几池台。背人翠羽偷鱼去[3]，抱蕊黄须趁蝶来[4]。　　掀老瓮，拨新醅[5]。客来且尽两三杯[6]。日高盘馔供何晚，市远鱼鲑买未回[7]。

1　叶仲洽：辛弃疾在信州的友人，能诗。与辛弃疾同时的陈文蔚有《和叶仲洽喜雨》诗，诗有“鹅湖作镇县东隅，山巅忽有云峰起”之句，也作于信州。

2　“是处”句：语本白居易《移牡丹栽》诗：“红芳堪惜还堪恨，百处移将百处开。”是处，犹言处处。

3　“背人”句：语本白居易《题王家庄临水柳亭》：“翠羽偷鱼入，红腰学舞回。”翠羽，即翠鸟。

4　黄须：即黄蜂。趁：跟随。

5　“掀老瓮”二句：语出白居易《醉吟先生传》：“吟罢自哂，揭瓮拨醅，又饮数杯，兀然而醉。”新醅，新酿的酒。

6　“客来”句：从杜甫《客至》“隔篱呼取尽余杯”句化出。

7　“日高”二句：从杜甫《客至》“盘飧市远无兼味，樽酒家贫只旧醅”化出。鲑，鲑鱼，此处泛指鱼。

此词是稼轩寄给友人叶仲洽的，请他来小酌，好似我们今天请朋友来聚餐的短信，但写得有文学性，有艺术含量。“背人”二句，就特别有镜头感、画面感，对仗又十分工整。翠鸟背着人去水中偷鱼，黄蜂尾随着蝴蝶去采花，稍纵即逝的场景被词人巧妙地捕捉住并生动地定格为艺术画面。如果是写人“偷鱼”，既无味道，又乏品格，写鸟儿“偷鱼”，就别有情趣。不说黄蜂采花，而说“抱蕊”，特别有动作感，有人情味。下片写词人急切地盼望着友人的到来，时不时地揭开老酒坛，看看新醅酒，口里念叨着客人来了一定得先让他痛饮三杯。太阳下山了，盘中菜肴咋还没准备好呢？到市场上去买鱼下酒的人咋还没回来呢？词人有些迫不及待了，嘴角的口水都快流出来了。主人如此猴急，仲洽先生，你还稳得住，不赶快来呀？

玉楼春

用韵答叶仲洽[1]

狂歌击碎村醪盏[2]。欲舞还怜衫袖短[3]。身如溪上钓矶闲，心似道旁官堠懒[4]。　　山中有酒提壶劝[5]。好语多君堪鲊饭[6]。至今有句落人间，渭水西风黄叶满[7]。

1　用韵：即用前首《玉楼春·效白乐天体》词韵。同作于庆元六年（1200）。

2　村醪（láo）：乡村酿的酒。

3　“欲舞”句：俗谚说长袖善舞（见《韩非子·五蠹》），此时因衫袖短而不宜舞。怜，可惜之意。

4　官堠：记里程的土墩。词人原注：“谚云：馋如鹞子，懒如堠子。”白居易《社日关路作》：“愁立驿楼上，厌行官堠前。”

5　提壶：即杜鹃鸟。

6　鲊饭：一种腌鱼。此句日常语序应是“君多好语堪鲊饭”。

7　“至今”二句：谓叶仲洽多有名句散落人间，如贾岛“秋风生渭水，落叶满长安”（《江上忆吴处士》）被人传诵一样。

叶仲洽收到稼轩前首《玉楼春·效白乐天体》词后即和作一首，大约是婉谢不能前来同酌共饮，稼轩读后再作此词以回应，还是劝他再来。词谓自己身闲心懒，独自喝酒，无聊之极，以致狂歌时把酒盏都击碎了，由此可想见稼轩心情之落寞。急需友人来陪伴之意昭然若揭。下片写山中提壶鸟都在劝你来饮酒，咱俩又十分投缘，你说话特别中听，堪作下酒菜。我还等待你酒后再写妙句传布人间呢。稼轩简直是软磨硬泡，非要叶仲洽来不可了。稼轩之真性情，于斯可见。“身如”二句的比喻，也新颖别致，让人回味无穷。

定风波

大醉归自葛园[1]，家人有痛饮之戒，故书于壁

昨夜山公倒载归。儿童应笑醉如泥[2]。试与扶头浑未醒[3]。休问。梦魂犹在葛家溪[4]。　　千古醉乡来往路。知处。温柔东畔白云西[5]。起向绿窗高处看。题遍。刘伶元自有贤妻[6]。

1　葛园：在江西上饶。

2　“昨夜”二句：典出《晋书·山简传》：山简“镇襄阳，于时四方寇乱，天下分崩，王威不振，朝野危惧，简优游卒岁，唯酒是耽。诸习氏，荆土豪族，有佳园池，简每出游嬉，多之池上，置酒辄醉，名之曰高阳池。时有童儿歌曰：山公出何许，往至高阳池。日夕倒载归，酩酊无所知。时时能骑马，倒着白接䍦”。李白《襄阳歌》：“旁人借问笑何事，笑杀山公醉如泥。”倒载：倒骑着马。山公，即山简。

3　扶头：酒名。

4 葛家溪：即葛溪。《太平寰宇记》卷一二七："葛溪水，源出上饶县灵山，过当县李诚乡，在县西二里。昔欧冶子居其侧，以此水淬剑。又有葛元家焉，因曰葛水。"葛园，在葛溪畔。

5 "温柔"句：典出《赵飞燕外传》："是夜进合德，帝大悦，以辅属体，无所不靡，谓为温柔乡。谓嫕曰：吾老是乡矣，不能效武皇帝求白云乡也。"温柔，即温柔乡，指迷人的美色。白云，即白云乡，指仙乡。

6 "刘伶"句：夫人劝其戒酒，故以刘伶之妻来调侃她。《世说新语·任诞》："刘伶病酒，渴甚，从妇求酒。妇捐酒毁器，涕泣谏曰：'君饮太过，非摄生之道，必宜断之。'伶曰：'甚善，我不能自禁，惟当祝鬼神自誓断之耳。便可具酒肉。'妇曰：'敬闻命。'供酒肉于神前，请伶祝誓，伶跪而祝曰：'天生刘伶，以酒为名。一饮一斛，五斗解酲。妇人之言，慎不可听。'便引酒进肉，隗然已醉矣。"元自，原来；原本。

词写醉酒，妙趣横生。稼轩酩酊大醉地从葛园回到瓢泉住处，夫人一见，又心疼又生气，叮嘱他今后不要再这般痛饮，免伤身体。稼轩赶忙答应，并借着酒劲，赋词一首，写在墙壁上。开篇说昨夜从葛园回来时，竟然是倒骑马而归，儿童都笑我像当年的山简那般烂醉如泥。稼轩用山简典，不光是显博学，还有提醒老妻之意：瞧瞧，爱喝醉的不是俺老辛一人，历史上喝酒常醉的人多了去了，山简就是榜样。俺老辛偶尔喝醉过一回两回，老妻你就别见怪哟。早上起来，家人问他，酒醒了没？答道：没呢，心思还在想着葛家的美酒呢。扶头，一语双关，既指扶头酒，又指醉后扶头的动作。醉中还在想着扶头酒，想着昨晚葛家溪痛饮的场面，可见他一点悔过不饮的意思都没有。下片更为自己开脱：千年以来，哪个男士不在这醉乡路上来来往往，温柔乡你不让俺去，白云乡俺找不着，你不让俺去醉乡，上哪儿去呀？末句读之，令人忍俊不禁。刘伶的夫人见刘伶嗜酒，劝他别再饮酒，而且把家中的酒送人了，把饮酒器给砸碎了。刘伶说，好哇，可是我不能自个儿戒酒，你去准备好酒好肉，我祈祷鬼神帮我戒酒。刘夫人信以为真，准备好酒肉，让刘伶祈祷。没想到刘伶一边喝着酒，一边吃着肉，祈祷说：天生刘伶，好酒出名。一饮一斛（十斗），五斗微醺。妇人之言，慎不可听。饮罢又醉。稼轩说，俺老辛跟刘伶一样，也有如此贤妻，今后还怕无酒可醉吗？

西江月
遣　兴

醉里且贪欢笑，要愁那得工夫。近来始觉古人书。信著全无是处[1]。　　昨夜松边醉倒，问松我醉何如。只疑松动要来扶。以手推松曰去[2]。

---

1 “近来”二句：语出《孟子·尽心下》：“孟子曰：尽信书，则不如无书。”

2 “以手”句：典出《汉书·龚胜传》：“博士夏侯常见胜应禄不和，起至胜前谓曰：‘宜如奏所言。’胜以手推常曰‘去’！”

稼轩是酒圣，常常醉酒，故写醉态，活灵活现。这不，昨夜他又喝高了，醉得东倒西歪，来到松树跟前，醉眼蒙眬地问松树：“我没喝醉吧？”松树答：“瞧你这样子，一定是喝醉了。”稼轩不服气：“我没醉！”他晃晃悠悠中，发现松树也在摇摇晃晃，以为松树要来扶他，很生气地用力一推说：“去你的！我没醉，倒不了。”结果如何？是用力过猛，像鲁智深那样把松树连根拔起，还是自个儿栽了一个大跟头，重重摔在地上，辛老夫子不好意思告诉你。“以手推松曰去”一句，有动作，有神态，有对话，真情实景的描绘，我们以为是辛老夫子脱口而出的大白话，谁知这是用《汉书·龚胜传》“以手推常曰去”的典故，而且只改了一个字，稼轩之用典，真是出神入化。他把古书读透了，读活了，所以用时信手拈来，自然活脱。你不知道这典故，照样可以理解词意，知道了它的出典，就越发佩服辛老夫子的手段。

玉蝴蝶

叔高书来戒酒用韵[1]

贵贱偶然，浑似随风帘幌，篱落飞花[2]。空使儿曹，马上羞面频遮[3]。向空江、谁捐玉佩，寄离恨、应折疏麻[4]。暮云多，佳人何处[5]，数尽归鸦。　　侬家[6]。生涯蜡屐[7]，功名破甑[8]，交友抟沙[9]。往日曾论，渊明似胜卧龙些[10]。记从来、人生行乐，休更问、日饮亡何[11]。快斟呵。裁诗未稳，得酒良佳。

1　叔高：即杜叔高，淳熙十六年曾至上饶访稼轩，稼轩有《贺新郎·用前韵送杜叔高》。庆元六年（1200），叔高又来拜访。稼轩有诗，题《同杜叔高、祝彦集观天保庵瀑布，主人留饮两日，且约牡丹之饮》，注云：“庚申岁二月二十八日。”庚申，即庆元六年。叔高别后来书劝稼轩戒酒，稼轩因赋是词。用韵：指稍前作的同调词《追别杜叔高》。

2　“贵贱”三句：谓人的贵贱都是偶然，就像随风而堕的花，有的沾在富贵人家的帘幔上，有的坠落在粪坑里。浑似，很像。语出《南史·范缜传》：竟陵王子良笃信佛，而缜盛称无佛，“子良问曰：‘君不信因果，何得富贵贫贱？’缜答曰：‘人生如树花同发，随风而堕，自有拂帘幌，坠于茵席之上，自有关篱墙，落于粪溷之中。坠茵席者，殿下是也。落粪溷者，下官是也。贵贱虽复殊途，因果竟在何处？’子良不能屈。”

3　羞面频遮：典出《南史·刘祥传》：“司徒褚彦回入朝，以腰扇鄣日，祥从侧过，曰：‘作如此举止，羞面见人。扇鄣何益？’彦回曰：‘寒士不逊。’祥曰：‘不能杀袁刘，安得免寒士！’”遮，读zhā。

4　“向空江”二句：写叔高来书信，自己回信，以寄离恨。捐玉佩，指友人来信，化用屈原《九歌·湘君》“捐余玦兮江中，遗余佩兮醴浦”句意。折疏麻，指回信，化用屈原《九歌·大司命》“折疏麻兮瑶华，将以遗兮离居”句意。

5　“暮云多”二句：化用江淹《拟休上人怨别》“日暮碧云合，佳人殊未来”句意。佳人，代指杜叔高。

6　侬家：自称。犹言我。家，后缀。

7　生涯蜡屐：指一生奔波费了许多鞋。活用《世说新语·雅量》典：阮遥集好屐，有客见阮“自吹火蜡屐，因叹曰：未知一生当着几量（两）屐”。

8　功名破甑：意谓功名如破甑，已弃之不顾。《后汉书·郭太传》：“孟敏荷甑堕地，不顾而去。林宗问其意，对曰：‘既已破矣，视之何益。’林宗异之。”苏轼《游径山》：“功名一破甑，弃置何用顾。”

9　交友抟沙：指朋友难聚，如捏沙成团放手即散。苏轼《二公再和亦再答之》：“亲友如抟沙，放手还复散。”

10　渊明似胜卧龙：陶渊明似乎强于诸葛亮。这是从人生的进退角度而言。诸葛亮知进而不知退，不像陶渊明能退隐南山安享清闲。这是人生失意时的愤激语。些：读shā，语气词。

11　日饮亡何：终日无余事，只管饮酒。典出《汉书·爰盎传》：“南方卑湿，丝能日饮，亡何（没有别的事）。”亡，读wú。

庆元六年（1200），友人杜叔高来访，别后稼轩写过一首《玉蝴蝶·追别杜叔高》：“古道行人来去，香红满树，风雨残花。望断青山，高处都被云遮。客重来、风流觞咏，春已去、光景桑麻。苦无多，一条垂柳，两个啼鸦。　　人家。疏疏翠竹，阴阴绿树，浅浅寒沙。醉兀篮舆，夜来豪饮太狂些。到如今、都齐醒却，只依旧、无奈愁何。试听呵。寒食近也，且住为佳。”杜叔高回去后又来书信，劝稼轩戒酒。可能是看到稼轩病酒严重，伤及健康，所以温馨提示稼轩戒酒。于是，稼轩用前韵写了这首词，答复杜叔高。稼轩不但不听劝，反而变本加厉，高呼：“快斟呵，裁诗未稳，得酒良佳。”何故如此？只因对人生已彻底失望。功名如破甑，碎而不顾；友人如抟沙，聚而复散。没有了功名的成就感，没有了朋友的归属感，只好遁入醉乡，借酒消愁。由此词可想见稼轩心中郁结之气难平。不过用酒来麻醉，用健康为代价自我折磨，终究不是解忧消愁的良方。

玉楼春

效白乐天体[1]

少年才把笙歌盏。夏日非长秋夜短。因他老病不相饶，把好心情都做懒。　故人别后书来劝[2]。乍可停杯强吃饭[3]。云何相遇酒边时[4]，却道达人须饮满。

1　白乐天：唐代诗人白居易。白居易今传词中没有《玉楼春》词，所谓“白乐天体”，当指白成易诗中的一种旷达情调。

2　“故人”句：指杜叔高别后来书劝戒酒。

3　乍可：宁可。

4　云何：为何。

此词作于《玉蝴蝶·叔高书来戒酒用韵》之后。首二句写时光流逝之快。少年把盏高歌，不觉转眼已是晚年，又因老病长期困扰，简直没得一天好心情。老友来信，劝告宁可停杯不饮，也要勉强多吃些饭。言之有理啊，可身不由己呢，一到酒边，就控制不住呀，古来达人饮酒都要斟满的。俺这达人，能例外么？稼轩翁很可爱不是？自我调侃，老幽默的。

沁园春

将止酒[1]、戒酒杯使勿近

杯汝来前，老子今朝，点检形骸[2]。甚长年抱渴[3]，咽如焦釜[4]，于今喜睡，气似奔雷。汝说刘伶，古今达者，醉后何妨死便埋[5]。浑如此[6]，叹汝于知己，真少恩哉[7]。　更凭歌舞为媒。算合作平居鸩毒猜[8]。况怨无大小，生于所爱，物无美恶，过则为灾[9]。与汝成言[10]，勿留亟退，吾力犹能肆汝杯[11]。杯再拜，道麾之即去，招则须来[12]。

1　止酒：戒酒，停酒不喝。此词约作于庆元二年（1196）。

2　点检：审查，检查。形骸：躯体。韩愈《赠刘师服》："丈夫命存百无害，谁能点检形骸外。"

3　抱渴：患酒渴病。《世说新语·任诞》："刘伶病酒，渴甚，从妇求酒。"

4　咽如焦釜：喉咙干得像烧焦的铁锅。釜，铁制圆底有耳的锅。

5　"汝说"三句：《世说新语·文学》注引《名士传》谓刘伶"常乘鹿车，携一壶酒，使人荷锸随之，云：死便掘地以埋"。

6　浑如此：竟然如此，既然这样。

7　真少恩哉：语出韩愈《毛颖传》："秦真少恩哉！"

8 “更凭”二句：屈原《离骚》：“吾令鸩为媒兮，鸩告余以不好。”《汉书·霍谞传》：“岂有触冒死祸，以解细微，譬犹疗饥于附子（按，一种有毒的草药），止渴于酖毒，未入肠胃，已绝咽喉。岂可为哉！”

9 过则为灾：《左传》昭公元年：“六气曰阴、阳、风、雨、晦、明，分为四时，序为五节，过则为灾。”

10 成言：订约，约定。《左传》襄公二十七年：“楚公子黑肱先至，成言于晋。丁卯，宋向戌如陈，从子木成言于楚。”用诸侯国间的外交订约来写与酒杯的约定，大词小用，颇有调侃幽默之意。

11 “吾力”句：化用《论语·宪问》“吾力犹能肆诸市朝”句意。肆，放纵，此指痛饮。

12 “麾之即去”二句：《汉书·汲黯传》：“其辅少主，守城坚深，招之不来，麾之不去。虽自谓贲、育（两位猛士），弗能夺也。”

稼轩爱酒，不，是嗜酒，已经达到酒精依赖症的程度。他理智上想戒酒，但情感上难以割舍，生理上的渴望更难控制，于是戒酒就成了十分纠结的心理与生理问题。这首《沁园春》词以幽默的态度、亦庄亦谐的语调、别开生面的艺术表达形式，呈现了他心中的这种纠结。他把自己想象为将军，把酒杯设想为士兵，命令酒杯说：酒杯，你前来，听我训话。本帅今天做了身体检查，感觉长时间地口干想喝酒，喉咙干燥得像烧焦的铁锅，近来精神也不佳，特想睡觉，呼噜打得像雷鸣。这是为什么？都是你在捣鬼作怪！酒杯说：大帅真是想不开，戒什么酒呢。人家刘伶，走到哪儿喝到哪儿，醉死后随时准备就地掩埋，那才是古今达者。辛说：如此看来，你是真知己，是我错怪你了。是啊，饮酒过量，也不能全怪你酒杯，时常有歌儿舞女侑觞助兴，想不多喝也难。平常大伙儿总是把酒当作鸩毒来防嫌，殊不知饮酒的多少全在人为掌控。无论大怨小怨，全因溺爱而生；物本无所谓好坏，过分偏爱就会酿成灾害。今日跟你沟通后，对你倒是有了新认识。好吧，今日跟你达成协议：你赶快离开。不走的话，我又禁不住拿你痛饮了。最妙的是结尾，酒杯说：得令！俺听大帅的，今日个挥之即去，没准哪天想俺了，招之即来。酒杯看透了辛大帅的心思，并没有铁心戒酒，所以随时准备回来侍候。

词用主客问答体，已很新鲜，把酒杯想象成士兵招来训话，更是别出心裁。表面上是责备数落酒和酒杯，实则是替酒开脱。这哪是戒酒令，俨然是祝酒辞。辛大帅，平时严肃得很，遇到知己酒，就忒活泼，忒幽默。后来刘过《沁园春·寄稼轩承旨》词，就是模仿此词别出心裁的构思："斗酒彘肩，风雨渡江，岂不快哉。被香山居士，约林和靖，与东坡老，驾勒吾回。坡谓西湖，正如西子，浓抹淡妆临镜台。二公者，皆掉头不顾，只管衔杯。　　白云天竺飞来。图画里、峥嵘楼观开。爱东西双涧，纵横水绕，两峰南北，高下云堆。逋曰不然，暗香浮动，争似孤山先探梅。须晴去，访稼轩未晚，且此徘徊。"刘过此词的创作背景是，稼轩在绍兴，派人到杭州请刘过前去相聚。刘过一时走不开，就写了此词说明逗留杭州的原因，原来是苏东坡、林逋、白居易约他去看西湖、游天竺，访孤山梅花。词用对话体，正是仿稼轩此词的体式。稼轩看后，十分欣赏，重金奖赏刘过。这虽是后话，却反映出此词的影响。

沁园春

城中诸公载酒入山，余不得以止酒为解，遂破戒一醉，再用韵

杯汝知乎，酒泉罢侯[1]，鸱夷乞骸[2]。更高阳入谒[3]，都称齑臼[4]，杜康初筮，正得云雷[5]。细数从前，不堪余恨，岁月都将曲蘖埋[6]。君诗好，似提壶却劝，沽酒何哉[7]。

君言病岂无媒。似壁上雕弓蛇暗猜[8]。记醉眠陶令[9]，终全

至乐，独醒屈子，未免沉灾[10]。欲听公言，惭非勇者，司马家儿解覆杯[11]。还堪笑，借今宵一醉，为故人来[12]。

1　酒泉:《汉书·地理志》载，武帝太初元年开酒泉郡，城下有泉，味如酒。杜甫《饮中八仙歌》“恨不移封向酒泉”。辛弃疾反用杜诗之意，谓酒泉侯已省罢，没有希望移封酒泉侯，只得止酒不饮。

2　鸱夷：皮制酒袋。扬雄《酒箴》:“鸱夷滑稽，腹大如壶，尽日盛酒，人复借沽。”乞骸：乞骸骨的省称，指官员自请退休。《汉书·公孙弘传》:“愿归侯，乞骸骨，避贤者路。”此以鸱夷自请退休喻止酒不饮。

3　高阳入谒:《史记·郦生陆贾列传》载郦生至高阳传舍上谒沛公，使者以沛公无暇见儒人辞之，郦生“瞋目按剑叱使者曰：走复入言沛公，吾高阳酒徒也，非儒人也”。

4　虀臼：捣姜椒等辛辣食品的器具。后作“辞”字的隐语。《世说新语·捷语》:“魏武尝过曹娥碑下，杨修从碑背上见题作‘黄绢幼妇外孙虀臼’八字。魏武谓修曰:‘解不？’答曰:‘解。’魏武曰:‘卿未可言，待我思之。行三十里，魏武乃曰:‘吾已得。令修别记所知。’修曰:‘黄绢，色丝也，于字为绝。幼妇，少女也，于字为妙。外孙，女子，于字为好。虀臼，受辛也，于字为辞。所谓‘绝妙好辞’也。’魏武亦记之，与修同。乃叹曰:‘我才不及卿，乃觉三十里。’”

5　“杜康”二句：说杜康初筮仕时问卦得云雷卦，可以做官了，无需再以酿酒为业。杜康不酿酒，就无酒可饮了。杜康，古代善酿酒者。初筮，筮仕。古人将出门做官，先要占卦问吉凶。云雷,《易经·屯卦》:“云雷屯，君子以经纶。”

6　麴糵：酿酒用的酵母。指酒。

7　提壶：鸟名。即小杜鹃，提壶是其叫声的谐音。黄庭坚《演雅》诗:“提壶犹能劝沽酒。”

8　“壁上”句：用杯弓蛇影典。《晋书·乐广传》:“尝有亲客久阔不复来，广问其故，答曰:‘前在坐，蒙赐酒，方欲饮，见杯中有蛇，意甚恶之。既饮而疾。’于时河南听事壁上有角漆画作蛇，广意杯中蛇，即角影也。复置酒于前处，谓客曰：酒中复有所见不？答曰:‘所见如初。’广乃告其所以，客豁然意解，沉疴顿愈。”

9　陶令：即陶渊明。萧统《陶渊明传》：“贵贱造之者，有酒辄设。渊明若先醉，便语客：‘我醉欲眠，卿可去。’”

10　独醒屈子：指屈原。屈原《渔父》：“众人皆醉我独醒。”沉灾：投水自沉。

11　司马家儿：指晋元帝司马睿。解覆杯：懂得覆杯不饮。《世说新语·规箴》：“元帝过江，犹好酒。王茂弘与帝有旧，常流涕谏帝，许之，命酌酒一酣。从是遂断。”注引邓粲《晋纪》：“上身服俭约，以先时务。性素好酒。将渡江，王导深以谏帝，乃令左右进觞，饮而覆之。自是遂不复饮。”

12　为故人来：词末原自注：“用郦原事。”《三国志·邴原传》注引《邴原别传》：“师友以原不饮酒，会米肉送原。原曰：本能饮酒，但以荒思废业，故断之耳。今燕于是，共坐饮酒，终日不醉。”

提壶鸟

人生有许多尴尬事。这不，稼轩翁刚刚戒酒，城中几位故友老哥就带来几瓶美酒进山，拉他去喝酒。一则碍于人情友谊，二则也抵不住美酒诱惑，只得破戒一醉。刚止酒就破戒，自我食言，想想就对不住夫人的千叮咛万嘱咐。总得找个破戒喝酒的理由吧？

此词用前首《沁园春》戒酒词韵。前首是说戒酒的理由，此首则找破戒的理由。前词开头，对酒杯很是严厉，一副训斥的口吻。此词则是把酒杯当老朋友，用一种平等的口气来商量。酒杯啊，你知道不？酒泉郡被撤销，无侯可当了，酒泉的美酒没得喝了；装酒的鸱夷先生早就申请退休，无处可装酒呀！高阳酒徒入朝见沛公去了，无人陪着喝呀；更麻烦的是，酿酒大师杜康先生歇业改行做官去了，到哪买酒来饮呀。连用四个典故，说的是好长时间无酒可饮，暗示自己戒酒多时（或者戒酒才几天，他无酒可饮，度日如年，故觉戒酒的日子特别长）。“细数”三句，不直说好长时间没饮酒了，而说岁月时光都将酒曲酒精给埋了，想象之新奇，也只有他这样的酒圣诗神才想得出来。歇拍意思一转，说酒杯呀，你约饮的诗写得太好了，就像提壶鸟来劝酒一样，读罢立马想着要去买酒了。言下之意，不是俺老辛要喝酒，是你的好诗勾引我喝，怪不得俺嘴馋呀。

过片写酒杯的劝告。酒杯说：辛大帅，你最近精神萎靡不振，成天病怏怏的，那可是病出有因啊，好像是杯弓蛇影所致吧？咳，再依当时情景痛饮一顿就不治而愈了。你该记得陶渊明吧，他成天醉眠，终获人生至乐；而那屈原，众人皆醉我独醒，却落得个重度抑郁而最终自沉。教训深刻呀！老辛听罢，呵呵一笑说：听公此话，真感惭愧。俺没勇气像晋元帝司马睿那样覆杯不饮。今日故人送酒肉来了，能不拼命一醉？全词用九个典故，把本来平淡无奇而且有些理亏的破戒饮酒写来妙趣横生，令人捧腹。

鹧鸪天

读渊明诗不能去手，戏作小词以送之

晚岁躬耕不怨贫[1]。只鸡斗酒聚比邻[2]。都无晋宋之间事[3]，自是羲皇以上人[4]。　千载后，百篇存[5]。更无一字不清真[6]。若教王谢诸郎在，未抵柴桑陌上尘[7]。

---

1 “晚岁”句：陶渊明《庚戌岁九月中于西田获早稻》：“但愿长如此，躬耕非所叹。”陶渊明《癸卯岁始春怀古田舍》：“先师有遗训，忧道不忧贫。”

2 “只鸡”句：陶渊明《归园田居》其五：“漉我新熟酒，只鸡招近局。”陶渊明《杂诗》：“得欢当作乐，斗酒聚比邻。”

3 都无：若无。晋宋之间事：陶渊明生活于东晋末年刘宋初年，其间政权更迭，多篡弑杀戮之祸。

4 羲皇以上人：陶渊明《与子俨等疏》：“五六月北窗下卧，遇凉风暂至，自谓羲皇上人。”羲皇，即伏羲氏。古人想象远古时期人们都过着无忧无虑、没有争斗的生活。

5 百篇存：陶渊明现存诗一百二十首。

6 “更无”句：苏轼《和陶渊明饮酒》：“渊明独清真。”清真，意为真实、自然、清新。

7 “若教”二句：意思是号称风流的王谢子弟实在不如陶渊明门前路上的尘土。王谢诸郎，东晋两大望族王、谢家的子弟，以风流儒雅著称。柴桑，陶渊明的住处，在今九江市西南。陌上：路上。

物质生活中的物品，稼轩最爱的是酒。精神生活中的历史人物，稼轩最爱的是陶渊明。陶渊明也爱酒。稼轩爱酒，是不是受他的偶像陶渊明的影响，稼轩翁虽然没有透露过，但爱酒与爱陶渊明之间，必定有某种联系。在稼轩心目中，偶像陶渊明是怎样的人物呢？一是安贫乐道，亲自躬耕劳作，不怕贫苦。二是为人天真而好酒，家中只要有一只鸡，一斗酒，就会设酒局，叫来邻里同饮共醉，不讲身份，不端架子，任性而为。三是诗文“清真”自然，所存百余篇诗，无一字不清真，无一句不天然。

有些作家，人品为人所重，作品未必为人所爱；有些作家，作品受人欣赏，但人品不受人敬重。陶渊明其人其诗，都深得稼轩爱赏敬重。北宋苏东坡也爱陶渊明，苏、辛二公，个人气质大是不同，时代环境也截然有异，为何都爱陶渊明？东坡心目中的陶渊明与稼轩心中的陶渊明一样乎，不一样乎？读者诸公试予思索。陶渊明在中国文学史上的崇高地位，跟苏、辛二人的激赏分不开。如果没有苏、辛这样的大腕名流揄扬，真不知道陶渊明这位草根明星的光芒什么时候才能放射出来。

水龙吟

老来曾识渊明[1]，梦中一见参差是[2]。觉来幽恨，停觞不御[3]，欲歌还止。白发西风，折腰五斗[4]，不应堪此。问北窗高卧，东篱自醉，应别有、归来意。　须信此翁未死。到如今、凛然生气[5]。吾侪心事[6]，古今长在，高山流水[7]。富贵他年，直饶未免[8]，也应无味。甚东山何事，当时也道，为苍生起[9]。

1　渊明：即陶渊明。

2　差参是：大体如此，差不多这样。

3　停觞不御：停杯不用。

4　折腰五斗：《晋书·陶渊明传》载陶渊明为彭泽县令，“郡遣督邮至县，吏白应束带见之。潜叹曰：‘吾不能为五斗米折腰，拳拳事乡里小人邪！’义熙二年解印去县，乃赋《归去来》”。

5　凛然生气：语本《世说新语·品藻》：“庾道季云：廉颇、蔺相如，虽千载上死人，懔懔恒如有生气。”

6　吾侪：我辈。

7　高山流水：用俞伯牙、钟子期知音故事。《列子·汤问》：“伯牙善鼓琴，钟子期善听。伯牙鼓琴，志在登高山，钟子期曰：善哉！峨峨兮若泰山。志在流水，钟子期曰：善哉！洋洋兮若江河。伯牙所念，钟子期必得之。”

8　直饶：即使。

9　“甚东山”三句：用谢安故事。《世说新语·排调》：“谢公在东山，朝命屡降而不动，后出为桓宣武司马，将发新亭，朝士咸出瞻送，高灵时为中丞，亦往相祖。先时多少饮酒，因倚如醉，戏曰：‘卿屡违朝旨，高卧东山，诸人每相与言：安石不肯出，将如苍生何。今亦苍生将如卿何！’谢笑而不答。”

现实生活中，除了大儒朱熹、文侠陈亮之外，似乎没有几个人能够得到辛稼轩的推重。可在历史人物里，稼轩却不乏心中的偶像，诸如卧龙诸葛、“天下英雄谁敌手”的曹（操）刘（备）、“坐断东南战未休”的孙权、“气吞万里如虎”的刘裕等等，其中陶渊明是稼轩最最欣赏的人物。他罢官归来，看看自己，想想渊明，怎么那么像呢！一样有不为五斗米折腰的铮铮傲骨，一样是北窗高卧、东篱自醉的闲适潇洒。稼轩打心底里把陶渊明视为异代知音。逍遥自在，过此一生，又有何妨？即使他年立了功名，有了富贵，又有何味道？

此词应是刚罢官回瓢泉时所作。虽然罢官，让他有些愤愤不平，别有幽愁暗恨生，但想想陶渊明，在躬耕田亩中过此一生，不也很快乐么？当年谢安为啥想不开，还要东山再起？结句透露出稼轩此时心中的纠结，一方面自我开解，以陶渊明为榜样，回归自然，自在自得；另一方面，潜意识里还是放不下天下苍生。连谢安都曾东山再起了，俺稼轩真的要守此田园过此一生？表面上心淡如水，心底深处还是波澜翻滚。所以，稼轩虽爱渊明，学渊明，但终究不像洒脱的陶渊明那样想得开，放得下。毕竟辛稼轩是英雄，陶渊明是隐士。英雄与隐士的使命天然不同。

贺新郎

邑中园亭，仆皆为赋此词。一日，独坐停云，水声山色，竞来相娱，意溪山欲援例者，遂作数语。庶几仿佛渊明“思亲友”之意云[1]。

甚矣吾衰矣[2]。怅平生、交游零落[3]，只今余几。白发空垂三千丈[4]，一笑人间万事[5]。问何物、能令公喜[6]。我见青山多妩媚[7]，料青山、见我应如是。情与貌，略相似。　一尊搔首东窗里[8]。想渊明、停云诗就，此时风味。江左沈酣求名者[9]，岂识浊醪妙理[10]。回首叫、云飞风起[11]。不恨古人吾不见，恨古人、不见吾狂耳[12]。知我者，二三子[13]。

1　邑：县邑，指词人所居铅山县。此词：指《贺新郎》调。停云：辛弃疾在瓢泉所筑停云亭。意：猜想。援例：依照惯例。即为每个亭子赋词。庶几仿佛渊明思亲友之意：约略与陶渊明“思亲友”之意相似。思亲友，陶渊明《停云》诗序：“停云，思亲友也。”

2　“甚矣”句：用《论语·述而》“子曰：甚矣吾衰矣”成句。

3　交游零落：指老友纷纷离世。欧阳修《江邻几文集序》："不独善人君子难得易失，而交游零落如此，反顾身世，死生盛衰之际，又可悲夫！"

4　"白发"句：语本李白《秋浦歌》："白发三千丈，缘愁似个长。"

5　人间万事：语出寇准《和倩桃》诗："将相功名终若何，不堪急景似奔梭。人间万事何须问，且向樽前听艳歌。"

6　能令公喜：典出《晋书·温峤传》："时王珣为温主簿，亦为温所重。府中语曰：髯参军，短主簿。能令公喜，能令公怒。（任）超髯，（王）珣短故也。"髯，胡子多。短，身材矮小。身材矮小，古人习惯说"短"而不说"矮"，相貌长得难看，谓之"形陋"。

7　"我见青山"句：化用唐太宗语。《新唐书·魏征传》："帝曰：人言魏征举动疏慢，我但见其妩媚耳。"

8　搔首：语本陶渊明《停云》："静寄东轩，春醪独抚。良朋悠邈，搔首延伫。"

9　江左：江东，此指南朝。苏轼《和陶渊明饮酒二十首》："江左风流人，醉中亦求名。"

10　浊醪：浊酒。杜甫《晦日寻崔戢李封》："浊醪有妙理，庶用慰浮沉。"

11　云飞风起：汉高帝刘邦《大风歌》："大风起兮云飞扬，威加海内兮归故乡。"

12　"不恨"二句：《南史·张融传》："融善草书，常自美其能，帝曰：'卿书殊有骨力，但恨无二王法。'答曰：'非恨臣无二王法，亦恨二王无臣法。'""常叹云：不恨我不见古人，所恨古人又不见我。"

13　二三子：《论语》中的成句，是孔子对其弟子的称呼。如《述而篇》："子曰：二三子，以我为隐子乎，吾无隐乎尔。"此处借指知己，也可理解为青山，因为青山是他的知己。

人老了，爱怀旧，想故交。嘉泰元年（1201），时年62岁的稼轩翁，坐在自家的停云亭中，看着四周的水声山色，就像老朋友一样友善亲切，好像有所期待，忽然想起本县中的园亭都曾用《贺新郎》赋词一首，为之留影存照，这停云亭莫非也想照例为它写上一首？想到这，稼轩拿起笔来，写下这首名作。

“停云”亭名，源自陶渊明的《停云诗》，而停云诗主要是“思亲友”，故此词的主旨也是思亲友。稼轩一生，年辈相近而又彼此投缘的朋友原本不是太多，而最要好的朋友如陈亮（1143—1194）、朱熹（1130—1200）等又都已先后去世，想想自己也日渐衰老，不禁想起欧阳修在《江邻几文集序》里所感叹的：“不独善人君子难得易失，而交游零落如此，反顾身世，死生盛衰之际，又可悲夫！”开篇“甚矣吾衰矣”，虽然是用《论语》的成句，却也准确地表达了此时稼轩的身体状况，古今同感，所以借孔夫子的酒杯来浇自己的块垒了。平生故人多零落过世，如今只剩自己这白发老翁了。“笑”，其实是苦笑，一世英雄，到头来一事无成，空垂白发，几多苦涩，几多忧愤。人间社会没有了慰藉，唯有走向大自然的山山水水，从中获得解脱感、轻松感、亲近感。“我见青山多妩媚，料青山、见我应如是”，这种人与自然的和谐观念，早在八百多年前的辛稼轩就有此深刻的感悟，实在是很超前的。今天我们提倡人与自然的和谐相处，稼轩此词，是最生动的广告词。当然，如果再往前追溯，李白的“相看两不厌，唯有敬亭山”，已然表达了同样的生态意识。

上片词情跌宕。先写“怅”人间友人友情的凋零，转写“喜”大自然的妩媚可亲。下片点题“停云”。陶渊明当年写《停云诗》，也是因为良朋不在，只能“静寄东轩，春醪独抚”，独自品味人生真谛。那些热衷名利的小人，永远难以理解陶渊明的意趣。词人以陶渊明自况，而“江左沉酣求名者”，则是对现实中那些但求个人利禄而不顾民族大义的执政者的隐喻与嘲讽。稼轩爱渊明，爱的就是他精神的独立、灵魂的自由，不为五斗米而向权贵折腰低头的刚直个性。稼轩宁可自守孤独，也不向那些“沉酣求名”者示好。虽然被人目为狂，但他以此自豪：“不恨古人吾不见，恨古人、不见吾狂耳。”

据岳珂《桯史》记载，稼轩“每宴必命侍妓歌其所作，特好歌《贺新郎》一词，自诵其警句曰：‘我见青山多妩媚，料青山见我应如是。’又曰：‘不恨古人吾不见，恨古人、不见吾狂耳。’每至此，则抚髀大笑，顾问坐客何如？皆叹誉如出一口”。可见此词是稼轩的得意之作。

贺新郎

再用前韵

鸟倦飞还矣[1]。笑渊明、瓶中储粟，有无能几[2]。莲社高人留翁语[3]，我醉宁论许事[4]。试沽酒、重斟翁喜。一见萧然音韵古[5]，想东篱、醉卧参差是[6]。千载下，竟谁似。　元龙百尺高楼里[7]。把新诗、殷勤问我，停云情味[8]。北夏门高从拉攞[9]，何事须人料理[10]。翁曾道、繁华朝起[11]。尘土人言宁可用，顾青山、与我何如耳[12]。歌且和，楚狂子[13]。

1　鸟倦飞还：陶渊明《归去来兮辞》：“云无心以出岫，鸟倦飞而知还。”

2　瓶中储粟，有无能几：瓶中储粟很少，有和没有几乎没有差别。陶渊明《归去来兮辞序》：“余家贫，耕种不足以自给，幼稚盈室，瓶无储粟。”苏轼《东坡志林》：“予偶读渊明《归去来兮辞》云：‘幼稚盈室，瓶无储粟。’乃知俗传信而有征。使瓶有储粟，亦甚微矣。”

3　莲社：东晋时，慧远法师曾在庐山东林寺结社。因寺中多白莲，故称莲社。《东林十八莲社高贤传》：“时远法师与诸贤结莲社，以书招渊明。渊明曰：‘若许饮，则往。’许之，遂造焉。”

4　我醉宁论许事：我醉了，哪能管别的事。许事，此事，这等事。

5　萧然：潇洒，悠闲。苏轼《游惠山诗序》："爱其语清简，萧然有出尘之姿。"音韵古：气度韵味有古人之风。

6　东篱醉卧：指陶渊明东篱下醉卧。陶渊明《饮酒诗》："采菊东篱下，悠然见南山。"参差是：差不多是这样。白居易《长恨歌》："中有一人字太真，雪肤花貌参差是。"

7　元龙：陈登。百尺高楼：典出《三国志·魏书·陈登传》：友人许汜对刘备说："昔遭乱过下邳，见元龙，元龙无客主之意，久不相与语，自上大床卧，使客卧下床。"刘备说："君有国士之名，今天下大乱，帝主失所，望君忧国忘家，有救世之意。而君求田问舍，言无可采，是元龙所讳也。何当与君语？如小人，欲卧百尺楼上，卧君于地，何但上下床之间邪？"卧百尺高楼，本是刘备说的话，宋人写诗词用典，常把百尺楼附会到陈登身上，说"元龙百尺楼"。不仅辛弃疾如此用，苏轼《次韵答邦直子由四首》也有"懒卧元龙百尺楼"之句。南宋邵博《邵氏闻见后录》卷十九已指出其误，说："苏轼《和李邦直诗》'恨无杨子一区宅，懒卧元龙百尺楼'。按，陈登字元龙，许汜与刘备在刘表坐，表与备共论天下人，汜曰：'陈元龙湖海之士，豪气不除。'备问汜：'宁有事邪？'汜曰：'昔过下邳见元龙，元龙无客主之意，久不相与语。自上大床卧，使客卧下床。'备曰：'君有国士之名，今天下大乱，无救世之意，而求田问舍，言无可采，是元龙所讳也。何当与君语。如小人，欲卧百尺楼上，卧君于地，何止上下床之间邪！'表大笑。则百尺楼者，刘备，非元龙。亦误也。"明顾起元《说略》卷十四也指出："常见人作诗者，有云'高卧元龙百尺楼'，意谓陈元龙有登楼事也。按《世说》，许汜与刘玄德并在刘荆州坐，共论人物，许曰：'陈元龙，湖海之士，豪气不除。玄德问许君：'言豪，宁有事耶？'许曰：'昔遭乱过下邳，见元龙无客主之意，不相与语。自上大床卧，使客卧下床。'玄德曰：'君有国士之名，今四海横流，帝王失所，而无救世之意，求田问舍，言无可采，是元龙所讳也。何缘当与君语。如我，自卧百尺楼上，卧君于地下，何但上下床之间哉！'是百尺楼上卧乃玄德自谓，非陈登事也。"

8　停云情味：有陶渊明《停云》诗的情韵风味。

9　"北夏门"句：北夏门高，已经朽败，必然坍塌，扶持也没用。喻朝廷之事难以收拾。典出《世说新语·任诞》："任恺既失权势，不复自检括。或谓和峤曰：'卿何以坐视元裒败而不救？'和曰：'元裒如北夏门，拉攞自欲坏，非一木所能支。'" 按，北夏门，指洛阳北的大夏门。《洛阳伽蓝记》:"北面有二门：西头曰'大夏门'，汉曰'夏门'，魏、晋曰'大夏门'。尝造三层楼，去地二十丈。" 从：随之。拉攞(luǒ)：坍塌，崩溃。

10 须人料理:《晋书·王徽之传》：桓冲尝谓徽之曰:"卿在府日久，比当相料理。" 徽之初不酬答，直高视，以手版拄颊云:"西山朝来，致有爽气耳。" 料理，照顾，照料。

11 翁：指陶渊明。曾道：曾说。繁华朝起：陶渊明《荣木》诗："采采荣木，于兹托根。繁华朝起，慨暮不存。" 指表面的繁华不可久恃，转瞬即逝，早上出现，黄昏时就没了。

12 尘土人言：俗人说的话。尘土人，指热衷功名的人。宁可用：有什么好听的，即不可信。顾：看。与我何如：典出《史记·陈丞相世家》:"吕媭常以前陈平为高帝谋执樊哙，数谗曰：'陈平为相非治事，日饮醇酒，戏妇女。' 陈平闻，日益甚。吕太后闻之，私独喜。面质吕媭于陈平曰：'鄙语曰："儿妇人口不可用"，顾君与我何如耳？无畏吕媭之谗也！'"

13 "歌且和" 二句:《论语·微子》:"楚狂接舆歌而过孔子曰：'凤兮凤兮，何德之衰。往者不可谏，来者犹可追。已而已而，今之从政者殆而！'" 楚狂子，即楚狂人接舆。

写完前首《贺新郎》(甚矣吾衰矣)之后，稼轩意犹未尽，续写此词。上片写陶渊明辞官归隐后，虽然生活清贫，但依然爱酒、醉酒。这个清贫自守、常常醉卧的陶渊明，其实是辛稼轩的化身或影像。歇拍"千载下，竟谁似"，言下之意是，千载下，我与他最相似。英雄辛稼轩之所以变成了隐士陶渊明，是缘于对现实政治的深深失望，所谓"北夏门高从拉攞"，说的就是国事如大厦将倾，独木难支，任何人来"料理"都无济于事。稼轩为何此时对朝政如此失望？结句所写楚狂子歌，大有深意。《论语》载楚狂接舆歌的末句是"已而已而，今之从政者殆而"。这"今之从政者"，是何许人？查《宋史·宰辅表》，可以知道嘉泰元年担任宰相的是谢深甫，而且是独相。这谢深甫跟稼轩有什么瓜葛吗？且先看下片“与我何如”句的含意，此句是用西汉吕媭谗害陈平的典故，很显然稼轩用此典是隐指朝中有人谗害过他。这位谗害过他的人，不是别人，正是谢深甫。绍熙五年（1194），时任御史中丞的谢深甫弹劾辛稼轩“交结时相，敢为贪酷”，导致稼轩被罢免福建安抚使，品级也从集英殿修撰降为秘阁修撰。当年仇视并谗害过稼轩的谢深甫如今独掌朝纲，稼轩对朝廷、对国事还有指望吗？

洞仙歌

丁卯八月病中作[1]

贤愚相去，算其间能几。差以毫厘缪千里[2]。细思量义利，舜跖之分，孳孳者，等是鸡鸣而起[3]。　　味甘终易坏，岁晚还知，君子之交淡如水[4]。一饷聚飞蚊，其响如雷[5]，深自觉、昨非今是[6]。羡安乐窝中泰和汤[7]，更剧饮，无过半醺而已。

1　丁卯：宁宗开禧三年（1207）。辛弃疾卒于此年九月十日，此首为八月病中作，为其绝笔。

2　“差以”句:《大戴礼记》:“《易》曰：正其本，万物理。失之毫厘，差之千里。故君子慎始也。”《礼记经解》:“易曰：君子慎始，差若豪牦，缪以千里。”

3　“细思”四句：语出《孟子·尽心》：孟子曰:“鸡鸣而起，孳孳为善者，舜之徒也。鸡鸣而起，孳孳为利者，跖之徒也。欲知舜与跖之分，无他，利与善之间也。”

4　“味甘”三句:《庄子·山木》:“君子之交淡若水，小人之交甘若醴；君子淡以亲，小人甘以绝。彼无故以合者，则无故以离。”又《礼记·表记》：“君子之接如水，小人之接如醴。君子淡以成，小人甘以坏。”

5 “一饷”二句：化用韩愈《醉赠张秘书》“虽得一饷乐，有如聚飞蚊”和《汉书·中山靖王传》“众煦飘山，聚蚊成雷”句意。

6 昨非今是：语本陶渊明《归去来辞》：“觉今是而昨非。”

7 “羡安乐窝”三句：用邵雍故事。《宋史·邵雍传》：“雍岁时耕稼，仅给衣食，名其居曰安乐窝，因自号安乐先生。旦则焚香燕坐，晡时酌酒三四瓯，微醺即止。常不及醉也。”邵雍《无名公传》：“性喜饮酒，尝命之曰泰和汤。所饮不多，微醺而罢，不喜过量。”邵雍《林下五吟》：“安乐窝深初起后，太和汤酽半醺时。”辛弃疾平生喜邵雍诗，有《读邵尧夫诗》说：“饮酒已输陶渊明，作诗犹爱邵尧夫。若论老子胸中事，除却溪山一事无。”

据《康熙济南府志·人物志·辛弃疾传》记载，辛弃疾临终前大呼“杀贼”数声。清代人的记载，带有想象的成分，但也合乎英雄辛稼轩的为人个性。他一辈子期待能上战场杀敌立功，统一中国。夙愿未了，弥留之际喊出遗愿，也符合他的心理逻辑。笔者所在文学院前院长龙泉明教授，生前一心扑在学院的事业上，因操劳过度而英年早逝，弥留之际喊着要召开学院领导班子会议，讨论学院的发展。这是我亲历亲闻的真事。仿此类推，稼轩临终前大喊“杀贼”数声，也有可能。据此猜想，稼轩辞世前的绝笔之作，该是什么样子？他会表现什么样的心声？是像岳飞《满江红》那样高声慨叹“靖康耻，犹未雪。臣子恨，何时灭”？还是有别样的思考与感叹？人的思维并不总是朝着一个方向思考。且看开禧三年（1207）辛稼轩病逝前一个来月写的这首绝笔词。他此时思考的不是民族大业、社会关怀，而是个体人生的问题：人的贤与愚，事的义与利，尧舜与盗跖，区别究竟有多大？能否换个角度、换副眼光来评价人的贤愚，事的义利？贤愚、义利是绝对的还是相对的，能否互为转换？

能否同一看待？人为什么一定要厚此薄彼，是彼非此？能否通达地平等对待？稼轩没给答案，他也在思考。日常生活中人们都追求美味强刺激，到老方知，君子之交淡如水，平平淡淡才是真。即使喝酒，也是微醉半醺为佳。这可是肺腑之言。耽酒剧饮一辈子的稼轩，临终前能悟到饮酒能像邵雍那样微醺而罢是最好，给后来嗜酒剧饮者一个提醒，也挺有意义！人之将死，其言也善。何况这是大英雄辛稼轩的临终感悟呢！

卷三

定风波

席上送范廓之游建康[1]

听我尊前醉后歌[2]。人生无奈别离何。但使情亲千里近[3]，须信。无情对面是山河[4]。　　寄语石头城下水[5]。居士[6]。而今浑不怕风波[7]。借使未如鸥鸟惯[8]。相伴。也应学得老渔蓑。

1　范廓之：即范开，辛弃疾门人。据辛弃疾《醉翁操》词序，范开"甚文而好修"，"长于楚辞而妙于琴"，"与予游八年，日从事诗酒间"。建康：今江苏南京。

2　醉后歌：杜甫《陪郑广文游何将军山林十首》："自笑灯前舞，谁怜醉后歌。"

3　"但使"句：如果情亲，远隔千里也感觉很近。即王勃"海内存知己，天涯若比邻"之意。

4　"无情"句：如果彼此无情，即使面对面也如同隔着山隔着河。

5　寄语：带话给。石头城：即建康城，今南京城。乾道四年，辛弃疾曾在此地任建康府通判，是旧游之地。故让范廓之带信给石头城下水。

6　居士：辛弃疾自指。

7　浑：全然，完全。

8　借使：即便。

古人因为交通不便、通信不发达，离别之后，音信难通，安危不详，重逢难料，所以特别看重离别。离别，是古人无法避免的人生伤痛。因而，离别也成为古典诗词中一大常见主题。唐人有好多送别的名句，如王勃的"海内存知己，天涯若比邻"，王维的"劝君更尽一杯酒，西出阳关无故人”，高适的“莫愁前路无知己，天下谁人不识君”等。稼轩此词中的“但使情亲千里近，无情对面是山河”也可以成为名句，只是前人留意者少。这两句有哲理，又精炼，把客观的空间距离和主观的心理距离之间的辩证关系说得明明白白：两情相亲，即使远隔千里，情感上也感觉很近；彼此没有感情，即使面对面，心理距离也如同隔着山河。在词中，这两句是安慰门人范开的话，虽然离别是无可奈何之事，不能避免，但只要情深情亲，彼此牵挂，彼此忆念，远隔千里也感觉很亲近。上片是安慰，下片是嘱托。让范开带信给石头城的故人：居士我已经习惯了无职闲居的生活，再不怕人生世路的风波了，即使不像鸥鸟那样习惯在风波中出没，至少也能像老渔翁那样坦然自如地应对。此词没有离别词那种类型化的感伤，有的是豁达与自信。

木兰花慢

滁州送范倅[1]

老来情味减[2]，对别酒、怯流年[3]。况屈指中秋，十分好月，不照人圆。无情水、都不管，共西风、只等送归船。秋晚莼鲈江上[4]，夜深儿女灯前[5]。　征衫。便好去朝天[6]。玉殿正思贤[7]。想夜半承明[8]。留教视草，却遣筹边[9]。长安故人问我[10]，道愁肠殢酒只依然[11]。目断秋霄落雁，醉来时响空弦[12]。

1　滁州：今属安徽。范倅：指滁州通判范昂。乾道八年（1172），辛弃疾任滁州知州，范昂为通判。《宋会要辑稿》职官一〇之九载：“（乾道）八年正月十四日，诏：‘滁州州县官到任任满，依次边舒州州县官推赏。’先是，权通判滁州范昂陈请，故有是诏。”倅（cuì），州府通判的简称。范昂应诏入朝，故词中说“便好去朝天”。

2　情味：情趣。

3　怯流年：担心年华流逝。苏轼《江城子》：“对尊前，怯流年。”

4　莼鲈江上：用张翰典。《世说新语》载：吴郡人张翰在洛阳为官，见秋风起，乃思吴中菰菜莼羹鲈鱼脍，曰：“人生贵得适志，何能羁宦数千里以要名爵乎？”于是命驾而归。

5　“夜深”句：化用黄庭坚《寄上叔父夷仲三首》诗句：“弓刀陌上望行色，儿女灯前语夜深。”

6　征衫：征途所穿衣衫。朝天：朝见天子。

7　玉殿：宫殿。代指皇帝。时为孝宗皇帝。

8　承明：承明殿的旁屋，即侍臣值宿所居。《汉书·严助传》：“君厌承明之庐，劳侍从之事。”注曰：“承明庐在石渠阁外，直宿所止曰庐。”

9　“留教”二句：留在朝中起草诏书，又派去筹划戍边事务。视草：起草诏书。王观国《学林》卷五：“凡臣僚掌制诰文字，谓之视草。”

10　长安：汉唐的都城，此代指南宋都城临安。

11　“道愁肠”句：说我依然是借醉酒消愁。韩偓《有忆》：“愁肠殢酒人千里，泪眼倚楼天四垂。”殢（tì）酒，醉酒。

12　目断：极目望尽，一直望到看不见。空弦：典出《战国策·楚策》：更羸与魏王处京台之下，仰见飞鸟。更羸谓魏王曰：“臣为王引弓虚发而下鸟。”魏王曰：“然则射可至此乎？”更羸曰：“可！”有间，雁从东方来，更羸以虚发而下之。魏王曰：“然则射可至此乎？”更羸曰：“此孽也。”王曰：“先生何以知之？”对曰：“其飞徐而鸣悲，飞徐者，故疮痛也。鸣悲者，久失群也。故疮未息而惊心未去也，闻弦音引而高飞，故疮陨也。”

此词是乾道八年（1172）在滁州送通判范昂回朝廷任职而作。这年稼轩才33岁，却说“老来情味减”，有点人未老心先衰之意，心理年龄与生理年龄落差之所以如此之大，是因为感觉时光流逝太快，青春岁月不知不觉等闲流逝，一事无成，故而有老之将至的生命迫促感。"怯流年"，就是感叹流年虚度。33岁做知州，对一般人来说，该知足了，可稼轩是想干大事业的人，青春年华白白地耗在这种平凡普通的地方官场生涯中，深感生命的浪费，特别是友人回朝任职，而自己还呆在滁州小郡，更觉不爽。屈指中秋将到，本是亲人团聚的时节，可偏偏在此时离别，人生几多无奈！中秋月不解人意，无情之水也不管人的难舍难分，偏偏跟西风一道等着送友人的归船远去。将离别双方心中的不舍，借月与水来表现，别有韵味。歇拍想象友人范昂乘船离去的情景，夜深灯前与儿女团聚，其乐融融。下片预祝友人回朝后获得重用，将在皇帝身边起草诏令，还会去边塞筹划军务。最后托友人带信给临安故人，说我依然终日借酒消愁。结拍二句，写自己对当前处境和未来命运的忧虑。辛弃疾心事重重，似有不祥预感。

鹧鸪天

离豫章，别司马汉章大监[1]

聚散匆匆不偶然[2]。二年遍历楚山川[3]。但将痛饮酬风月，莫放离歌入管弦[4]。　　萦绿带[5]，点青钱[6]。东湖春水碧连天[7]。明朝放我东归去[8]，后夜相思月满船[9]。

1　豫章：今江西南昌。淳熙四年（1178）冬，辛弃疾自知江陵府兼湖北安抚使调至南昌任隆兴知府兼江南西路安抚使，次年春，又被召赴京任大理少卿。离任前作此词。司马汉章：名倬。司马朴之子。曾知襄阳府。《建炎以来系年要录》卷一七二、卷一七五、卷一九九和《宋史全文》卷二五等载有其事迹。大监：官名，当是主管营造的将作大

监。司马倬何时任此职，不详。

2　聚散：犹言离合。欧阳修《浪淘沙》："聚散苦匆匆，此恨无穷。"

3　"二年"句：辛弃疾淳熙三年从江西提刑转任京西转运判官，淳熙四年，差知江陵府兼湖北安抚使，四年冬又来江西任知府兼安抚使，所至都是楚地，故说"遍历楚山川"。

4　莫放：莫使，不要让。欧阳修《别滁》："我亦且如常日醉，莫教弦管作离声。""但将"二句句法，出自杜牧《九日齐山登高》"但将酩酊酬佳节，不用登临恨落晖"和黄庭坚《鹧鸪天·重九日集句》"但将酩酊酬佳节，更把茱萸仔细看"。

5　萦绿带：形容柳枝。语出唐杨系《小苑春望宫池柳色》："拂地青丝嫩，萦风绿带轻。"

6　点青钱：形容荷叶。语本杜甫《绝句漫兴九首》其七："糁径杨花铺白毡，点溪荷叶叠青钱。"

7　东湖：在今南昌市区。宋代已是名胜。春水碧连天：化用韦庄《菩萨蛮》词"春水碧于天，画船听雨眠"句意。

8　东归：临安在南昌之东，故说"东归"。

9　"后夜"句：出自张孝祥《鹧鸪天·荆州别同官》："今朝拚醉花迷坐，后夜相思月满川。"辛弃疾仅小张孝祥八岁，而化用其词，可见他对当世词人的熟悉与借鉴。有容乃大。正因为其厚古而不薄今，博采众长，才卓然成为大家。

此词是淳熙五年（1179）春离南昌赴临安之前与友人酌别时所写。辛弃疾来豫章不过几个月的光景，又要离去。聚散匆匆，不是偶然，是命中注定，还是造化弄人？捉摸不透。既然聚散匆匆是人生常态，就不必为此感伤，但求痛饮一醉，没有必要在酒宴上唱什么离别之歌，徒然伤怀了。过片写豫章东湖的美景，隐含难舍此地之意。结拍二句悬想离别之后对友人的怀念。"相思月满船"，是情语，也是景语。月满船，相思也满船，月也相思，人更相思。五个字，可谓言有尽而意无穷。

摸鱼儿

淳熙己亥，自湖北漕移湖南，同官王正之置酒小山亭[1]，为赋

更能消[2]、几番风雨。匆匆春又归去。惜春长怕花开早，何况落红无数。春且住。见说道、天涯芳草无归路[3]。怨春不语。算只有殷勤，画檐蛛网[4]，尽日惹飞絮。　长门事[5]，准拟佳期又误。蛾眉曾有人妒[6]。千金纵买相如赋，脉脉此情谁诉[7]。君莫舞。君不见、玉环飞燕皆尘土[8]。闲愁最苦。休去倚危栏[9]，斜阳正在，烟柳断肠处。

1　淳熙己亥：即孝宗淳熙六年（1179）。漕：转运司的简称。时年辛弃疾由湖北转运副使移任湖南转运副使。王正之：名正已，字正之。时任湖北转运判官，是辛弃疾的同僚下属，故称之为“同官”。亦能诗，著有《酌古堂文集》，正之系楼钥的姑父。事迹参楼钥《攻媿集》卷五二《酌古堂文集序》、卷九九《朝议大夫秘阁修撰致仕王公墓志铭》。小山亭：在转运司官署内。据《舆地纪胜·荆湖北路鄂州》载：“绍兴二年复置荆湖北路转运副使，治鄂州（按，今武汉市武昌区）。有副使、判官东西二衙。”“小山，在东漕衙之乖崖堂。”而宋湖北漕司官署，在今武汉武昌区蛇山北麓。乖崖堂，为北宋名臣张咏所建。李焘《湖北漕司乖崖堂记》云：“乖崖堂，为忠定张公复之（咏）作也。乖则违众，崖不利物，此复之自赞其画像云尔。像故在成都仙游阁上，或摹写置鄂之部刺史听事后屋壁间，迫隘嚣尘，与像弗称。余既更诸爽垲，并书所以作堂意，揭示来者。”（张咏《乖崖集》附录）当时知鄂州赵善括有和作。赵氏《摸鱼儿·和辛幼安韵》曰：“喜连宵、四郊春雨。纷纷一阵红去。东君不爱闲桃李，春色尚余分数。云影住。任绣勒香轮，且阻寻芳路。农家相

语。渐南亩浮青，西江涨绿，芳沼点萍絮。　西成事，端的今年不误。从他蝶恨蜂妒。莺啼也怨春多雨，不解与春分诉。新燕舞。犹记得、雕梁旧日空巢土。天涯劳苦。望故国江山，东风吹泪，渺渺在何处。”

2　能消：能承受；经得起。

3　“何况落红”三句：化用苏轼词意。苏轼《桃源忆故人》词：“华胥梦断人何处。听得莺啼红树。几点蔷薇香雨。寂寞闲庭户。　暖风不解留花住。片片著人无数。楼上望春归去。芳草迷归路。”

4　画檐蛛网：苏轼《虚飘飘》诗：“画檐蛛结网。”

5　长门事：用汉武帝陈皇后失宠居长门宫事。司马相如《长门赋序》：“孝武皇帝陈皇后时得幸，颇妒，别在长门宫，愁闷悲思。闻蜀郡成都司马相如，天下工为文，奉黄金百斤为相如、文君取酒，因于解悲愁之词。而相如为文以悟主上，陈皇后复得亲幸。”准拟：料想，希望。

6　蛾眉：女子美丽的容貌。代指美女。戴叔伦《宫词》：“贞心一任蛾眉妒，买赋何须问马卿。”此句借陈皇后之被妒，写自己累被人中伤。辛弃疾本年到湖南后所作《淳熙己亥论盗贼札子》即说：“臣孤危一身，久荷陛下保全，事有可为，杀身不顾。”“但臣生平刚拙自信，年来不为众人所容。”可为印证。

7　“千金”二句：意谓即使用千金买一篇司马相如的赋，也难以诉说心中的愁恨。相如赋，指司马相如为陈皇后写的《长门赋》。

8　玉环：唐玄宗宠妃杨玉环。《新唐书·后妃传》：玄宗贵妃杨氏，始为寿王妃。开元二十四年，武惠妃薨，后廷无当帝意者，或言妃姿质天挺，宜充掖廷，遂召内禁中。异之，即为自出妃意者，丐籍女官，号太真。更为寿王聘韦昭训女。而太真得幸。善歌舞，邃晓音律，且智算警颖，迎意辄悟，帝大悦，遂专房宴。宫中号娘子，仪体与皇后等。天宝初，进册贵妃。飞燕：汉成帝皇后赵飞燕。《汉书·外戚传》：孝成赵皇后，本长安宫人，初生时，父母不举，三日不死，乃收养之，及壮，属阳阿主家。学歌舞，号曰飞燕。成帝尝微行，出过阳阿主，作乐，上见飞燕，而悦之，召入宫，大幸。有女弟，复召入，俱为倢伃。贵倾后宫。姊弟专宠十余年。后被废自杀。

9　倚危栏：李商隐《北楼》：“此楼堪北望，轻命倚危栏。”

这是饯行酒宴上所赋离别词，然不在离别上着笔，而写人生感慨。写人生感慨，又不正面着笔，却从伤春惜春入手。首二句说伤春，意蕴层深。“春”“归去”是一层感伤。春，象征着青春、年华、生命。春尽，意味着生命又流逝一年，青春又减却一年，敏感的古人，总是为之感伤。春“归去”，倒也罢了，却是“又”归去，意味着以前有若干春天归去，今年春“又”归去，一个“又”字，表达时间上的重复，前年如是，去年如是，今年如是，来年又如是。这是第二层感伤。“春又归去”也罢了，谁知是“匆匆”归去，归去得那么快速，那么决然，还没提防，还没意识到，春天就走了，这是第三层感伤。春天因何“匆匆归去”，原来是“几番风雨”摧残着春天，春天归去，不是安然无恙地离开，而是被风雨迫害，被外力摧残才归去的，这就更令人伤心了。有此四层感伤，故开篇说哪能承受春天在风雨的折磨中匆匆归去的命运！这是说春天吗？是，又不是。是写春天，也是隐喻象征人生。由伤春而惜春。惜春人总怕花早开，也就是说，花还没开时，惜春人就担惊受怕，生怕花开早了就零落得早。何况如今花已全部凋零了呢！春已归去，花已飘零，遂生留春之念。期待春天暂留脚步，让惜春人有缘再睹春天春花的芳容。可无论词人怎样呼唤挽留，春天也不停留，更不言无语。因此又心生哀怨，春天何以这般不听人劝，走得如此匆忙而决然？幸有屋檐蛛网，稍通人意，晓得把飞絮网罗，留存一点春日的信息与见证。一种伤春惜春之情，写来千回百折又层次井然，由伤春而惜春，由惜春而留春，由留春而怨春。

上片伤春惜春，隐喻人生的短暂、人生的无奈、年华时光的无法逆转。下片写受朝臣的谗言中伤，刚来湖北，欲有所为，就被调离，心中满腹怨愤，借着酒劲，面对友人一吐为快。但对小人的谗言中伤，不是直说，而是借历史故事来曲折表现。谗言害人的小人，稼轩心中定有所指，但读者不必对号入座，把它看成是古往今来一种普遍现象可也。

水调歌头

淳熙己亥，自湖北漕移湖南，周总领、王漕、赵守置酒南楼[1]，席上留别

折尽武昌柳[2]，挂席上潇湘[3]。二年鱼鸟江上，笑我往来忙[4]。富贵何时休问[5]，离别中年堪恨，憔悴鬓成霜。丝竹陶写耳[6]，急羽且飞觞[7]。　　序兰亭[8]，歌赤壁[9]，绣衣香[10]。使君千骑鼓吹[11]，风采汉侯王[12]。莫把离歌频唱[13]，可惜南楼佳处[14]，风月已凄凉。在家贫亦好[15]，此语试平章[16]。

1　淳熙己亥：即孝宗淳熙六年（1179）。时年辛弃疾由湖北转运副使移任湖南转运副使。周总领，即时任湖广总领的周嗣武。《宋史全文》卷二六下载，淳熙五年"闰六月丁酉，湖广总领周嗣武奏：'蜀为今日根本之地。自屯兵蜀口五十年间，竭全蜀之力，仅足以供给军费。'"李心传《建炎以来朝野杂记》甲集卷十六《湖北会子》："淳熙五年冬，又令户部印给三百万缗，而总领周嗣武言：自来盐商无回货，率以会子市酒饮，而又令会子通行，则茶引不信，军食必阙，遂寝之。"《宋会要辑稿》职官七二之二五载，淳熙六年九月二十七日，"知鄂州赵善括放罢。以总领周嗣武、漕臣陈延年言，赵善括增起税务课额至十倍，多添民间赁地钱，强令拍户沽买私酒，白纳利钱，侵都统司课额故也"。淳熙五年闰六月至冬天，周嗣武在任湖广总领，淳熙六年九月仍在任。则淳熙六年春天宴别辛弃疾之周总领，自是周嗣武。《氏族大全》卷十一载其轶事云："周嗣武，字功父，乾道中，除夔漕，居官尽心国事，取平板方尺余，墨涂之，置枕傍，夜卧究思，有得，伸臂扪板，画粉暗书为记，晨起以次施行。晦翁以为有德君子。"据《名贤氏族言行类稿》载：周嗣武，福建浦城人。"武仲之从孙，椿年之子也，用祖荫

补官，尝历太府丞，出提举江西常平，移宪湖北。召除尚书郎，使蜀稽考财计，还，入对，上劳之，曰：'往来万里，宣力甚多。'除太府少卿，总饷湖广。居职最久，升太府卿，召除户侍。卒。"王漕，即前首《摸鱼儿》词序中所称"同官王正之"。赵守：即赵善括，时任鄂州知州。善括亦能词，有《应斋词》《应斋杂著》传世。淳熙六年九月被罢职（见上引《宋会要辑稿》）。南楼：故址在今武昌蛇山山顶之白云阁。当时黄鹤楼毁圮，南楼成为一时名胜。《舆地纪胜·荆湖北路鄂州》载："南楼，在郡治正南黄鹄山顶，后改为白云阁。元祐间知州方泽重建，复旧名。"

2 "折尽"句：古人有折柳送别的习俗，留别之地在武昌，故说"折尽武昌柳"。武昌柳，用陶侃故事。《晋书·陶侃传》："侃性纤密好问，颇类赵广汉。尝课诸营种柳，都尉夏施盗官柳植之于己门。侃后见，驻车问曰：'此是武昌西门前柳，何因盗来此种？'施惶怖谢罪。"按，陶侃所守武昌，为今湖北省鄂州市，即苏轼《前赤壁赋》"西望夏口，东望武昌"的武昌。今日武汉市的武昌，南宋为鄂州治所，又称夏口，有时也称武昌。词中此处"武昌"，指今武汉武昌。

3 潇湘：指湖南。因湖南在长江上游，由武昌乘船去长沙是逆水而上。

4 "二年"句：语出苏轼《常润道中有怀钱塘寄述古》："二年鱼鸟浑相识，三月莺花付与君。"

5 "富贵"句：语本《汉书·杨恽传》："人生行乐耳，须富贵何时。"

6 "离别"三句：即中年离别。典出《世说新语·言语篇》："谢太傅语王右军曰：'中年伤于哀乐，与亲友别，辄作数日恶。'王曰：'年在桑榆，自然至此。正赖丝竹陶写耳。'"

7 急羽且飞觞：言急饮连饮。劝酒时羽毛放在酒杯上，羽沉则罚，以示急饮。《文选》左思《吴都赋》"飞觞举白"注云："行觞疾如飞也。"

8 序兰亭：即永和九年王羲之所作《兰亭集序》。

9 歌赤壁：指苏轼《赤壁赋》和《念奴娇·赤壁怀古》，二者都是歌咏赤壁。

10 绣衣香：指官员为政清廉，为世人称颂。《北史·高道穆传》："臣虽愚短，守不假器，绣衣所指，冀以清肃。"绣衣，指官员。张说《岳州宴姚绍之》有"缓歌将醉舞，为拂绣衣尘"之句。唐清江《月夜有怀黄端公兼朱孙二判官》亦有曰："四科弟子称文学，五马诸侯是绣衣。"

11 使君：指知鄂州赵善括。千骑鼓吹：是太守的威仪。汉乐府《陌上桑》："东方千余骑，夫妇居上头。"《后汉书·百官志》载将军"又赐官骑三十人，及鼓吹"。

12 "风采"句：谓周总领、王漕、赵守三人风采如汉代的侯王。

13 离歌：离别之歌。郑樵《通志》卷四九《别离十九曲》载有《生别离》《离歌》《长别离》等。

14 南楼佳处：用庾亮南楼谑咏故事。《世说新语·容止》："庾太尉在武昌，秋夜气佳景清，使吏殷浩、王胡之之徒，登南楼理咏，音调始遒，闻函道中有屐声甚厉，定是庾公。俄而率左右十许人步来，诸贤欲起避之，公徐云：'诸君少住，老子于此，兴复不浅。'因便据胡床，与诸人咏谑，竟坐，甚得任乐。"

15 在家贫亦好：宋时流行语。陆游《老学庵笔记》卷四："今世所道俗语，多唐以来人诗。""'在家贫亦好'，戎昱诗也。"

16 平章：评论，评说。

这是一首留别词，是辛弃疾在饯行宴上留赠总领周嗣武、判官王正之、知州赵善括的。留别与赠别不同，留别是远行人留赠给居者，而赠别则是居者送给远行人。近二三年稼轩马不停蹄地调换职位。淳熙四年（1177），在湖北任江陵知府兼湖北安抚使，淳熙五年（1178），到江西任隆兴知府兼江西安抚使，不久，就调回临安任大理少卿，位子没坐稳，又到湖北任转运副使，一年之内，三换职任。次年三月，又从湖北调往湖南任转运副使。二年之间，从湖北到江西，从江西到浙江，又从浙江到湖北，然后又去湖南，连江上的鱼鸟都笑俺"往来忙"。中年与诸君离别，心中不爽，好在有音乐可听，有酒可饮，且求当下一乐吧。过片说今日之宴，如同当年王羲之他们的兰亭宴集，像苏轼的赤壁之游，足可快乐！在座诸位为政清廉，有古人之风。上片写离别，下片是劝慰。人们常说"在家贫亦好"，还是你们好啊，在这里安居乐业，不像我长年四处奔波。劝慰中不免"凄凉"。

菩萨蛮

送祐之弟归浮梁[1]

无情最是江头柳[2]。长条折尽还依旧[3]。木叶下平湖[4]。雁来书有无[5]。　　雁无书尚可。妙语凭谁和。风雨断肠时。小山生桂枝[6]。

1　祐之弟：名助，辛次膺之孙，范南伯之婿。辛弃疾族弟。浮梁：县名，宋属饶州，今属江西景德镇市。辛次膺南渡之后家居此地。《江西通志》卷九六："辛次膺，字起季，莱州人。幼孤，从母依外氏王圣美于丹徒。俊慧力学，日诵千言。甫冠，登政和二年进士第。历官为单父丞，值山东乱，举室南渡，寓居浮梁县之最高山。"辛助归浮梁，即归其故居。

2　"无情"句：化用韦庄《台城》诗句："无情最是台城柳，依旧烟笼十里堤。"

3　长条折尽：白居易《青门柳》："为近都门多送别，长条折尽减春风。"

4　"木叶"句：屈原《九歌·湘夫人》："嫋嫋兮秋风，洞庭波兮木叶下。"

5　雁来书：张舜民《卖花声》："试问塞沙新到雁，应有来书。"

6　"小山"句：《楚辞·招隐士》："桂树丛生兮山之阿。"

古人有折柳送别的习俗，"柳"谐音"留"，喻留恋不舍之意。此词开篇为何说"无情最是江头柳，长条折尽还依旧"？原来，江头柳枝虽然被折尽，但还是留不住行人，天天让行人远去。本是人生无奈，不能避免离别，可词人却怪江头柳"无情"留不住行人。怪得无理，却写得有情，所谓无理而妙。“木叶下平湖”，既暗示送别的时令是在秋季，又象征弟弟离别远行。离别后盼他寄来书信报平安。不直接叮嘱别后来书，而是问空中的大雁来时带来书信没有。大雁传书，本是熟典常典，但词人却活用此典，点铁成金，化腐朽为神奇。

临江仙
再用前韵[1]，送祐之弟归浮梁

钟鼎山林都是梦[2]，人间宠辱休惊[3]。只消闲处过平生[4]。酒杯秋吸露，诗句夜裁冰。　　记取小窗风雨夜，对床灯火多情[5]。问谁千里伴君行。晚山眉样翠，秋水镜般明。

1　前韵：指同调《醉宿崇福寺，寄祐之弟，祐之以仆醉先归》：“莫向空山吹玉笛，壮怀酒醒心惊。四更霜月太寒生。被翻红锦浪，酒满玉壶冰。　　小陆未须临水笑，山林我辈钟情。今宵依旧醉中行。试寻残菊处，中路候渊明。”

2　钟鼎山林：指做官与闲居。语本杜甫《清明》诗：“钟鼎山林各天性，浊醪粗饭任吾年。”

3　宠辱休惊：得失都不必在意。《旧唐书·卢承庆传》：“承庆典选，校百官，考有坐漕舟溺者，承庆以失所载，考中下，以示其人，无愠也。更曰：‘非力所及，考中。’中亦不喜。承庆嘉之曰：‘宠辱不惊，考中上。’其能著人善类此。”

4　只消：只要。

5　“记取”二句：语本韦庄《寄江南逐客》：“记得竹斋风雨夜，对床孤枕话江南。”

此首别词，没有类型化的感伤，有的是开解与慰藉。开篇劝族弟祐之，要看透人生，无论是做官享受钟鸣鼎食的华贵，还是闲居山林享受人间的清闲，都是一个过程，都像梦一般短暂，不必太在意一时的荣辱得失，能悠闲自在地度过此生就是幸福。有酒时喝酒，有感时写诗，就是很风雅有趣的生活了。饮酒、赋诗，本很平常，但稼轩写来却不平常，说是"酒杯秋吸露，诗句夜裁冰"，仿佛不是人喝酒，而是酒杯自已吸吮深秋的甘露；不是人夜里写出冰清玉洁的诗句，而是诗句深夜里裁剪出玉壶冰心。反客为主，反常合道，造语新颖。下片说离开之后，回望今夜咱俩的对床夜话，途中你就不会寂寞了。虽然我不能陪伴你一路同行，但有多情的青山绿水一路陪伴，你也会开心的。词人不说青山绿水，而说晚山像美眉一样翠绿，秋水像明镜一般清亮，读来别开生面。"问谁"句，用问句宕开，词情顿挫生姿，比直接陈述更有味道。稼轩句法、章法之多变，真如神出鬼没。

贺新郎

别茂嘉十二弟[1]

绿树听鹈鴂[2]。更那堪、鹧鸪声住，杜鹃声切[3]。啼到春归无寻处，苦恨芳菲都歇[4]。算未抵、人间离别[5]。马上琵琶关塞黑[6]，更长门、翠辇辞金阙[7]。看燕燕，送归妾[8]。　　将军百战身名裂[9]。向河梁、回头万里，故人长绝[10]。易水萧萧西风冷，满座衣冠似雪。正壮士、悲歌未彻[11]。啼鸟还知如许恨[12]，料不啼清泪长啼血。谁共我，醉明月。

1　茂嘉十二弟：辛弃疾族弟，排行十二。名不详。

2　鹈鴂：鸟名。一说即杜鹃鸟。词人原注："鹈鴂、杜鹃实两种，见《离骚补注》。”洪兴祖《楚辞补注》说鹈鴂、杜鹃，实为两种不同的鸟。屈原《离骚》：“恐鹈鴂之先鸣兮，使夫百草为之不芳。”

3 更那堪：更难忍受的是。鹧鸪、杜鹃：两种鸟的叫声都让人感伤。鹧鸪的叫声类似“行不得也哥哥”，杜鹃的叫声则像“不如归”。

4 芳菲都歇：百花都凋零。晁补之《满江红·寄内》：“归去来、莫教子规啼，芳菲歇。”

5 算未抵：料想不如，比不上。

6 “马上”句：指王昭君出塞。杜甫《咏怀古迹》：“千载琵琶作胡语，分明怨恨曲中论。”李商隐《王昭君》：“马上琵琶行万里，汉宫长有隔生春。”杜甫《梦李白》：“魂来枫林青，魂返关塞黑。”

7 “更长门”句：用陈阿娇失宠被打入冷宫事。长门宫，汉武帝皇后陈阿娇失宠后曾居此。司马相如《长门赋序》：“孝武皇帝陈皇后时得幸，颇妒，别在长门宫，愁闷悲思。”翠辇：用翠绿羽毛装饰的宫车，指阿娇所乘宫车。金阙：皇帝住的宫殿。

8 燕燕：用卫庄姜送归妾故事。《诗经·邶风·燕燕》：“燕燕于飞，差池其羽。之子于归，远送于野。”毛传谓此诗是“卫庄姜送归妾也”。

9 将军：指西汉李陵。李陵身经百战，最后被俘，投降匈奴，身败名裂。司马迁《报任安书》：“李陵既降，隤其家声。”

10 “向河梁”二句：用李陵与苏武离别典故。《汉书·苏武传》载李陵送苏武时痛苦地说：“异域之人，一别长绝！”河梁：河上的桥梁。故人：指苏武。

11 “易水”三句：用荆轲刺秦王故事。《史记·刺客列传》：“太子及宾客知其事者，皆白衣冠以送之。至易水之上，既祖，取道，高渐离击筑，荆轲和而歌，为变徵之声，士皆垂泪涕泣。又前而为歌曰：‘风萧萧兮易水寒，壮士一去兮不复还。’复为羽声忼慨，士皆瞋目，发尽上指冠。于是荆轲就车而去，终已不顾。”

12 还知如许恨：如果知道这些愁恨。还，表假设，意为如其，假使。

这是一首精心结撰的送别词，衬得前二首送别祐之弟的词显得有点漫不经心。结构上层层递进，大开大合，又首尾呼应。开篇说鹈鴂的叫声已很悲惨了，更悲惨的是鹧鸪和杜鹃的叫声。鹧鸪和杜鹃的啼叫声，啼得春天匆匆归去都无处可寻，啼得百草千花都凋零殆尽。这鹧鸪和杜鹃的叫声够悲惨了吧，可还比不上人间的离别。下面连用五个人间离别的故事：王昭君弹着琵琶辞亲出塞，陈阿娇被赶出皇后住的金殿移居冷宫长门宫，卫庄姜送归妾，李陵将军兵败被俘后在河梁与苏武诀别，太子丹易水送荆轲。这五个送别故事，五大送别情景，个个悲恨彻骨，场场痛彻心扉。然后说，鹈鴂、鹧鸪和杜鹃，如果知道人间还有这样的恨事伤心事，就啼的不是眼泪而是鲜血了，把离别的感伤推向高潮。离别是如此的痛苦，可茂嘉弟还是要离别远行，结拍点明题旨。“谁与我，醉明月”，意味深长。茂嘉弟离开之后，我只能在明月下沉醉，以淡化这离别的伤痛。“醉明月”，让我们想起李白的“举杯邀明月，独酌无相亲”的孤独。

五个离别的故事，都注意形象性、场面感和动作化。昭君马上弹琵琶，阿娇翠辇辞金阙，燕燕于飞送归妾，李陵河梁深情回头与苏武诀别，满座衣冠悲歌送荆轲，每件事着墨不多，却都刻画出人物、场面、动作。写来又各具面目，或隐括前人诗句，或提炼原始故事的关键情节和典型场景。笔法变化多姿。就构思之新奇，笔法之灵活，结构之缜密，技巧之难度而言，此词堪称稼轩“第一离别词”。

永遇乐

戏赋辛字送十二弟赴调[1]

烈日秋霜[2]，忠肝义胆，千载家谱。得姓何年，细参辛字[3]，一笑君听取。艰辛做就，悲辛滋味，总是辛酸辛苦。更十分，向人辛辣，椒桂捣残堪吐[4]。　　世间应有，芳甘浓美，不到吾家门户。比着儿曹[5]，累累却有，金印光垂组[6]。付君此事，从今直上，休忆对床风雨[7]。但赢得，靴纹绉面[8]，记余戏语。

---

1 十二弟：即茂嘉弟。赴调：调官赴任。据刘过《沁园春·送辛幼安弟赴桂林官》词，茂嘉或是赴桂林任职。

2 烈日秋霜：谓辛家世代刚烈正直，有如烈日秋霜。《新唐书·段秀实颜真卿传》："英烈言言，如严霜烈日。"

3 细参：仔细品味。

4 椒桂捣残：把胡椒和桂皮放在一起捣烂，更加辛辣。语出苏轼《再和》诗："最后数篇君莫厌，捣残椒桂有余辛。"王十朋注："当时有问先生句义何如？先生曰：言其辣也。"

5 比着：比不上。儿曹：骂人语。犹言那些小子。

6 累累：接连不断。金印光垂组：发光的金印用丝绸挂在身上。语出《汉书·石显传》：显与中书仆射牢梁、少府五鹿充宗结为党友，诸附倚者皆得宠位。民歌之曰："牢邪石邪，五鹿客邪。印何累累，绶若若邪。"言其兼官据势也。

7 对床风雨：指兄弟情深。语本韦应物《示全真元常》诗："宁知风雨夜，复此对床眠。"

8 靴纹绉面：即绉面如靴纹，意思是衰老后脸皮的皱纹如靴纹。欧阳修《归田录》卷下："京师诸司库务，皆由三司举官监掌，而权贵之家子弟亲戚因缘请托，不可胜数。为三司使者，常以为患。田元均为人宽厚长者，其在三司，深厌干请者，虽不肯从，然不欲峻拒之，每温颜强笑以遣之。尝谓人曰：'作三司使数年，强笑多矣，直笑得面似靴皮。'士大夫闻者传以为笑，然皆服其德量也。"

此词真个是幽默得很，但调侃戏谑中有严肃和骨气。为同是辛姓的兄弟送行，围绕"辛"字来构思运笔，稼轩总是那么有创意。开篇说：姓辛的品性特点何如？那可是"烈日秋霜，忠肝义胆"！这是千载以来家谱上明明写着的家训家风。"辛"字是如何得来的？为何叫作"辛"？原来是辛姓人家充满了"艰辛""悲辛""辛酸辛苦"，还因为姓辛的人天生有些刚烈的骨气"辛辣"。上片从正面说

"辛"，宣示姓辛的人品、人生、个性。下片从反面写，世上的芳香甜美，跟咱们不沾边。这是提醒茂嘉十二弟做官后不要贪图享受，要艰苦奋斗，好为辛家争个金印回来，光大家声。好好做官，也不必思念俺这闲居山林的大哥，不必回望对床风雨的兄弟情谊，一心为公，一心为民，俺就安心了。

鹧鸪天

送 人

唱彻阳关泪未干[1]。功名余事且加餐[2]。浮天水送无穷树，带雨云埋一半山[3]。　　今古恨，几千般。只应离合是悲欢[4]。江头未是风波恶[5]，别有人间行路难[6]。

1　唱彻：唱完。阳关：《阳关曲》，又名《阳关三叠》，由王维《送元二使安西》入乐而成。唐宋时期最流行的送别歌曲。

2　加餐：《古诗十九首》："努力加餐饭。"

3　"浮天"二句：句法出自宋初杨徽之《嘉阳川》诗名句："浮花水入瞿塘峡，带雨云归越巂州。"王辟之《渑水燕谈录》卷八："杨侍读徽之以能诗闻，太宗知其名，索其所著，以百篇献上，卒章曰：'少年牢落今何幸，叨遇君王问姓名。'太宗和赐，且语近臣曰：'徽之文雅可尚，操履端正。拜礼部侍郎，选十联写于御屏。'梁周翰之诗曰：'谁似金华杨学士，十联诗在御屏风。''浮花水'一联即在其中。"

4　"今古恨"三句：意为自古以来，愁恨有千万种，难道说只有悲欢离合才算是"恨"吗？悲欢离合，此处实指悲伤和离别。"只应离合是悲欢"，依日常语序应是"只应离合悲欢是"。为协韵而改。从苏轼《水调歌头》"人有悲欢离合，月有阴晴圆缺，此事古难全"化出。

5　"江头"句：日常语序应是"江头风波未是恶"，为合平仄而改。意谓江头的风波不是最险恶的。

6 “别有”句：日常语序应是“人间行路别有难”，意即人世间的道路比江头风波更加艰难。

此首送别词，上片以景胜，下片以理胜。“浮天”二句对偶工切，写景如画，又气势磅礴，极富动态美感。浮天水，写出江水暴涨、江面宽阔，江水“送”江边无穷之树，明写江畔之景，暗写船行之速。不说“云”遮蔽山、笼罩山，而说“埋”山，写出了江边远处山中云雾之重之密，而且富有动作感。“送”与“埋”两个动词，极炼字之功。上片是送行人，下片是劝行人。人生有几千种愁恨，悲欢离合只是其中一种而已，不必太过在意。江头风波虽然险恶，但跟人世间的艰难险阻比起来，就算不上什么了，所以也不必恐惧江头的风波。这是经历过人生种种挫折坎坷之后的深切体验。“浮天水送无穷树，带雨云埋一半山”，“江头未是风波恶，别有人间行路难”，堪称词中妙语名句。

临 江 仙

侍者阿钱将行[1]，赋钱字以赠之

一自酒情诗兴懒，舞裙歌扇阑珊[2]。好天良夜月团团。杜陵真好事，留得一钱看[3]。　　岁晚人欺程不识[4]。怎教阿堵留连[5]。杨花榆荚雪漫天[6]。从今花影下，只看绿苔圆[7]。

1 阿钱：辛弃疾侍女，善笔札。《书史会要》卷六：“田田、钱钱，辛弃疾二妾也。皆因其姓而名之，皆善笔札，常代弃疾答尺牍。”将行：

将离开辛弃疾家。宋代的侍女，都会跟主家签订契约，约定服务年限和报酬。服务期满，就离开主家。庆元二年（1196），稼轩《水调歌头》序曰："将迁新居不成，有感，戏作。时以病止酒，且遣去歌者。末章及之。"所遣去之歌者，当即阿钱。词即作于此年。

2 "一自"二句：意谓钱钱离开后，我饮酒吟诗听歌都没了兴致。化用白居易《咏怀》"诗情酒兴渐阑珊"和苏轼《答陈述古》"舞衫歌扇总成尘"句意。一自，自从，从此。阑珊，衰退，将尽。

3 "杜陵"句：杜甫《空囊》："囊空恐羞涩，留得一钱看。"杜陵，即杜甫。

4 "岁晚"句：典出《史记·魏其武安侯列传》。在为魏其侯祝寿时，客人多不敬，临汝侯与程不识耳语，又不避席，灌夫怒骂临汝侯曰："生平毁程不识不值一钱，今日长者为寿，乃效女儿呫嗫耳语！"

5 "怎教"句：怎能让钱钱留连不去。阿堵，即钱。此处借指钱钱。《世说新语·规箴》："王夷甫雅尚玄远，常嫉其妇贪浊，口未尝言钱字。妇欲试之，令婢以钱绕床，不得行。夷甫晨起，见钱阂行，呼婢曰：'举却阿堵物！'"借王衍"举却阿堵物"（即搬开钱）喻送钱钱出行，典故用得极巧妙。留连，耽搁，延误。

6 "杨花"句：此句写钱钱离开后将如杨花榆荚一样自由飞翔。韩愈《晚春》："杨花榆荚无才思，惟解漫天作雪飞。"榆荚，榆树的果实，初春时先于叶而生，联缀成串，形似铜钱，故叫榆钱。汉代有榆荚钱。王应麟《汉制考》卷一："汉兴，为秦泉重难用，更令民铸榆荚钱。"

7 绿苔圆：指钱。《古今注》曰："空室无人行，生苔，或紫或青，一名员癣，一名绿钱。"

阿钱是稼轩家中的家政服务员，也是私人秘书，稼轩平时的往来书信，常常由她代笔。签约的服务期满，阿钱要回家了，临行前想要留点东西做个纪念。最好的纪念当然是大词人稼轩写的绝妙好词啦。于是她缠着稼轩翁为她写首送别词，辛老爷子一高兴，挥挥手说："纸笔伺候！"转眼之间，一首妙词就写成了。稼轩此词，还是蛮用心、蛮讲究的。你瞧，词调名用《临江仙》，隐喻这阿钱丫头像临江仙子一样漂亮。用一大堆有关钱的故事来写她，量身定做，天下无二。这词可值钱了。岂止值钱，阿钱已是流芳千古。没有稼轩翁此词，后人哪晓得稼轩翁身边有这个阿钱姑娘呢！

词人一开头就说，阿钱走后，俺就没心情没兴致喝酒赋诗看舞听歌了，一则寄寓舍不得之意，二则含赞美之意，非阿钱的歌不听，非阿钱的舞不看。老天爷也舍不得呢，好天良夜月圆圆，这是要人团圆，而不是让人分别。不是俺舍不得，是杜少陵好事多事，偏要“留得一钱看”。老杜的诗句原本是说囊空羞涩，故“留得一钱看”，稼轩信手拈来，字面不改，却改换其意，说是留得一个阿钱看，你说这辛老爷子，也太聪明了。平平常常的一句杜诗，被他一点化，就妙趣横生。过片借人们欺负“程不识不值一钱”的典故，开玩笑说，平时没好好待见阿钱，所以阿钱要离开，怎能让她流连不走呢？《世说新语》里记载，名士王夷甫（衍）平生讳说钱字，把钱称作“阿堵物”。故稼轩以阿堵代称阿钱。王夷甫是要搬开“阿堵物”，而稼轩反用其意，想要留下阿堵物。稼轩之妙用典故，真是出神入化。阿堵物终究留她不住，她还是要像韩愈笔下的杨花榆荚一样漫天飞舞，去追求她自由自在的生活。榆荚是一种钱，隐含“钱”字。结拍说阿钱走后，到哪去找阿钱的倩影呢，只有花影下看圆圆的绿苔钱了。走后还要想她，可见情感好深呢。感情亲热但不亲昵暧昧，分寸拿捏得非常到位。情感的基调也蛮欢快，彼此虽有不舍，但人家阿钱回去与亲人团聚，说不定找好了婆家出嫁，是大好事，所以离别时辛老爷子还是蛮开心的。

鹊桥仙

送粉卿行[1]

轿儿排了，担儿装了，杜宇一声催起[2]。从今一步一回头，怎睚得[3]、一千余里。　　旧时行处，旧时歌处，空有燕泥香坠[4]。莫嫌白发不思量[5]，也须有、思量去里[6]。

1　粉卿：像前一首词中的侍者阿钱一样，当是辛弃疾的侍女。因服务期满，离开辛家时，辛弃疾作此词送行。或与前首送阿钱的《临江仙》同时作。

2　杜宇：即杜鹃鸟。杜鹃鸟的叫声好像“不如归”。此句写杜鹃鸟也好像在催她起行出发。

3　睚（yá）得：捱得，熬得。

4　“空有”句：言人去楼空。薛道衡《昔昔盐》：“暗牖悬蛛网，空梁落燕泥。”

5　“莫嫌”句：意谓不要怀疑我老头子不想你。嫌：猜疑。

6　“也须”句：也自有相思处哩。须、去、里，都是方言口语。“须”即“自”，“去”即“处”，“里”即“哩”。

侍女阿钱走了，粉卿也要离开。粉卿临行前，拉着稼轩的手亲昵地说：“老爷，你给钱姐写了词，也得给俺写一首。”稼轩一拍大腿说：“中！”备好纸墨，一挥而就。估计这粉卿不像阿钱那么有文化，所以这首词写得比较通俗，句句都是大白话，让粉卿一看就明白。想象粉卿看了词后，一定是高兴得一蹦一跳，嗲声嗲气地说：“谢老爷！”

此词虽然是大白话，但场面感、动作感都很强。开篇写粉卿出门的情景，乘轿子回家，挺排场的呢！这哪像是侍女，倒像是大户人家的小姐呢。稼轩翁特地安排轿子送她，也够隆重的。粉卿回去还带了不少行李、礼品呢，手提不了，居然还要派专人用担子挑送。要上路了，不是像柳永《雨霖铃》那样说“兰舟催发”，也不是轿夫催着出发，而是“杜宇一声催起”，连杜鹃鸟都在催她“不如归”，粉卿岂不是更迫不及待地想早些出发回家吗？人总是矛盾的。粉卿一方面想回家，另一方面毕竟在辛家呆了那么长时间，离别总有些舍不得，故歇拍想象粉卿上路后是一步一回头地看啊思念啊。照这么一步一回头，千余里地怎么捱呢！下片写粉卿别后自己对她的思念。平时粉卿陪稼轩走路，为稼轩唱歌。今后只怕是走路也想你，闻歌也想你呢。哇，老爷也这么想念俺呢！读到这，粉卿一定很幸福，很开心。

西 江 月

题阿卿影像[1]

人道偏宜歌舞，天教只入丹青[2]。喧天画鼓要他听。把着花枝不应。　　何处娇魂瘦影，向来软语柔情[3]。有时醉里唤卿卿[4]。却被傍人笑问。

1　阿卿：当是稼轩侍者。

2　丹青：图画。

3　向来：从来，一向。

4　卿卿：对阿卿的昵称。

原来“影像”，稼轩时代就有了。不过，那时的影像不是有音响的视频，而是画像。画师给侍女阿卿画了一幅写真像，稼轩在上面题词一首。词抓住阿卿的几个特点进行素描：一是多才多艺，能歌善舞；二是身材娇小，玲珑窈窕，天生的美人；三是说话轻言细语，柔婉多情，更讨人喜欢。稼轩可喜欢她了，似乎一刻都离不开她，有时醉梦里都喊她的名字，醒来后被旁人笑问喊谁呢。这幅画像好像是“生活照”，画中阿卿站立花下，手拉花枝作沉思状，喧天画鼓她似乎充耳不闻，越发楚楚动人。此词虽是题写人物画像，但又不是对画像的直接描摹，而是传神地写出自己心目中的阿卿影像。阿卿的才艺，阿卿的软语柔情，是绘画无法画出的。此词配合着原画，互为补充，相得益彰。

菩萨蛮

西风都是行人恨。马头渐喜归期近。试上小红楼。飞鸿字字愁[1]。　　阑干闲倚处。一带山无数。不似远山横[2]。秋波相共明[3]。

1　“飞鸿”句：语本秦观《减字木兰花》：“困倚危楼，过尽飞鸿字字愁。”

2　远山：指眉。《西京杂记》：“文君姣好，眉色如望远山。”

3　秋波：指眼。

淳熙三年（1186）深秋，辛弃疾在赣州平定茶商叛乱之后，想起家中太太，遂写此词。因离家许久，音讯不通，连西风都充满了离愁别恨，好在归期将近，不久就可回家与太太团聚。首二句一恨一喜，词情跌宕。“试上”二句从对方着笔，想象太太亦在家中翘首盼望，登上小红楼，期待鸿雁传来书信，可飞鸿没有带来书信，更生愁闷。大雁在空中常排成“人”字队形或“一”字队形飞行。见到雁写的“人”字，引发对伊人的思念，故说“飞鸿字字愁”。不说自己想念太太，而说太太在想念自己，这种对面着笔法，出自杜甫《月夜》：“今夜鄜州月，闺中只独看。遥怜小儿女，未解忆长安。”过片回写自己，闲倚栏杆，群山遮目，遥望家乡而难见。结二句意思是说远山如眉黛，秋水如眼波，山水相映，眉目传情，但此时我与你被山水所隔，不像眼前的远山与秋水这样相望相对，共递情愫。想象奇，造语新。

浣溪沙

寿内子[1]

寿酒同斟喜有余[2]。朱颜却对白髭须[3]。两人百岁恰乘除[4]。　　婚嫁剩添儿女拜[5]，平安频拆外家书[6]。年年堂上寿星图。

1　内子：妻子。丈夫对人称自己的妻子为内子或内人。妻子对人称自己的丈夫为外子。

2　寿酒同斟：夫妻二人同年过生日，故说“寿酒同斟”。

3　朱颜：指妻子容颜尚好。白髭须：辛弃疾自指。

4　“两人”句：夫妻两人正好一百岁。百岁恰乘除：一百岁除以二人为五十，五十乘二为一百。这年是淳熙十六年（1189），辛弃疾时年五十。

5　“婚嫁”句：意谓娶了媳妇嫁了女儿，只待多添孙儿孙女来拜寿。剩添：多添，屡添。

6　外家：妻子的娘家。

这是50岁的稼轩为太太祝寿的词。虽然没有年轻情侣那样的浓情蜜爱，但充满着亲情喜庆。稼轩会逗夫人开心，说咱俩都50岁了，俺是胡须头发都白，可太太你依然是面色红润，青春永驻。更开心的是，儿女婚嫁大事都已完成，没有了特别的牵挂，就享清福吧。古人认为，人老了，只要儿女“婚嫁已毕，生平无憾矣”。下片三句三层意思，一是期待早添儿孙。二是祝福内外平安。外家平安，太太也就心安。三是双双高寿，年年在堂上挂寿星图喝寿酒。没有英雄的豪情壮语，只是平凡人的平凡心愿，读来自然而亲切。

霜天晓角
旅　兴

吴头楚尾[1]。一棹人千里[2]。休说旧愁新恨，长亭树、今如此[3]。　　宦游吾倦矣[4]。玉人留我醉[5]。明日万花寒食，得且住、为佳耳[6]。

1　吴头楚尾：指南昌。《方舆胜览》卷十九引《牧职方乘记》：“豫章之地为吴头楚尾。”顾栋高《春秋大事表》卷六则说江南之安庆，江西之南康、九江，皆称吴头楚尾。

2　一棹人千里：形容船行之快。一桨划出就过了一千里。

3　“长亭树”句：用《世说新语·言语》典：“桓公（温）北征，经金城，见前为琅邪时种柳皆已十围，慨然曰：‘木犹如此，人何以堪。’攀枝执条，泫然流泪。”

4　“宦游”句：用司马相如故事。《史记·司马相如列传》：“相如归而家贫，无以自业，素与临邛令王吉相善。吉曰：长卿久宦游不遂，而来过我。”

5　玉人：美人，佳人。也可指亲密的友人。

6　“得且住”句：颜真卿《寒食帖》：“天气殊未佳，汝定成行否？寒食只数日间，得且住为佳耳。”

“旅兴”，就是旅途中的感慨。此词作于淳熙五年（1178）春，其时辛弃疾从南昌赴都城临安就任大理少卿。辛弃疾长期在各地宦游，难得消停。淳熙元年（1174）以来，五年之间换了八个官职，淳熙元年春由滁州知州到建康府任参议官，几个月后到临安任仓部郎官。次年，出任江西提刑，平灭茶商叛乱。淳熙三年（1176），到湖北襄阳任京西路转运判官。四年（1177）春，升任湖北江陵知府兼湖北路安抚使，半年后调到南昌任隆兴知府兼江西安抚使。在江西席未暇暖，五年春又回朝任大理少卿。长年南来北往，四处奔波，辛弃疾感到身心俱疲。他从北方来到南方，已有十六年，而统一北方、收复失地的理想仍无法实现，故生发出“树犹如此，人何以堪”之叹。旧愁新恨且不说，光是时光的流逝就是难以承受的生命之重。人生的漂泊感、时光的迫促感、生命的有限感，郁结于胸，真想找个安逸之地安顿身心。此词的“一棹人千里”，表达的不是李白“千里江陵一日还”的快慰，而是人生漂泊不定的茫然，人被船只瞬间送出千里之外，人生不能自我掌控，颇有苏轼“长恨此身非我有”的感慨。

武陵春

走去走来三百里，五日以为期[1]。六日归时已是疑。应是望多时。　　鞭个马儿归去也，心急马行迟[2]。不免相烦喜鹊儿。先报那人知。

1　五日以为期：《诗经·小雅·采绿》：“五日为期，六日不詹。”詹，至。

2　马行迟：杜荀鹤《马上行》：“五里复五里，去时无住时。日将家渐远，犹恨马行迟。”

此词似是捎给夫人的短信。来回三百里，五日以为期。原来跟夫人约定，这次外出，五天就回来，第六天没到家，夫人已生疑，何况过了六天呢！五日、六日，看似明白如话，实则有所本，原是《诗经》中的经句。五日为期，六日不至，见出家中人在扳着指头数日子，天天盼着行人归家。原来数字也含情呢。上片写家人盼归，下片写行人报信。行人何尝不期待早日归家，只是人心急而马行迟。其实不是马行迟缓，而是心太急，觉得马儿走得太慢。因怕等不急，于是央求喜鹊儿先去报个喜讯。口语化的白描，也能写出深情至情，韵味十足，足见辛弃疾笔法的多变，表现功力的深厚。

生查子

有觅词者为赋

去年燕子来[1]，帘幕深深处。香径得泥归，都把琴书污。　　今年燕子来，谁听呢喃语。不见卷帘人[2]，一阵黄昏雨。

1　“去年”四句：从杜甫《漫兴》诗化出：“熟知茅斋绝低小，江上燕子故来频。衔泥点污琴书内，更接飞虫打着人。”污：此处读去声wù。

2　卷帘人：李清照《如梦令》：“昨夜雨疏风骤。浓睡不消残酒。试问卷帘人，却道海棠依旧。知否。知否。应是绿肥红瘦。”

此词是代为他人言情，但写来十分逼真，像是写自己的亲身体验。词的章法，近似欧阳修的《生查子》:“去年元夜时，花市灯如昼。月上柳梢头，人约黄昏后。　今年元夜时，月与灯依旧。不见去年人，泪湿春衫袖。”今昔景同而人不同，寓物是人非之叹。此词从燕子的角度写人事的变化。去年燕子来时，伊人在香闺弹琴读书，燕子从香径衔泥回家时，常把她的琴书污染上许多泥点。今年燕子回来时，再也没有人听它呢喃歌唱，再也见不到卷帘人倚窗听雨的情景。欧词是围绕元夜的月、灯、人来构思，此词则是围绕春天燕子、帘幕、卷帘人来着笔。下片卷帘与上片帘幕呼应，结构井然。

鹧鸪天

一片归心拟乱云。春来谙尽恶黄昏[1]。不堪向晚檐前雨[2]，又待今宵滴梦魂。　炉烬冷，鼎香氛。酒寒谁遣为重温。何人柳外横双笛，客耳那堪不忍闻。

1　谙：经历，经受。

2　向晚：傍晚。

此词用层深递进之法写归思。客子归心如乱云，飘荡不定，每到春日黄昏，就思亲念家心切。日落黄昏，是人归家、鸟归巢之时。行人在外不归家，本是苦闷，遇上“恶”黄昏，苦闷更深一层。“谙尽恶黄昏”，表明恶黄昏非止一日，春来天天如此，真是情何以堪！恶黄昏，已是难熬，又遇上檐前细雨，点滴霖霪，更是不堪承受。何况黄昏雨不停不休，到了晚上还要滴破梦魂。上片写愁闷，下片言孤独。炉与鼎，为互文，炉中香烬冷，无人为之重燃，酒寒杯冷，无人为之重温，又谙尽孤独滋味。忽听柳外传来悠扬而感伤的笛声，更增伤感。唐李益《夜上受降城闻笛》诗说："不知何处吹芦管，一夜征人尽望乡。"可想见笛声之感人动人。末句"客耳"呼应首句"归心"，首尾呼应，结构浑成。

鹧鸪天

代人赋

晚日寒鸦一片愁。柳塘新绿却温柔。若教眼底无离恨，不信人间有白头[1]。　　肠已断，泪难收。相思重上小红楼。情知已被山遮断[2]，频倚阑干不自由[3]。

1　"若教"二句：意谓如果眼前没有离愁别恨，相信人间就不会有白头了。

2　情知：深知，明知。

3　不自由：不由自主。

此词代他人写离愁别恨。人间之所以有白发，都是因离恨所致，如果没有了离恨，人间也就不会有白发生头了。把个烂熟之离恨与常见之白头写来新人耳目。上片写离恨，下片写相思。离别之后，自是相思，因相思而一再上小红楼以望远，盼望所思之人能回来团聚。虽然深知视线被山峰遮断难望远方，但还是情不自禁地要登楼倚栏杆望远。"重上""频倚"，最堪玩味。一而再、再而三地上楼倚栏，用动作细节来写相思的无法排遣，把内心情绪动作化、可视化，亦是一法。

鹧鸪天
代人赋

扑面征尘去路遥。香篝渐觉水沉销[1]。山无重数周遭碧[2]，花不知名分外娇。　　人历历，马萧萧[3]。旌旗又过小红桥。愁边剩有相思句[4]，摇断吟鞭碧玉梢。

1　香篝：一种燃香料的熏炉。水沉：即沉水香。晋嵇含《南方草木状》卷中："交趾有蜜香树，干似柜柳，其花白而繁，其叶如橘。欲取香，伐之经年，其根干枝节，各有别色也。木心与节坚黑，沉水者，为沉香，与水面平者，为鸡骨香。其根为黄熟香，其干为栈香。细枝紧实未烂者为青桂香。其根节轻而大者为马蹄香。其花不香，成实乃香，为鸡舌香。"销：香燃尽。

2　山无重数：即"无数重山"。语出贺铸《感皇恩》："回首旧游，山无重数。"周遭：四面，周围。刘禹锡《金陵怀古》："山围故国周遭在。"

3　历历：排列成行。萧萧：马叫声。《诗经·小雅·车攻》："萧萧马鸣"。杜甫《兵车行》："车辚辚，马萧萧。"

4　剩有：更有，多有。

此首是淳熙五年（1178）辛弃疾自豫章赴临安途中所作相思词。"山无"二句，句法挺异。七言诗句和词句，一般都是一二二二或二二二一或二二一二句式，如首二句。此两句则为一三二一式，读作"山—无重数—周遭—碧，花—不知名—分外—娇"，因句法与常规句式不同，故读来别具韵味。这两句按常规语序，应是"无数重山周遭碧，不知名花分外娇"，如此写法，平仄不合，意思也平平，两句只有山碧、花香一层意思，改为“山无重数周遭碧，花不知名分外娇”后，就有山有无数重，周遭又碧绿，花虽不知名，却分外娇艳两层意思。不同句法有不同的艺术效果。

念奴娇

书东流村壁[1]

野棠花落[2]，又匆匆、过了清明时节。刬地东风欺客梦[3]，一夜云屏寒怯[4]。曲岸持觞[5]，垂杨系马[6]，此地曾轻别。楼空人去，旧游飞燕能说[7]。　　闻道绮陌东头[8]，行人长见，帘底纤纤月[9]。旧恨春江流不断，新恨云山千叠[10]。料得明朝[11]，尊前重见，镜里花难折[12]。也应惊问，近来多少华发[13]。

1　此首为题壁词。途中有感，遂题词于壁。东流：宋代池州东流县，今安徽东至县。村壁：指东流县某村之壁。东流县位于长江南岸，南宋人舟行常停泊此地。杨万里有《解舟雷江过东流县》诗，韩淲亦有《归舟过东流丘簿清足轩》。陆游《入蜀记》卷二也记载：“二十八日，过东流县，不入。自雷江口行大江，江南群山，苍翠万叠，如列屏障。凡数十里不绝。自金陵以西所未有也。是日便风，张帆舟行甚速，然江面浩渺，白浪如山，所乘二千斛舟，摇兀掀舞，才如一叶。”

2　野棠：野生海棠，春二月开白色花。沈约《早发定山》：“野棠开未落，山英发欲然。”

3　刬地：无端地，平白地。欺客梦：惊客梦。

4　云屏：画有云山的屏风。寒怯：怯寒，怕冷。

5　曲岸持觞：语出王羲之《兰亭集序》：“引以为流觞曲水，列坐其次。”

6　垂杨系马：苏轼《渔家傲》：“垂杨系马恣轻狂。”

7　“楼空”二句：言人去楼空，物是人非，只有燕子能说当年的游踪。暗用燕子楼诗典，指当年的恋人美丽重情。白居易《燕子楼》诗序：“徐州故尚书张有爱妓曰盼盼，善歌舞，雅多风态。”“尚书既没，归葬东洛，而彭城有张氏旧第，第中有小楼，名燕子。盼盼念旧爱而不嫁，居是楼十余年，幽独块然，于今尚在。”苏轼《永遇乐》：“燕子楼空，佳人何在，空锁楼中燕。”旧游飞燕能说，即飞燕能说旧游，因平仄而变换句式。

8　绮陌：繁华的街道。此指风景秀美的乡间道路。

9　“行人”二句：从苏轼《江城子》“门外行人，立马看弓弯”化出。纤纤月，弯弯的月亮，代指美人足，借指佳人。卢仝《秋梦行》：“台前空挂纤纤月。纤纤月，盈复缺。”

10　“旧恨”二句：秦观《江城子》：“便做春江都是泪，流不尽，许多愁。”苏轼《王定国所藏烟江叠嶂图》：“江上愁心千叠山，浮空积翠如云烟。”

11　料得：料想。

12　镜里花难折：喻面对佳人难亲近。黄庭坚《沁园春》：“镜里拈花，水中捉月，觑着无由得近伊。”

13　华发：同“花发”，花白的头发。苏轼《念奴娇·赤壁怀古》：“多情应笑我，早生华发。”

无情未必真豪杰。辛弃疾是大英雄，也是多情种。年青时曾在东流县一次曲水流觞的雅集上，有过一场艳遇，轰轰烈烈地爱过一女子。不久就离别而去。淳熙五年（1178），辛弃疾从江西南昌赴临安，途经东流，故地重游，想起当年那段情缘，恍如隔世。欲重温旧梦，而楼空人去，四处打听，终于找到她的行踪，有人见过她的倩影。于是相约“明朝”见面。可今日之我，已非当年，久历宦海风波，尘满面，鬓如霜；心上人也已入籍为歌妓，明日即使“尊前重见”，因身份所限，也难重温旧梦，难续前缘，不禁悲从中来。“旧恨春江流不断，新恨云山千叠”二句，把往日的思念，今日的期盼，明日的遗憾，写得凄凄惨惨切切。可与李煜的“问君能有几多愁，恰似一江春水向东流”，秦观的“便做春江都是泪，流不尽，许多愁”并为千古名句。而从李煜的原创，秦观的翻新，再到辛弃疾的融合新变，可以体会古代词人艺术上不断求新求变的创作精神。

此词有故事性，层次感、画面感极强。词从眼前写起，清明节刚过，原野的海棠又已凋零，投宿东流的词人，睡梦中仿佛回到当年的艳遇：一群男女，围着曲水流觞，英俊的词人正好骑马路过，其中一位靓丽少女吸引了他的眼球，让他心动不已，于是系马垂杨之下，尽欢而去。一梦醒来，楼空人去，旧欢不再。过片写打听寻找佳人踪迹，所幸伊人还在。“行人长见，帘底纤纤月”，暗示她的身份已是歌女。帘后唱歌，帘底露出弓弓小绣鞋，似弯弯的纤纤月。得知伊人犹在，心中自是欣喜安慰。可宋代官员不准与歌妓私下往来，料想明朝重见，也只能是镜中花，可见而难亲近，又不免心生怅惘。缠绵情意，曲折道来，欲吐还吞，动人心魄。

一剪梅

记得同烧此夜香。人在回廊。月在回廊。而今独自睚昏黄[1]。行也思量。坐也思量。　　锦字都来三两行[2]。千断人肠。万断人肠。雁儿何处是仙乡。来也恓惶。去也恓惶[3]。

1　睚（yá）：捱，熬。昏黄：黄昏。

2　锦字：指书信，情诗。《晋书·列女传》：“窦滔妻苏氏，始平人也。名蕙，字若兰。善属文，滔苻坚时为秦州刺史，被徙流沙。苏氏思之，织锦为回文旋图诗以赠滔，宛转循环以读之，词甚凄惋。”都来：总共。

3 恓惶：烦恼不安。

大英雄辛弃疾，写起柔情来，一点不让小晏秦郎。词以今昔对比之法写相思。当日两情相悦、两人团聚时，夜里一同烧香，对天祝拜，在天愿作比翼鸟，在地愿为连理枝。人倚回廊，同赏回廊上的圆月，是何等幸福惬意。如今却天天独自捱过黄昏，行坐起卧，心都不安，走路也思量，坐着也思量。更恼人的是，当年在一起时甜言蜜语，有说不完的悄悄话，可如今寄来的情书，两三行而已，真是气断人肠，恨断人肠。莫非他已变心，跟我已无话可说？女主人公望着天空中带回书信的大雁，痴痴地问，雁儿你住在何方，可知道他的住处？咋就见到你来时心烦，去时也心烦呢？雁儿来时虽带来书信，可书信却短，故心烦。雁去，自己却不能随它去心上人所在的“仙乡”，所以，也心烦。语言明白如话，情意却缠绵深沉。此词有李清照《一剪梅》的神韵，用平常语写深情，是易安词的胜长，稼轩词也深得其法。

恋绣衾

无　题

长夜偏冷添被儿。枕头儿、移了又移。我自是笑别人底，却元来、当局者迷[1]。　　如今只恨因缘浅，也不曾、抵死恨伊[2]。合手下[3]、安排了，那筵席、须有散时。

---

1 元来：即“原来”。当局者迷：语出《旧唐书·元行仲传》：“当局称迷，旁观见审。”

2 抵死：总是，特别。

3 合：应该，应当。手下：当下，眼前。

杰出的作家，总会探求不同的语言风格。辛弃疾词的语言，就是千姿百态，庄重的书面雅言，轻松随意的俗语口语，信手拈来，皆成妙境。这首词写一位失恋女子的自我开解，自我慰藉，哀而不伤，怨而不怒。长夜失眠，无法入睡，以为是被儿太薄，赶紧添加一床厚些的被子，依然如故。莫不是枕头高了吧，移来移去，还是睡不着。以前笑别人相思睡不着，如今自个儿也一样，也是这般心儿软、泪儿多。失眠缘于失恋。心里烦，睡不着，她就自我开解，怪只怪彼此有缘无分因缘浅，何必总是恨他负心无情汉。常言道，天下没有不散的宴席。男女恋爱，情不投意不合时，自会分手。相信天下有情人终能成眷属。这位女子，如此理性，实属难得。失恋之人若听过此歌，当能会心一笑。

临江仙

手捻黄花无意绪，等闲行尽回廊[1]。卷帘芳桂散余香。枯荷难睡鸭，疏雨暗池塘。　忆得旧时携手处，如今水远山长。罗巾浥泪别残妆[2]。旧欢新梦里，闲处却思量。

---

1 等闲：平白无故。

2 浥泪：浸泪，被泪水浸湿。

此词的意境，与冯延巳《谒金门》词有些相似："风乍起。吹皱一池春水。闲引鸳鸯香径里。手挼红杏蕊。　斗鸭阑干独倚。碧玉搔头斜坠。终日望君君不至。举头闻鹊喜。”都是写思妇的相思，都是用动作细节写人物心绪。冯词里的女主人公是“闲引鸳鸯香径里，手挼红杏蕊”，辛词里的主人公是一边在“回廊”来回走动，一边手捻黄花。“等闲”二字，见出百无聊赖。不过，冯词的背景是春日，辛词的背景则是秋天，“芳桂”“枯荷”都是秋日景象。辛词中的“帘”值得注意。帘在视线上隔断楼内与楼外，但“卷帘”，却把楼内楼外相联结。“手捻”二句，是写楼内所为，“枯荷”二句，写楼外所见。池塘里荷枯叶残，易生韶光已逝、美人迟暮之感。上片从空间上分写内外，下片从时间上对比写今昔。旧时携手同行，朝朝欢聚，何等快乐，如今各处一方，山长水远，想起旧欢新梦，不免泪湿残妆。此词语淡情深，动作感、画面感强。

一络索

闺思

羞见鉴鸾孤却[1]，倩人梳掠[2]。一春长是为花愁[3]，甚夜夜、东风恶[4]。　行绕翠帘珠箔[5]。锦笺谁托[6]。玉觞泪满却停觞，怕酒似、郎情薄。

1　鉴鸾：即鸾镜。范泰《鸾鸟诗序》曰：罽宾王结屋峻卯之山，获一鸾鸟。王甚爱之，欲其鸣而不能致，乃饰以金樊，养以珍羞，对之逾岁，三年不鸣。夫人曰：“闻鸾见类而后鸣，可悬镜以映之。”王从言。鸾观影感起，慨然悲鸣，哀响冲霄，一奋而绝。孤却：孤单。却，语助词。

2　倩：请。梳掠：梳理，梳妆。

3 “一春”句：欧阳修《望江南》：“长是为花忙。”

4 甚：为甚，为何。

5 翠帘珠箔：用珠翠联缀成的帘。箔，即帘。《西京杂记》：“汉诸陵寝皆以竹为帘，帘皆为水文龟龙之像。昭阳殿织珠为帘，风至则鸣，如珂佩之声。”

6 锦笺：犹言锦书，书信。

此词善用侧笔写闺思。先说鸾镜孤单，无人对镜梳妆。表面写镜的孤单，实写女主人公孤独寂寞，连对镜梳妆的心思都没有。次说春来总是为花担心，为花生愁，因为夜夜风大，花儿易被风吹落。明写花，暗写自己。一则花象征着人的青春容貌，花容在风雨中失色，人貌在时光中老去。二则花的凋零，尚有人的怜惜关心，而女主人公的孤单寂寞，却无人过问。情郎久无音讯，写了书信也不知向何处寄送。结拍韵味丰饶。不说酒满玉杯，而说泪满玉杯，出人意表，动人心魄。酒未饮却停杯，怕的是酒味如郎的情意一样淡薄，比喻新颖别致。

祝英台近

晚　春

宝钗分[1]，桃叶渡[2]。烟柳暗南浦[3]。怕上层楼，十日九风雨。断肠片片飞红，都无人管，倩谁唤、流莺声住。

鬓边觑。试把花卜归期[4]，才簪又重数。罗帐灯昏，呜咽梦中语。是他春带愁来，春归何处。却不解、将愁归去。

---

1 宝钗分：情人分手时，女子将头上的金钗分为两股，双方各持

一股以为信物。南宋盛行分钗定情之风。王明清《玉照新志》卷四载“春日，诸友同游西湖，至普安寺，于窗户间得玉钗半股、青蚨半文，想是游人欢洽所分授，偶遗之者”。又唐段成式《剑侠传·虬髯叟》载：唐吕用之在维扬日，佐高骈，专权擅政。有商人刘损妻裴氏，有国色，用之以阴事下刘狱，纳裴氏。刘献金百两免罪，虽脱非横，然亦愤惋，因成诗三首，曰：“宝钗分股合无缘，鱼在深渊日在天。得意紫鸾休舞镜，断踪青鸟罢衔笺。”

2　桃叶渡：在建康秦淮口。晋王献之曾在此与其妾桃叶分别。《诗话总龟》前集卷七《桃叶歌》：“桃叶，王献之爱妾名也。其妹曰桃根。词云：‘桃叶复桃叶，桃叶连桃根。’今秦淮口有桃叶渡，即其事也。”

3　南浦：在今湖北鄂州市城区。江淹《别赋》：“送君南浦，伤如之何。”后泛指送别之地。

4　花卜：张泌《妆楼记·油花卜》载：“池阳上巳日，妇女以荠花点油，祝而洒之水中，若成龙凤花卉之状，则吉。谓之油花卜。”

此词以女性身份写离愁春恨。首三句，用特写镜头写离别之地的环境以再现往日离别的情景。当年在桃叶渡口，与伊人擘分金钗，海誓山盟，四周烟笼柳暗，一片凄凉。多年前分手的情景仍历历在目，可见离愁别恨，一直难以忘怀。“怕上层楼”二句，回到眼前，十日有九日是风雨，如此天气，常人都难以忍受，何况是孤独寂寞之人！只好把自己封闭在室内。想上层楼遥望，却“怕上层楼”，因为烟雨迷茫，上了层楼，只会更增孤寂。“断肠”三句，又将镜头转向户外，片片花飞，是开窗触目所见；流莺啼鸣，是开窗所闻。所见所闻，都令人伤感。片片飞花，意味是春光即将流逝。春光流逝，又象征是人的青春流逝、容颜老去，所以令人感伤得“断肠”。“片片飞红”，是常见之景，不足为奇，但说“都无人管”，就平添不少趣味。暮春时流莺扰人，也极平常，可说请何人让流莺闭口不唱，想象却极新颖，让人惊异。辛弃疾总能在平凡中变化出不平凡。

上片写离恨，下片写相思。过片用花卜伊人的归期，见出思念期盼之深切。白天盼归，夜里梦归，可伊人终未归来。结末四句，为名句，意蕴丰饶，用笔转折层深。春只管带将愁来，春归去后，却不管把愁带着离去，偏偏留下春愁离恨让人承受。据南宋陈鹄《耆旧续闻》卷二说，稼轩这几句的句法是从时人赵彦端（德庄）的词里学来的："余谓后辈作词，无非前人已道底句，特善能转换尔。……辛幼安词：'是他春带愁来，春归何处，却不解带将愁去。'人皆以为佳。不知赵德庄《鹊桥仙》词云：'春愁元自逐春来，却不肯随春归去。'盖德庄又体李汉老《杨花词》：'蓦地便和春，带将归去。'"

稼轩词，既善转换，旧曲翻新，又极富动作感。开篇宝钗分的"分"，上层楼的"上"，"飞红"之"飞"，唤流莺之"唤"，鬓边觑之"觑"，花卜归期之"卜"，才簪又重数的"簪""数"及"呜咽""语"等动词，都有很强的动作感、造型感。结拍带、归、解、归四个动词，也把抽象的摸不着的春天写得活灵活现，仿佛春天是拎着愁来却故意不拎着愁回去似的。稼轩语言的表现力，真真的高超。宋末词人吴潜有和作，词题为《和辛稼轩宝钗分韵》，词曰："雾霏霏，云漠漠。新绿涨幽浦。梦里家山，春透一犁雨。伤心塞雁回来，问人归未，怎知道蜗名留住。 镜中觑。近年短发难簪，丝丝不禁数。蕙帐尘侵，凄切共谁语。被他轻暖轻寒，将人憔悴，正闷里，梅花残去。"意境的完整性与语言的表现力，都不及稼轩原唱。

南乡子

舟中记梦

欹枕橹声边[1]。贪听咿哑聒醉眠[2]。变作笙歌花底去，依然。翠袖盈盈在眼前[3]。 别后两眉尖。欲说还休梦已阑[4]。只记埋冤前夜月[5]，相看。不管人愁独自圆。

1 攲（qī）枕：斜倚着枕头。苏轼《祝英台近》："攲枕听橹鸣。"橹声：划船的声音。

2 聒：烦扰。

3 翠袖：指歌女。盈盈：仪态美好的样子。《古诗十九首》："盈盈楼上女，皎皎当窗牖。"

4 梦已阑：梦已尽，梦已断。

5 埋冤：埋怨。

词写行舟中做梦，趣味盎然。词人斜靠在船舱的枕头上，听着咿咿哑哑的划船声，不知不觉间进入梦乡。花底下，笙歌畔，又见到了心中的那个她。她"依然"那样盈盈翠袖，亭亭玉立，皱着眉头，诉说着别后的相思。话没说完呢，梦就醒了。只依稀记得她埋怨前夜的月亮，独自个团圆，却不管人的离愁。埋怨月亮的，岂止是梦中佳人，做梦的男主人公何尝不如此呢？此词虽写相思离恨，情感基调却轻盈欢快。

南 歌 子

万万千千恨，前前后后山。傍人道我轿儿宽。不道被他遮得[1]、望伊难。　　今夜江头树，船儿系那边。知他热后甚时眠[2]。万万不成眠后、有谁扇[3]。

1 他：指"前前后后山"，伊人远去后被重重叠叠的山遮住，望不到他的影子。也可理解为“轿儿”，送行时伊人的身影或被轿儿遮住，看不清他的面容。

2 后：语助词，相当于“啊”。“眠后”之“后”同。

3 万万：万一，如果。

此词以轻松俏皮的笔调写女性的相思与关爱。上片写“我”想他、望他，可被前前后后山给遮住了视线。上片是“我”坐在轿子里想望他，下片是担心、关心他夜宿江头，天热难眠：他啥时候睡呀，万一睡不着，有谁给他扇扇子呀！多么贤惠温柔体贴的佳人！平常在家里天热时，佳人一定是常常给他扇扇子的。相思恨别词，常见的思妇是恨多愁多，难见这样温柔体贴有爱的贤妻。读来让人特别感动。

昭君怨

人面不如花面[1]。花到开时重见。独倚小阑干。许多山。　　落叶西风时候。人共青山都瘦[2]。说道梦阳台[3]。几曾来。

1 “人面”句：唐孟棨《本事诗·情感》：博陵崔护，姿质甚美，而孤洁寡合，举进士下第，清明日独游都城南，得居人庄。一亩之宫，而花木丛萃，寂若无人。扣门久之，有女子自门隙窥之，问曰：“谁耶？”以姓字对，曰：“寻春独行，酒渴求饮。”女人以杯水至，开门，设床命坐，独倚小桃斜柯伫立，而意属殊厚。妖姿媚态，绰有余妍。崔以言挑之，不对，目注者久之。崔辞去，送至门，如不胜情而入。崔亦睠盼而归。自后绝不复至。及来岁清明日，忽思之，情不可抑，径往寻之。门墙如故，而已锁扃之。因题诗于左扉曰：“去年今日此门中，人面桃花相映红。人面只今何处去，桃花依旧笑春风。”

2 共：与，同。

3 梦阳台：即阳台梦，男女欢会之梦。李群玉《醉后赠冯姬》：“愿托襄王云雨梦，阳台今夜降神仙。”典出宋玉《高唐赋》序：“昔者先王尝游高唐，怠而昼寝，梦见一妇人，曰：‘妾巫山之女也。为高唐之客，闻君游高唐，愿荐枕席。’王因幸之。去而辞曰：‘妾在巫山之阳，高丘之阻，旦为朝云，莫为行雨。朝朝暮暮，阳台之下。’”

开篇“人面”暗用崔护“人面桃花相映红”故事，但全句的意思，却不是说人面不如花面漂亮，而是说人面不如花面常见。花到开时即可重见，可人面一别，却多年难见。见花有期，而见人难料。怀人不见，于是想登楼遥望，可独倚小栏杆，却被群山遮望眼。从春到秋，相思不减，以至于衣带渐宽人憔悴。过片写秋天，却不直言秋天，而是用可感可视的“落叶西风”来呈现。写人憔悴，也不直说，而是说人与青山都瘦，就新颖别致。李贺有诗说“天若有情天亦老”，而稼轩则说，山与人一样有情，秋日青山陪着人一起瘦，想象新奇。结拍写白日见不到伊人，晚上能做场团圆春梦也好啊，偏偏连梦也不曾做过。此词语淡情深，主人公从春到秋、从日到夜都相思期盼，最终陷于深深的失望。词情内容与词牌名《昭君怨》很是相称。此词句式由长而短，两句一换韵，由仄韵而换平韵，韵位紧密，读来声情并茂。

清平乐

春宵睡重。梦里还相送。枕畔起寻双玉凤[1]。半日才知是梦。　　一从卖翠人还[2]。又无音信经年[3]。却把泪来做水，流也流到伊边[4]。

1 玉凤：指凤钗。

2 一从：自从，打从。卖翠人：行走乡间的卖货郎。

3 经年：过了一年又一年。

4 “却把”句：化用秦观《江城子》“便做春江都是泪，流不尽，许多愁”句意。

词写女性相思，别具一格。上片写梦中相送情郎远行，梦做得太真切，起来后在枕头畔找玉凤准备赠他做定情物，半天才发现原来是梦。人物的动作感强，颇具戏剧性。日常生活中，我们也常把梦中的事情当生活中的实事，或惊或喜，过了老半天才发现原来是梦。人们常说，日有所思，夜有所梦。梦中“还相送”，表明当日送他远行的情景，让女主人公记忆深刻，一直魂牵梦绕。上片的主旨是写昔日相送，却以今日之梦境出之，有今有昔，有虚有实，将一时之相送变成长期之思念。用笔简约，而意韵丰饶。下片写今日相思，不直接点破相思，而说自从上次卖翠人带信回来后，又好几年没有音信了，害得主人公天天以泪洗面。写相思而流泪，诗词中太常见了，但说“却把泪来做水，流也流到伊边”，却未经人道，想象新奇。结句显然是从秦观《江城子》“便做春江都是泪，流不尽，许多愁”句化用，秦词重在写愁苦之深，稼轩此词重在写流泪之多。秦观之泪，是虚拟的将来时态，稼轩词之泪，是已然发生的过去完成时态，泪水流到伊边，又写出对伊相思之深、相爱之切。比喻极贴切、极亲切。从李煜的“问君能有几多愁，恰似一江春水向东流”，到秦观的“便做春江都是泪，流不尽，许多愁”，再到稼轩的“却把泪来做水，流也流到伊边”，可以体会词人在继承中努力创新的艺术创造精神。

如梦令

赠歌者

韵胜仙风缥缈。的皪娇波宜笑[1]。串玉一声歌，占断多情风调。清妙。清妙。留住飞云多少[2]。

---

1 的皪（lì）：形容光明，鲜亮。娇波：指娇媚的眼波。

2 “留住”句：用响遏行云典。《列子》：“薛谈学讴于秦青，未穷青之伎，自谓尽之，遂辞归。秦青弗止，饯于郊衢，拊节悲歌，声震林木，响遏行云。薛谈乃谢，求反，终身不敢言归。秦青顾其友曰：昔韩娥东之齐，匮粮，过雍门，鬻歌假食。既去，余响绕梁，三日不绝。”

此词是对歌女的素描，生动传神。歌女的气质风韵有如仙子，轻盈曼妙，眼波流转，格外迷人。唱起歌来，更是清妙多情，连飞云都被吸引住而停滞不动。结句用响遏行云典故，灵动鲜活。

菩萨蛮

淡黄弓样鞋儿小。腰肢只怕风吹倒。蓦地管弦催[1]。一团红雪飞。　　曲终娇欲诉。定忆梨园谱[2]。指日按新声[3]。主人朝玉京[4]。

---

1 蓦地：忽然。管弦：管乐器和弦乐器，指音乐。

2　梨园：《新唐书·礼乐志》："玄宗既知音律，又酷爱法曲，选坐部伎子弟三百，教于梨园。声有误者，帝必觉而正之，号皇帝梨园弟子。宫女数百亦为梨园弟子，居宜春北院梨园法部。"

3　指日：不日，不久。新声：新创作的乐曲。

4　玉京：即帝都，此指南宋都城临安。

此词是在一位地方官员的家宴上，为主人家的歌女写照。歌女穿着淡黄色的弓样小绣鞋，腰肢细软，似乎一阵风就可以吹倒。当时的男人就喜欢女子这种脚小、腰细。开篇两句抓住两个细节特点写歌女的形象。"蓦地"二句写歌女跳舞时的情景，"一团红雪飞"，写歌女身着红衣，跳舞时急速旋转，如红雪飞舞，富有动态美感。过片写歌舞停下之后歌女的娇姿媚态。结拍预祝主人不久的将来能高升到京城任职。既赞美主人家的歌女，又祝福主人的美好前程，主仆皆大欢喜。见出稼轩翁深通人情世故，很会来事。

南歌子

新开池，戏作

散发披襟处[1]，浮瓜沉李杯[2]。涓涓流水细侵阶。凿个池儿、唤个月儿来。　　画栋频摇动，红蕖尽倒开[3]。斗匀红粉照香腮[4]。有个人人、把做镜儿猜[5]。

1　散发披襟：散开头发，敞开衣襟。这是夏夜乘凉时比较随便的作派。语出《世说新语·德行》注引王隐《晋书》："魏末，阮籍嗜酒荒政，露头散发，裸袒箕居。"又《世说新语·文学》："王（逸少）披襟解带，留连不能已。"孟浩然《夏日南亭怀辛大》："散发乘夕凉，开轩卧闲敞。"

2　浮瓜沉李：将瓜、李浸泡于泉水中以求清凉爽口。曹丕《与朝歌令吴质书》:“旅食南馆，浮甘瓜于清泉，沉朱李于寒水。”

3 红蕖：粉红色荷花。

4 斗匀：搽匀。

5 人人：对亲昵者的爱称。

稼轩在自家庭院中开挖了一个小池塘。池塘刚见水，他就想象水满池塘后的情景了。凿个小池，水满后就可以唤月亮来照脸了。天热时在池边散发披襟乘凉，听着涓涓流水在台阶旁流过，品尝凉水里浸过的瓜儿李儿，那叫一个爽。由“涓涓流水”句，可以想象，池塘里引来的是山泉活水，泉水沿着台阶下流到池里，有动态，有声响，稼轩原来还是园林美学家。他的稼轩山庄，很像个私家园林，里面的亭台楼阁，都是他自己设计的，他曾把自家园林的设计图纸寄给洪迈，请洪迈为他写记文。洪迈《稼轩记》说:“田边立亭，曰植杖，若将真秉耒耨之为者。东冈、西阜、北墅、南麓，以青径欵竹，以锦路行海棠，集山有楼，婆娑有堂，信步有亭，涤研有渚，皆约略位置，规岁月绪成之。而主人初未之识也。绘图畀予，曰吾甚爱吾轩，为我记。”稼轩园林里，东南西北各有布置，楼堂亭池，都约略位置，事先都是设计好的。可见稼轩对园林规划设计也是很精通的。要是辛弃疾手绘的《稼轩设计图》能留下来，那该是何等震撼！这流水小池，自然也是他本人自己设计建造的。下片进一步想象，池塘里常常可见摇动着的雕楼画栋的影子，倒着开花的红莲，更有一位可人儿，对着它梳妆匀粉照香腮。连水都没有见到，稼轩却把它写得“天光云影共徘徊”了。想象力真够丰富的。

寻芳草

调陈莘叟忆内[1]

有得许多泪。又闲却、许多鸳被[2]。枕头儿、放处都不是。旧家时、怎生睡[3]。　　更也没书来，那堪被、雁儿调戏。道无书、却有书中意。排几个、人人字。

1　调：调笑，调侃。陈莘叟：陈傅良族兄。陈傅良《止斋集》卷四十《送蕃叟弟移江西抚干分韵诗引》："蕃叟入江西幕，同饯者十人。林宗易、自牧、沈仲一、徐一之、朱谷叔、及之、黄敬之、余兄莘叟分韵赋诗，某亦在分中。又为之引。"傅良为温州瑞安人，莘叟亦当为瑞安人。忆内：想念妻子。

2　"有得"二句：用唐人故事。《本事诗·情感》："朱滔括兵，不择士族，悉令赴军，自阅于球场。有士子容止可观，进趋淹雅，滔召问之，曰：所业者何？曰：学为诗。问有妻否，曰：有。即令作《寄内诗》，援笔立成。词曰：'握笔题诗易，荷戈征戍难。惯从鸳被暖，怯向雁门寒。瘦尽宽衣带，啼多渍枕檀。试留青黛媚，回日画眉看。'又令代妻作诗答，曰：'蓬鬓荆钗世所稀，布裙犹是嫁时衣。胡麻好种无人种，合是归时底不归。'滔遗以束帛，放归。"

3　旧家时：昔日，从前。

此词是调侃朋友陈莘叟想老婆。丈夫与妻子分离久了，就会想念妻子。这陈莘叟与太太分离一段时日了，特想，以至于常常眼泪汪汪的。晚上空房独睡，怎么也睡不着，翻来覆去地，枕头儿不管怎样放，也难入睡。更可恼的是，老婆也不写书信来问候，还经常被雁儿戏弄。古代有大雁传书的传说，李清照《一剪梅》不是有"雁字回时，月满西楼"的词句吗？见到大雁，以为带着她的书信来了呢，谁知又是空欢喜一场。雁群不但不带书信来，还常常排成"人"字形飞行，像故意撩逗他似的。"人人"，是对亲昵者的爱称，如今人所说的"亲爱的"。稼轩巧妙地将大雁排成的"人"字重叠为"人人"，变成对太太的爱称与思念，很是有趣。这首词的虚词很值得留意。又、更、却等字，把词意的层深与转折表现得淋漓尽致。

行香子

博山戏简昌父、仲止[1]

少日尝闻。富不如贫。贵不如贱者长存[2]。由来至乐，总属闲人。且饮瓢泉，弄秋水，看停云[3]。　　岁晚情亲[4]。老语弥真[5]。记前时劝我殷勤[6]。都休殢酒[7]，也莫论文。把相牛经[8]，种鱼法[9]，教儿孙。

1　博山：在今上饶广丰县。《大清一统志》卷二四二："博山，在广丰县西南三十余里，南临溪流，远望如庐山之香炉峰。"昌父：即赵蕃，号章泉，其先郑州（今属河南）人，徙居信州玉山（今属江西）。仲止：即韩淲，号涧泉，上饶（今属江西）人。韩元吉之子。与赵蕃并有诗名，时称"上饶二泉"。

2　"富不如贫"二句：《后汉书·向长传》谓向长"潜隐于家，读《易》至《损益》卦，喟然叹曰：'吾已知富不如贫，贵不如贱，但未知死何如生耳！'"

3　瓢泉：稼轩在江西铅山的居所。秋水、停云：稼轩瓢泉的两处堂名。

4　岁晚情亲：年纪大了，情感更亲密。杜甫《奉简高三十五使君》："行色秋将晚，交情老更亲。"

5　老语弥真：年老了，话语越发真诚。苏轼《和犹子迟赠孙志举》："诗词各璀璨，老语徒周谆。"

6　劝我殷勤：即"殷勤劝我"。

7　殢（tì）酒：醉酒，沉湎于酒。

8　相牛经：相牛宝典。《郡斋读书志》后志卷二："《相牛经》一卷，右序曰宁戚传之百里奚。汉世河西薛公得其书以相牛，千百不失其一。至魏世高堂生又传晋宣帝，其后秘之。细字，薛公注也。"是南宋时犹传其书。

9　种鱼法：养鱼的方法。宋裴若讷《江阴绝句》曰："何必陶公种鱼法，雨汀烟渚尽生涯。"宋时似流传有《陶公种鱼法》。

此词是稼轩在博山戏以词为书信寄赵蕃和韩淲，相当于当下的短信。词说，小时候俺就听说，富人不如穷人、贵人不如贱人活得长呢。言下之意是，现在而今眼目下，咱们都是穷人、贱人，会活得很长的，用不着感叹、埋怨贫贱。人生最高的快乐，从来都只为闲人拥有，你看我，今日个在瓢泉饮酒，明日个去秋水亭玩水，后天又去停云亭看云，多么悠闲自在！瓢泉、秋水、停云，都是他家所在的地名和家园里亭子的名称。稼轩用其字面，写他饮泉、弄水、看云三种闲适的生活，煞是巧妙！下片写赵、韩二位对自己的劝慰。彼此年纪大了，交情更亲更深了，说话更真诚管用了。我还记得哥俩之前老是劝我，不要过量喝酒，多饮伤身！也不要谈论什么文章，谈论多了伤神。只管把养牛的窍门、养鱼的法宝传给儿孙好了。词写得很好玩，但戏谑吻中含有无奈。堂堂大英雄，如今只能在家饮泉、玩水、看云，成了养牛、养鱼的高手，真是造化弄人！

江神子

闻蝉蛙戏作

簟铺湘竹帐垂纱[1]。醉眠些[2]。梦天涯。一枕惊回，水底沸鸣蛙[3]。借问喧天成鼓吹，良自苦，为官哪[4]。　　心空喧静不争多。病维摩。意云何。扫地烧香，且看散天花[5]。斜日绿阴枝上噪[6]，还又问，是蝉么。

1　"簟铺"句：正常语序为"铺湘竹簟垂纱帐"，即铺上湘竹做的

簟子，放下纱布做的蚊帐。

2　些：读shā。语助词。

3　一枕：犹言“一梦”。水底沸鸣蛙：语本苏轼《王子直秀才》“水底笙歌蛙两部”。

4　为官哪：即为（读wèi）官乎。典出《晋书·惠帝纪》：“帝又尝在华林园，闻虾蟆声，谓左右曰：‘此鸣者，为官乎？私乎？’或对曰：‘在官地为官，在私地为私。’”

5　“病维摩”四句：《维摩诘所说经·观众生品第七》：“维摩诘因以身疾，广为说法。佛告文殊师利：汝诣问疾。时维摩室有一天女，见诸大人，闻所说法，便现其身。即以天花散诸菩萨大弟子上。花至诸菩萨即皆堕落，至大弟子便着不堕。”

6　斜日：斜阳。此指夕阳时分。

此词是夏秋间听蛙鸣蝉嘶后戏作。夏日炎炎，铺上凉爽的湘竹簟子，放下蚊帐，美美地睡上一觉，一会儿就进入梦乡。一梦醒来，只听窗外传来水塘中稻田里阵阵蛙鸣之声，叫得个喧天动地。“借问”三句，妙用晋惠帝闻蛙声的典故，写蛙声成天地叫个不停，如此辛苦，难道真的是为官家欢呼吗？过片写如果自家心空心静，两耳就不分喧闹与寂静了。姑且学那生病的维摩诘，扫地焚香，心如止水，天女散花，亦自不觉。结句最妙，原以为稼轩翁已入禅定，耳不闻声了，谁知夕阳西下时又听到树枝上尖声的鸣唱，于是赶紧问左右，是蝉在叫吗？看来稼轩翁内心深处难以入静。蛙鸣蝉叫，本是平常之景，稼轩写来，却充满了情趣。

卜 算 子

千古李将军，夺得胡儿马[1]。李蔡为人在下中，却是封侯者[2]。　　芸草去陈根[3]，笕竹添新瓦[4]。万一朝家举力田[5]，舍我其谁也[6]。

---

1 “千古”二句：李将军，即李广。夺马故事，见《史记·李将军列传》：“广以卫尉为将军，出雁门，击匈奴。匈奴兵多，破败广军，生得广。单于素闻广贤，令曰：‘得李广，必生致之。’胡骑得广，广时伤病，置广两马间，络而盛卧广。行十余里，广佯死，睨其旁，有一胡儿骑善马，广暂腾而上胡儿马，因推堕儿，取其弓，鞭马南驰数十里，复得其余军，因引而入塞。匈奴捕者骑数百追之，广行取胡儿弓射杀追骑，以故得脱。”

2 “李蔡”二句：《史记·李将军列传》载：“初，广之从弟李蔡与广俱事孝文帝。景帝时，蔡积功劳至二千石，孝武帝时至代相，以元朔五年为轻车将军，从大将军击右贤王有功，中率，封为乐安侯。元狩二年中，代公孙弘为丞相。蔡为人在下中，名声出广下甚远，然广不得爵邑，官不过九卿，而蔡为列侯，位至三公。”者，读zhà。

3 芸草：除草。

4 “笕（jiǎn）竹”句：剖竹为瓦。笕，对剖竹子连接而成引水的管道。

5 朝家举力田：朝廷像科举选士那样选种田的能手。《汉书·惠帝纪》：“春正月，举民孝弟力田者，复其身。”

6 舍我其谁也：语出《孟子·公孙丑下》：“如欲平治天下，当今之世，舍我其谁也。”

这是一首幽默的俳谐词。俳谐词，自北宋神宗朝开始流行，多以滑稽有趣、好玩可笑为旨归。到了辛弃疾，才给俳谐词注入思想的含量，用来写人生的忧愤，抒发人世社会的不平。这首词上片借汉代名将李广和李蔡的不同命运，写贤愚的错位。李广是千古名将，身手不凡，一次兵败受伤被俘，两名匈奴骑兵并排用网兜着他在两马中间行进。他先是装死，眯眼窥见旁边有少年骑着一匹骏马，走上十里多地，他突然从网里腾空跳起，推下少年骑手，抢来骏马和弓箭，飞驰而去。数百匈奴骑兵追捕他，却被他射杀而逃脱。如此好的身手，又曾身经百战，杀敌无数，可就是立不了功、封不了侯。而他的堂弟李蔡为人能力只是下中等，却晋爵封侯，官至宰相。社会的不公一至于此。稼轩也是天赋雄才，智勇双全，有胆略，有非凡的武功。可跟李广一样，始终无法建功立业，实现自己的人生理想。如今成了种地除草的老农，剖竹为瓦的工匠。拯救天下、一统江山没有我的份儿，如果朝廷选拔种田的能手高人，那可是舍我之外难有第二人了。这首词，字面上没有怨愤，甚至没有流露出任何主观的感受，只是平列两种现象，呈现自己的命运和生存状态。英雄沦落为农夫，能不令人感叹唏嘘！作为当事人的稼轩，此时是何等心情，自然不言自明。英雄命运的颠倒，反映出社会的荒唐滑稽！

卜算子

万里䓴浮云，一喷空凡马[1]。叹息曹瞒老骥诗，伏枥如公者[2]。　　山鸟哢窥檐，野鼠饥翻瓦。老我痴顽合住山[3]，此地菟裘也[4]。

1　“万里”二句：天马腾云，一声嘶鸣，凡马为之一空。语出《汉书·礼乐志·郊礼歌》：“太乙况，天马下，……䓴浮云，晻上驰。”䓴（niè），蹑，追踪。

2　曹瞒老骥诗：即曹操《龟虽寿》：“老骥伏枥，志在千里。”如公者：跟我一样。

3　老我：即我老。痴玩：痴呆固执。《新五代史·冯道传》：“无才无德，痴顽老子。”合：应该。住山：隐居。

4　菟裘：隐居之地。典出《左传》隐公十一年："使营菟裘，吾将老焉。"杜预注："菟裘，鲁邑，在泰山梁父县南。不欲复居鲁朝，故别营外邑。"

此词与前首词用韵相同，主题相同，也是写英才不得重用而落魄闲居的愤懑与无奈。上片写天马可以腾云驾雾，飞奔万里，一声嘶鸣，足以让凡马为之一空。可如今只能像曹操诗歌所慨叹的那样，闲伏于马槽旁。这天马，无疑是英雄词人辛弃疾的化身。下片写英雄目前的生活处境。闲住山中，听着山鸟在屋檐下啼鸣，看着饥饿的老鼠在瓦上跑窜。鸟在屋檐下做窝，老鼠饿得拱翻了瓦，可想象山居环境之荒凉冷清贫寒。结拍说，像我这样痴呆顽固的衰老头，活该住在这深山隐居之地。这是自嘲，也是苦笑。天马本应在疆场上飞驰却闲卧槽畔，英雄本应在战场上拼搏却闲居荒山，人间竟如此颠倒错位！

卜 算 子

夜雨醉瓜庐[1]，春水行秧马[2]。点检田间快活人[3]，未有如翁者。　扫秃兔毫锥[4]，磨透铜台瓦[5]。谁伴扬雄作解嘲[6]，乌有先生也[7]。

1　瓜庐：形似蜗牛之庐。典出《三国志·管宁传》裴注引《魏略》：焦先及杨沛，并作瓜牛庐，止其中。以为瓜当作蜗。……先等作圜舍，形如蜗牛蔽，故谓之蜗牛庐。

2　秧马：水田里扯秧用的农具。小板凳下面安装一块木板，木板两头翘起，以便在秧田泥水里滑移。今日南方多地尚存。苏轼有《秧马歌序》曰："予昔游武昌，见农夫皆骑秧马，以榆枣为腹，欲其滑；以楸桐为背，欲其轻。腹如小舟，昂其首尾，背如覆瓦，以便两髀。雀跃于泥中，系束藁，其首以缚秧，日行千畦。"

3　点检：清点，盘点。

4　"扫秃"句：把毛笔的毛都写秃了。兔毫锥：指毛笔。李白《醉后赠王历阳》："书秃千兔毫，诗裁两牛腰。"

5　"磨透"句：谓磨穿砚台。《春渚纪闻》卷九《铜雀台瓦》："相州魏武故都所筑铜雀台，其瓦初用铅丹杂胡桃油捣治火之，取其不渗，雨过即干耳。后人于其故基掘地得之，镵以为研，虽易得墨，而终乏温润。好事者但取其高古也。"

6　扬雄作解嘲：《汉书·扬雄传》："时雄方草太玄，有以自守，泊如也。或嘲雄以玄尚白，而雄解之，号曰《解嘲》。"

7　乌有先生：司马相如《子虚赋》中虚构的人物。乌有，即无有。

此词与前二首是同一主题的组词。春天雨夜在瓜庐里醉饮，白天坐着秧马在水田里行进。看看田间里劳作的农夫，没有哪个像我这般快活的呢。空闲时写写字，毛笔不知写秃了多少，砚台也不知磨穿了几方，满腹诗书，只能像扬雄那样过着淡泊的生活，自作《解嘲》。表面上好像很满足惬意，实际上是反讽。"壮岁旌旗拥万夫""沙场面秋点兵"的豪杰，如今却在乡间骑秧马干农活，闲着无事时写点解嘲的文字。人生理想与现实的反差，一至如是！

踏莎行

赋稼轩，集经句

进退存亡[1]，行藏用舍[2]。小人请学樊须稼[3]。衡门之下可栖迟，日之夕矣牛羊下[4]。　　去卫灵公，遭桓司马[5]。东西南北之人也[6]。长沮桀溺耦而耕[7]，丘何为是栖栖者[8]。

1　进退存亡：语出《易·乾文言》："知进退存亡而不失其正者，其惟圣人乎！"

2　行藏用舍：《论语·述而》："用之则行，舍之则藏。"

3　"小人"句：日常语序应是"小人樊须请学稼"，为合平仄而调整。《论语·子路》："樊迟请学稼，子曰：'吾不如老农。'请学为圃，曰：'吾不如老圃。'樊迟出，子曰：'小人哉！樊须也！'"

4　"衡门"二句：《诗经》之《陈风·衡门》和《王风·君子于役》成句。衡门：以横木当门，没有门板。极言房屋简陋。栖迟：游处。

5　"去卫"二句：语出《论语·卫灵公》："卫灵公问陈于孔子，对曰：'俎豆之事，尝闻之矣，军旅之事未之学也。'明日遂行，在陈绝粮，从者病莫能兴。"《孟子·万章上》："孔子不悦于鲁卫，遭宋桓司马，将要而杀之，微服而过宋。是时，孔子当阨。"

6　"东西"句：语出《礼记·檀弓上》："今丘也，东西南北之人也。"东西南北之人，言居无定所，到处漂泊。也，读yǎ，语助词。

7　"长沮"句：语出《论语·微子》："长沮、桀溺耦而耕，孔子过之，使子路问津焉。"

8　"丘何为"句：语出《论语·宪问》："微生亩谓孔子曰：'丘何为是栖栖者与？无乃为佞乎！'"栖栖：惶惶不安的样子。

这是一首集句词。集句，是选取前人现成的诗句而重新集合成篇。集句诗，盛行于北宋，王安石最为擅长。而集句词，也是王安石开创的，他的《菩萨蛮》："数家茅屋闲临水。单衫短帽垂杨里。今日是何朝。看予度石桥。　　梢梢新月偃。午醉醒来晚。何物最关情。黄鹂一两声。"就是一首集句词。无论是集句诗还是集句词，都是从前人的诗中或词中集出成句，而辛弃疾则别创一格，从经书中集出成句，组合成新词。这首词的词句，分别集自于《易经》《论语》《诗经》和《礼记》。词的主题是赋咏他的稼轩，着重写他罢职闲居后以稼为生的生活状态。进退存亡，行藏用舍，人们都需要选择和适应。我则像樊须一样请学稼穑，生活简简单单，就栖居在衡门之下，每天放放牛养养羊，太阳下山了就赶着牛羊回家。我的人生像孔夫子一样，到处碰壁，居无定所，成年累月，栖栖惶惶。经书的句子，多是散文句式，往往是说理而无形象性，辛弃疾此词，经过巧妙的组合拼装，还是挺有形象性的。这不，一首小词，写了六个人物：樊须、卫灵公、桓司马、长沮、桀溺、孔丘，虽然稼轩没告诉咱们他们都长得咋样，但稼轩能把这些跟孔夫子有瓜葛的人物请上来同台亮相，足以引发我们丰富的联想。他们的身份不同，地位各异，卫灵公、桓司马是迫害者，栖栖惶惶的孔夫子是受害者，是稼轩此时的化身，樊须、长沮、桀溺，则是稼轩受迫害闲居后学稼的伙伴。不同人物扮演着不同的角色，形象不是挺鲜明的吗？

水调歌头

将迁新居不成[1]，有感，戏作。时以病止酒，且遣去歌者。末章及之

我亦卜居者，岁晚望三间[2]。昂昂千里，泛泛不作水中凫[3]。好在书携一束[4]，莫问家徒四壁[5]，往日置锥无[6]。借车载家具，家具少于车[7]。　　舞乌有，歌亡是，饮子虚[8]。二三子者爱我，此外故人疏[9]。幽事欲论谁共[10]，白鹤飞来似可，忽去复何如。众鸟欣有托，吾亦爱吾庐[11]。

1　迁新居：庆元二年（1196）由上饶带湖移居铅山县期思村。

2　卜居：一语双关，既指卜居建房者，又指《卜居》的作者。屈

原有《卜居》，王逸《楚辞章句》："卜己居世，何所宜行，故曰卜居也。"三闾：指屈原。王逸《楚辞章句》："屈原与楚同姓，仕于怀王，为三闾大夫。"

3 "昂昂"二句：屈原《卜居》："宁昂昂若千里之驹乎，将泛泛若水中之凫与波上下，偷以全吾躯乎？宁与骐骥亢轭乎？将随驽马之迹乎？宁与黄鹄比翼乎？将与鸡鹜争食乎？此孰吉孰凶，何去何从？"昂昂千里，千里马。凫：野鸭。

4 书携一束：即"携一束书"。韩愈《示儿诗》："始我来京师，止携一束书。"

5 家徒四壁：家中穷得一无所有，只有四面墙壁。《史记·司马相如列传》："文君夜亡奔相如，相如乃与驰归，家居徒四壁立。"稼轩因旧居遭火灾，故有家徒四壁之叹。

6 往日置锥无：以前无置锥之地。《五灯会元》卷九："师又成颂曰：'去年贫，未是贫。今年贫，始是贫。去年贫，犹有卓锥之地，今年贫，锥也无。'"

7 "借车"句：孟郊《迁居》诗成句。

8 乌有、亡是、子虚：都是司马相如《子虚赋》中虚拟的人物。乌有，没有。亡是，无此。子虚，虚言幻语。

9 故人疏：化用孟浩然《岁暮归南山》"不才明主弃，多病故人疏"诗句。

10 幽事欲论谁共：日常句式为"欲谁共论幽事"。幽事，雅事。

11 "众鸟"二句：陶渊明《读〈山海经〉》诗成句。

庆元二年（1196），辛弃疾因上饶带湖住所失火烧毁，于是计划迁往稍前在铅山县建好的新居。上年十月辛弃疾因言者弹劾，被罢福建路安抚大使，落职闲居。今年家中又受火灾，将迁新居又因故而未迁成，自己因生病而戒酒，可谓连受打击，心情之不痛快，可想而知。然而此词写来，却幽默轻松。幽默，是一种智慧。面对人生挫折，自我幽上一默，沉重的心灵会轻松许多，愁闷的心情会开朗许多。词中写道，没想到晚年老境（稼轩时年57岁），我也学三闾大夫屈原，成了卜居者。我跟屈原一样，宁作昂昂千里之骏马，也不愿做随波逐流的水中野鸭。这是向政敌们宣示，无论受怎样的打击迫害，我也绝不低头。虽然火灾之后家徒四壁，没了置锥之地，跟当年孟郊一样，借独轮车载家具，家具却还没装满。但所幸我还有书一束。物质生活虽一贫如洗，精神生活却不能放弃，书还是有读的，而且娱乐也照旧，看舞，听歌，饮酒，一样都不少。一把火烧得他家徒四壁了，还有歌儿舞女陪伴，有美酒可饮？他在看谁舞，听谁歌，饮啥酒呀？辛老爷子自豪地告诉你：无有先生为我舞，无是公替我歌，喝的是子虚牌美酒。原来歌者、舞者、美酒都是子虚乌有，辛老爷子写来却煞有介事，你道幽默不幽默？辛爷的幽默还不止此，他说俺穷而多病，朋友都疏远了，只有乌有先生、亡是公和子虚这二三子爱我，还跟我玩儿。眼下这些雅事乐事，跟谁分享呢？虽然有乌有、亡是、子虚几位朋友，毕竟他们在那遥远的地方来不了，那就跟白鹤们聊聊吧。可白鹤们此时也要飞走。白鹤飞来才对呀，怎么都要飞走呢。稼轩倒也大度，想走的、该走的都走吧。很高兴鸟们有了新的依托，我也爱我家，我还得守住这寒窑。白鹤飞去，喻歌者被遣去。

此词的幽默不仅体现在内容上，也体现在写法造语上。歇拍和结拍虽然是用孟郊和陶渊明诗的成句，却像是天然生成，传情达意，恰到好处。特别是用“众鸟欣有托”，表达对歌女离去的理解与欣慰，令人忍俊不禁。“此外故人疏”句，化用孟浩然诗句“多病故人疏”，点明照应题序中说的“以病止酒”，既隐写“多病”，又隐含落职罢官、“不才明主弃”之意，用典之妙，也是出神入化。

夜游宫

苦俗客

几个相知可喜。才厮见[1]、说山说水。颠倒烂熟只这是。怎奈向[2]，一回说，一回美。　　有个尖新底[3]。说底话、非名即利。说得口干罪过你[4]。且不罪[5]，俺略起，去洗耳[6]。

1　才厮见：刚见面。

2　怎奈向：怎奈何。陈匪石《宋词举》谓秦观《八六子》"怎奈向"之"向"读hèng，宋时方言，即晋人语之"宁馨"，今吴谚之"那亨"。

3　尖新底：特别的。

4　罪过你：烦死你之意。

5　不罪：不怪罪。

6　洗耳：典出《高士传》：许由字武仲，阳城槐里人也。为人据义履方，邪席不坐，邪膳不食。后隐于沛泽之中。尧让天下于许由，不受而逃去。尧又召为九州长，由不欲闻之，洗耳于颍水滨。时其友巢父牵犊欲饮之，见由洗耳，问其故，对曰："尧欲召我为九州长，恶闻其声，是故洗耳。"巢父曰："子若处高岸深谷，人道不通，谁能见子？子故浮游欲闻，求其名誉，污吾犊口。"牵犊上流饮之。

这是一首纪实性的词，像是素描，给俗客画像。所谓"苦俗客"，就是烦透了几个俗气的客人。人生时常会遇到一些无趣无奈之事。这不，见到几个相熟的客人，可话不投机，听了就烦。"可喜"，是反语，其实是反感倒胃口。刚见面，就说些陈芝麻烂谷子之类的事情，颠来倒去，总离不开老话题，而且越说越带劲，越说越激动，唾沫横飞，自个儿美得不行。可苦了不爱听的稼轩。不爱听吧，为了照顾客人的面子，又不好打断，不好离开，徒唤奈何！下片写俗客中更有个特别的，说的全是怎样求名求利，自个儿还得意得了不得，说得口干舌燥也不停。稼轩实在忍不住了，就起身离去，对那"尖新"的客人说：实在对不住了，俺要起身离开一会，去洗洗耳朵。那“尖新”的客人要是个读书的，自然知道“洗耳”这典故说的是啥意思：说的话污染了别人耳朵，要去洗干净。他自讨没趣，也许就不再说了。要是个二百五，不明白洗耳的故事，还以为稼轩的耳朵真的有什么脏东西要去洗干净呢。

千年调

蔗庵小阁名曰卮言[1]，作此词以嘲之

卮酒向人时[2]，和气先倾倒。最要然然可可[3]，万事称好[4]。滑稽坐上，更对鸱夷笑[5]。寒与热，总随人，甘国老[6]。　　少年使酒，出口人嫌拗。此个和合道理，近日方晓。学人言语，未曾十分巧。看他门，得人怜，秦吉了[7]。

1　蔗庵：信州知州郑汝谐在上饶的居所。汝谐，字舜举，号蔗庵。青田（今属浙江）人，曾任大理少卿。陈亮晚年遭诬陷下狱几死，赖郑汝谐直其事而得免。著有《易翼传》和《论语意原》。卮言：自由随意之言。语出《庄子 · 寓言》：“卮言日出，和以天倪。”

2　卮：一种圆形酒器。

3　然然可可：语出《庄子·寓言》：“恶乎然？然于然。恶乎不然？不然于不然。恶乎可？可于可。恶乎不可？不可于不可。物固有所然，物固有所可。无物不然，无物不可。”

4　万事称好：典出《世说新语 · 言语》注引《司马徽别传》曰：“徽字德操，颍川阳翟人。有人伦鉴识，居荆州，知刘表性暗，必害善人，乃括囊不谈议时人。有以人物问徽者，初不辨其高下，每辄言佳。其妇谏曰：‘人质所疑，君宜辨论。而一皆言佳，岂人所以咨君之意乎！’徽曰：‘如君所言，亦复佳。’其婉约逊遁如此。”黄庭坚《次韵

任道食荔支有感》:“一钱不值程卫尉,万事称好司马公。”

5 滑稽、鸱夷:皆酒器。扬雄《酒赋》:“滑稽鸱夷,腹如大壶。”

6 甘国老:中药甘草,又名国老。《证类本草》卷六:“甘草(国老),味甘平,无毒,主五脏六腑、寒热邪气。”注引《药性论》云:“甘草君,忌猪肉,诸药众中为君,治七十二种乳石毒,解一千二百般草木毒,调和使诸药有功,故号国老之名矣。”

7 秦吉了:鸟名。能学人言语。范成大《桂海虞衡志》:“秦吉了,如鸜鹆,绀黑色,丹咮黄距,目上连顶,有深黄文,顶毛有缝,如人分发。能人言,比鹦鹉尤慧,大抵鹦鹉声如儿女,吉了声则如丈夫。出邕州溪洞中。”

郑汝谐于淳熙十二年(1185)前后知信州,在住所蔗庵建小阁名曰卮言。稼轩作此词调侃。卮是圆形酒器,酒倒满之后向一边倾泻而出。于是稼轩由卮而生发联想,把卮想象成圆滑世故之人。说卮见人就弯腰鞠躬,和和气气,遇事从来不持异议,都是附和说“然”说“可”;从来不得罪人,就像《世说新语》里的司马徽,万事都说好。遇到圆乎乎的酒壶滑稽、鸱夷,更是如遇知音,相视而笑,又像那草药甘国老,调寒调热都行,总是随人愿。上片对卮的描写,可谓形神兼备,既切合卮的外形,又传神地写出卮的性格特点。似是写物,实是写人。下片对比着写我。说自己打年轻的时候起,喝酒后就好使性子,爱说直话,好顶撞人,出口总是让人讨嫌。直到今天才明白和事佬的窍门,可从来没学会阿谀奉承。瞧瞧那些学人说话的秦吉了,总是那么讨人喜欢。此词表面上是调侃酒卮,实际上是讽刺当时的官场风气,那些独立不倚、刚正不阿、正直敢言之士总是受排挤,遭冷落,而那些趋炎附势、唯唯诺诺、阿谀奉承者,却受青睐,受重用。南宋如此,后代何尝不然!本是一首平凡的应酬词,稼轩写来却诙谐有趣,特别有思想含量和艺术品位。

贺新郎

韩仲止判院山中见访[1]，席上用前韵

听我三章约[2]。有谈功、谈名者舞，谈经深酌。作赋相如亲涤器[3]，识字子云投阁[4]。算枉把、精神费却。此会不如公荣者，莫呼来、政尔妨人乐[5]。医俗士，苦无药[6]。　当年众鸟看孤鹗[7]。意飘然、横空直把，曹吞刘攫[8]。老我山中谁来伴，须信穷愁有脚。似剪尽、还生僧发[9]。自断此生天休问[10]，倩何人、说与乘轩鹤[11]。吾有志，在沟壑[12]。

1　韩仲止：韩淲字仲止，号涧泉。韩元吉之子。能诗词，名高当世，与章泉赵蕃并称“信上二泉”。刘克庄《赵庭原诗序》：“上饶郡为过江文献所聚，南涧、方斋之文，稼轩之词皆名世。至章泉、涧泉又各以其诗号为大家数。然世之所以共尊翊二公，帖然无异论者，岂真以其诗哉！其人皆唾涕荣利，老死闲退，槁而不可荣，贫而不可贿，有陶长者、刘遗民之风。虽无诗亦传，况其诗自妙绝一世乎！”判院：官名。时人多称韩淲为“韩判院”。《东南纪闻》：“韩淲字仲止，上饶人，南涧尚书之子。以荫京官，清苦自持。史相当国，罗致之，不少屈，一为京局，终身不出，人但以韩判院称。南涧晚年有宅一区，伏腊粗给，至仲止贫益甚，客至不能具胡床，只木杌子而已。”前韵：指《贺新郎·题傅君用山园》词。

2　听我三章约：典出《世说新语·排调》：“魏长齐雅有体量，而才学非所经。初宦，当出，虞存嘲之曰：与卿约法三章：谈者死，文笔者刑，商略抵罪。魏怡然而笑，无忤于色。”《史记·高祖本纪》：“与父老约法三章耳：杀人者死，伤人及盗抵罪。”

3　相如：西汉大赋作家司马相如。《史记·司马相如列传》载司马

相如在“临邛，尽卖其车骑，买一酒舍酤酒，而令文君当垆。相如身自着犊鼻裈，与保庸杂作，涤器于市中”。

4　子云：即东汉扬雄。《汉书·扬雄传》：“时雄校书天禄阁，上治狱事，使者来，欲收雄，雄恐不能自免，乃从阁上自投下，几死。莽闻之，曰：‘雄素不与事，何故在此？’间请问其故，乃刘棻尝从雄学作奇字，雄不知情，有诏勿问。然京师为之语曰：‘惟寂寞，自投阁。爰清静，作符命。’”杜甫《醉时歌》：“相如逸才亲涤器，子雄识字终投阁。”

5　公荣：即刘公荣。典出《世说新语·任诞》：“刘公荣与人饮酒，杂秽非类，人或讥之，答曰：‘胜公荣者，不可不与饮；不如公荣者，亦不可不与饮；是公荣辈者，又不可不与饮。故终日共饮而醉。’”《世说新语·简傲》又载：“王戎弱冠诣阮籍，时刘公荣在坐。阮谓王曰：‘偶有二斗美酒，当与君共饮。彼公荣者无预焉。’二人交觞酬酢，公荣遂不得一杯，而言语谈戏，三人无异。或有问之者，阮答曰：‘胜公荣者，不得不与饮酒。不如公荣者，不可不与饮酒。惟公荣，可不与饮酒。’”政尔：正是。妨人乐：典出《晋书·向秀传》：“秀欲注（《庄子》），嵇康曰：‘此书讵复须注？正是妨人作乐耳。’”语本黄庭坚《和答登封王晦之登楼见寄》：“举目尽妨人作乐。”

6　医俗士：语本苏轼《于潜僧绿筠轩》：“人瘦尚可肥，士俗不可医。”

7　众鸟看孤鹗：用祢衡故事。《后汉书·祢衡传》载祢衡与孔融相善，孔融上书荐之曰：“鸷鸟累伯，不如一鹗。使衡立朝，必有可观。飞辩骋辞，溢气坌涌，解疑释结，临敌有余。”鹗，大雕。

8　曹吞刘攫：吞曹操攫刘表，祢衡曾羞辱曹操和刘表（事详《后汉书·祢衡传》），故有此语。

9　穷愁有脚：意谓穷困和愁苦像有脚一样紧紧跟随不离开。似剪尽、还生僧发：此句意为“似僧发剪尽还生”。

10　自断：自料。语本杜甫《曲江》：“自断此生休问天，杜曲幸有桑麻田。”

11　乘轩鹤：指受宠得意者。典出《左传》闵公二年：“冬十二月狄人伐卫，卫懿公好鹤。鹤有乘轩者。将战，国人受甲者皆曰：‘使鹤，鹤实有禄位，余焉能战。’”

12　志在沟壑：语出《孟子·滕文公》：“志士不忘在沟壑，勇士不忘丧其元。”注：“志士固穷，常念死无棺椁，弃沟壑而不恨。勇士轻生，常念战斗而死，丧其首而不顾。”

韩淲是名士高人，淡泊名利，有陶渊明的遗风。庆元六年（1200），曾到稼轩所居山中看望造访，席上稼轩作此词以资谑乐，但骨子里却满是愤激。词说，今儿个与大家约法三章：谈功、谈名、谈经者罚。谈功、谈名者罚跳舞，谈经者罚喝酒。才华横溢有何用？一代逸才司马相如落魄时不也曾开个小饭店自己洗碗当小工？满腹经纶有啥用？识得许多奇字的扬雄不也寂寞得投阁想自杀？谈经论文，都是枉费精神。今天的高会，都是高人雅士，凡是不如刘公荣通达的人物一概不请来参与，免得看了让人心烦。那些成天把功名挂在嘴上的俗客，无药可治，咱哥们不搭理他。对俗客厌恶的另一面，是对高士的礼赞与欣赏。正面写俗客，侧面写出对韩淲其人的欢迎与亲近。如果直接说韩淲如何清高，反倒近乎奉承。这样侧面写来，用笔迂回巧妙，又避免了直接赞许友人的尴尬。过片写自己。想当年，像那一飞冲天的神雕，那些燕雀小鸟都看得发呆！又像那祢衡，虐曹操，戏刘表，傲然独立，何等意气风发。如今老了，困居山中，没有朋友相伴，只有穷鬼愁鬼像长了脚似的老是跟着缠着不离身。难得老朋友来山中看望。自料此生，这一辈也就如此了，难得再有出头之日，也就老死沟壑了。此词以调侃诙谐的语气开头，说着说着就真的来气了，想到年轻时候的心高气傲、如今的落寞处境，情绪就跳荡起伏，忧愤难平。稼轩词的比喻，丰富多彩，常常奇思妙想，历来写穷写愁的比喻多多，但很少有人说过贫穷和忧愁像长了脚似的老是跟着，又像是和尚剃头剪了还生。喻体本是日常生活中常见的现象，稼轩却熟中生新，既贴切又生动！

卷四

菩萨蛮

赏心亭为叶丞相赋[1]

青山欲共高人语[2]。联翩万马来无数。烟雨却低回。望来终不来。　　人言头上发。总向愁中白。拍手笑沙鸥。一身都是愁[3]。

1　赏心亭：在建康（今江苏南京）。参前《水龙吟·登建康赏心亭》词注。叶丞相，指叶衡。叶衡字梦锡，婺州金华人。绍兴十八年（1148）进士及第，累官至右丞相兼枢密使。《宋史》卷三八四有传。淳熙元年（1174）叶衡知建康府兼安抚使，时辛弃疾在叶衡幕下为参议官。叶衡极赏识器重辛弃疾。此词题称“叶丞相”，当是后来所加。此词作于建康，而叶衡在建康是任知府，到十一月才拜相。

2　“青山”句：语出苏轼《越州张中舍寿乐堂》：“青山偃蹇如高人，常时不肯入官府。高人自与山有素，不待招邀满庭户。卧龙蟠屈半东州，万室鳞鳞枕其股。”高人，指叶衡。

3　“拍手”二句：从白居易《白鹭》诗化出：“人生四十未全衰，我为愁多白发垂。何故水边双白鹭，无愁头上亦垂丝。”

此词是写站在赏心亭上看山。看山本来很平常，稼轩写来却别出心裁。不说人看青山，却说青山想来和高人谈话，这已经够新奇了，进而说青山像万马联翩奔腾而来，纷纷想跟高人打招呼、献殷勤，把静态的群山想象成奔腾的马群，这更出人意表了。群山迫不及待地想来向高人致意，又间接显出“高人”之非凡与崇高。明写山而暗写人，一笔而写出两面，非大手笔不能。三、四句转折，说青山欲来，烟雨却在楼前流连不肯离去，以至于青山终究没有来到眼前。本是烟雨遮住了青山，看不清远山的真面目，却说是烟雨低回而使奔驰的群山停住了脚步。平平常常的青山烟雨，在稼轩笔下变得非同寻常，似乎都有了人一般的情感、人一般的动作。想象新奇，却合乎常情常理，不怪诞诡异。上片写看山，下片写看山人。写看山人叶衡白发满头。人们常说头发白是因为愁苦而生，李白早就有“白发三千丈，缘愁似个长”的经典名句。稼轩反问，如果白发是因愁而生，那满身白羽的沙鸥，难道都是愁闷所致？“拍手笑”三字，最为传神，有动作，有神态，有情感。稼轩时年35岁，充满了乐观与自信，劝慰年已六十有一的叶衡（1114—1176）不要以白发为意。头发白是自然现象，跟愁苦无关。

摸鱼儿

观潮上叶丞相[1]

望飞来、半空鸥鹭。须臾动地鼙鼓[2]。截江组练驱山去，鏖战未收貔虎[3]。朝又暮。悄惯得、吴儿不怕蛟龙怒[4]。风波平步。看红旆惊飞，跳鱼直上，蹙踏浪花舞[5]。　凭谁问，万里长鲸吞吐[6]。人间儿戏千弩[7]。滔天力倦知何事[8]，白马素车东去[9]。堪恨处。人道是、属镂冤愤终千古[10]。功名自误。谩教得陶朱，五湖西子，一舸弄烟雨[11]。

1　观潮：观钱塘江潮。淳熙二年（1175），叶衡为宰相。叶衡非常欣赏辛弃疾的才干，曾向孝宗皇帝力荐辛弃疾慷慨有大略，辛弃疾因而被召至临安任仓部郎官。八月十八日辛弃疾观潮后作此词上叶衡。

2 “望飞来”二句：写潮初来时的形态和声响。周密《武林旧事》卷三《观潮》：“浙江之潮，天下之伟观也。自既望以至十八日为最盛，方其远出海门，仅如银线，既而渐定，则玉城雪岭，际天而来。大声如雷霆，震撼激射，吞天沃日，势极雄豪。”可为印证。枚乘《七发》曾谓江水逆流、海水上涨初起时“若白鹭之下翔”，“半空鸥鹭”语意本此。动地鼙鼓，语本白居易《长恨歌》：“渔阳鼙鼓动地来，惊破霓裳羽衣曲。”

3 “组练”二句：写潮水的气势。组练，即铠甲战袍。《左传》襄公三年：“春，楚子重伐吴。……使邓廖帅组甲三百、被练三千以侵吴。”注：“组甲被练皆战备也。组甲，漆甲成组文；被练，练袍。”苏轼《催试官考校戏作》：“八月十八潮，壮观天下无。鹍鹏水击三千里，组练长驱十万夫。”貔虎，语本《列子》：“黄帝与炎帝战于阪泉之野，率熊、罴、狼、豹、貙、虎为前驱。”此二句既写水势，也写水军的演习。周密《武林旧事》卷三《观潮》：“每岁京尹出浙江亭教阅水军，艨艟数百，分列两岸。既而尽奔腾分合五阵之势，并有乘骑弄旗标枪舞刀于水面者，如履平地，倏尔黄烟四起，人物略不相睹，水爆轰震，声如崩山，烟消波静，则一舸无迹，仅有数舟为火所焚，随波而逝。”

4 悄惯得：习惯于。吴儿：指弄潮儿。

5 “看红旆”三句：写弄潮儿在潮水上舞旗表演。周密《武林旧事》卷三《观潮》：“吴儿善泅者数百，皆披发文身，手持十幅大彩旗，争先鼓勇，溯迎而上，出没于鲸波万仞中，腾身百变，而旗尾略不沾湿。以此夸能。”红旆，红旗。蹙，同蹴，踩。

6 长鲸吞吐：指潮水汹涌，如长鲸口中喷射而出。语本左思《吴都赋》：“长鲸吞航，修鲵吐浪。”

7 “人间”句：五代时吴越国曾用数百强弩射潮头，如同儿童游戏。《宋史·河渠志》：“浙江通大海，日受两潮。梁开平中，钱武肃王（镠）始筑捍海塘，在候潮门外，潮水昼夜冲激，版筑不就，因命强弩数百以射潮头。又致祷胥山祠，既而潮避钱塘，东击西陵，遂造竹器积巨石，植以大木，堤岸既固，民居乃奠。”语出苏轼《八月十五日看潮》：“安得夫差水犀手，三千强弩射潮低。”

8 滔天力倦：指潮水渐退去。

9 “白马”句：形容潮水退去时情景。语出枚乘《七发》，曲江波涛“其少进也，浩浩溰溰，如素车白马帷盖之张”。

10 属镂冤愤：即伍子胥的怨愤。《太平广记》卷二九一《伍子胥》："伍子胥累谏，吴王赐属镂剑而死。临终戒其子曰：'悬吾首于南门，以观越兵来，以鮧鱼皮裹吾尸投于江中，吾当朝暮乘潮以观吴之败。'自是自海门山潮头汹高数百尺，越钱塘渔浦方渐低小。朝暮再来，其声震怒，雷奔电走百余里。时有见子胥乘素车白马在潮头之中，因立庙以祠焉。"属镂，剑名。镂，此处读lǘ，不读lòu。

11 陶朱五湖西子：泛五湖的范蠡和西施。《史记·越王勾践世家》："勾践以霸，而范蠡称上将军。还反国，范蠡以为大名之下难以久居，且勾践为人可与同患，难与处安，……乃装其轻宝珠玉，自与其私徒属乘舟浮海以行，终不反。于是勾践表会稽山以为范蠡奉邑。范蠡浮海出齐，变姓名，自谓鸱夷子皮。耕于海畔，苦身戮力，父子治产，居无几何，致产数千万。齐人闻其贤，以为相。范蠡喟然叹曰：居家则致千金，居官则至卿相，此布衣之极也。久受尊名，不祥，乃归相印，尽散其财，以分与知友乡党，而怀其重宝，间行以去，止于陶。以为此天下之中，交易有无之路通，为生可以致富矣。于是自谓陶朱公，复约要父子耕畜废居，候时转物，逐什一之利。居无何，则致赀累巨万，天下称陶朱公。"

辛弃疾是行伍出身的军人。军人的经历和眼光，让他看什么都往军事方面想象。看山，把山想象成战马，看钱塘江的潮水，把水想象成是鏖战的雄兵。此词是淳熙二年（1175）八月十八日观潮后所作。开篇写远观的景象，潮水在远处出现时，如半空飞来的一群白色鸥鹭。不一会潮水就奔驰到了眼前，那声响，那气势，如战鼓轰鸣。潮头如山奔走，潮阵如雄兵鏖战。"截江"二句，如电视直播，极富动态的镜头感和声响美。"朝又暮"数句，写踏浪吴儿的勇敢无畏，又像是特写镜头，展现吴儿在波涛浪谷之间自如地飞翔，时而如跳鱼直上潮头，时而踏着浪花起舞。特别是踏浪者手持的那面红旗，在白浪之间飞舞，镜头感极强，让人联想到岑参《白雪歌送武判官归京》中一望无际的雪地上"冻不翻"的那面红旗。红白相间，特别吸人眼球。岑诗的红旗是被严寒冻住不动，而辛词中的这面红旗却是在咆哮起伏的滔天巨浪中翻飞，是动态的，变化的，看得人心惊魄动。上片写所见涨潮，下片由退潮写所感。面对长鲸吞吐的潮水，他想起五代时钱镠用万箭射压潮头的荒唐儿戏，想起春秋时越国伍子胥的冤愤。历史总是轮番上演着英雄的悲剧。伍子胥忠而被杀，功高盖世的范蠡最终隐居五湖。辛弃疾在词中写这些历史往事，是提醒叶衡注意防范朝中小人的攻讦以免历史悲剧重演，还是隐含对自身处境的不满？本是擎天巨手的英雄却来朝廷做个掌管钱谷账籍的仓部郎官，不免有些压抑。辛弃疾的预感与提醒不幸成为现实，这年九月叶衡被汤邦彦攻讦罢相而流放郴州。

沁园春

带湖新居将成[1]

三径初成[2]，鹤怨猿惊[3]，稼轩未来。甚云山自许，平生意气，衣冠人笑，抵死尘埃[4]。意倦须还，身闲贵早，岂为莼羹鲈鲙哉[5]。秋江上，看惊弦雁避，骇浪船回[6]。
东冈更葺茅斋。好都把轩窗临水开[7]。要小舟行钓，先应种柳，疏篱护竹，莫碍观梅。秋菊堪餐，春兰可佩[8]，留待先生手自栽[9]。沉吟久，怕君恩未许[10]，此意徘徊。

---

1 带湖新居：故址在今江西上饶市区之北。

2 三径：汉代蒋诩隐居时庭院开三径，后人以此为隐士园圃的代称。赵岐《三辅决录》曰：“蒋诩字符卿，舍中三径，唯羊仲、求仲从之游。二仲皆推廉逃名之士。”陶渊明《归去来兮辞》：“三径就荒，松菊犹存。”苏轼《次韵周邠》：“南迁欲举力田科，三径初成乐事多。”

3　鹤怨猿惊：因稼轩尚未归隐，鹤也怨猿也惊讶。语出孔稚圭《北山移文》：“蕙帐空兮夜鹤怨，山人去兮晓猨惊。”

4　衣冠：指官员、士大夫。抵死：总是，老是。尘埃：红尘，指官场。

5　岂为莼羹鲈鲙：意谓归隐，不是为了莼羹鲈鲙，而是对官场已疲倦，所谓“意倦须还”。《晋书·张翰传》载张翰在洛阳做官，因思故乡吴中莼羹鲈鱼脍，命驾而归。

6　惊弦雁避、骇浪船回：比喻官场仕途的险恶。白居易《送客南迁》：“客似惊弦雁，舟如委浪萍。”

7　轩窗临水开：在水边开一扇窗户。苏轼《再和杨公济梅花十绝》：“小轩临水为花开。”

8　“秋菊”二句：化用屈原《离骚》“夕餐秋菊之落英”“纫秋兰以为佩”句意。

9　手自栽：王安石《书湖阴先生壁》：“茅檐长扫净无苔，花木成畦手自栽。”

10　君恩未许：皇上未准许。叶梦得《再任后遣模归按石林四首》：“岩石三年别，君恩未许归。”

辛弃疾是极有远见的战略家、预言家。早在乾道八年（1172）33岁时就预言金朝六十年后必亡，果不其然，六十二年后，金朝于1234年被蒙古人覆灭。他对自己的仕途危机，当然也会有些预感。淳熙八年（1181），他在南昌任江西安抚使。此时他在官场上摸爬滚打了近二十年，对官场的险恶深有洞察和感受，已预感到人生的危机不久就会到来，于是在上饶州城北郊带湖边上买了一块很平坦的土地，建起屋舍，做好罢职闲居的打算和准备。

辛弃疾既有宏观的战略眼光，又有务实的才干。他精通园林建筑规划设计，买的这块地，长1230尺、宽830尺。宋代一尺相当于现在的31.4厘米，以平方米折算，合计有100656.66平方米，如换算为亩，约为151亩。他亲自设计，房屋用地占去十分之四，房屋的左边规划为稻田，准备退休后躬耕其中。房屋的东南西北四面，各修竹径花蹊，分别种翠竹和海棠。屋舍有楼可居住，有堂可休闲，有亭可赏景，有水池可洗笔，都经过精心布局设计，功能不同，结构位置也不同。房屋设计好后，他命名为稼轩。并画上图纸，请洪迈给他写《稼轩记》。《稼轩记》写道："郡治之北可里所，故有旷土存，三面傅城，前枕澄湖，如宝带。其纵千有二百三十尺，其衡八百有三十尺。截然砥平，可庐以居。而前乎相攸者，皆莫识其处。天作地藏，择然后予。济南辛侯幼安最后至，一旦独得之，既筑室百楹，度财占地什四，乃荒左偏以立圃，稻田泱泱，居然衍十弓，意它日释位而归，必躬耕于是。故凭高作屋，下临之，是为稼轩。而命田边立亭曰植杖，若将真秉耒耨之为者。东冈、西阜、北墅、南麓，以青径款竹扉，以锦路行海棠，集山有楼，婆娑有堂，信步有亭，涤研有渚，皆约略位置，规岁月绪，成之，而主人初未之识也。绘图畀予曰：吾甚爱吾轩，为我记。"

此词是带湖新居将要落成的时候写的，笔势腾挪翻转，跳跃动荡。开篇说隐居的房舍已初步建成，可主人稼轩还没归来，弄得鹤埋怨猿惊啼。平生不是自许喜欢住在云间山中吗，为何至今还在红尘中奔名逐利，不回山中，被士大夫们嘲笑？人生贵在适意，在官场上打拼疲倦了，应该还山，既然想过悠闲自在的生活，就该早些拿定主意，何必犹犹豫豫。君不见，秋日江上，鸿雁时时在躲避着暗箭，船在惊涛骇浪中回旋。用雁避惊弦、船回骇浪来比喻官场危机，贴切而形象，富有镜头感。

下片是想象，也是规划自家园林的布局。东面的小山冈上建个茅屋，临水的一面开扇窗户，成为亲水茅屋。想要乘小船在带湖垂钓，最好是在湖边种上柳树，既可观赏，又能遮阴。远处还需种上竹子、梅花，并用篱笆围住。篱笆不宜过高，不能影响观竹赏梅。回去之后，还要亲手种上秋菊、春兰，四季有花香，处处有竹伴。

词中所写这些，进一步印证了辛弃疾对园林规划与设计是相当的在行。结拍说，想的倒是挺美，只怕皇恩不许自己这么快活。是主动请辞回去，还是等日后再说，有些犹豫不决。还没等辛弃疾主动请辞，这年冬天十一月，他就被臣僚弹劾罢职，回上饶闲居。这一赋闲家居，就是十一年。

此词既有对官场生活的厌倦感，也有身在官场的深重危机感，更有进退抉择的犹豫感，还包含隐退闲居生活的憧憬与期待。此时的辛弃疾，心情是矛盾纠结的。一方面厌倦了官场想退隐过悠闲自在的生活，另一方面人生理想、人生价值和社会责任没有实现，就此退隐又不甘心。这不只是辛弃疾个人的心理矛盾，也是整个宋代知识分子的一种普遍心态。宋代文士，既愿意担当社会责任，又想过独立自由的闲适生活，可二者不可兼得。罗大经《鹤林玉露》就说过："士岂能长守山林、长亲蓑笠，但居市朝轩冕时，要使山林蓑笠之念不忘乃为胜耳。陶渊明《赴镇军参军》诗曰：'望云惭高鸟，临水愧游鱼。真想初在襟，谁谓形迹拘。'似此胸襟，岂为外荣所点染哉！荆公拜相之日，题诗壁间曰：'霜松雪竹钟山寺，投老归欤寄此生。'只为他见趣高，故合则留，不合则拂袖便去，更无拘绊。山谷云：'佩玉而心若槁木，立朝而意在东山。'亦此意也。"

水调歌头

盟鸥

带湖吾甚爱，千丈翠奁开[1]。先生杖屦无事[2]，一日走千回[3]。凡我同盟鸥鸟，今日既盟之后[4]，来往莫相猜。白鹤在何处，尝试与偕来。　　破青萍，排翠藻，立苍苔。窥鱼笑汝痴计[5]，不解举吾杯。废沼荒丘畴昔[6]。明月清风此夜[7]，人世几欢哀。东岸绿阴少，杨柳更须栽[8]。

---

1 翠奁：翡翠做的梳妆盒。

2 杖屦：拄杖漫步。屦（jù），鞋子。

3 “一日”句：化用杜诗句意。杜甫《三绝句》：“门外鸬鹚去不来，沙头忽见眼相猜。自今已后知人意，一日须来一百回。”

4 “凡我”二句：语出《左传》僖公九年：“秋，齐侯盟诸侯于葵丘，曰：‘凡我同盟之人，既盟之后，言归于好。’”用诸侯的盟约写与白鸥订约，本是调侃，却一本正经，甚有幽默感。

5 窥鱼：黄庭坚《刘邦直送早梅水仙花》：“白鹭窥鱼凝不知。”

6 废沼荒丘畴昔：此地往日是废池荒丘。

7 “明月”句：苏轼《后赤壁赋》：“月白风清，如此良夜何！”

8 “东岸”二句：化用杜甫诗意。杜甫《舍弟占归草堂检校聊示此诗》：“东林竹影薄，腊月更须栽。”

淳熙八年（1181）冬天，辛弃疾被劾罢官后，到江西上饶带湖定居。此词是次年（1182）春天闲居带湖新居不久所作。题作《盟鸥》，意思是跟带湖里的白鸥订立盟约。为什么是跟白鸥订立盟约而不是跟其他鸟们订约呢？原来鸥鸟只跟那些没有机心的人亲近，凡有猜忌玩弄之心的人，鸥鸟就敬而远之。鸥的这一特性，来源于《列子·黄帝第二》所载故事：有个海上之人很喜好鸥鸟，每天清晨到海上与鸥一同游处。每天来的鸥鸟有上百只。一日，此人的父亲说：听说鸥鸟都来跟你游玩，你取几只来，让我玩玩。明日再到海上，鸥鸟只在空中盘旋，再也不下来跟他相处了。所以后人常把白鸥视为隐士的伙伴。

辛弃疾刚从官场下来闲居，无事一身轻，心情大好。跟鸥订盟，本来就有调侃戏谑之意。词人说，带湖之水清清，远山倒映湖中，像是打开的千丈翠奁，美不胜收，俺是越看越爱。每天无事时，拄着枵棍，穿着麻鞋，在湖边走上千回。“凡我”三句，用《左传》里诸侯结盟的句式，写与鸥的结盟，大词小用，用十分隆重的语气跟白鸥订盟，很是幽默。他与白鸥订立盟约说，以后咱们天天见面，就是盟友了，彼此往来，就不要再猜忌了。订盟之后，又跟鸥商量：你们知不知道白鹤住在何处，能不能试着引带几只来同住？“尝试”，是商量的语气，平等的态度。过片三句写白鸥在湖边捕食寻找小鱼的动作神态，特别生动。白鸥像个小鱼翁似的，破开水面的青萍，推开水里的绿藻，站立在苍苔上盯着水面，窥探湖里的小鱼。“窥鱼笑汝痴计”，日常语序应是“笑汝痴计窥鱼”，意思是可笑你只知一味地窥探鱼儿的动静，却不懂得举起我的酒杯，和我分享饮酒的乐趣。接着写感慨。此地往昔是荒丘废池，今夜被我收拾得面貌焕然一新，明月高照，清风微拂，好不爽快！人世的欢乐与悲哀，历史的兴盛与衰亡，也是这般周而复始吧！何必计较一时的得失，顾虑一时的悲欢。沉思之际，忽然发现对岸树少绿阴不多，明儿赶紧种些杨柳，让“杨柳岸晓风残月”之景呈现于带湖之中，何其浪漫！

沁园春

灵山齐庵赋，时筑偃湖未成[1]

叠嶂西驰，万马回旋，众山欲东[2]。正惊湍直下[3]，跳珠倒溅，小桥横截，缺月初弓[4]。老合投闲[5]，天教多事，检校长身十万松。吾庐小，在龙蛇影外，风雨声中[6]。　争先见面重重。看爽气朝来三数峰[7]。似谢家子弟[8]，衣冠磊落，相如庭户，车骑雍容[9]。我觉其间，雄深雅健，如对文章太史公[10]。新堤路，问偃湖何日，烟水蒙蒙。

1　灵山：在今江西上饶县北。《江西通志》十一："灵山，在（信州）府城西北七十里，信之镇山也。道书第三十三福地，山有七十二，下有石井、石室溪，五派西流入江。"齐庵：辛弃疾在灵山所筑休憩之所。偃湖：在灵山下，正在修建的新湖，如今日之水库。

2　"叠嶂"三句：写灵山峰峦重叠，有如奔腾的骏马。《江西通志》卷十一载灵山上有天马峰，辛弃疾或由此峰而获得灵感。又苏轼《游径山》诗："众峰来自天目山，势若骏马奔平川。中途勒破千里足，金鞭玉镫相回旋。"对稼轩构思应有启发。嶂，是指险峻陡峭、耸立如屏障的山峰。

3　惊湍：急流。此指瀑布。《江西通志》卷十一载："石屏峰，居灵山中位，顶有龙池瀑布，高悬百丈。"

4　缺月初弓：形容小桥的形状如弯弓一样的上弦月。

5　老合投闲：老了本应退隐闲居。合，应该。

6　龙蛇影、风雨声：形容松树的形状与声音。语本石延年《古松》："影摇千尺龙蛇动，声撼半天风雨寒。"

7　爽气朝来：语出《世说新语·简傲》载王徽之任大司马桓温的参军，温谓王曰："卿在府久，比当相料理。"初不答，直高视，以手版拄颊云："西山朝来，致有爽气。"

8　谢家子弟：东晋谢安家族是高门大第，子侄都讲究衣着仪表。袁昂《古今书评》："王右军书，如谢家子弟，纵复不端正者，奕奕有一种风气。"

9　相如门户：司马相如门前。典出《史记·司马相如列传》："相如之临邛，从车骑雍容闲雅甚都。"

10　"雄深雅健"二句：语出《新唐书·柳宗元传》。传载韩愈评柳文曰："雄深雅健，似司马子长。"太史公，即司马迁，字子长。

辛弃疾有超强的驾驭文字的能力，他的文字有质感，有动感，有造型感，有力度。他写山水，能把山水写活。此词写灵山的重峦叠嶂，像是万匹战马回旋奔驰，有的向东，有的向西，动感极强，场面震撼，极富视觉冲击力。写瀑布水，是“惊湍”飞流从高空“直下”，在水面上、在四周石头上溅起的水珠四处蹦跳，同样造型感和动感十足。瀑布水形成溪流，溪上有座弯弯的小桥如残缺的月亮，如初拉的弓。“叠嶂”七句分写灵山的山、水、桥。“老合投闲”六句，写齐庵。齐庵建在松树林里，每天可看山、看水、看松。如果直说天天住在小屋看松林，那太平常而没有诗味，辛弃疾出人意表，说老了本应投闲置散，好好休闲，可老天爷不让我闲着，要让我管管事，天天来检阅一棵棵、一排排像战士一样挺立的高大松树。把山峰想象成马群已够新奇了，他又把松树林想象成挺拔的士兵队列，而他自己是将帅，来检阅这些士兵。只有行伍出身的将军，才有这种新鲜的想象。军人辛弃疾的人格个性，不仅体现在他的英雄情怀里，也体现在他独特的意象群中。“吾庐小”三句，写齐庵所在的位置，不直说小屋在松树林里，而说在“龙蛇影外、风雨声中”，既有视觉效果，又有听觉冲击力，让人仿佛看到月光下如龙蛇一样松树的身影，在风雨中发出阵阵响声的松林。

下片写在齐庵所见。所见无非是山、是树。可老辛笔下的山、树却非同寻常，不是老辛在屋前看山，而是远处重重叠叠的山带着“爽气”争先恐后地来看望老辛这大英雄、大词人，老辛是偶像，山、树是粉丝，天天来朝拜。东坡把西湖比作秀美的西子，稼轩则把山峰比作衣冠磊落的东晋谢家子弟，司马相如门前那些雍容闲雅的车骑，棵棵松树像太史公司马迁的文章那样雄深雅健。天天与这些磊落飒爽、雍容大度、雄深雅健的山友、树友们相处，何等快意！结句写尚未建成的偃湖，想象偃湖建成后将是一派烟水蒙蒙的景象。此词写山、写树，想象之奇，比喻之新，前无古人。

满江红

游南岩和范廓之韵[1]

笑拍洪崖[2]，问千丈、翠岩谁削。依旧是、西风白鸟，北村南郭。似整复斜僧屋乱，欲吞还吐林烟薄。觉人间、万事到秋来，都摇落[3]。　　呼斗酒，同君酌。更小隐，寻幽约[4]。且丁宁休负，北山猿鹤[5]。有鹿从渠求鹿梦[6]，非鱼定未知鱼乐[7]。正仰看、飞鸟却应人，回头错[8]。

1　南岩：在今上饶市西南。《太平寰宇记》卷一百七："南岩，在（上饶）县西南一十里，岩傍巨石，俨然北向。其下宽平，可坐千余人。本名卢家岩，时人呼为南岩，士女游赏之地。"范廓之：即范开。稼轩门人。

2　洪崖：仙人名。见《神仙传·魏叔卿传》。郭璞《游仙诗》："左挹浮丘袖，右拍洪崖肩。"

3　秋来都摇落：语本宋玉《九辩》："悲哉，秋之为气也，萧瑟兮草木摇落而变衰。"

4　小隐：王康琚《反招隐》诗："小隐隐陵薮，大隐隐朝市。伯夷窜首阳，老聃伏柱史。昔在太平时，亦有巢居子。"

5　北山猿鹤：语本孔稚圭《北山移文》："蕙帐空兮夜鹤怨，山人去兮晓猨惊。"

6　"有鹿"句：典出《列子》："郑人有薪于野者，偶骇鹿，御而击之，毙之，恐人见之也，遽而藏诸隍中，覆之以蕉。不胜其喜。俄而遗其所藏之处，遂以为梦焉。顺途而咏其事，傍人有闻者，用其言而取之。既归，告其室人曰：'向薪者梦得鹿而不知其处，吾今已得之矣。'"

7　"非鱼"句：典出《庄子·秋水篇》："庄子与惠子游于濠梁之上。

庄子曰：儵鱼出游从容，是鱼之乐也。惠子曰：子非鱼，安知鱼之乐？庄子曰：子非我，安知我不知鱼之乐。”

8 “正仰看”二句：语本杜甫《漫成》：“仰面贪看鸟，回头错应人。”

稼轩写词如用兵，神出鬼没。同样是写山，写来各具面目。此处写南岩，与前面诸词写山不同。他登上九天，笑着手拍仙人洪崖的肩膀，问道：这千丈翠岩，如此奇特，是哪个仙人削成的？疑问句式，表达了词人初见南岩的惊奇、惊喜，笑问神仙，又表达了他对鬼斧神工的南岩的赞叹、激赏。“依旧是”以下写南岩周边的环境，白鸟飞没，村庄错落，远处一排排的僧屋掩映在树林间，林间的雾霭欲吐还吞。下片写归隐寻幽之乐。应是归隐上饶不久所作。

沁园春

再到期思卜筑[1]

一水西来，千丈晴虹[2]，十里翠屏。喜草堂经岁，重来杜老[3]，斜川好景，不负渊明[4]。老鹤高飞，一枝投宿[5]，长笑蜗牛戴屋行[6]。平章了，待十分佳处，著个茅亭[7]。　青山意气峥嵘。似为我归来妩媚生[8]。解频教花鸟，前歌后舞[9]，更催云水，暮送朝迎。酒圣诗豪[10]，可能无势，我乃而今驾驭卿[11]。清溪上，被山灵却笑，白发归耕[12]。

1 期思：《江西通志》卷三四：“期思渡，（铅山）县东二十五里。”“期思桥，（铅山）县东三十里，因渡为之。朱晦翁书额，辛稼轩有词引。”又卷二二：“瓢泉书院在铅山县期思渡。宋秘阁修撰辛弃疾寓居于此。后改为稼轩书院。”辛弃疾另有《沁园春》词序云：“期思，旧呼奇狮，或云碁狮，皆非也。余考之荀卿书云：孙叔敖，期思之鄙人也。期思，属弋阳郡。此地旧属弋阳县，虽古之弋阳，期思见之图记者不同。然有弋阳，则有期思也。桥坏复成，父老请余赋作《沁园春》以证之。”

2 晴虹：雨过天晴后的彩虹。比喻期思桥。

3 草堂：指杜甫在成都所建草堂。重来杜老：杜甫于上元元年（761）在成都浣花溪筑草堂。因兵乱往梓州、阆州等地。广德二年（764）重归草堂，作《草堂》诗：“旧犬喜我归，低徊入衣裾。邻舍喜我归，酤酒携胡芦。大官喜我来，遣骑问所须。城郭喜我来，宾客隘村墟。”借杜甫重归草堂以比自己再到期思卜筑。

4 “斜川”二句：陶渊明《游斜川诗序》：“辛丑正月五日，天气澄和，风物闲美。与二三邻曲同游斜川，临长流，望曾城，鲂鲤跃鳞于将夕，水鸥乘和以翻飞。”斜川，在今江西都昌县。此以斜川比期思。

5 “老鹤”二句：《庄子·逍遥游》：“鹪鹩巢于深林，不过一枝。”借喻期思卜筑。

6 蜗牛戴屋行：蜗牛背有硬壳，爬行时如戴屋而走。

7 平章：此指勘查、筹划。茅亭：即茅屋，谦词。因押韵的关系，不说茅屋，而说茅亭。

8 “青山”二句：意气豪迈的青山见我归来，好像也变得妩媚可亲了。用《新唐书·魏征传》故实：“帝曰：人言魏征举动疏慢，我但见其妩媚耳。”

9 解：懂得，知道。花鸟前歌后舞：用苏轼《再用前韵》“鸟能歌舞花能言”句意。

10 酒圣诗豪：黄庭坚《和舍弟中秋月》：“少年气与节物竞，诗豪酒圣难争锋。”

11 “可能”二句：陶渊明《晋故征西大将军长史孟府君传》载桓温“从容谓君曰：‘人不可无势，我乃能驾御卿。’”可能，怎么能。

12 山灵：山神。反用《北山移文》典。孔稚圭在《北山移文》中借“钟山之英、草堂之灵”嘲讽周颙先隐后官，而自己则是先官后隐，故山灵只会嘲笑自己白发归耕。

绍熙五年（1194）七月，辛弃疾被弹劾罢福建安抚使，归上饶。秋冬间，又到铅山县的期思卜筑。卜筑，就是择地建房，有定居之意。期思这地方，环境好，风水好。跟上饶的带湖一样，有溪水，所谓“一水西来”，可见是活水，是流动的溪流。溪上有座弯弯的期思桥，如晴空的彩虹。“千丈晴虹”，既写出桥的高度、气势，又写出桥的形态、色彩，令人神往。四周有群山环抱，层峦叠嶂，如翠绿的屏风耸立。辛弃疾对期思很满意，重到期思，就像杜甫战乱后重回浣花溪草堂一样喜悦，又像是陶渊明游斜川一样惬意。高飞的老鹤，有一枝即可栖宿；人生也如此，有一屋即可安居，没必要像蜗牛成天戴着屋行走。辛弃疾勘查了一圈，觉得此地宜居，决定在风水最好的地方，建立茅屋，以度晚年。

辛弃疾卜筑，是讲风水的。《铅山县志》卷三十载有辛弃疾一则轶事，说：“辛稼轩卜地建居，形家以崩洪、芙蓉洲示曰：‘二地皆吉。但崩洪发甚速，不及芙蓉洲悠久耳。’辛取崩洪。形者曰：‘贪了崩洪，失却芙蓉。五百年后，只见芙蓉，不见崩洪。’后其言果验。”故事说，辛弃疾到期思择地基，风水师给他找了两块风水好的吉地，一处叫崩洪，一处叫芙蓉洲。崩洪发达较快，但芙蓉洲的好运更悠久。结果辛弃疾选定了崩洪。把这个故事与词中的“平章”对读，辛弃疾卜居，自有勘查地形和风水之意。

下片想象将来定居期思后的生活状态。到那时，精神抖擞、意气昂扬的青山，会为我的归来而更加妩媚生辉。屋前种花，房后养鸟，让花鸟前歌后舞，日日陪伴。还要催促云水，暮送朝迎。真可谓“山鸟山花吾友于”。罢官了，虽然无权无势，但痛饮酒，常赋诗，做个酒圣和诗豪，还是可以驾驭的。只是青溪上的山灵会嘲笑俺，怎么一定要等到年老白发才归耕田垅？辛弃疾到期思卜筑，虽然心情颇为愉悦，但对罢职闲居，还是有些难以释怀。

闲居之日，青山相对，花鸟相伴，云水相逢，都是平常景事。辛弃疾写来，却特别有新意，有韵味，有情调。青山、花鸟，都有情有意，青山因为我归来而更生妩媚，花鸟懂我的心常常为我歌为我舞，云水也知道迎我归送我行。自然的一切都有情感，有生命，有动作。居住在这样和谐的生态环境中，再当上酒圣诗豪，辛弃疾想想都美！

水调歌头

题张晋英提举玉峰楼[1]

木末翠楼出[2]，诗眼巧安排[3]。天公一夜，削出四面玉崔嵬[4]。畴昔此山安在，应为先生见晚[5]，万马一时来[6]。白鸟飞不尽[7]，却带夕阳回。　　劝公饮，左手蟹，右手杯[8]。人间万事变灭，今古几池台。君看庄生达者，犹对山林皋壤，哀乐未忘怀[9]。我老尚能赋，风月试追陪。

1　张晋英：名涛。洪迈《夷坚志》支志乙八《骆将仕家》载其事曰："淳熙癸卯岁，张晋英涛自西外宗教授入为敕令删定官，挈家到都城，未得官舍，僦冷水巷骆将仕屋暂处。"绍熙四年（1193）张涛任福建提举常平茶盐公事（《福建通志》卷二一），故称"提举"。玉峰楼：在建安县（今福建建瓯）。《福建通志》卷六三："玉峰楼，在宋提举司后城壕之北。旧有多美楼、悠然堂，皆提举王秬所作。绍熙（原误作"绍兴"）四年提举张涛合而一之，作玉峰楼。楼下有室，提举周颉扁其前曰'思贤'，吴挺扁其后曰'岁寒'。又临濠有醒心亭，倚楼有绿静亭。"

2　木末翠楼出：即"翠楼出木末"，意谓翠楼高出树杪。木末：树杪，树的顶端。杜甫《北征》："我行已水滨，我仆犹木末。"

3　诗眼：诗中最关键最精彩的字句，用以形容玉峰楼建造布局的精致巧妙。语出苏轼《僧清顺新作垂云亭》："天工争向背，诗眼巧争损。"

4　玉崔嵬：形容山石风景的奇美。语出王安石《次韵和甫咏雪》：

"奔走风云四面来，坐看山垄玉崔嵬。"

5 畴昔：往日，从前。安在、见晚：典出《史记·平津侯主父列传》：天子召见主父偃、徐乐、严安三人，曰："公等皆安在？何相见之晚也！"先生：此指张涛。

6 万马：形容远处山峰。

7 "白鸟"句：反用李白《独坐敬亭山》"众鸟高飞尽"句意。

8 "左手蟹"二句：典出《世说新语·任诞》："毕茂世云：一手持蟹螯，一手持酒杯，拍浮酒池中，便足了一生。"

9 "君看"三句：语本《庄子·知北游》："山林与，皋壤与，使我欣欣然而乐与！乐未毕也，哀又继之。哀乐之来，吾不能御，其去弗能止。悲夫！世人直为物逆旅耳。"

绍熙四年（1193），辛弃疾在福州任福建路安抚大使。其时福建提举常平茶盐公事张涛（字晋英）在提举常平司的治所建安建了一座玉峰楼。辛弃疾应约赋此词。词作开篇赞美玉峰楼楼体之高耸、结构之精巧。同样是写楼高，《水龙吟·过南剑双溪楼》开篇化用《古诗十九首》的诗句说"举头西北浮云"，谓双溪楼与浮云齐高；此词则说远远望去翠楼比树杪还高。仿佛让我们看到：在一片翠绿树林中，一座造型巧妙的观景楼拔地而起，傲然耸立。"天公"以下数句，想象登楼所见之景。站在高楼上，可以看到以前无法看到的高楼四面的奇妙风景，好像是一夜之间，天公在玉峰楼的四面削出奇峰秀岭。"四面玉崔嵬"，是从王安石"奔走风云四面来，坐看山垄玉崔嵬"诗句中化出，但王诗是坐看"玉崔嵬"，而辛词却是"天公"多情地"削"出"玉崔嵬"送给人看，变被动为主动；而"玉崔嵬"又是紧扣玉峰楼的楼名来写，构思新奇巧妙。天公多情，削出奇山来见；山也多情，因为楼的主人此前未见此山真面目，这次特地如"万马"齐发，"一时"奔来眼前。辛弃疾喜欢把山比喻成马，《菩萨蛮·赏心亭为叶丞相赋》说："青山欲共高人语。联翩万马来无数"，《沁园春·灵山齐庵赋，时筑偃湖未成》也有"叠嶂西驰，万马回旋，众山欲东”的描写，此词则说“应为先生见晚，万马一时来”。比喻相同，但写法各异。由此可体悟词人多变的笔法。此山安在，相见恨晚，语似平常，却是用《史记》所载汉武帝问主父偃“公等皆安在？何相见之晚也”的典故，用典而浑化无痕，确是高手。不知道此典故，完全不影响对原词的理解。知道此处用典，更能感受辛弃疾用典技术之高超，信手拈来，如盐着水。欹拍写夕阳下众鸟在楼前盘旋，更添动感和美感。下片劝主人张涛举杯痛饮，要像庄子那样看透人生，超然旷达。

归朝欢

题晋臣敷文积翠岩[1]

我笑共工缘底怒。触断峨峨天一柱。补天又笑女娲忙[2]，却将此石投闲处。野烟荒草路。先生拄杖来看汝。倚苍苔，摩挲试问，千古几风雨[3]。　　长被儿童敲火苦。时有牛羊磨角去[4]。霍然千丈翠岩屏[5]，锵然一滴甘泉乳。结亭三四五。会相暖热携歌舞[6]。细思量，古来寒士，不遇有时遇[7]。

1　晋臣：赵不遇字晋臣，铅山人。敷文：官名，指敷文阁直学士。积翠岩：在铅山县西。《江西通志》卷十一载，八字岩，在铅山县西四里，近有积翠岩，在铜宝山侧。晋太始间高将军逐白鹿至此。《方舆》记云：“积翠岩房，蓄烟霭，五峰相对。”马子严《积翠岩（即观音石）》诗：“拳石中虚屋数椽，洞门东辟半规圆。木高长蔽三竿日，人到同观一片天。行路不堪秋后暑，禅床聊借午时眠。山僧为我敲茶臼，相对炉香起暮烟。”

2　“我笑共工”三句：典出司马贞《史记索引》，诸侯有共工氏，

"与祝融战，不胜而怒，乃头触不周山崩，天柱折，地维缺，女娲乃炼五色石以补天，断鳌足以立四极，聚芦灰以止滔水，以济冀州。于是地平天成，不改旧物。"缘底：为何。峨峨：高耸貌。

3　"倚苍苔"二句：语出王安石《谢公墩》诗："摩挲苍苔石，点检屐齿痕。"

4　"长被"二句：语出韩愈《石鼓诗》："牧童敲火牛砺角，谁复着手为摩挲。"

5　霍然：象声词。

6　"会相"句：待春暖花开时带歌儿舞女来。

7　不遇有时遇：有时不遇，有时遇。也可理解为：不遇时终有风云际遇的机会。不遇，指怀才不遇。汉董仲舒有《士不遇赋》。赵晋臣名不遇，故因其名而及之。

一个普普通通的积翠岩，辛弃疾写来却神乎其神。一则说这积翠岩是共工当年怒触不周山时折断的天柱，二则说这积翠岩是女娲补天时扔下的一块石头。光是这想象就够奇特的了，可辛弃疾还嫌不过瘾，他还笑共工为啥子发怒，笑女娲为啥子忙着补天。两个"笑"字，把远古的神话人物拉近到了眼前，有了亲近感。"补天又笑女娲忙"，实是"又笑女娲忙补天"，因平仄的关系，将句子做了调整。诗句词句的组合，比散文句式要灵活。读诗读词时，遇到句子不好理解的时候，要学会变换。有时把诗词原句变换成散文一样的常规句式，往往就好理解了。积翠岩是共工、女娲时代的遗留物，经历了几千年的风雨，有着深厚悠久的历史感。故"先生"特来"摩挲试问"，问岩石见证了历史上几多风雨、几番沉沦、几次兴亡。"摩挲"，显示出词人对岩石的惊奇与喜爱。"先生"，可以理解为词作者本人，也可理解为积翠岩的主人赵晋臣。上片一气贯注，写积翠岩的稀奇，暗写主人不寻常的发现自然美的眼光。主人在"野烟荒草"中发现了这块奇石奇岩。过片写积翠岩长期被弃置山野之间，无人爱怜它、欣赏它，以至于常常被儿童敲下来做打火石、被牛羊磨角，岩石的原生态被破坏。幸得被主人赵晋臣所发现，不然积翠岩长期闲置山间就不被人所知了。

上下片之间的写景，略有扞格矛盾。上片说“野烟荒草路”，表明积翠岩长期无人光顾，荒凉得很。可下片又说“长被儿童敲火苦，时有牛羊磨角去”。既然“长”有儿童来放牛羊，表明这个地方不是人迹罕至，不是荒草遮路。此处稼轩的描写，稍有失实之处。可谓智者千虑，总有一失。即使是大手笔，也难免有败笔呢。“结亭三四五”，是建议赵晋臣可在积翠岩下建几个亭子，常常带着美人来听歌看舞，别有情趣。虽然有与友人开玩笑的意思，但与前面“千古几风雨”的历史追思的庄重不太协调。

千年调

开山径得石壁，因名曰苍壁，出望外，意天之所赐邪，喜而赋之

左手把青霓[1]，右手挟明月。吾使丰隆前导，叫开阊阖[2]。周游上下，径入寥天一[3]。览玄圃[4]，万斛泉，千丈石。　钧天广乐，燕我瑶之席[5]。帝饮予觞甚乐[6]，赐汝苍壁。嶙峋突兀，正在一丘壑[7]。余马怀，仆夫悲，下恍惚[8]。

1　青霓：青云。

2　“丰隆”二句：语出屈原《离骚》：“吾令丰隆乘云兮，求宓妃之所止。”“吾令帝阍开关兮，倚阊阖而望予。”丰隆，云师。阊阖，天门。

3　“周游”二句：游遍太空，直入天之最高处。周游句，语出《离骚》：“及予饰之方壮兮，周流观乎上下。”寥天一，浑然一体的高天。

语本《庄子·大宗师》："安排而去化，入于寥天一。"

4　玄圃：神山。《离骚》："朝发轫于苍梧兮，夕余至乎县圃。"注："县（悬）圃神山，在昆仑之上。"

5　钧天广乐：天上的音乐。《史记·赵世家》载赵简子曰："我之帝所甚乐，与百神游于钧天，广乐九奏万舞，不类三代之乐。……帝甚喜，赐我二笥，皆有副。"瑶之席：瑶池中的宴席。瑶池在昆仑山上，是群仙宴饮处。《九歌·东皇太一》："瑶席兮玉瑱，盍将把兮琼芳。"瑱，即镇。

6　饮予：即劝我饮。饮，读yìn，使动用法。

7　丘壑：即山谷。

8　"余马怀"二句：语本《离骚》："仆夫悲余马怀兮，蜷局顾而不行。"

辛弃疾的词，常常有超现实的浪漫幻想。这不，他在期思开山建房，偶然发现山中埋藏着一块石壁露出。这石壁原本很普通，只是事出意外，仿佛是上天所赐，他甚觉开心，于是喜而赋此词。石壁既是上天所赐，他干脆来个太空之旅。瞧他多威风：左手提青云，右手挟明月，让云师丰隆为前导在前面开路，叫开天门，进入太空之后，四处遨游，直达太空最高处。他仿佛屈原一样，游览了昆仑山的悬圃，看到了万斛的喷泉，欣赏了千丈高的巨石。这还不算，天帝特地在瑶池设宴为他接风，并让皇家乐队奏着天上最美的音乐侑觞，一边举杯劝他喝酒，一边说"把苍璧赏赐给你"。游过天空下凡时，还恋恋不舍，连马也留恋，御夫也伤感。辛弃疾这想象，真是太神奇了。一块仿佛天上掉下的石头，竟然把他引向太空神游，看了天上的美景，听了天上的仙乐，喝了天上的美酒。

临江仙

苍壁初开，传闻过实，客有来观者，意其如积翠、清风、岩石、玲珑之胜[1]。既见之，乃独为是突兀而止也，大笑而去。

主人戏下一转语，为苍壁解嘲。

莫笑吾家苍壁小，稜层势欲摩空[2]。相知惟有主人翁。有心雄泰华，无意巧玲珑[3]。　　天作高山谁得料[4]，解嘲试倩扬雄[5]。君看当日仲尼穷。从人贤子贡，自欲学周公[6]。

1　积翠：指赵晋臣所有之积翠岩，参前《归朝欢·题晋臣敷文积翠岩》。清风：即清风峡。《江西通志》卷十一："状元山在铅山县西北六里，其东曰桂林，西曰清风峡。"辛弃疾有《满江红·游清风峡和赵晋臣敷文韵》。张栻有《憩清风峡》："扶疏古木矗危梯，开始知经几摄提。还有石桥容客坐，仰看兰若与云齐。风生阴壑方鸣籁，日烈尘寰正望霓。从此上山君努力，瘦藤今日得同携。"岩石、玲珑：山名。为稼轩友人何异所有。陈振孙《直斋书录解题》卷八："何氏《山庄次序本末》一卷，尚书崇仁何异同叔撰。其别墅曰三山小隐。三山者，浮石山、岩石山、玲珑山。其实一山也。周回数里，叙其景物次序，为此编。自号月湖，标韵清绝，如神仙中人。膺高寿而终。其山，闻今芜废矣。"

2　稜层：形容山石的高峻。

3　泰华：指泰山、华山。玲珑：玲珑山。

4　天作高山：语出《诗经·周颂·天作》："天作高山，大王荒之。"

5　"解嘲"句：汉扬雄作有《解嘲》。

6　"君看"三句：意谓孔子当年穷困，但有贤能的门生子贡，还想学周公。典出《论语·子张》："叔孙武叔语大夫于朝曰：'子贡贤于仲尼。'""陈子禽谓子贡曰：'子为恭也，仲尼岂贤于子乎！'"《论语·述而篇》："子曰：甚矣吾衰矣，久矣不复见周公。"从人：随人。

苍壁发现后，辛弃疾写了前首《千年调》为之做广告宣传，词一传出，人们以为苍壁十分雄奇，应该超过积翠岩、清风峡、岩石山、玲珑山等形胜。有位客人来看过之后，大失所望，不觉大笑而去。心想，你辛弃疾也太能吹了，就那么一块石头，也好意思叫苍壁。辛弃疾见状，再写此词，为苍壁辩护。辛弃疾对客人说，莫笑俺家苍壁小啊，那嶙峋突兀的气势可直达苍穹。你们不理解它，主人我可是他的知己。俺家苍壁有心跟泰山、华山争雄，本无意跟玲珑山斗巧。辛弃疾看重的、追求的，是雄浑的壮美、大美，而不是小巧精致的柔美。由此词可以看出辛弃疾的审美态度和审美理想，就像李清照《鹧鸪天》写桂花："暗淡轻黄体性柔。情疏迹远只香留。何须浅碧深红色，自是花中第一流。"李清照看重的是内在的气骨美、精神美，而不是外在的色彩美、形式美。"有心雄泰华，无意巧玲珑"，是辛弃疾审美理想的诗意表达。

生查子

游雨岩[1]

溪边照影行，天在清溪底。天上有行云，人在行云里。　　高歌谁和余，空谷清音起[2]。非鬼亦非仙[3]，一曲桃花水[4]。

1　雨岩：在永丰县西二十里博山隈。韩淲《朱卿入雨岩，本约同游，一诗呈之》："雨岩只在博山隈，往往能令俗驾回。挈杖失从贤者去，住庵应喜谪仙来。中林卧壑先藏野，盘石鸣泉上有梅。蚤夕金华鹿田寺，斯游重省又遐哉。"《舆地纪胜》："博山在永丰县西二十里。""唐德照禅师建刹其中，寺后有卓锡泉。"

2　清音：指词人高歌的回音，也可理解为流水的声音。左思《招隐诗》："山水有清音。"

3　"非鬼"句：语出苏轼《夜泛西湖五绝》："湖光非鬼亦非仙，风恬浪静光满川。"

4　桃花水：《岁时广记》卷一："黄河水，二月三月名桃花水。又颜师古《汉书音义》云：月令仲春之月始雨水，桃始华。盖桃方华时既有雨水，川谷涨泮，众流盛长，故谓之桃花水。"

此词游雨岩时所作。重在写游，而不是写岩。上片写溪边行游，下片写溪边高歌。全词的亮点在于写倒影。溪水里倒映着行人的影子，人在行走，影也移动；溪中更倒映着天空，仿佛天空是嵌在溪水里。由此可想象溪水的碧绿澄清。天上飘过行云，行人的影子与行云都倒映在溪水里，人好像是走在天空里，走在行云里。观察之细致，表现之入微，极具镜头感、画面感，直让人身临其境。溪水是静态的，行人的影子是动态的，天空是静态的，而行云是动态的，有动有静，动静相映成趣。辛弃疾像是高明的风景摄影师，又像是风景画家，把难以言表的风景，轻松生动地呈现于笔下，具有强烈的纪实性、写生性。

生查子

独游西岩[1]

青山非不佳，未解留侬住[2]。赤脚踏沧浪[3]，为爱清溪故。　　朝来山鸟啼，劝上山高处。我意不关渠[4]，自在寻诗去。

1　西岩：《上饶县志》："西岩在县南六十里，岩石拔起，中空如洞，内有悬石如螺，滴水垂下，味甘冷。"

2　"青山"二句：反用李德裕《登崖州城作》"青山似欲留人住，百匝千遭绕郡城"句意。

3　"赤脚踏"句：语出杜甫《早秋苦热堆案相仍》："南望青松架短

檠，安得赤脚踏层冰。”

4　不关渠：跟他无关。渠，他，指山鸟。

前首写游雨岩，此词写游西岩。前首着重写溪中倒影，此首侧重写溪中清水。开篇二句反衬铺垫，谓青山景色虽好，但不懂得挽留我住下。言外之意是青山不像溪水那般多情。“赤脚”二句正面写溪水。词人爱清溪，爱清水，不禁童心大发，脱下鞋袜，赤脚踏入溪中，玩起水来。不说踏清波，而说“踏沧浪”，隐含屈原《渔父》“沧浪之水清兮，可以濯我缨”的寓意。为爱清溪，而赤脚踏浪。过片写鸟啼。山中听鸟啼，本很平常，但词人不是写“闲来听鸟啼”，而是说“朝来山鸟啼”，好像是劝我上山的高处看风景。这就把平常之景变得不平常，鸟本无心而鸣，在词人笔下那鸟声却变得多情有意，好像是“劝上山高处”，顿使妙趣横生。

生查子

独游西岩[1]

青山招不来，偃蹇谁怜汝[2]。岁晚太寒生[3]，唤我溪边住。　山头明月来，本在高高处。夜夜入清溪，听读《离骚》去[4]。

1　西岩：在上饶县南六十里。

2　“青山”二句：从苏轼《越州张中舍寿乐堂》“青山偃蹇如高人，常时不肯入官府”化出。偃蹇，高耸貌。此指清高傲气。

3　生：语助词。

4　读《离骚》：用《世说新语》故实：“王孝伯言：名士不必须奇

才，但使常得无事，痛饮酒，熟读《离骚》，便可称名士。”

此阕与前词都是“独游西岩”，但写来各具面目。独游，没有随从，没有呼朋唤侣的热闹，独自行游，独自与自然对话，与山水交流。西岩是平地上拔起的岩石，周边没有群山做邻居，所以辛弃疾说，青山都躲得远远的，招都招不来，西岩傲然挺拔在这里，谁怜惜你呀！是不是到了年末岁晚，觉得太寒冷孤单，特地唤我来溪边跟你同住啊。在稼轩心中笔下，岩石有了傲然独立的精神，孤高自赏的气质。毋宁说这西岩是他精神气度的投射。所谓“以我观物，物皆着我之色彩”。“昂昂千里，泛泛不作水中凫”的辛稼轩，怎么看这西岩，都觉得有自己的精气神在。于是乎稼轩成了西岩的知己，西岩成了稼轩的化身。皎洁的山头明月，也是西岩的知音，它本在高高的天上，却夜夜来清溪边陪伴西岩，听读《离骚》。月亮爱听读《离骚》，似乎心中也有磊落不平之气呢。如果说溪间明月照，就很平常，而稼轩说月入清溪听读《离骚》，则出人意表，不仅把月亮写活了，也把清溪写活了。清溪夜夜有潺潺流水之声，像是读《离骚》之声。这想象、这比喻也太新奇了，只有像辛稼轩这样充溢着郁塞不平之气的英雄人才想得出。

满 江 红

题冷泉亭[1]

直节堂堂，看夹道、冠缨拱立[2]。渐翠谷、群仙东下，佩环声急[3]。谁信天峰飞堕地[4]，傍湖千丈开青壁。是当年、玉斧削方壶[5]，无人识。　　山木润，琅玕湿[6]。秋露下，琼珠滴[7]。向危亭横跨，玉渊澄碧[8]。醉舞且摇鸾凤影，浩歌莫遣鱼龙泣。恨此中、风月本吾家[9]，今为客。

1　冷泉亭：在杭州飞来峰下。《咸淳临安志》卷二三："冷泉亭，在飞来峰下。唐刺史河南元藇建，刺史白居易记，刻石亭上。"白居易《冷泉亭记》："东南山水，余杭郡为最。就郡言，灵隐寺为尤。由寺观，冷泉亭为甲。亭在山下水中央，寺西南隅。高不倍寻，广不累丈，而撮奇得要，地搜胜概，物无遁形。春之日，吾爱其草熏熏，木欣欣，可以导和纳粹，畅人血气。夏之夜，吾爱其泉渟渟，风泠泠，可以蠲烦析醒，起人心情。山树为盖，岩石为屏，云从栋生，水与阶平。坐而翫之者，可濯足于床下；卧而狎之者，可垂钓于枕上。"

2　直节：指竹。冠缨，指松。

3　佩环声急：指水声。柳宗元《至小丘西小石潭记》："隔篁竹，闻水声，如鸣佩环。"

4　天峰飞堕地：指飞来峰。《咸淳临安志》卷二三引晏殊《舆地志》云："晋咸和元年，西天僧慧理登兹山，叹曰：此是中天竺国灵鹫山之小岭，不知何年飞来。佛在世日多为仙灵所隐，今此亦复尔邪！因挂锡造灵隐寺，号其峰曰飞来。"

5　"是当年"句：意谓冷泉是当年神仙用玉斧从方壶山削下来的。玉斧，用玉斧修月故事。段成式《酉阳杂俎》卷一载仙人曰："君知月乃七宝合成乎？月势如丸，其影日烁，其凸处也，常有八万二千户修之，予即一数。因开幞有斤凿数事。"方壶，海上仙山。《列子・汤问》载渤海之东"有五山焉：一曰岱舆，二曰员峤，三曰方壶，四曰瀛洲，五曰蓬莱。其山高下周旋三万里"。

6　琅玕：青色美玉，代指绿竹。杜甫《郑驸马宅宴洞中》："主家阴洞细烟雾，留客夏簟青琅玕。"

7　琼珠：形容冷泉的水珠。

8　玉渊：指冷泉下水潭。

9　吾家：我的家乡济南。济南有趵突泉等名胜。

此词的章法结构，神似白居易的《冷泉亭记》和欧阳修的《醉翁亭记》，都是由远而近，步步推进。《冷泉亭记》说东南山水，杭州最佳，而杭州景致，以灵隐寺最突出。灵隐寺的景观，又以冷泉亭最吸引眼球。欧阳修的《醉翁亭记》也是由环滁皆山而导引至西南诸峰，西南诸峰中蔚然深秀者是琅琊山，山行六七里可见酿泉，酿泉之上即是醉翁亭之所在。好似导游，逐步引入胜境。稼轩词亦学此法。先说夹道两旁是堂堂直节的翠竹和拱手而立的苍松，沿路而下，是翠绿的山谷，山谷中水声潺潺，如群仙东下时佩环叮咚。沿山谷前行，即是飞来峰。飞来峰好似天峰飞堕地上，又像是当年神仙用玉斧把方壶仙山削修而成。飞来峰下，有润泽的林木、琅玕般的翠竹。竹林下冷泉流过，形成澄清碧绿的玉渊潭，冷泉亭就横跨潭上。

此词最大的亮点是将景物人格化、动作化。把夹道而立的竹子写成是直节堂堂的大丈夫，把松树写成是衣冠楚楚、拱手而立的缙绅士大夫，把泉声写成是群仙下凡时佩玉碰撞的声响，将静止的飞来峰想象是天峰飞堕地面，是神仙辟削出的仙山。既想落天外，又在情理之中。

清 平 乐

题上卢桥[1]

清溪奔快。不管青山碍。千里盘盘平世界。更着溪山襟带。　　古今陵谷茫茫[2]。市朝往往耕桑[3]。此地居然形胜，似曾小小兴亡。

1　上卢桥：在上饶境内。

2　“古今”句：语本《诗经·小雅·十月之交》“高岸为谷，深谷为陵”。

3　“市朝”句：即沧海桑田之意。今日繁华热闹的都市，以前常常是耕桑之地。

读此词，最强烈的感受是清溪那股一往无前的精神、气势。清溪不管也不怕青山阻碍，总是那么欢快急速地往前奔流。溪流在山间盘旋宛转，冲破阻碍，最后流向平野大地。上片写景劲健，普通平常的溪流注入了英雄辛弃疾不惧阻力而勇往直前的精神，显出不平凡的气度。清溪原本窄而小，但辛弃疾写来却气势磅礴。目力所见，清溪的长度本极有限，但词人却从有限想象到无限，由眼前一段清溪而想象出千里盘旋最终冲出大山奔向平原的清溪，实中有虚，虚中有实。下片写所感，小中见大，由古今陵谷的变迁而联想到人世的沧桑、历史的兴亡，体现出英雄辛弃疾深沉的历史感。他总能站在历史的高度，去观察思考人生与自然。

鹧鸪天

鹅湖寺道中[1]

一榻清风殿影凉[2]。涓涓流水响回廊。千章云木钩辀叫[3]，十里溪风䆉稏香[4]。　冲急雨，趁斜阳。山园细路转微茫。倦途却被行人笑，只为林泉有底忙[5]。

1　鹅湖寺：在今江西铅山县。《江西通志》卷十一：“鹅湖山，在铅山县北十五里，三峰揭秀，其巅有瀑布泉，周围四十余里，盖县之镇山也。”“唐大历中僧大义植锡山中，双鹅复还山麓，建仁寿院，今名鹅湖寺。宋淳祐间，始以朱、陆诸儒会讲于此，即于寺旁创立书院。”

2　一榻：一阵。唐宋人习用“一榻”来形容风，如唐李中《夏日书依上人壁》：“最怜煮茗相留处，疏竹当轩一榻风。”宋姜夔《汉宫春·次韵稼轩》：“今但借、秋风一榻。”

3　千章云木：千株大树。章，此处作量词用，犹言“棵”。扬无咎

《水调歌头·再用前韵为生日词》："千章云木，长见密叶翠光流。"云木，高耸入云的树木。钩辀叫：即鹧鸪啼。沈括《梦溪笔谈》卷十四："欧阳文忠尝爱林逋诗'草泥行郭索，云木叫钩辀'之句，文忠以为语新而属对亲切。钩辀，鹧鸪声也。李群玉诗云：'方穿诘曲崎岖路，又听钩辀格磔声。'郭索，蟹行貌也。扬雄《太玄》曰：'蟹之郭索，用心躁也。'"

4 䆉稏（bà yà）：水稻名。

5 有底忙：竟如此忙碌。苏轼《大风留金山两日》："细思城市有底忙。"

词写夏日黄昏在鹅湖寺道中所见所感。上片一句一景，景随步移，首句写肤觉，阳光强烈，行走在寺殿的阴影里，正好一阵清风吹来，感觉很是凉爽。次句写听觉，寺庙外溪水潺潺，流过回廊，水声淙淙作响，更显宁静。第三、四句写所见所闻：离开寺庙，路旁云木参天，林中鹧鸪啼叫，走出林间，见一片广阔的稻田，溪风送来阵阵稻花香。稼轩像是高明的录像师，将途中所见之景、所闻之声、所嗅之香，都实录在他的乡村音像中。过片续写道中所遇，正赶路时，天空突然落下一阵急骤的雨点，词人快速冲到一处可避雨的茅屋，雨停之后，趁着斜阳晚照时继续赶路。日暮时分，天色已变得昏暗，窄窄的山路也变得越来越模糊，于是词人不觉加快了脚步。结拍"被行人笑"，实是自嘲自笑：为了林泉之约、为了寻幽觅胜，竟然也这般忙碌。

江神子

博山道中书王氏壁[1]

一川松竹任横斜[2]。有人家。被云遮。雪后疏梅，时见两三花。比着桃源溪上路[3]，风景好，不争多[4]。　旗亭有酒径须赊[5]。晚寒些[6]。怎禁他。醉里匆匆，归骑自随车[7]。白发苍颜吾老矣，只此地，是生涯。

1　博山：在今上饶广丰县。《大清一统志》卷二四二：“博山，在广丰县西南三十余里，南临溪流，远望如庐山之香炉峰。”

2　一川：满川，满地。

3　桃源溪：陶渊明《桃花源记》：“晋太元中，武陵人捕鱼为业。缘溪行，忘路远近，忽逢桃花林，夹岸数百步，中无杂树，芳华鲜美，落英缤纷。渔人甚异之。”辛弃疾《江神子·送元济之归豫章》“更觉桃源人去隔仙凡”句自注：“桃源，乃王氏酒垆，与济之送别处。”桃源，既是用典，又是写实，可谓一石二鸟。

4　不争多：差不多。

5　旗亭：酒店。

6　些：读shā。

7　随车：韩愈《嘲少年》：“只知闲信马，不觉误随车。”车，方言读chā。

博山道中的王氏庵，是卖酒的酒店。辛弃疾常常路过此地。此词题写在王氏酒家壁上，没有广告之名，却有广告之实。上片写此地之景。酒家掩映在松竹林中，时常被云遮雾罩。那松那竹可是自然任性地生长，东一棵，西一丛，横七竖八，不是人工栽培，充满着野趣。“有人家，被云遮”，让人想起杜牧的“白云生处有人家”，梅尧臣的“人家在何许，云外一声鸡”。特别是大雪过后，稀稀落落的梅花，时不时地冒出两三朵。这里岁寒三友松、竹、梅可谓是聚齐了。这景致，真跟桃花源差不多。多值得来游！下片写酒。天寒地冻，又值黄昏，谁人经得住这美酒的诱惑？最后稼轩现身说法，如今俺英雄老矣，只有王氏酒家才是俺度过晚年生涯的不二选择。如此给力的广告，王家的生意想不兴隆都不行。

丑奴儿近

博山道中效李易安体[1]

千峰云起，骤雨一霎儿价[2]。更远树斜阳，风景怎生图画[3]。青旗卖酒[4]，山那畔、别有人家，只消山水光中，无事过这一夏。　　午醉醒时，松窗竹户，万千潇洒。野鸟飞来，又是一般闲暇。却怪白鸥，觑着人、欲下未下。旧盟都在[5]，新来莫是，别有说话。

1　李易安：即李清照，是辛弃疾的乡前辈，两人都是济南人。李清照今存《添字丑奴儿》一首："窗前谁种芭蕉树，阴满中庭。阴满中庭。叶叶心心，舒卷有余情。　　伤心枕上三更雨，点滴霖霪。点滴霖霪。愁损北人，不惯起来听。"稼轩所仿效，似非此词。

2　一霎儿价：一会儿。李清照《行香子》："甚霎儿晴，霎儿雨，霎儿风。"价，结构助词，相当于"地"。

3　怎生：怎样，怎么。李清照《声声慢》："独自怎生得黑。"

4　青旗：酒旗。白居易《杭州春望》："青旗沽酒趁梨花。"黄庭坚《渔家傲》："何处青旗夸酒好。醉乡路上多芳草。"

5　旧盟：辛弃疾初归带湖时，曾与白鸥相约，作《水调歌头·盟鸥》："既盟之后，往来莫相猜。"

辛弃疾夏天在路上经常遇雨，写来各不相同。《鹧鸪天·鹅湖寺道中》是黄昏时分的太阳雨："冲急雨，趁斜阳"；《西江月·夜行黄沙道中》是夜间小阵雨："七八个星天外，两三点雨山前。"此词是"千峰云起，骤雨一霎儿价"，颇有苏轼《六月二十七日望湖楼醉书》“黑云翻墨未遮山，白雨跳珠乱入船”的味道。走在博山的道上，忽见远处山峰，云层突起，不一会儿雨点就落到眼前。好在骤雨来得快，去得也快。所以，一点也不影响心情。博山道中，风景如画。千峰云起云散后，远树近林，沐浴在夕阳斜照之中。山那边，卖酒的青旗在风中招展，时见炊烟从村落中飘起。上片写博山道中所见，下片写途中林间小屋休憩所见。午醉醒来，但见窗前户外，万千松竹陪护，潇洒磊落，令人神清气爽。时有野鸟飞来，更觉悠闲自在。“却怪白鸥”两句，最为传神，“觑着人、欲下未下”，白鸥在空中盘旋，看见地上的稼轩，似曾相识，想下来跟他说话，似乎又吃不准，最终还是没有飞下。白鸥的神态心情，跃然纸上。此词纯用白描手法，画面感、造型感强烈。语言通俗，生趣盎然。

鹧鸪天

博山寺作[1]

不向长安路上行[2]。却教山寺厌逢迎。味无味处求吾乐[3]，材不材间过此生[4]。　　宁作我[5]，岂其卿[6]。人间走遍却归耕[7]。一松一竹真朋友，山鸟山花好弟兄[8]。

1　博山：在今上饶广丰县。《大清一统志》卷二四二：“博山，在广丰县西南三十余里，南临溪流，远望如庐山之香炉峰。”

2　长安：借指都城临安。

3　味无味：语出《老子》：“为无为，事无事，味无味。”第一个味为动词，即体味无味之味，以无味为味。

4　材不材间：材与不材之间。语出《庄子·山木》：“弟子问于庄子曰：'昨日山中之木，以不材得终其天年。今主人之雁，以不材死。先生将何处？' 庄子笑曰：'周将处夫材与不材之间。'"

5　宁作我：《世说新语·品藻》："桓公少与殷侯齐名，常有竞心。桓问殷：'卿何如我？' 殷云：'我与我周旋久，宁作我。'"

6　岂其卿：意谓不依附公卿。语本扬雄《法言》："谷口郑子真不屈其志，而耕乎岩石之下，名震于京师。岂其卿！岂其卿！" 郑子真以德有名，岂是依附公卿而得名？

7　"人间"句：语本苏轼《江城子》："梦中了了醉中醒。只渊明。是前生。走遍人间，依旧却躬耕。"

8　"一松"二句：句法出自杜甫《岳麓山道林二寺行》："一重一掩吾肺腑，山鸟山花吾友于。" 友于，弟兄之代称。松竹为友，典出元结《丐论》："古人乡无君子，则与云山为友；里无君子，则与松竹为友；坐无君子，则与琴酒为友。"

词写人生感慨。好多年了，不去长安官场路上行，却常常来山寺转悠。连山寺都有些厌烦接待他了，可想见来山寺次数之多。身为英雄，就此度过一生？他心有不甘，但转念一想，人生何必追求轰轰烈烈，在平淡中享受生活的清闲快乐，在材与不材之间求得生命的安宁自适，不也挺好？人生的价值非要做公卿后才能体现？陶渊明不也是走遍人间最终还是归耕于田园？就在此安身立命吧，此地松竹都堪为知已朋友，山间花鸟都是亲弟亲兄。有这些真朋友好弟兄相随相伴，何必去长安路上行！"一松一竹真朋友，山鸟山花好弟兄"，对偶工切，形象地表现出词人与大自然的亲和感。

清平乐

博山道中即事[1]

柳边飞鞚[2]。露湿征衣重。宿鹭惊窥沙影动。应有鱼虾入梦。　　一川淡月疏星[3]。浣沙人影娉婷。笑背行人归去，门前稚子啼声。

1　博山：在今上饶广丰县。

2　鞚：马笼头。代指马。

3　淡月疏星：语出周邦彦《南歌子》："户外井桐飘，淡月疏星共寂寥。"

即事，就是书写眼前实事。博山道中，辛弃疾常来常往，这回他见了哪些新鲜事、有趣事？一大早就扬鞭飞马，晨露打湿了征衣。他好像背着摄像机，眼睛环顾四周，捕捉让他心动的镜头。忽见沙滩上有影子在移动，仔细看去，原来是夜宿的白鹭在警觉地窥探，莫非是白鹭梦见抓住了鱼虾，听到人声而被惊醒？咔嚓，稼轩捕捉了白鹭眠沙的镜头。再往前行，溪边又见婀娜多姿的洗衣女的倩影。正要拿起镜头拍个特写，只见一位洗衣女子微笑着背过身去往家赶，稼轩用镜头追随着她的背影，忽听村边门前传来一阵阵小孩的啼哭声。原来洗衣女是赶回去照顾小儿女。稼轩觉得好温馨，于是录下了这乡村浣衣女与小儿啼哭的音像，并定格在稼轩词的艺术画廊里。

玉楼春

戏赋云山

何人半夜推山去[1]。四面浮云猜是汝。常时相对两三峰，走遍溪头无觅处。　　西风瞥起云横度[2]。忽见东南天一柱[3]。老僧拍手笑相夸，且喜青山依旧住。

---

1 “何人”句：典出《庄子·大宗师》：“夫藏舟于壑，藏山于泽，谓之固矣。然而夜半有力者负之而走，昧者不知也。”语本黄庭坚《次东坡壶中九华》：“夜半有人持山去，顿觉浮风暖翠空。”

2 瞥：突然。

3 天一柱：唐曹唐《仙都即景》：“孤峰应碍日，一柱自擎天。”铅山县有天柱峰，或指此。《江西通志》卷十一：“天柱峰，在铅山县东南四十里，屹立如束笋，其境颇幽。”

此词充满了天真童趣。题材是云雾遮山，景极平常，但稼轩写来，却具戏剧性、幽默感。开篇故作惊奇地问：是谁半夜里把天柱山给推走了？山能推走，设想新奇。暗用《庄子·大宗师》的典故，不露痕迹。知道用此典，更敬佩稼轩用典之妙之工，不知此典，也不影响对词意的理解。首句问，次句答。猜想是你们四面浮云干的事吧，好像是抓住了恶作剧的顽童，连猜带审问。俺平常经常看着那儿有两三座山峰的，今日走遍了溪水尽头都没见到山的影子。不是你们浮云捣蛋，怎么会见不着山峰呢？“常时”二句以自己的经历证明山的存在，侧面写出自己对溪山的爱好与亲近。经常见面的山峰忽然不见了，他竟然“走遍溪头”去寻找，就像好久不见了老朋友要去寻找来见面畅谈一样。稼轩对大自然的热爱，真像着了魔。无怪乎他说“我见青山多妩媚”了。

下片像是戏剧的第二幕。西风陡地刮起，云雾迅速散去，忽见东南边的天柱峰豁然耸立。这时身旁的老僧竟然掩饰不住内心的喜悦，拍手称道：好高兴耶！青山依旧在，没被人推走！连心如枯井的老僧都拍手称善，那一向爱山爱水的稼轩心情如何，可想而知。此词妙处有二，一是将云雾遮山想象成是被人悄悄推走，云开雾散后山又重现峥嵘，具有情节性、戏剧感。二是设置老僧这个人物，而且夸张地让老僧“拍手笑”，更增加了动作感和喜剧感。

浣溪沙

黄沙岭[1]

寸步人间百尺楼。孤城春水一沙鸥[2]。天风吹树几时休。　　突兀趁人山石狠[3]，朦胧避路野花羞。人家平水庙东头[4]。

1　黄沙岭：在今上饶县西南黄沙岭乡。当时辛弃疾在此建有读书堂。陈文蔚《克斋集》卷十《游山记》：“嘉定己巳秋九月，傅岩叟拉予与周伯辉践傅岩之约。”“度北岸桥，过黄沙辛稼轩之书堂，感物怀人，凝然以悲。”

2　“孤城”句：语出杜甫《旅夜书怀》：“飘飘何所似，天地一沙鸥。”

3　突兀趁人：语出杜甫《青阳峡》：“突兀犹趁人，及兹叹冥漠。”趁，跟随，面对。狠：凶神恶煞的样子。

4　平水庙：在上饶县境。

辛弃疾写词，工于炼句。玩对偶，绝对是高手。此词“寸步”二句和“突兀”二句，对偶就相当精工。特别是“突兀”两句，句法挺异。按常规句式，应是“突兀山石狠趁人，朦胧野花羞避路”，“突兀”本是修饰“山石”的，是主语“山石”的定语，却放在谓语的前面；“趁人”应是“山石”的谓语，却放在主语的前面；“朦胧”本是修饰主语“野花”的，却放在谓语的前面。“狠”与“羞”，放在句末，打破了常规七言句式的“一二二二”式、“二一二二”式或“二二一二”式，而作“二二二一”式，念起来特别挺拔特异。

说山石“狠”，说野花“羞”，已很新鲜，又说山石“趁人”，野花“避路”，就更新奇，本是自然状态的山石、野花，都成了有意而为的灵物。于此可悟词人的艺术创造之法。

鹧鸪天

黄沙道中[1]

句里春风正剪裁[2]。溪山一片画图开。轻鸥自趁虚船去，荒犬还迎野妇回[3]。　　松共竹，翠成堆。要擎残雪斗疏梅。乱鸦毕竟无才思，时把琼瑶蹴下来[4]。

1　黄沙道中：黄沙岭道中。辛弃疾在此有读书堂，时常往来此地。

2　“句里”句：从贺知章《咏柳》“不知细叶谁裁出，二月春风似剪刀”化出。

3　自趁：自随。野妇：村妇。

4　无才思：语出韩愈《游城南十六首》：“杨花榆荚无才思，惟解漫天作雪飞。”琼瑶：指树上积雪。

此词是纪实，像是画家在黄沙道中写生，又像是摄影师在黄沙道中抓拍风景。开篇二句总写，说黄沙道中山光水色像一片铺开的图画，春风正在剪裁诗句来描绘。“轻鸥”二句是特写。轻盈的白鸥追随着溪中的小船自在飞去，村边野狗摇着尾巴迎接村妇回家。气氛轻松和谐，宁静安详。下片写松竹林中之景。松树上还残留着春雪，仿佛是要跟梅花比拼。最有趣味的镜头是，黑黑的乱鸦飞上树杪，时不时地把残雪蹴踏下来，极具黑白分明的色彩感和残雪洒落的动态美。说乌鸦“无才思”，不知爱惜“琼瑶”，乱把“琼瑶”般的残雪蹴落树下，令人忍俊不禁。

西江月
夜行黄沙道中

明月别枝惊鹊[1]，清风半夜鸣蝉。稻花香里说丰年。听取蛙声一片[2]。　　七八个星天外，两三点雨山前[3]。旧时茅店社林边。路转溪头忽见。

---

1 “明月”句：语出苏轼《杭州牡丹开时，仆犹在常、润，周令作诗见寄，次其韵，复次一首送赴阙》：“天静伤鸿犹戢翼，月明惊鹊未安枝。”

2 “稻花”二句：意思是“稻花香里听取一片蛙声说丰年”。

3 “七八”二句：从五代卢延让《松门寺》“两三条电欲为雨，七八个星犹在天”化出。如果是生活语言，应说“天外七八个星，山前二三点雨”。由此二句和“稻花香”二句可悟诗歌语言跟生活语言的区别，故有学者说诗歌语言是生活语言的变形。

前首《鹧鸪天·黄沙道中》是写白天所见，此首则是书写夜行黄沙道中所见所闻。辛弃疾的词，不只有静态的画面，更像是动态的有音响的微电影，此词就像是乡村夏夜的风景纪录片，一个镜头接一个镜头地呈现。明月升起，路边树林里栖眠的乌鹊被月光惊醒，发出躁动的响声。清爽的山风送来树上蝉的嘶鸣。走过山岗，来到平坦的原野，路两边是散发着稻香的块块稻田，田里青蛙像比赛似的一个劲地高唱，像是在预告今年早稻的丰收。蝉的嘶鸣，蛙的歌唱，此起彼伏，让宁静的乡村夏夜到处充满了生机。辛弃疾拿着摄像机录音机，录下了这来自大自然的交响曲。走了一会，来到一座小山前，突然下起了雨点，抬头见远处天空上还挂着稀稀落落的七八颗星呢。虽然词人知道这是阵雨，不会下得太久，但还是想寻找个地方避避雨。记得这附近社林边上有个小酒店的，曾经在那喝过村酒呢，夜色朦胧，看不清楚，词人加快了脚步，边走边张望，呵呵，转过溪头，就看到了尚有灯光的那间小酒店，不觉心头一喜。

此词镜头感强，内涵丰富，写出了光线的明暗变化，天气的晴雨变化，心情的忧喜变化。明月升起之前或被云层遮住时，大地一片黑暗，明月升起或冲破云层之后，大地变得明亮，连睡梦中的鸟鹊都被惊醒。此为光线的明暗变化。先是晴天，明月高照，后来两三点雨落下，此为天气晴雨的变化。沐浴着夏夜山间的清风，倾听着田间青蛙的歌唱，词人身心俱爽，兴致极高。忽然阵雨飘下，没带雨具，担忧打湿衣衫，心情转喜为忧。不一会儿，转过溪头，找到了避雨之地，悬着的心终于放下，再次转忧为喜。今年水稻丰收在望，农民可以过上温饱的日子，词人也发自内心地喜悦。特别提示，“听取蛙声”的是词人，“说丰年”的则是“蛙声”，不是词人，也不是田间的老农，半夜里怎会有老农现身？如果词人说丰年，老农说丰年，那都很平常。唯有蛙声说丰年，才新鲜，才有兴味。

浣溪沙

常山道中[1]

北陇田高踏水频[2]。西溪禾早已尝新[3]。隔墙沽酒煮纤鳞[4]。　　忽有微凉何处雨，更无留影霎时云。卖瓜声过竹边村。

1　常山：今浙江常山县。嘉泰三年（1203）夏辛弃疾从江西铅山

赴浙江绍兴任绍兴知府兼浙江东路安抚使，途经常山，作此词。

2 陇：田垅，田埂。踏水：踏水车以引水灌溉。

3 禾早已尝新：指吃到了新稻米。

4 纤鳞：指小鱼。

辛弃疾善于观察生活，观察自然，走到哪都留意当地的风情风景，并书写为词，如同当下的人们见了新鲜景致就拍照传上微信朋友圈与大家分享一样。所以，鹅湖寺道中、博山道中、黄沙道中，他都留下了影像纪录。嘉泰三年（1203）夏天，他从铅山到浙江绍兴去做知府，途经浙江常山，依旧兴致盎然，途中不时举起相机摄下一串串镜头：北边田垅位置较高，池塘里的水流不过去，农民正用水车踏水浇灌稻田，他驻足观看了好一会；西边的水稻成熟得早，已被主人收割尝鲜了，田里只剩下一堆堆稻草。走过田野，来到村庄，隔墙闻到有人家在煮鲜鱼沽酒，鱼香、酒香，让稼轩不觉停下脚步，莫非是酒店？或许他闻香牵马过去，准备饱餐痛饮一顿再赶路。正午时分，天热汗流，忽然感到一阵微凉，原来是天空下起了阵雨，抬头看天，雨云霎时散开，无影无踪，阵雨自然下过即停。走着走着，村头竹边传来一阵卖瓜人的叫声，或许他循声鞭马过去，准备买一个瓜儿解渴。八百多年前的乡村风情、农民劳作与生活的情景，就这样穿越历史，呈现在我们面前。

满江红

山居即事

几个轻鸥，来点破、一泓澄绿[1]。更何处、一双鸂鶒，故来争浴[2]。细读《离骚》还痛饮[3]，饱看修竹何妨肉[4]。有飞泉、日日供明珠，三千斛。　　春雨满，秧新谷。闲日永，眠黄犊。看云连麦垄，雪堆蚕蔟[5]。若要足时今足矣，以为未足何时足[6]。被野老、相扶入东园，枇杷熟。

---

1 “几个”二句：周邦彦《双头莲》词：“一抹残霞，几行新雁，天染云断，红迷阵影，隐约望中，点破晚空澄碧。”辛词意境与之近似，虽然一写雁，一写鸥。一泓澄绿，一片碧绿的池水。

2 鸂鶒（xīchì）：水鸟名，俗称紫鸳鸯。故来争浴：语出杜甫《春水》诗：“已添无数鸟，争浴故相喧。”

3 “细读”句：典出《世说新语·任诞》：“王孝伯言：名士不必须奇才，但使常得无事，痛饮酒，熟读《离骚》，便可称名士。”

4 “饱看”句：语出苏轼《绿筠轩》诗：“可使食无肉，不可居无竹。无肉令人瘦，无竹令人俗。人瘦尚能肥，人俗不可医。”

5 “看云连”二句：语出王安石《绝句》：“缲成白雪桑重绿，割尽黄云稻正青。”

6 “若要足时”二句：语出《三国志·魏书·王昶传》：“语曰：如不知足则失所欲，故知足之足常足矣。”陈正敏《遁斋闲览》：“余尝于驿舍见人题壁云：‘谋生待足何时足，未老得闲方是闲。’余深味其言，服其精当，而愧未能行也。”

此词是实录山居景事。开篇写轻鸥和鸂鶒最生动传神。写池水，五代冯延巳有名句“风乍起，吹皱一池春水”，让微风吹拂池面、波生涟漪那稍纵即逝之景跃然纸上。稼轩此词亦写水池，但别具面目。池水澄清碧绿，忽然几只轻鸥飞来，“点破”宁静的水面，激起小小水花。“点破”二字，活脱脱地写出白鸥轻点水面的潇洒姿态，镜头感十足。史达祖《双双燕》写双燕“爱贴地争飞，竞夸轻俊”，稼轩笔下的这几个轻鸥，则是贴水轻飞，时而点击水面，时而在空中盘旋，似乎有股调皮劲。轻鸥飞过，又见一双鸂鶒“故来争浴”，好像是故意来抢镜，不让轻鸥独占风光，写来也是趣味盎然。在稼轩心中，一切自然物都是有情有意，轻鸥点破澄绿，是着意娱人；

鸂鶒争浴，是故意来示恩爱、献殷勤；连那山中飞泉，也多情多义，天天供应三千斛明珠，让人赏心悦耳娱目。同样是把飞泉想象成明珠，另一首《沁园春》(叠嶂西驰）是“惊湍直下，跳珠倒溅”，而此处则是“日日供明珠，三千斛”。将水比喻成明珠不算新奇，新奇的是说“供明珠”，这就把天然的泉水化成了有人情有意愿的灵物，泉水似乎不是自然流出，而是主动地有意地供应给稼轩居士观赏。真可谓着一“供”字，而境界全出。

山居不只有池塘，有轻鸥，有鸂鶒，有飞泉，还有春雨满田后，可以栽秧种水稻，山岗上连接云端的麦垄丰收在望，村头树下有黄牛卧眠，养蚕的人家一堆一堆的蚕茧像白雪堆积。到处是一片丰收祥和气象。知足者常乐，稼轩对此十分开心惬意，于是跟几位乡村野老相扶着到东园里去摘成熟的枇杷尝鲜。有景可赏，有粮可饱，有蚕可衣，更有枇杷可食。如此生活，若还未满足，那何时能够满足？

小重山

三山与客泛西湖[1]

绿涨连云翠拂空。十分风月处，著衰翁。垂杨影断岸西东。君恩重，教且种芙蓉[2]。　十里水晶宫[3]。有时骑马去，笑儿童。殷勤却谢打头风[4]。船儿住，且醉浪花中。

1　三山：今福州。绍熙三年（1192），辛弃疾任福建提刑，常游福州城西西湖，作有《贺新郎·三山雨中游西湖有怀赵丞相经始》词。淳熙九年赵汝愚帅福州，上《论福州便民事疏》说：“契勘本州元有西

湖，在城西三里，迤逦并城，南流接大壕，通南湖，潴蓄水泽，灌溉民田。事载《闽中记》甚详。父老相传，旧时湖周回十数里。天时旱暵，则发其所聚，高田无干涸之忧；时雨泛涨，则泄而归浦，卑田无渰浸之患。民不知旱劳，而长享丰年之利。”（《历代名臣奏议》卷一百八）

2　君恩重：陈与义《虞美人》词序：“予甲寅岁自春官出守湖州，秋杪，道中荷花无复存者。乙卯岁自琐闼以病得请奉祠，卜居青墩镇。立秋后三日行，舟之前后如朝霞相映，望之不断也。以长短句记之。”词有曰：“今年何以报君恩，一路繁花相送到青墩。”辛词即活用此典。芙蓉：即荷花。

3　水晶宫：原指浙江湖州，此借指福州西湖。胡仔《苕溪渔隐丛话》前集卷五三：“吴兴谓之水晶宫，不载之于图经。但《吴兴集》刺史杨汉公《九月十五夜绝句》云：‘江南地暖少严风，九月炎凉正得中。溪上玉楼楼上月，清光合作水晶宫。’因此诗也。”

4　谢：告知。打头风：朱翌《猗觉寮杂记》卷上：“风之逆舟，人谓之打头风。坡云：卧听三老白事，半夜南风打头。”

天下西湖名胜多。杭州西湖，颍州（今安徽阜阳）西湖，福州西湖，在宋代都是风景如画，而且都有大文豪为之手绘美景。杭州西湖，有苏东坡的绝唱：“若把西湖比西子，淡妆浓抹总相宜。”颍州西湖，有欧阳修为之颂歌。欧阳修“平生为爱西湖好”，连扬州大郡守都不当，特地申请去颍州小郡做太守，曾经连写十首《采桑子》词，为西湖点赞，还特地以“西湖好”为首句。如第一首：“轻舟短棹西湖好，绿水逶迤。芳草长堤。隐隐笙歌处处随。　无风水面琉璃滑，不觉船移。微动涟漪。惊起沙禽掠岸飞。”福州西湖，有了辛弃疾这大手笔亲自操刀为之撰写广告词，也不逊色。福州西湖，两岸垂杨，满湖荷花，稼轩一句“绿涨连云翠拂空”，不仅写出了西湖满湖绿色之美，更表现出了西湖绿色的冲天气势。西湖荷花的翠绿，像波浪，不断翻涨，涨到空中与彩云相连。只有大手笔才能写出这样的景致、这样的气势。稼轩是在“写”景，也是在造“景”，创造出源于自然而高于自然的美景。

念奴娇

西湖和人韵[1]

晚风吹雨，战新荷、声乱明珠苍璧。谁把香奁收宝镜，云锦红涵湖碧[2]。飞鸟翻空[3]，游鱼吹浪[4]，惯趁笙歌席。坐中豪气，看公一饮千石[5]。　　遥想处士风流[6]，鹤随人去，老作飞仙伯。茅舍疏篱今在否[7]，松竹已非畴昔。欲说当年，望湖楼下[8]，水与云宽窄。醉中休问，断肠桃叶消息[9]。

1　西湖：指临安西湖。和人韵：和别人的词韵。所和者为谁，不详。

2　云锦：语出文同《守居园池杂题》："一望见荷花，天机织云锦。"

3　飞鸟翻空：语本苏轼《鹧鸪天》："翻空白鸟时时见，照水红蕖细细香。"

4　游鱼吹浪：语出杜甫《城西陂泛舟》："鱼吹细浪摇歌扇，燕蹴飞花落舞筵。"

5　一饮千石：极言饮酒之多。石，古代计量单位，十斗为一石。

6　处士：指著名隐士林逋。沈约《梦溪笔谈》卷十："林逋隐居杭州孤山，常畜两鹤，纵之则飞入云霄，盘旋久之，复入笼中。逋常泛小艇游西湖诸寺，有客至逋所居，则一童子出，应门延客坐，为开笼纵鹤。良久，逋必棹小船而归。盖常以鹤飞为验也。逋高逸倨傲，多所学，唯不能棋。常谓人曰：'逋世间事皆能之，唯不能担粪与着棋。'"

7　茅舍疏篱：指林逋故居。

8　望湖楼：在西湖之滨。苏轼《六月二十七日望湖楼醉书五首》："卷地风来忽吹散，望湖楼下水如天。"

9　桃叶：晋王献之妾名，代指心仪的女子。阮阅《诗话总龟》卷七《桃叶歌》："桃叶，王献之之爱妾名也。其妹曰桃根。词云：'桃叶复桃叶，桃叶连桃根。'"

此词大约是乾道六、七年（1170—1171）间辛弃疾在临安任司农寺主簿时所作。此时的辛弃疾，三十出头，青春正富，豪情满怀，"坐中豪气"，不独许人，亦是自许。这首词写得并不十分高明，有些稚嫩，可见即使是词坛巨匠，也有一个艺术上不断成熟的过程。此词可视为辛弃疾早期词作艺术不太成熟的标本。上片写湖景，色泽明丽。首二句，写雨中新荷。"谁把"二句写湖面，把西湖比作香奁中的宝镜，虽然形象，但稍落俗套，不怎么新奇。而且晚风吹雨，湖面就有波涛，以"宝镜"来形容此时不平静的湖面，并不贴切。飞鸟翻空，游鱼吹浪，是从苏轼和杜甫的诗词中化出，难见独创性。虽然西湖确有此景，但毕竟不是西湖独有此景，这种描写，缺乏个性。过片五句是追忆孤山隐士林逋，情感内涵比较单薄。结拍谓"休问断肠桃叶消息"，或隐喻一段伤心的情事，但所指不详。

鹧鸪天

代人赋

陌上柔桑初破芽。东邻蚕种已生些[1]。平冈细草鸣黄犊[2]，斜日寒林点暮鸦[3]。　　山远近，路横斜。青旗沽酒有人家。城中桃李愁风雨，春在溪头荠菜花。

1　蚕种已生些：蚕种已孵化出幼蚕。些，读shā。

2　鸣黄犊：黄牛鸣叫。王安石《题舫子》诗："眠分黄犊草，坐占白沙鸥。"

3　点暮鸦：秦观《满庭芳》（山抹微云）："斜阳外，寒鸦万点，流水绕孤村。”

词写江西上饶一带的乡村春景农事，极富生活气息和泥土气息。这是乡村人写自家风景，不是旁观的城里人写乡村风景，故真情实感，不隔不虚。全词如风景短片，镜头不断切换，首先呈现的是一个叠印的镜头，一半镜头是乡村路上的桑树都已冒出浅绿色的幼芽，一半镜头是农家屋内的蚕种已孵出小蚕，白白的小蚕躺在柔嫩的桑叶上。接着镜头转向村头的土冈，几头黄牛犊正低头吃着细嫩的小草，时不时地叫几声，像是呼唤同伴，又像是寻找牛妈妈。夕阳下，树林里，时有几只乌鸦在空中掠过。“点”，用作动词，极传神。过片把镜头切换到远处，远远近近重重叠叠的山，山中横横斜斜的小路。随即镜头转到路旁一户人家，门前青旗招展，上书一个大大的“酒”字，原来那是一家卖酒的小店。紧赶慢走，来到酒家，原来酒家门前还有条小溪，溪头的荠菜花正散发着春天的浪漫、春天的朝气。此时城中的桃李还没感受到春天的来临，而溪头的荠菜早已拥抱春天。

词中的镜头是流动的，视线不是定点的，而是移步换形，随着视点变化镜头也不断变化。全词镜头感十足。结拍将城中桃李与溪头荠菜对比，具有很强的象征性，城中桃李在愁风苦雨，而溪头荠菜却自由绽放，荠菜虽然微小不受人重视，但自由自在，无拘无束，城中桃花李花虽然灿烂受人关注，却被禁锢圈在园中。桃李与荠菜，不同的命运，不同的处境，这是官场士大夫与乡村隐者不同得失的隐喻，还是不同人生命运的写照，读者可自行判断。

鹧鸪天

游鹅湖醉书酒家壁

春入平原荠菜花。新耕雨后落群鸦。多情白发春无奈，晚日青帘酒易赊[1]。　　闲意态，细生涯。牛栏西畔有桑麻[2]。青裙缟袂谁家女[3]，去趁蚕生看外家[4]。

1　青帘：青色布帘，此指酒旗。赊，读shā，买酒不用现钱，延期付款。

2　牛栏：关牛的小屋，也称牛棚。有些地方把没屋顶只有围墙的叫牛栏，有屋顶的叫牛棚。

3　“青裙”句：语本苏轼《于潜女》：“青裙缟袂于潜女，两足如霜不穿屦。”缟（gǎo）袂，白色上衣。

4　“去趁”句：趁新蚕出生前的闲暇回娘家看看。

辛弃疾对荠菜花似乎情有独钟，前首《鹧鸪天》说“春在溪头荠菜花”，这首词又说“春入平原荠菜花”。入春后，野地里荠菜花开，静静地在草丛里迎接春天，不求人赏识，只是淡然地沐浴着春光。唐代诗人很少写到荠菜的，只有李端《古别离》里写过“菊花开欲尽，荠菜泊来生”，算是让荠菜在诗坛上露了一回脸。不过，最早写荠菜的，是早于李端的、算不上是诗人的太监高力士。高力士曾是最受唐玄宗宠信的宦官，因为李白酒后让他脱过靴子，便千方百计地陷害李白。后来他被贬到巫州，见当地荠菜很多，而当地人却不知食用，于是感伤地写了一首打油诗：“两京作斤卖，五溪无人采。夷夏虽有殊，气味都不改。”宋代词人中，只有两人写过荠菜花，辛弃疾是第一个，另一位词人叫严仁。严仁的《玉楼春·春思》词也提到了早春的荠菜花：“春风只在园西畔，荠菜花繁胡蝶乱。”辛弃疾是善于发现美的词人。荠菜虽然渺小，但生命力顽强，入春就开花。

此词虽然是题写在酒家壁上，但没有浓重的酒味，有的是乡村特有的生活场景：平原野地里荠菜花开，雨后新耕的田地里群鸦低飞觅食。村头有座牛栏，牛栏西边是一棵棵的桑树一丛丛的麻。村头路上走来一位身穿青裙白褂的年轻媳妇，趁蚕儿出生之前的空闲回娘家探望。词人悠闲地看着这一切，举起相机，抓拍了以上几个乡村镜头。画面丰富生动，有人、有鸟、有牛，有花、有桑树、有野麻，有村庄、有牛栏、有酒家。

鹧鸪天

元溪不见梅[1]

千丈清溪百步雷。柴门都向水边开。乱云剩带炊烟去[2]，野水闲将日影来[3]。　　穿窈窕[4]，历崔嵬[5]。东林试问几时栽。动摇意态虽多竹，点缀风流却少梅。

1　元溪：在上饶。明薛瑄《敬轩文集》卷十三《周氏族谱序》：“上饶周秉忠示余族谱一帙，求为之序。余观秉忠先世家于上饶者历年滋多谱，所谓元溪者，盖其宗。而元溪之分，则自学录公始。”可知上饶有地名元溪。

2　剩：更，又。

3　将：携带。

4　窈窕：指深密的草木丛林。杜牧《题茶山》：“柳村穿窈窕，松涧渡喧豗。”

5　崔嵬：指崎岖的山路。

见着梅花写梅花，好写，没见梅花写梅花，不好写。词分两层写，一层写元溪，一层写不见梅花。词先从元溪写起。元溪，溪面宽阔，似有千丈，溪流湍急，水声如雷，百步之外，清晰可闻。村人临岸而居，家家大门都临溪而开。“乱云”二句写景如画，对偶精工。蓝天之下，白云乱飘，炊烟时起，静中有动；溪水里倒映着日影，和谐自然。词人却把这些自然的景致写成是主观上故意，乱云有意"带"着"炊烟"而去，炊烟则是追随着空中的乱云而升，野水悠闲自在地吸引着日影而来。自然景物都有了灵性，有了生命。下片写在草丛中穿行，在山路上行走，一路只见意态多姿的竹子，却没见风流潇洒的梅花，颇感遗憾。于此可体现出辛弃疾对梅花的热爱。爱梅而思梅，思梅却未见梅，自然遗憾。窈窕，指草丛，崔嵬，指山路。不直言穿过草丛，走过崎岖陡峭的山路，却说"穿窈窕，历崔嵬"，就别有韵味，于此可悟写诗作词之法。

鹧鸪天

戏题村舍

鸡鸭成群晚不收。桑麻长过屋山头[1]。有何不可吾方羡，要底都无饱便休[2]。　　新柳树，旧沙洲。去年溪打那边流。自言此地生儿女，不嫁金家即聘周。

1　桑麻长：语本陶渊明《归园田居》："桑麻日已长。"屋山头：房屋两端的最高处。

2　要底：想要的，想得到的。饱便休：一饱就满足了，别无他求。黄庭坚《四休居士诗并序》："太医孙君昉字景初，为士大夫发药，多不受谢，自号四休居士。山谷问其说，四休笑曰：粗茶淡饭饱即休，补破遮寒暖即休，三平二满过即休，不贪不妒老即休。山谷曰：此安乐法也。"

词自五代以来，一直是都市文学，是在都市的茶楼酒馆、私人宴集上歌唱的流行歌曲，故而灯红酒绿、俊男靓女是词作表现的主要对象，乡村生活、乡村人物很少进入词人的视野。辛弃疾因为中年以后长期生活在乡村，熟悉农村，也热爱农村，故而常常用词来表现他熟悉的农村生活和乡村风情。这不，连成群的鸡鸭都进入了他的镜头。唐诗里写鸡声的很多，如“鸡声茅店月，人迹板桥霜”，“晨鸡两遍报更阑，刁斗无声晓漏干”等，但没有人写过作为乡村生活中常见的鸡鸭，宋词中也唯有辛弃疾将鸡鸭写进词里。此词是乡村即事，将所见所闻题写在村舍的墙壁上。黄昏时分，村前成群的鸡鸭自由地蹓跶，主人还没收回家去。村头的桑麻苍翠茂盛，高过屋顶。去年词人曾经过此地，此回再来，村边的沙洲还是那个沙洲，可柳树已是新种的了，沙溪中的流水也已改道，去年从那边流，今年却从这边流了。村里的人家都是亲戚连亲戚，生了儿女，不是嫁到金家做媳妇，就是娶周家的女子为儿媳。这可能是一个比较封闭的乡村，娶媳嫁女，都在村内解决。词人也感觉有些奇怪，所以特地把这种当地人“自言”的风俗写进词里。

清平乐

茅檐低小[1]。溪上青青草。醉里吴音相媚好[2]。白发谁家翁媪[3]。　　大儿锄豆溪东。中儿正织鸡笼。最喜小儿亡赖[4]，溪头卧剥莲蓬。

1　茅檐低小：语本杜甫《绝句漫兴》：“熟知茅斋绝低小，江上燕子故来频。”

2　吴音：此即上饶本地方言。上饶旧属吴地，故称吴音。

3　翁媪：犹今言爷爷奶奶。

4　亡（wú）赖：顽皮、调皮。语出《汉书·高帝纪》"始大人常以臣亡赖"注："江淮之间谓小儿多诈狡狯为亡赖。"

用46个字的小令，把一家人的家居环境、生活、劳动、娱乐的场面细节都写来，有没有可能？辛弃疾的回答是能！这首《清平乐》就是生动的答卷。这家人住在小溪边上，溪边青草茂密，一栋又矮又小的茅草屋座落在溪头，门前坐着白发苍苍的老两口，面色红润，说话时透着酒气，醉眼蒙眬中亲昵地用吴侬软语话着家常。老两口的大儿子，在溪东头的庄稼地里给豆苗锄草，家中老二坐在门前空地上用竹子编着鸡笼，静静地听着老爸老妈聊天。最可爱的是小儿子，躺在溪头，剥莲蓬吃。一家五口，每人的动作情态、所处环境、劳作活路，都写得栩栩如生，跃然纸上，辛弃疾的表现能力真是超强。用词来写人物，本很少见，一两句就把两个人物之间的关系和老两口的头发、口音、醉态、亲昵都一一写出，用笔之细致，描写之真切，唐宋词中着实罕见。辛弃疾擅长写景物，写情感，也擅长写人物！

《清平乐》词调韵律非常有特点，上片四仄韵，句句押韵，韵位密集，节奏感强。下片四句，三句押平声韵，韵位稍疏，节奏相对舒缓。上急下缓，上仄下平，富有变化。而上片句式为四五七六，每句字数长短不齐，下片则为四个六言句，上片句式参差，下片句式整齐，又有变化。整齐中有变化，变化中有统一。此词调读来就感觉韵味悠长，当时配乐演唱自然是更加美听。

清 平 乐

检校山园书所见[1]

连云松竹。万事从今足。拄杖东家分社肉[2]。白酒床头初熟[3]。　　西风梨枣山园[4]。儿童偷把长竿。莫遣旁人惊去，老夫静处闲看。

1　检校：巡视察看。山园：辛弃疾在上饶带湖居所的园林。洪迈《稼轩记》即说其居所“东冈西阜，北墅南麓”，故称山园。

2　分社肉:《荆楚岁时记》:“社日四邻并结宗会社，宰牲牢为屋于树下，先祭神，然后享其胙。”

3　床：糟床，酿酒的用具。

4　西风：秋风。

稼轩分了社肉归来，顺路察看园林。园林里松树翠竹高入云天，看着都心情爽快。梨子、枣子也都挂满枝头，阵阵凉风，送来果香，更是喜人。行走之间，稼轩忽见远处果树下有几个小孩偷偷地拿着长竿在打枣子，旁边的侍者随从正准备前去驱赶，稼轩急忙制止，他站在僻静的地方悠闲地看着那些儿童，等他们打够了才离开。辛弃疾一生为人强势强悍，嫉恶如仇，刚强自信，所以得罪了不少人。可对前来偷打他家梨子枣子的小孩却是慈眉善目，不但不怪罪不驱赶，反而任其所为，体现出英雄稼轩的仁慈与可爱。他童心不老，说不定此时他想到了少年时期也曾偷把长竿打过邻居家的枣子吧。笔者孩童时代就常常玩这些偷枣摸瓜的游戏，原来八百年前的小朋友也这么玩啊！读来倍感亲切好玩。辛弃疾几笔勾画，就让戏剧性的场景、老少三方各自的行为活动跃然纸上。三方，是指静处闲看的稼轩一方、欲上前呵斥制止的随从侍者一方、专心偷把长竿打枣没发现近处有人的儿童一方。四句词，居然把三方人物的动作情态心理表现得如此生动，这只有大手笔才做得到。

玉楼春

三三两两谁家女[1]。听取鸣禽枝上语。提壶沽酒已多时[2]，婆饼焦时须早去[3]。　　醉中忘却来时路。借问行人家住处。只寻古庙那边行，更过溪南乌桕树。

---

1 “三三”句：语出柳永《夜半乐》：“岸边两两三三，浣纱游女。”

2 提壶：即杜鹃鸟，提壶是其叫声的谐音。黄庭坚《演雅》诗：“提壶犹能劝沽酒。”

3 婆饼焦：鸟名。婆饼焦是拟其叫声。王质《绍陶录》卷下：“婆饼焦，身褐，声焦急，微清，每调作三语，初如云‘婆饼焦’，次云‘不与吃’，末云‘归家无消息’。后两声若微于初声。”

此词是乡间即景纪实之作。上片妙在以鸟的叫声谐音来写乡间女子的行为活动。首二句写三三两两的农家女子去赶集，路边树上的鸟儿叫得正欢，仿佛是在送往迎来。“提壶”二句，乍看上去，像是写农家女们提着酒壶买酒，已等候多时，家中婆婆做的饼子都快烧焦了，等着她们回去开吃呢。实际上“提壶”是杜鹃鸟的叫声，“沽酒”则是由“提壶”的谐声而生发的联想。“婆饼焦”，也是鸟名，同时又是该鸟叫声的拟音。辛弃疾巧妙地把鸟的叫声与其拟音对应的人的行为方式糅合在一起，你可以说是写鸟叫，也可以是说写农家女子提壶去沽酒，婆婆烧饼快烧焦了。也可以是二者兼而写之。上片写所见所闻，下片写自己酒醉问路。辛弃疾随兴在乡间行走，累了就找个酒店品尝一下乡间土酒。不觉喝醉了，忘记了来时走的路向，于是问行人回家往哪儿走。连自家在哪都找不着北了，可以想象他醉得不轻。行人告诉他：你只往古庙那边走，过了溪南的乌桕树，就看见你家了。日常生活、日常口语入词，声口毕肖。

鹊桥仙

己酉山行书所见[1]

松冈避暑。茅檐避雨。闲去闲来几度。醉扶怪石看飞泉，又却是、前回醒处。　　东家娶妇。西家归女[2]。灯火门前笑语。酿成千顷稻花香，夜夜费、一天风露。

1　己酉：指孝宗淳熙十六年（1189）。

2　归女：嫁女。

此词写在上饶山间路上的见闻，但不是一时的见闻，而是往来多次的见闻。只不过是把不同时空的几个镜头编辑在一起而已。走过一片山冈的松树林，曾在这儿避过暑；路过一栋茅屋，曾在这里避过雨。路边有怪石，有飞泉，这回醉扶怪石看飞泉，上次喝醉了醒来，原来也是此处。松冈还是那个松冈，茅屋还是那座茅屋，怪石依旧，飞泉依然，来来回回好多次，印象深刻，于是提笔写下这些山中印象。上片写山中景，下片写村中事。来到一个村落，只见灯火通明，几家门前人们进进出出，笑声不断，喜气洋洋，原来是这家娶媳妇，那家嫁闺女，难怪如此热闹喜庆。走出村头，是一片稻田，稻花香飘，丰收在望，词人也不觉为之欣喜。

鹧鸪天

石壁虚云积渐高。溪声绕屋几周遭[1]。自从一雨花零乱，却爱微风草动摇。　　呼玉友，荐溪毛[2]。殷勤野老苦相邀[3]。杖藜忽避行人去，认是翁来却过桥[4]。

1　溪声绕屋：以声写形，屋前屋后都是溪流。语出苏轼《寄吴德仁兼简陈季常》："门前罢亚十顷田，清溪绕屋花连天。"

2　玉友：酒。张表臣《珊瑚钩诗话》："近时以黄柑酝酒，号洞庭春色；以糯米药曲作白醪，号玉友。皆奇绝者耳。"荐：奉送。溪毛：溪边野菜。语出《左传》隐公三年："苟有明信，涧溪沼沚之毛，……可荐于鬼神。"

3　野老：村中老汉。苦：用作副词，表示反复、多次。

4　杖藜：拄着藜杖。藜杖，用藜的老茎做成的手杖，质轻而坚实。却：正要，恰好。"杖藜"二句的意思是，行人认得拄杖而来的老翁（词人），正要过桥，忽然避去，让老翁先过。

此词写乡中作客时见闻。主人家屋后是高高的石壁，雨后云气堆积不散，房前屋后溪流潺潺。门前园子里的花儿被一场大雨打得七零八落，微风吹拂着野草，起伏不停，别有情趣。"自从一雨花零乱，却爱微风草动摇"，是俊句。此句含意隽永，原来只关注鲜花，不太在意青草，自从雨打花落，发现微风拂草，也颇有可观，青草虽无鲜花艳丽，但默默无闻，随风起舞，也蛮有韵致。只要有一双善于发现美的眼睛，生活中的美无处不在。下片写应邀作客。村中野老非常热情，苦苦地邀请词人到他家做客，拿出自家酿的好酒，端上溪边的野菜来招待。行人也非常有礼貌，到野老家时，行人见词人拄着枴棍，特地避让，让老翁（词人）先过桥。几个细节，就写出村民的热情、礼貌、朴实、好客。

鹧鸪天

鹅湖归病起作

著意寻春懒便回。何如信步两三杯。山才好处行还倦，诗未成时雨早催[1]。　携竹杖，更芒鞋[2]。朱朱粉粉野蒿开[3]。谁家寒食归宁女[4]，笑语柔桑陌上来。

1　“诗未成”句：化用杜甫《陪诸贵公子丈八沟携妓纳凉，晚际遇雨》“片云头上黑，应是雨催诗”意。

2　“携竹杖”二句：语出苏轼《定风波》：“竹杖芒鞋轻胜马。”

3　朱朱粉粉：红红白白。

4　归宁：出嫁后的女子回娘家看望父母。

词写春日病起后外出寻春闲游的见闻。因为是病起，身体未完全康复，所以有些慵懒，有些疲倦。“山才好处行还倦”，是说在山中行走，刚刚走到景色优美之处，就疲倦走不动了。诗还没写成呢，雨就下来了，像是在催着快快写完。“山才”二句句式很特别，七言句一般是二二二一或一二二二，而此处上句则是一一二一一一，下句是一二一一一一，读来拗峭不平，别有韵味。读多了平溜的句式，偶尔读这样的拗折句式，语感很是新鲜。下片写村中所见。携着竹杖，穿着草鞋，来到村前，但见村边红红白白的野蒿正开着花。村头桑树夹道的路上见一位少妇正笑吟吟地走来，跟路人亲切地打着招呼。看她那妆扮，应该是趁寒食节回娘家看望的归宁女。稼轩像是下乡采风写生的摄影记者，常常把镜头对着这些村姑村妇，从而丰富了宋词的人物画廊。

浣溪沙

父老争言雨水匀。眉头不似去年颦。殷勤谢却甑中尘[1]。　　啼鸟有时能劝客，小桃无赖已撩人[2]。梨花也作白头新。

1 谢却：辞掉。此指不再像去年那样甑中生尘。甑中尘：蒸饭用的甑沾满了尘土，指无米下锅。典出《后汉书·范冉传》，范冉字史云，因遭党禁，结草室而居。所止单陋，有时粮粒尽，穷居自若，言貌无改，闾里歌之曰："甑中生尘范史云，釜中生鱼范莱芜。"

2 无赖：本是贬义，此处则是似憎实爱。

此词作于庆元六年（1200），也是纪实。上片写乡间父老都说今年风调雨顺，是个好年成，不像去年那样干旱，粮食歉收，弄得常常没饭吃，甑中生尘。今年年成好，可以吃饱肚子，不愁挨饿了。词人不是这般平铺直叙，而是用细节呈现父老们的神态。不说今年眉头舒展，而说"眉头不似去年颦"，就一笔而含今年与去年，既写出了今年丰收在望，喜上眉梢，又写出了去年因干旱收成不好而眉头紧锁的情态。用笔简而丰。"殷勤"句，用典故，既显学问，又形象地写出了去年粮食不够吃的辛酸窘境。"甑中尘"，具有可视性、镜头感，比直言忍饥挨饿更有质感。下片写景，写啼鸟，写桃花红、梨花白。这些常见景物，如果直叙，则了无诗味。词人却说啼鸟有时能劝客，就别出心裁，韵味十足。鸟儿鸣叫，像是劝客在此多多逗留，鸟也多情留客。鲜红的桃花，很撩拨人，则桃花的魅力可以想象。不直说梨花白，不说梨花满树，而说梨花也学俺这老头，装成白头模样，既新鲜，又幽默。

青玉案
元　夕[1]

东风夜放花千树[2]。更吹落、星如雨。宝马雕车香满路。凤箫声动，玉壶光转，一夜鱼龙舞[3]。　　蛾儿雪柳黄金缕[4]。笑语盈盈暗香去。众里寻他千百度。蓦然回首，那人却在，灯火阑珊处[5]。

1　元夕：即元宵，正月十五夜。

2　“东风”句：写元夕临安灯火之盛。《武林旧事·元夕》：“至二鼓，上乘小辇幸宣德门观鳌山，擎辇者皆倒行以便观灯。金炉脑麝如祥云，五色荧煌炫转，照耀天地。山灯凡数千百种，极其新巧，……宫漏既深，始宣放烟火百余架。于是乐声四起，烛影纵横。大率仿宣和盛际，愈加精妙。”

3　玉壶、鱼龙：均指彩灯。《武林旧事·元夕》谓灯之品极多，“福州所进则纯用白玉，晃耀夺目，如清冰玉壶，爽彻心目”；“禁中尝令作琉璃灯山，其高五丈，人物皆用机关活动，结大彩楼贮之。又于殿堂梁栋窗户间为涌壁，作诸色故事，龙凤噀水，蜿蜒如生，遂为诸灯之冠”。

4　蛾儿雪柳：女子头上戴的饰品。《大宋宣和遗事》：“京师民有似云浪，尽头上戴着玉梅、雪柳、闹蛾儿，直到鳌山下看灯。”《武林旧事》：“元夕节物，妇人皆带珠翠、闹蛾、玉梅、雪柳、菩提叶、灯球、销金合、蝉貂袖项帕，而衣多尚白，盖月下所宜也。”宋侯寘《清平乐·咏橄榄灯球儿》词：“缕金剪彩，茸绾同心带。整整云鬟宜簇戴，雪柳闹蛾难赛。”

5 阑珊：冷清，冷落。

元宵节，是宋代人的狂欢节。无论是在北宋还是南宋，元宵节的京城，都是满城狂欢，男男女女，老老少少，都外出观灯。且看北宋李邴《女冠子·上元》所写北宋汴京的元宵节：“帝城三五。灯光花市盈路。天街游处。此时方信，凤阙都民，奢华豪富。纱笼才过处。喝道转身，一壁小来且住。见许多、才子艳质，携手并肩低语。　　东来西往谁家女。买玉梅争戴，缓步香风度。北观南顾。见画烛影里，神仙无数。引人魂似醉，不如趁早，步月归去。这一双情眼，怎生禁得，许多胡觑。”词人似乎是初到汴京，从没见过如此热闹繁华的景象，满路的花灯纱笼，一对对的俊男靓女携手并肩，亲昵地说着情话。那些买玉梅争戴的妙龄女子，不断吸引着他的眼球。让他心动又让他难堪的是，画烛影里，花枝招展的妓女们频频向他送秋波，逗得他体酥魂醉。或许是初来乍到摸不清深浅，或许是身无分文，他经不住挑逗，只得尽快离开。李词很有纪实性和戏剧性。辛弃疾这首《元夕》词写的则是南宋都城临安元宵夜的繁华热闹。但想象力比李词要丰富得多。同样是写灯，李词是直述“灯光花市盈路”，而辛词则说这些花灯像是东风一夜吹开的鲜花，东风不仅催开了花，还吹落了流星雨。把灯花想象为自然之鲜花，而且是东风一夜吹开的，既出人意表，又切合元宵节的情景。“东风”二句写空中，“宝马”三句写地上。“宝马雕车香满路”，不仅见出骏马名车之多，也写出马上车中人物的身份，车马过去留下一路“香”，自然是“奢华豪富”之人所留。但留下的想象空间比李词的直述要大得多。“香”，可以想象是花香，也可以想象是俊男美女所留下之体“香”。“凤箫声动”，是写声响，鼓乐齐鸣，见出气氛之热烈。“玉壶”二句写出各种花灯闪烁，“光转”“鱼龙舞”写出灯的动态变化，“鱼龙舞”，是多人玩龙灯。沿街而舞，如龙游动，十分壮观。上片声、光、色、态俱全。上片如流动的镜头，不断切换景物，下片则用特写镜头写一女子。她穿戴时髦，盈盈缓步，不追逐热闹芳华，却独自笑语离去。“暗香”，可以理解为她身上的幽香，也可以理解为她去寻找暗香浮动的梅花，她不喜欢灯市的繁华，而喜欢梅花的幽独。她不在华灯下、人丛中穿梭，只静静地守望在灯火冷清的街角，以至于在人丛中寻她千百回都看不到她的身影，而蓦然回头，才见她孤独而傲然地站在阴影的冷清里。这位孤独高洁的美人，在狂欢的氛围中、热闹的灯市里，却依然保持着一份清醒，一份孤独。跟李邴词中那位羡慕繁华的寒酸少年，精神境界截然不同。这位美人，与其说是词人追寻的对象，毋宁说是词人自己的写照。临安人彻夜狂欢，直把杭州作汴州。而英雄辛弃疾却保持着清醒的头脑，孤独而无奈地审视着这表面繁华却暗藏危机的社会现实。此词应是辛弃疾早年任职临安时所写，具体时间不可确考。

好事近

席上和王道夫元夕立春[1]

彩胜斗华灯[2]，平把东风吹却[3]。唤取雪中明月，伴使君行乐[4]。　　红旗铁马响春冰[5]，老去此情薄。惟有前村梅在，倩一枝随着[6]。

1　王道夫：信州知州。辛弃疾同时作有《念奴娇·和信守王道夫席上韵》。淳熙六年周必大与《王道夫主簿》书谓其著有《孙武新略》三卷。元夕：即元宵。元夕立春：时为绍熙三年（1192）。

2　彩胜：又名旛胜。唐宋时立春日，女子剪纸或绸作旛戴在头上以示庆祝。时逢元宵和立春，故女子既戴彩胜，又玩花灯。

3　平把：平白无故地被。吹却：吹过。却，语助词。

4　使君：对州郡长官的尊称。

5　“红旗”句：挥舞着红旗，骑着铁马在冰面上驰骋。语本苏轼《上元夜》：“去年中山府，老病亦宵兴。牙旗穿夜市，铁马响春冰。”

6　“惟有”二句：化用郑谷一字师典故。陶岳《五代史补》卷三《僧齐己传》：“郑谷在袁州，齐己因携所撰诗往谒焉，有《早梅》诗曰：‘前村深雪里，昨夜数枝开。’谷笑谓曰：‘数枝非早，不若一枝则佳。’齐己矍然，不觉搴衣叩地膜拜。自是士林以谷为齐己一字之师。”

此词是绍熙三年（1192）辛弃疾在上饶与知州王道夫的唱和之作。时值元宵节，又是立春，故词的开篇兼写这两个时令节日。彩胜是立春日女子戴的装饰，华灯则是元宵夜必备的应景之物。信州上饶的元宵，热闹不能跟都城临安相比，所以词中也不像前首《青玉案·元夕》那样铺陈元宵节的繁华景象，似乎当晚是下雨，连月亮都不见，所以词人说要“唤取”明月来伴使君行乐。这首词是应酬词，辛弃疾与王道夫似乎交谊不深，词里也没表现出什么特别的交情寓意。上片写元宵风物，回应王道夫宴请之乐，下片说自己年老了，无复当年铁马踏春冰的雅兴，只有到村前摘一枝梅花来欣赏。元宵巧遇立春，太守设宴请客，应该是良辰美景赏心乐事，但辛弃疾似乎兴致不高，只是勉强应付而已。词也写得一般，不是用心的力作。

鹧鸪天

败棋，赋梅雨[1]

漠漠轻阴拨不开[2]。江南细雨熟黄梅[3]。有情无意东边日[4]，已怒重惊忽地雷。　　云柱础，水楼台[5]。罗衣费尽博山灰[6]。当时一识和羹味，便道为霖消息来[7]。

1　败棋：即输棋。梅雨：陆佃《埤雅》："今江湘二浙四五月间，梅欲黄落，则水润土溽，柱础皆汗，蒸郁成雨，谓之梅雨。故自江以南二月雨谓之迎梅，五月雨谓之送梅。"

2　"漠漠"句：语出韩愈《同水部张员外曲江春游寄白二十二舍人》"漠漠轻阴晚自开"和苏轼《有美堂暴雨》"满座顽云拨不开"。

3　"江南"句：杜甫《梅雨》诗："四月熟黄梅，冥冥细雨来。"苏轼《赠岭上梅》："不趁青梅尝煮酒，要看细雨熟黄梅。"

4　"有情"句：从刘禹锡《竹枝词》"东边日出西边雨，道是无晴却有晴"化出。

5　"云柱础"二句：因天气潮湿，柱础生出云般的图案，楼台滴出水珠。

6　"罗衣"句：从周邦彦《满庭芳·夏日溧水无想山作》"衣润费炉烟"化出。博山：即博山香炉。徐兢《宣和奉使高丽图经》卷三十："博山炉，本汉器也。海中有山名博山，形如莲花，故香炉取象，下有一盆，作山海波涛鱼龙出没之状，以备贮汤，薰衣之用。盖欲其湿气相着，烟不散耳。"

7　和羹、为霖：典出《尚书·说命》"若岁大旱，用汝作霖雨"及"若作和羹，尔惟盐梅"。和羹，切"梅"字；为霖，切"雨"字。和羹，本义是指用不同的调味品做成羹汤，后指大臣辅佐君王治理朝政。为霖消息，指升官的消息。

词题"败棋，赋梅雨"，是与友人打赌，如果输棋就写一首咏梅雨的词。果然老辛输了棋，于是信守诺言写下此首。宋人爱下围棋。辛弃疾下棋的水平如何，他没告诉过我们。反正苏轼的水平不高，他曾说平生有三不如人，就是下棋、饮酒、唱曲。王安石下棋水平也不高，但从来没有输过，你道是为何？原来，王安石每见棋快要输了，就把棋盘上的棋子一撸，说："不下了，下棋本为高兴，今天尽兴了。”辛弃疾的棋风应该比较好，输了棋，就老老实实写一首词。上片写江南的梅雨绵绵不断，天空中的阴云拨都拨不开。东边的太阳有意无意地刚刚露脸，天公就发怒，派出雷神满地轰。下片写梅雨季节的潮湿。房屋的柱础渗出水印，显出云状图案；楼台能滴下水珠，衣服都湿乎乎的，常常要博山炉火来烘烤。这只有有南方生活经验的人才写得出。辛弃疾久住江西，对梅雨天气有着深切体验，故写来很真实。结拍甚妙，既切“梅雨”二字，又寓祝贺之意，预祝赢棋的友人不久会得到朝廷重用以兼济天下。即使是游戏时辛弃疾也难忘社会关怀。

念奴娇

赋白牡丹和范廓之韵[1]

对花何似，似吴宫初教，翠围红阵[2]。欲笑还愁羞不语，惟有倾城娇韵。翠盖风流[3]，牙签名字[4]，旧赏那堪省。天香染露，晓来衣润谁整[5]。　　最爱弄玉团酥[6]，就中一朵，曾入扬州咏[7]。华屋金盘人未醒[8]，燕子飞来春尽。最忆当年，沉香亭北，无限春风恨[9]。醉中休问，夜深花睡香冷[10]。

1　范廓之：即范开，辛弃疾门人。范开原唱不存。

2　“似吴宫”二句：谓牡丹花如孙武在吴宫初次军训的宫女。典出《史记·孙子列传》：“孙子武者，齐人也。以兵法见于吴王阖庐。阖庐曰：‘子之十三篇吾尽观之矣，可以小试勒兵乎？’对曰：‘可。’阖庐曰：‘可试以妇人乎？’曰：‘可。’于是许之，出宫中美女，得百八十人。孙子分为二队，以王之宠姬二人各为队长，皆令持戟。令之曰：‘汝知而心与左右手背乎？’妇人曰：‘知之。’孙子曰：‘前，则视心；

左，视左手；右，视右手；后，即视背。’妇人曰：‘诺。’约束既布，乃设铁钺，即三令五申之。于是鼓之右，妇人大笑。孙子曰：‘约束不明，申令不熟，将之罪也。’复三令五申。而鼓之左，妇人复大笑。孙子曰：‘约束不明，申令不熟，将之罪也。既已明而不如法者，吏士之罪也。’乃欲斩左右队长。吴王从台上观，见且斩爱姬，大骇。趣使使下令曰：‘寡人已知将军能用兵矣！寡人非此二姬，食不甘味，愿勿斩也。’孙子曰：‘臣既已受命为将，将在军，君命有所不受。’遂斩队长二人以徇。用其次为队长，于是复鼓之。妇人左右前后跪起皆中规矩绳墨，无敢出声。”

3 翠盖：形容牡丹叶。

4 牙签名字：用标签写上各种花的品名。

5 “天香”二句：化用唐李正封《牡丹》“国色朝酣酒，天香夜染衣”诗意。

6 弄玉团酥：当是白牡丹的一个品种。

7 扬州咏：典出《云溪友议》卷中《辞雍氏》：“崔涯者，吴楚之狂生也，与张祜齐名，每题一诗于倡肆，无不诵之于衢路。誉之则车马继来，毁之则杯盘失错。……又嘲李端端：‘黄昏不语不知行，鼻似烟窗耳似铛。独把象牙梳插鬓，昆仑山上月初生。’端端得此诗，忧之。候涯使院饮回，遥见二子，蹑屐而行，乃道傍再拜，战惕曰：‘端端祇候三郎、六郎，伏望哀之。’又重赠一绝句粉饰之，于是大贾居豪竞臻其户。……赠诗曰：‘觅得黄骝被绣鞍，善和坊里取端端。扬州近日浑成差，一朵能行白牡丹。’”

8 华屋金盘：语出苏轼《咏定惠院东山海棠》：“自然富贵出天姿，不待金盘荐华屋。”

9 “最忆当年”三句：用李白咏牡丹故事。《松窗杂录》：“开元中，禁中初重木芍药，即今牡丹也。得四本：红、紫、浅红、通白者，上因移植兴庆池东沉香亭前。会花方繁开，上乘月夜召太真妃以步辇从。……遂命龟年持金花笺宣赐翰林学士李白，进《清平调》词三章，白欣承诏旨，犹苦宿酲未解，因援笔赋之：‘云想衣裳花想容，春风拂槛露华浓。若非群玉山头见，会向瑶台月下逢。’‘一枝红艳露凝香，云雨巫山枉断肠。借问汉宫谁得似，可怜飞燕倚新妆。’‘名花倾国两相欢，长得君王带笑看。解释春风无限恨，沉香亭北倚栏杆。’”

10 夜深花睡：语出苏轼《海棠》诗：“只恐夜深花睡去，故烧高烛照红妆。”

这是一首咏白牡丹的咏物词。前人咏牡丹，以李白三首《清平调》最为著名。《清平调》表面咏花，实是赞美杨贵妃，花似美人，美人似花，人花合一。辛弃疾此词也把牡丹花比作美人，有了李白诗在前，这不算新奇。新奇的是，辛弃疾把牡丹想象为孙武当年在吴宫初次军训的宫女。把牡丹比作女兵，只有行伍出身的军人辛弃疾才能想得到。但辛弃疾也有一失，题为咏白牡丹，却说“翠围红阵”——绿叶围绕着身着红妆的女兵方阵。既然是白牡丹，翠叶簇拥的应该是白花，而不是红花。李白《清平调》咏的牡丹有四本，红牡丹、紫牡丹、浅红牡丹和通白牡丹，故说“一枝红艳露凝香”。辛弃疾只咏白牡丹，却说“红阵”，显然考虑欠周。“欲笑还愁羞不语”，写牡丹那娇羞的情态，甚是动人。过片“最爱”三句用唐人故实，与所咏白牡丹倒是比较切合，但暗把白牡丹比作扬州歌妓李端端，让人觉得不太高雅。“最忆”三句，用李白“解释春风何限恨，沉香亭北倚栏干”诗意和故实，把白牡丹比作杨贵妃，固然能让人产生丰富的联想，但刚把白牡丹比作歌妓李端端，一会儿又把白牡丹比作杨贵妃，前后不太协调。辛弃疾写此词，似乎比较随意，“最爱”“最忆”连用，稍嫌重复。

声声慢

嘲红木犀。余儿时尝入京师禁中凝碧池[1]，因书当时所见

开元盛日[2]，天上栽花，月殿桂影重重。十里芬芳，一

枝金粟玲珑[3]。管弦凝碧池上，记当时、风月愁侬[4]。翠华远[5]，但江南草木[6]，烟锁深宫。　　只为天姿冷淡，被西风酝酿，彻骨香浓。枉学丹蕉，叶展偷染妖红[7]。道人取次装束[8]，是自家、香底家风。又怕是，为凄凉、长在醉中。

1　木犀：俗称桂花。红木犀，即丹桂。京师：此指北宋都城开封。稼轩儿时曾随祖父辛赞居京师。其《美芹十论奏进札子》说："臣之家世，受廛济南。""大父臣赞，以族众拙于脱身，被污虏官，留京师。"当时开封为金人所占。凝碧池：辛弃疾说是在禁中。李濂《汴京遗迹志》卷八所载具体方位是"在陈州门里繁台之东南，唐为牧泽，宋真宗时改为池"。

2　开元：唐玄宗年号，开元纪年凡二十九年（713—741），为唐代最强盛之时。杜甫《忆昔》："忆昔开元全盛日，小邑犹藏万家室。"此处借指北宋和平时期。

3　金粟：指桂花。

4　"管弦"二句：典出《明皇杂录》：天宝末，安禄山陷两京，大掠文武朝臣及黄门宫嫔乐工骑士，获梨园弟子数百人，因相与大会于凝碧池，宴伪官数十人。大陈御库珍宝，罗列于前后。乐既作，梨园旧人不觉歔欷，相对泣下。群逆皆露刃持满以胁之，而悲不能已。有乐工雷海清者，投乐器于地，西向恸哭，逆党乃缚海清于戏马殿支解以示众，闻之者莫不伤痛。王维为贼拘于菩提佛寺中，闻之赋诗曰："万户伤心生野烟，百官何日更朝天。秋槐叶落空宫里，凝碧池头奏管弦。"侬：我。

5　翠华远：指宋徽宗、钦宗被金人所掳北去。翠华，皇帝仪仗中以翠羽为饰的旗帜。

6　江南草木：指从江南运来的花石草木。宋徽宗时设花石纲，搜刮南方的奇花异木奇石珍禽至京师。《吴郡志》卷五十载朱勔"以花石得幸，人家园馆及坟墓有一花一木之佳者，悉用黄封径取之。开凿太湖石同载以进奉京师，谓之花石纲"。

7　枉学：不学，不仿效。丹蕉：即红蕉。白居易《东亭闲望》："绿桂为佳客，红蕉当美人。"染妖红：语本苏轼《浣溪沙·徐州藏春阁园中》:“化工余力染妖红。”妖红，艳丽鲜红。

8　道人：得道的高人，修道求仙之人。此喻木犀。取次装束：随便妆扮。取次妆，芍药花的一种。《芍药谱》谓：“取次妆，淡红多叶也。色绝淡，条叶正类绯，多叶，亦平头也。”此句巧妙地将芍药花名嵌于句中。

宋人特别喜爱桂花，李清照曾赞美桂花是“花中第一流”，甚至责怪当年屈原写了那么多的花花草草，为何不提及桂花？她的《鹧鸪天》词说：“暗淡轻黄体性柔。情疏迹远只香留。何须浅碧深红色，自是花中第一流。　　梅定妒，菊应羞。画阑开处冠中秋。骚人可煞无情思，何事当年不见收。”辛弃疾此词，也是咏桂花，不过，所咏桂花比较特殊，它是北宋汴京禁中的丹桂，辛弃疾儿时潜去偷看的时候，已由金人占领。故词中所写，烙下了鲜明的时代印记。起首三句，写北宋太平盛世时，皇宫里栽下此花，明月下宫殿旁桂影婆娑，周围十里都散发着桂花的芳香，一枝枝丹桂，如金粟般玲珑剔透。用“金粟”写丹桂的形状，比较贴切，但金的色彩与红色的丹桂不太适配，不知稼轩想过这层没有？北宋灭亡，汴京被金人所占，禁中的丹桂自然是含恨凝愁。词用安史乱中安禄山逼迫梨园弟子“凝碧池头奏管弦”的故事写北宋凝碧池的变迁，十分贴切。自从徽、钦二帝被俘北去，北宋覆灭，丹桂连同江南运来的花石草木，都“烟锁深宫”，令人慨叹。下片赞美丹桂不以外形“天姿”媚人，而以“彻骨香浓”展示自我的独特品格。李清照赞赏桂花是花中第一流，也是因为它的骨香内秀，而不是外在的形色之美。“取次妆”，字面上是随便妆扮之意，又是芍药花的一个品种，词人用“取次妆束”来写丹桂如同得道高人，外表随意，内在却保持着香的家风，甚是巧妙。结句更妙，丹桂是红色，词人想象：凝碧池边的丹桂之所以是红色，莫不是为了忘怀亡国的凄凉苦恨而沉醉不醒、天天面色红润？既绾合丹桂之红，又寓亡国之痛，人之情、物之思、国之痛三合一。

《声声慢》词调，有平韵、仄韵两种体式。李清照的名作《声声慢》（寻寻觅觅）是押仄声韵，辛弃疾此调是用平声韵。

满江红

和廓之雪[1]

天上飞琼[2]，毕竟向人间情薄。还又跨玉龙归去[3]，万花摇落。云破林梢添远岫，月临屋角分层阁。记少年、骏马走韩卢，掀东郭[4]。　　吟冻雁，嘲饥鹊。人已老，欢犹昨。对琼瑶满地，与君酬酢[5]。最爱霏霏迷远近，却收扰扰还寥廓。待羔儿酒罢又烹茶[6]，扬州鹤[7]。

1　廓之：即范开，字廓之。辛弃疾门人。范开咏雪的原唱失传。

2　飞琼：一语双关，既指飞舞的雪花，又指仙女名。《汉武帝内传》谓“西王母命侍女许飞琼鼓震灵之簧”。琼，美玉。

3　玉龙：指飞雪。《耆旧续闻》卷六：“华山狂子张元天圣间坐累终身，尝作《雪诗》云：‘七星仗剑搅天池，倒卷银河落地机。战退玉龙三百万，断鳞残甲满天飞。’”

4　韩卢：疾犬。东郭：狡兔。《战国策·齐策》：“韩子卢者，天下之疾犬也；东郭逡者，海内之狡兔也。韩子卢逐东郭逡环山者三，腾山者五，兔极于前，犬废于后。犬兔俱罢，各死其处。田父见之，无劳倦之苦而擅其功。”

5　琼瑶满地：即雪地。韩愈《酬王二十舍人雪中见寄》：“今朝踏作琼瑶迹。”酬酢：相互敬酒。

6　羔儿酒：即羊羔酒。《本草纲目》卷二五：“羊羔酒，大补元气，健脾胃，益腰肾。宣和化成殿真方：用米一石，如常浸浆，嫩肥羊肉七斤、曲十四两、杏仁一斤、同煮烂，连汁拌末入木香一两同酿。勿犯水，十日熟，极甘滑。一法：羊肉五斤蒸烂，酒浸一宿，入消梨七个，同捣取汁和曲米酿酒饮之。”

7 扬州鹤:《封氏闻见记》:“有客相从，各言所志，或愿为扬州刺史，或愿多赀财，或愿骑鹤上升。其一人曰:‘腰缠十万贯，骑鹤上扬州。’欲兼三者。”唐宋人以“腰缠十万贯，骑鹤上扬州”为天下美事。《野客丛书》卷十三:“腰缠十万贯，骑鹤上扬州。天下美事，安有兼得之理。”

宋人写咏物诗，有种特殊的规定，诗中不能出现所咏之物的字面，也不能用与之相关的常用字词，如咏雪，诗中不能出现雪字，也不能用玉、月、梅、絮、白、舞等字，意在增加技术难度，以难中见巧，难中出奇。这种咏物的体式被称为“白战体”，如徒手相搏，不持寸铁，故名“白战体”。得名于苏轼《聚星堂雪》诗的“当时号令君记取，白战不许持寸铁”。稼轩此首咏雪词，也基本上是这种体式，通首不用雪字。起四句写落雪，飞琼只在天上飞舞，偶尔才来到人间，故说“向人间情薄”。仙女飞琼乘着玉龙归去时，摇落下万片琼花。把飞雪想象为飞舞的玉片，不算新奇，如用“飞玉”，就太熟，用“飞琼”，则甚巧妙，因为飞琼既有玉的质感造型，更关合仙女许飞琼。把雪花想象为仙女，就比较新鲜。如同贺知章写柳“碧玉妆成一树高”的“碧玉”，既写出柳叶的色彩，又让人联想到乐府诗中的美女碧玉，柳树的婀娜窈窕，恰如美女碧玉的亭亭玉立。把雪想象为玉龙归去时摇落的鳞片，也蛮新鲜。“云破”二句写积雪。云散后林梢和远山岩穴的积雪清晰可见，月下屋角楼阁因积雪而更加层次分明。歇拍和过片“记少年”四句写少年时雪中打猎的赏心乐事，骑着骏马，随着猎犬去打猎，野兔（东郭）、冻雁、饥鹊，都是猎物。下片写与门人范开对雪饮酒、品茶、赏雪，笑谈“腰缠十万贯，骑鹤上扬州”的美事。

鹊桥仙

赠鹭鸶

溪边白鹭。来吾告汝。溪里鱼儿堪数[1]。主人怜汝汝怜鱼，要物我、欣然一处。　白沙远浦。青泥别渚。剩有虾跳鳅舞[2]。任君飞去饱时来，看头上、风吹一缕[3]。

1　堪数：屈指可数，指溪里鱼儿不多。

2　剩有：多有，更有。

3　一缕：指鹭鸶头上的羽毛。

说八百年前辛弃疾已有自觉的生态平衡意识、不同物种之间应和谐生存相处的理念，也许你不信。但读了这首《赠鹭鸶》词，你想不信都不行。辛弃疾像是老朋友，对溪边的白鹭说，白鹭白鹭，来来来，我告诉你啊，溪里鱼儿不多了呢，我疼爱你，你也该疼爱鱼儿哟。少捉些鱼儿吧，要“物我欣然一处”。你把鱼儿捉光了，生态失衡，你从此就没得鱼吃了，生物链断了，你也无法生存了。鱼跟你、你和我，就不能“欣然一处”了呢。辛弃疾又跟白鹭支招，说远处的白沙浦、青泥渚，小虾泥鳅多的是，任你飞去，吃饱了再回来。大英雄辛弃疾，原来还是生态专家、环保人士。八百年前稼轩就明白的道理，现在还有人不明白，常常是把港湾湖海里的大鱼小虾赶尽杀绝，只顾眼前，不管今后；只顾私利，不顾环境。

词用对话体，语气平等亲切，动之以情，晓之以理。既告诉白鹭不要把溪里小鱼吃光，要休渔放养，还告诉它另谋求生之法。不光是禁，还有导，既保护了溪的生态平衡，又给白鹭指明了新的出路。考虑周到，双赢策略，两全其美。想来鹭鸶会欣然应允。辛弃疾真是高人，其生态理念、环保智慧，值得我们珍视！

此词堪称宋代生态文学的代表。既表达了生态理念，又不失文学性。韵味浓郁，语言生动，形式活泼。说别处有虾有鳅，不是陈述，而是呈现，"虾跳鳅舞"，极富动作感，把小虾泥鳅写活了。

附录

辛弃疾年表[①]

宋高宗绍兴十年庚申（1140）　一岁

五月十一日卯时，稼轩生于历城（今山东济南）。

宋高宗绍兴十七年丁卯（1147）　八岁

从学刘岊老（刘瞻）。

宋高宗绍兴十九年己巳（1149）　十岁

师从蔡伯坚，与党怀英同学，号辛党。

宋高宗绍兴二十三年癸酉（1153）　十四岁

领乡荐。

宋高宗绍兴二十四年甲戌（1154）　十五岁

第一次燕山之行。

宋高宗绍兴二十七年丁丑（1157）　十八岁

第二次燕山之行。

宋高宗绍兴三十一年辛巳（1161）　二十二岁

金主亮大举南侵，稼轩聚众两千，隶耿京，共图恢复。

宋高宗绍兴三十二年壬午（1162）　二十三岁

正月，稼轩奉耿京命，奉表南归。十八日至建康。高宗召见，授右承务郎。闰二月，耿京为张安国等所杀，稼轩生擒张安国缚于马上，献俘行在，改差江阴签判。稼轩以分兵攻金人之策干张浚，不被采纳。定居京口，与范邦彦之女、

① 本表以邓广铭先生《辛稼轩年谱》为基础，略参时贤相关研究成果而成。

范如山（南伯）之女弟结婚，当在本年。

宋孝宗隆兴元年癸未（1163）　　二十四岁

在江阴签判任。

宋孝宗隆兴二年甲申（1164）　　二十五岁

江阴签判任满，去职。

宋孝宗乾道元年乙酉（1165）　　二十六岁

奏进《美芹十论》。

或谓稼轩江阴签判任满后，于本年改任广德军通判。《铅山辛氏宗谱》（以下简称《宗谱》）载《宋兵部侍郎赐紫金鱼袋稼轩历仕始末》云："三十一年辛巳十二月，奉耿京表诣行在，加升补承务郎，太平军节度使掌书记。江阴军佥判。广德军通判。司农寺薄。知滁州。"辛更儒先生《跋〈铅山辛氏宗谱〉和〈辛稼轩历任始末〉》据此认为稼轩于乾道元年至三年在广德军通判任。蔡国黄先生《再谈辛弃疾江阴签判卸任后的行踪——兼论稼轩任广德军通判之说不可信》不同意辛文之说，言颇有理。

宋孝宗乾道二年丙戌（1166）　　二十七岁

游历吴楚间。或谓在广德军通判任。

宋孝宗乾道三年丁亥（1167）　　二十八岁

游历吴楚间。或谓在广德军通判任。

宋孝宗乾道四年戊子（1168）　　二十九岁

通判建康府。

宋孝宗乾道五年己丑（1169）　　三十岁

在建康通判任。

宋孝宗乾道六年庚寅（1170）　　三十一岁

赴临安，召对延和殿。奏“阻江为险，须藉两淮”，又上疏请练民兵以守淮。迁司农主簿。作《九议》上虞允文。

宋孝宗乾道七年辛卯（1171）　　三十二岁

在临安任司农主簿。

宋孝宗乾道八年壬辰（1172）　　三十三岁

春，出知滁州。宽征薄赋，招流散，教民兵，议屯田。创建奠枕楼、繁雄馆。

宋孝宗乾道九年癸巳（1173）　　三十四岁

在滁州任知州。

宋孝宗淳熙元年甲午（1174）　　三十五岁

春赴建康，任江东安抚司参议官。以叶衡荐，迁仓部郎官。

宋孝宗淳熙二年乙未（1175）　　三十六岁

在临安，任仓部郎官。六月，出任江西提点刑狱。七月初至赣州，节制诸军，督捕茶寇赖文政。闰九月，平赖文政之乱。以功迁秘阁修撰。

宋孝宗淳熙三年丙申（1176）　　三十七岁

在赣州任江西提刑。调京西转运判官，似未赴襄阳就任。

宋孝宗淳熙四年丁酉（1177）　　三十八岁

差知江陵府（治今湖北荆州）兼湖北安抚使。冬，迁知隆兴府兼江西安抚使。

宋孝宗淳熙五年戊戌（1178）　　三十九岁

在南昌。任江西安抚使。召为大理少卿，赴临安。出为湖北转运副使。

宋孝宗淳熙六年己亥（1179）　四十岁

在鄂州（今湖北武汉）任湖北转运副使。春三月，改湖南转运副使。旋改知潭州，兼湖南安抚使。

宋孝宗淳熙七年庚子（1180）　四十一岁

在潭州（今长沙）任湖南安抚使。八月，创建飞虎军。冬，加右文殿修撰，差知隆兴府兼江西安抚。

宋孝宗淳熙八年辛丑（1181）　四十二岁

在南昌，任隆兴知府兼江西安抚使。十一月，改两浙提刑，旋以台臣论列落职。

宋孝宗淳熙九年壬寅（1182）　四十三岁

在上饶家居。

宋孝宗淳熙十年癸卯（1183）　四十四岁

在上饶家居。

宋孝宗淳熙十一年甲辰（1184）　四十五岁

在上饶家居。

宋孝宗淳熙十二年乙巳（1185）　四十六岁

在上饶家居。

宋孝宗淳熙十三年丙午（1186）　四十七岁

在上饶家居。

宋孝宗淳熙十四年丁未（1187）　四十八岁

在上饶家居。

宋孝宗淳熙十五年戊申（1188）　四十九岁

在上饶家居。

宋孝宗淳熙十六年己酉（1189）　五十岁

在上饶家居。

宋光宗绍熙元年庚戌（1190）　五十一岁

在上饶家居。

宋光宗绍熙二年辛亥（1191）　五十二岁

在上饶家居。

宋光宗绍熙三年壬子（1192）　五十三岁

春，赴福建提点刑狱任。

宋光宗绍熙四年癸丑（1193）　五十四岁

秋，加集英殿修撰，知福州，兼福建安抚使。

宋光宗绍熙五年甲寅（1194）　五十五岁

在福州，任福建安抚使。秋七月，以谏官论列，罢帅任，回江西。

宋宁宗庆元元年乙卯（1195）　五十六岁

家居上饶。

宋宁宗庆元二年丙辰（1196）　五十七岁

家居上饶。

宋宁宗庆元三年丁巳（1197）　五十八岁

家居铅山。

宋宁宗庆元四年戊午（1198）　五十九岁

家居铅山。

宋宁宗庆元五年己未（1199）　六十岁

家居铅山。

宋宁宗庆元六年庚申（1200）　六十一岁

家居铅山。

宋宁宗嘉泰元年辛酉（1201）　　六十二岁

家居铅山。

宋宁宗嘉泰二年壬戌（1202）　　六十三岁

家居铅山。

宋宁宗嘉泰三年癸亥（1203）　　六十四岁

夏，起知绍兴府兼浙东安抚使。

宋宁宗嘉泰四年甲子（1204）　　六十五岁

正月，宁宗召见，言盐法。差知镇江府，赐金带。

宋宁宗开禧元年乙丑（1205）　　六十六岁

在镇江，任知府。六月，改知隆兴府，旋以言者论列落职，归铅山。

宋宁宗开禧二年丙寅（1206）　　六十七岁

在铅山家居。差知绍兴府、两浙东路安抚使，辞免。

宋宁宗开禧三年丁卯（1207）　　六十八岁

除兵部侍郎，上章辞免。进枢密院都承旨，未受命。八月得疾，九月十日卒。